小說

書林能力開發資料室 엮음

지혜와 책략의 처세론!

삼십육계

3

서림문화사

프롤로그

　북경의 아침.
　무겁게 내려앉은 하늘과 흩뿌리는 빗줄기로 한껏 음산한 날씨였다. 스산하게 비바람이 몰아치는 천안문 광장, 일단의 젊은이들이 비를 맞으며 쉰목소리로 구호를 외치고 있었다. 세찬 비바람 소리 때문에 그들이 외쳐 대는 구호가 무엇을 뜻하는 말인지는 잘 알아들을 수 없었지만 금방이라도 찢겨져 나갈듯이 펄럭거리는 플래카드에는 이런 문구가 씌여 있었다.
　「등척 타도(鄧拓 打倒)!」
　「등척 타도(鄧拓 打倒)!」
　그것은 불길한 전조와도 같은 그 날의 사나운 날씨와 그럴싸하게 걸맞는 광경이었다. 바로 1966년 5월 어느날의 일이었다.
　이것이 향후 10년간 10억의 중국인을 공포와 전율의 도가니로 몰아넣으며 중국 대륙을 휩쓴「문화 대혁명」의 효시가 되리라고는 당시 아무도 생각하지 못했다.
　문화 대혁명이라는 허울 속에 진행된 소위「문혁파」와「실권파」간의 권력 투쟁은 수백만이 넘는 희생자를 냈으며 정치, 경제, 문화, 사회, 교육 등 사회의 전반적인 기능을 완전히 정지 또는 마비 상태에 빠트리고 만다. 그로부터 10여 년이 지난 지금까지도 중국 대륙은 아직 그 후유증에서 완전히 벗어나지 못하고 있는 실정이다.
　중국 역사상 그 유례가 없었던 대파란! 이 대파란의 발단이 바로 이「36계」에 있었다는 사실을 아는 사람은 별로 흔하지 않다.
　그렇다면「등척(鄧拓)」과「36계」, 그리고「문화 대혁명」사이에는 어떤 상관 관계가 있는 것일까.
　등척은 세계적으로 알려진 중국 대륙의 대표적인 저널리스트이며 작가였다. 중공 당 기관지《인민일보(人民日報)》의 편집장과 북경시 위원회 서기를 역임한 그는 젊은 지성들의 숭앙을 한몸에 받는 엘리트

중의 엘리트였다.
 그가 석간지 《북경만보(北京晚報)》에 「연산야화(燕山夜話)」라는 제하의 칼럼을 게재하기 시작한 것이 1963년 3월, 그리고 1963년에 근 2년간 지상에 연재된 칼럼 153편이 단행본으로 출간되어 일약 베스트 셀러로 부상한다. 젊은 지성의 필독서라 할만큼 특히 젊은층들에게 인기가 대단했다.
 고전에 대한 깊은 조예와 다방면에 걸친 해박한 지식, 명쾌한 그의 필치는 젊은 지성들을 매료시키기에 충분했다.
 여기서 잠깐 「36계」와 「문화 대혁명」, 그리고 「등척」과의 관계를 먼저 살펴 보기로 하자.
 「문화 대혁명」이라는 역사적인 도화선에 맨처음 불을 당긴 사람은 저 악명 높은 「4인방」 가운데 이론가로 알려진 요문원(姚文元)이었다. 모택동의 지지와 사주를 받은 그는 중공의 젊은 지성들 사이에서 우상적인 존재로 숭앙되는 등척을 향해 「반당적, 반인적, 반동적」이라는 비판의 화살을 거침없이 쏘아댄 것이다.
 요(姚)는 특히 등척의 《야화(夜話)》 제5집 「36계」에 가차없이 통렬한 비난을 퍼부었다.
 「…불순하고 반동적인 생각을 가지고 있는 어떤 필자(등척)는 노골적으로 당을 공격하고…그리고는 비열하게도 안전한 도피를 위해 《36계》 가운데 "연환계(連環計)"의 계략을 교묘하게 원용하고 있다. 이 수필에는 은연중 자신을 도피하려는 그의 간접적인 의사 표시가 분명하게 나타나 있다. 그러나 인민을 버리고 어디로 도피할 수 있단 말인가….」(요의 《삼가촌찰기(三家村札記)를 평함》이라는 논문의 한 귀절의 의역)
 모택동의 후광을 등에 업은 지극히 선동적인 이 비판 논문은 맹목적으로 부화 뇌동하는 대중을 부추기면서 「등척 타도!」라는 증오의 열기를 전국적으로 확산시켜 나갔다.
 아뭏든 여러 우여 곡절 끝에 등척은 「퇴영적, 반동적 프티 부르조아」라는 낙인을 찍힌 뒤 마침내 실각, 박해와 좌절과 실의 속에서 세상을 떠나고 만다.

여기서 우리가 짚고 넘어가야 할 문제가 있다. 등척의 「연산야화」에 대한 것이다. 그는 왜 신변의 위험을 무릅쓰고(그의 냉철하고도 예리한 판단력은 적어도 자기의 글이 집권자에게 어떻게 비쳐지리라는 것쯤은 충분히 간파할 수 있었을 것인데도) 하필이면「36계」를 자기 글에 소개했던 것일까 하는데 대한 의문이다. 단순히 흥미를 자아내기 위한 글이라고 하기에는 행간에 담겨진 의미가 너무 심장하다. 분명 어떤 내면 의식의 필연성이나 아니면 외적인 어떤 동기가 있었을 것이다. 추정컨대 그 때까지 건국의 아버지로 지식인들에게 숭앙받던 팽덕회(彭德懷)의 심상치 않은 실각, 중소 이념 논쟁의 표면화(이것은 공산주의 사상을 절대적 진리로 신봉하는 공산주의자에게는 치명적이었을 것이다), 어처구니없는 모택동의 카리스마화, 그리고 인간 의식(사상)의 획일성을 강요하는 질식할 것같은 사회 상황, 유형 무형으로 다가오는 이런 모든 암운을 공산주의자이기 이전에 하나의 인간이고저 하는 등척은 진정 떨쳐 버리고 싶었던 것이 아닐까. 그래서 「36계」의 하나인 「도망가는 것이 상책」이라는 고전의 병법을 빌어 자신의 인간적인 간절한 비원을 간접적으로 토로했던 것이 아니었을까….

인간의 지혜와 사상을 총망라한 철학서인 「36계」, 바로 그것이 다름 아닌 「36계」의 본고장인 중국 전토를 폭풍 속에 몰아 넣으면서 수백만에 이르는 생명을 희생시킨 발단이 되었다는 이 엄청난 아이러니…. 어쨌든 「36계」가 도화선이 되어 중국 대륙의 참담한 비극의 막은 올랐던 것이다.

삼십육계.

우리에겐 결코 생소한 말이 아니다. 생소하기는커녕 우리 생활과 너무나 친근해 있다. 남녀노소를 막론하고 「36계 줄행랑」을 모르는 사람이 없고 안 쓰는 사람이 없을 만큼 일상화되어 있을 정도이다. 「36계 줄행랑」이 통속적인 그대로의 뜻이 아니라 막연하게나마 중국의 옛 병법의 하나일 것이라는 정도로 짐작은 하고 있었지만 실제로 이 명칭을 가진 병법서가 있으리라고는 솔직히 말해 필자는 생각해 본 일조차 없다. 그도 그럴 것이 36계의 본고장이라는 중국에서도 우리 이상의 상식을 넘지 못할만큼 잘 알려져 있지 않았던 환상의 책이었으니까.

이 환상의 책 《《36계》》가 실제로 세상에 알려진 것은 역시 앞에서 소개한 등척에 의해서이다. 필화의 진원이 된《《연산야화(燕山夜話)》》에 따르면 《《36계》》라는 병법서가 발견된 것은 중일 전쟁이 한창이던 1941년의 일로, 중국의 섬서성(陝西省) 빈주(邠州)의 한 노상에 있는 고서점에서 숙화(叔和) 씨에 의해서였다.

숙화 씨가 발견하여 보관해 둔 《《36계》》는 손으로 쓴 사본인데 1941년 중국 성도(成都)에 있는 홍화 인쇄소에서 토지(土紙)를 번각(翻刻) 인쇄하여 연구 자료로서 관심있는 몇몇 학자들에게 배부되었다.

등척이 《《연산야화》》를 쓸 때 자료로 사용한 것도 바로 이 번각본이었다고 한다. 앞에서 잠깐 언급했지만 《《연산야화》》가 「반당적, 반인민적, 반사회주의적」으로 몰려 「금단의 서」라는 낙인이 찍혀 버리자 《《36계》》도 따라서 다시 지하로 묻히게 된다.

그러다가 1976년 「4인방」이 실각한 후 1978년부터 간행되기 시작한 잡지 《《사회 과학 전선》》 제2호에 무곡(無谷) 씨가 상세하게 주석한 《《36계》》가 발표되었고 그것이 1976년 9월 길림인민공사에서 《《비본병서 36계》》라는 제명으로 출판되어 마침내 세상에 알려지게 되었던 것이다.

중국에는 고래로 2백여 가지가 넘는 병법서가 있었다고 한다. 그 중에서 지금까지 남아 우리들에게 읽히고 있는 대표적인 병서로는 다음과 같은 것들을 들 수 있다.

《《손자(孫子)》》:BC 6세기 경, 손무(孫武)의 설을 편집한 것. 일반적으로 「손자병법」이라 불린다.

《《손빈병법(孫臏兵法)》》:BC 4세기 경, 손무의 손자인 병법가 손빈의 설

《《오자(吳子)》》:BC 4~5세기 경, 초(楚)의 재상 오기(吳記)의 서

《《위료자(尉燎子)》》:BC 3세기 경, 진시황제의 고신 위료(尉燎)에 의해 편찬

《《육도삼략(六韜三略)》》:BC 12세기 경, 주(周)의 무장 여상(呂尙)의 병법이라 전해진다.

《《이위공문대(李衛公問對)》》:BC 7세기 경, 당태종(唐太宗)과 명장

이위공과의 문답 형식으로 쓰여져 있다.
 그리고 이 《《36계》》도 대표적인 병서의 하나로 꼽힌다. 현재로서는 《《36계》》의 저작 연대나 저자의 이름이 추정의 범위를 벗어나지 못하고 있는 것이 사실이다. 무곡 씨의 주석에 따르면 36계란 이름이 처음으로 보이는 것은「남제서(南齊書)」권26의 왕경칙전[王敬則傳: 425~498년, 남조(南朝) 제(齊)의 원훈이며 무장]의 기록에서이다.
 즉 왕경칙전에 의하면 남조(南朝) 송(宋)나라의 무제(武帝) 유유(劉裕)의 심복이자 개국 공신인 단도제(檀道濟)가 늘 이 36계를 자랑했다는 말이 있는바 단도제의 병법이거나 그가 종합해서 정리한 것이라는 설이 유력시되고 있다.
 그러나 어떤 연유로 간행까지는 이르지 못하고 비본(祕本)으로만 전해졌는지, 그리고 저술한 역사적 배경과 조건 등에 대해서는 아직 분명히 밝혀지지 않고 있다.
 《《36계》》의 특징은 앞에 열거한 많은 병서의 에센스를 발췌해서 수록하고 있다는 점이다. 대담한 주장, 독창적인 아이디어와 동시에 기존의 병서를 집대성해서 간결 명료하게 정리하고 있어 어느 병법서와도 다르다. 또 하나의 특징은 각 계의 해제(解題)가 반쯤은 역경(易經)의 말로 되어 있다는 것이다. 실은 손무나 손빈, 한신(韓信), 이정(李靖) 등 중국 고대 병법 학자로서 역(易)의 리(理)에 통달하지 않은 사람은 없지만 이 36계에서는 그 비중이 더욱 크다.
 원래 36계라고 하는 것도 역(易)의 이치에 근거하여 태음(太陰:☷)의 기수 6에 6을 곱한 수를 빌어 계략과 음모의 체계를 나타낸 것이다. 그렇다면 병법의 계략은 반드시「36」이라는 숫자에 구애받지 않아도 좋을 것이다.
 그런데 여기서 우리가 특히 유의하지 않으면 안 될 것은 대개의 병법서가 그렇듯이 36계도 음모, 계략, 계책, 사술 등을 망라 집약한 것이다. 때문에 도덕적으로 정당하지 못하다는 이유에서 부정적으로 보는 시각도 없지는 않다. 그같은 내용의 병법서가 사회 생활에 변칙적으로 활용될 때 진(眞)·선(善)·미(美)를 이상으로 추구하며 살아가야 할 인간 사회를 온통 불신과 반목, 갈등과 대립이 난무하는 파멸의 구렁텅이로 몰아 넣을 수도 있다는 의구심 때문이다. 백 번 당연한 생각이다. 그러나 병법은 어디까지나 병법이다. 적과 전쟁을 수행하는 과정에서의 전략, 즉 방법론에 도덕성을 부여하려는 발상부터가 오류이다.

그것은 현대전에서도 하나도 다를 것이 없다. 인도성을 말하는 수는 있어도 전쟁 수행 과정에서 도덕성을 우선시키는 전쟁은 결코 없다. 전쟁은 자고로 냉혹하고 비정하다.「승리가 정의」라는 전쟁론은 동서고금을 막론하고 진리이다. 역설적으로 말하면 전쟁에서는 수단과 방법을 가리지 않고 이겨야만 한다는 것이 지론이다.

전쟁의 정의와 개념 규정이 시대와 사람에 따라 다소 다르기는 하지만 근세 군사 이론가의 원조라고 불리는 프로이센의 클라우제비츠(1780 ~1831)는 그의 필생의 명저 《《전쟁론(Yom Kriege, 1832)》》에서 전쟁의 개념을 다음과 같이 규정하고 있다.

「전쟁이란 적을 굴복시켜 자국의 의지를 실현시키기 위해 사용하는 무력 행위이다.」

그러나 고전 병법가의 대표적인 인물이라 할 손자는 전쟁의 정의나 개념 규정에는 관여치 않고 다만 전쟁의 당위성에 대해서만 불멸의 명언을 남기고 있다. 즉「전쟁은 국가의 중대한 일인데, 그 이유는 국민의 사활과 국가의 존망이 결정되기 때문」이라는 것이다. 그리고 계속해서 화공편(火攻篇)에서는「한번 멸망한 국가는 다시 복구할 수 없고 죽은 자는 다시 살아날 수 없기 때문이다」라고 주장한다.

이것은 손자의 경우이기는 하지만 대개의 고전 병법서 저자들의 사상에는 이같은 인간 생존의 본질적인 문제가 공통적으로 밑받침되고 있다.

전쟁의 특성에 대해 전쟁의 가공스러움과 비참한 양상은 새삼스럽게 거론할 필요조차 없다. 앞에서 본 바와 같이 전쟁은 국가 존망의 문제요 국민의 사활에 관한 문제일 뿐만 아니라 패자는 승자의 의지 앞에 굴욕적인 굴복을 당하고 만다는 사실이 중요한 것이다. 우리가 현시점에서 공산주의자와 적극 대결해서 기필코 이겨야 한다는 것도 바로 이 때문이다. 그리고 전쟁은 당초부터 상호의 약속이나 어떤 계약에 의해 발발하는 것이 아니라 전쟁을 시작하고자 하는 자의 일방적인 의지에 따라 언제든지 이루어진다. 또한 지금까지의 전쟁이 인류 생존의 기본 요소가 되어왔음도 부인하지 못한다.
 고대의 사상가 디오니소스는 이미 2천여 년 전에 이렇게 말하고 있다.
「완력이나 권력이 센 사람이 그보다 약한 사람을 지배한다는 것은 전 인류의 공통적인 자연의 법칙인데, 이것은 시간이 말할 수도 없고, 또 파괴할 수도 없는 진리이다.」
 필자가 이 《《36계》》에 각별한 애착과 흥미를 갖고 이것을 소재로 감히 소설 형식으로 번안한 데는 나름대로의 이유가 있다. 이유는 간단하다. 비록 해묵은 병법서라 해도 피상적으로 볼 때는 단순히 전쟁을 수행하기 위한 궤계나 사술, 음모 같은 것으로 비칠지 모르지만 손자의 병법을 비롯 많은 중국의 병법서에 공통되는 점인바 《《36계》》는 단순한 전쟁 기술의 지도서가 아니라는 것이다. 그 저변을 흐르고 있는 것은 체계있는 인간 사상이며 인간 심리에 대한 날카로운 통찰이다.
 《《36계》》의 특징에 대해 무곡(無谷) 씨는 다음과 같이 요약하고 있다.
「첫째 전쟁에는 법칙성이 있으므로 그 흐름에 따라 추구할 것. 둘째 그러나 전쟁의 책략은 종잡을 수 없이 빠르게 변화하며 의외의 사술(詐術)과 측량할 수 없는 음모가 충만해 있어 쉽사리 알아낼 수 없다. 세째 먼저 정황을 살필 것[일단 의심하여 실(實)을 두드려 보고 살핀 다음에 움직일 필요가 있다]. 네째 마음을 쳐서 기운을 빼앗고 그 위세를 꺾는다는 방략(方略:방법과 책략)의 운용을 중시할 것. 다섯째 동시에 그 방략의 운용은 사리 인정(事理人情)에 합치되지 않으면 안 된다. 여섯째 열세한 조건 하에서는 단호히 "도망하는 것을 으뜸으로 삼는" 방책을 취할 것.」
 이상과 같은 고찰 결과는 《《36계》》가 단순히 전쟁을 위한 군사적 계략에 한하지 않고, 널리 인간 사회의 활동 전반에 그 응용이 가능한 철학이요 심리학임을 말해 준다. 또 그렇게 응용함으로써만이 《《36계》》가 현대적으로 의의를 갖게 된다고도 할 수 있다.
 《《36계》》라는 음모와 궤계, 책략으로 이어지는 반도덕적인 고전의 병법서를 대하면서 우리가 처한 현실 상황을 냉철한 이성으로 솔직히 직시할 필요가 있다. 지금도 정치, 경제, 사회, 외교 등 각 분야에서 의도야 어디에 있건 이른바「전략」이란 용어를 많이 사용하고 있다. 직접적인 의미로의 전쟁 전략이 아니더라도 외교 전략, 정치 전략, 선거 전략, 경영 전략, 무역 전략 등이 바로 그것이다. 현대 사회를 흔히「경쟁 사회」라 한다. 즉 싸움인 것이다. 싸움(경쟁)에서 이기려면 전략이라는 우수한 방법이나 수단이 필요한 것은 당연한 귀결이 아니겠는가. 현대적 의미로서의「전략」이 사실이야 어떻든 피상적인 인도성이나 도덕성을 가미한 것만은 분명하지만 상대를 속이고 자신을 위장하는 전략으로서의 본질은 예나 지금이나 조금도 다를 것이 없다. 구태여 다른 점을 든다면 하나는 우직하리만치 솔직하다는 것과 다른 하나는 교활하리만치 거짓으로 위장되어 있다는 것 뿐이다.

저 가공할 핵무기를 전제로 한 전쟁의 양상은 고작 칼이나 활을 들고 싸우던 옛날과는 다르다. 그러나 궁극적으로 싸움은 인간이 하는 것인만큼 상대적인 인간 심리의 통찰과 분석이 필요하다는 점에서는 조금도 다를 바가 없다.

같은 연장선상에서 오늘날 정치, 경제, 외교, 기업 경영, 나아가 인간 처세에 있어서도 마찬가지인 것이다.

따라서 《《36계》》는 보는 각도에 따라 누구나 귀한 삶의 지혜를 터득할 수 있는 책이다. 정치인은 정치인대로, 군인은 군인대로, 기업인, 상인, 개인의 사생활에 이르기까지…. 그것은 동서고금을 막론하고 인생 백사(百事)에 통하는 지혜와 책략의 책이기 때문이다. 그러나 아무리 승자가 정의라 하더라도 불의한 방법에 의한 승리는 우리 사회에서 용납되어서는 안 된다. 따라서 비록 그것이 현실적인 상황이라 하더라도 현대의 도덕적 가치관에 배치되는 내용은, 필자는 독자의 거부 반응이나 다소의 위험 부담을 무릅쓰고라도 부정적으로 다룰 것이다. 그것을 방어적으로 수용하고 예방한다는 점에서는 권장될지 모르지만.

진부한 이야기인지 모르나 인간의 궁극적인 삶의 목표는 진, 선, 미를 이상으로 그것을 추구하고 실현하는 데 있다. 그것만이 개인이나 사회, 전 인류로 하여금 진정한 평화와 자유를 실현하게 하는 길이기 때문이다. 불의의 승자가 강변하는 정의는 일시적으로는 통할지 모르나 결국에는 비참한 파멸의 종말이 온다는 것을 역사가 말해 주고 있는 것이다. 인간의 참된 삶의 가치는 양에서 찾아지는 것이 아니라 질에서 찾아지는 것이므로.

차 례

프롤로그 ··· 3

제5부 병전의 계(倂戰之計) ················ 17

제25계 투량환주(偸梁換柱) ································ 18
　■ 투량환주 1 ··· 20
　■ 투량환주 2 ··· 31

제26계 지상매괴(指桑罵槐) ································ 34
　■ 지상매괴 1 ··· 37
　■ 지상매괴 2 ··· 45
　■ 지상매괴 3 ··· 48

제27계 가치불전(假痴不癲) ································ 51
　■ 가치불전 1 ··· 54
　■ 가치불전 2 ··· 68
　■ 가치불전 3 ··· 72

제28계 상옥추제(上屋抽梯) ································ 76
　■ 상옥추제 1 ··· 78

- 상옥추제 ② ·· 84
- 상옥추제 ③ ·· 93

제29계 수상개화(樹上開花) ································· 97
- 수상개화 ① ·· 99
- 수상개화 ② ·· 108
- 수상개화 ③ ·· 111

제30계 반객위주(反客爲主) ································· 114
- 반객위주 ① ·· 116
- 반객위주 ② ·· 126

제6부
패전의 계(敗戰之計) ················· 131

제31계 미인계(美人計) ··· 132
- 미인계 ① ··· 134

■ 미인계 ②···149

제32계 공성계(空城計)·································153
  ■ 공성계 ①···155
  ■ 공성계 ②···166

제33계 반간계(反間計)·································170
  ■ 반간계 ①···172
  ■ 반간계 ②···182

제34계 고육계(苦肉計)·································189
  ■ 고육계 ①···191
  ■ 고육계 ②···208

제35계 연환계(連環計)·································212
  ■ 연환계 ①···214
  ■ 연환계 ②···229

제36계 주위상(走爲上)·································231
  ■ 주위상 ①···233
  ■ 주위상 ②···245

제5부
병전의 계
併戰之計

겸병전(兼併戰)을 말한다. 타군과 연합하여 싸우는 경우, 강력한 통솔력을 과시하지 않으면 안 된다. 그러면 어떻게 할 것인가?

제25계

투량환주
偸梁換柱

주력을 바꿔라

일시적으로 결맹(結盟)한 부대에 대해서는 몇 번이고 진용(陣容)을 바꾸어 그 주력을 빼돌리고 일부러 실패한듯이 꾸미며 그 다음에 기회를 엿보아 세력 밑에 둔다. 수레바퀴를 조정하면 수레의 운행 방향을 조종할 수 있음과 같다.

진형(陣形)을 만듦에는 동서와 남북의 방위가 있다. 앞뒤에 상당한「천형(天衡)」의 구축은 말하자면 진형의 대들보(梁)에 상당하며, 중앙으로 꿰뚫는「지축(地軸)」의 구축은 말하자면 진형의 기둥(柱)에 상당한다. 보통 대들보와 기둥의 방위는 주력 부대가 담당한다. 따라서 적의 진용을 관찰하면 주력의 소재를 찾을 수가 있다.

다른 부대와 협동하여 싸울 때에는 몇 번이고 그 진용을 바꾸게 하여 은밀히 그 주력을 빼내고 또는 이편 부대와 교체시켜 이를 대들보와 기둥으로 한다. 그러면 그 부대는 진지를 지킬 수 없게 되므로 이편은 곧장 이를 겸병, 전투에 투입한다. 이는 이쪽의 적을 쳐서 병합, 다른 적을 공격하는 중요한 책략이다.

「원교근공」의 책략으로 차례차례로 중원의 여러 나라를 멸망시키고 마지막으로 제나라를 공략할 때 진시황제는 무력 토벌과 병행해서 철저한 모략 공작을 획책해 상대의 내부를 분열시키고 전의를 약화시키는 책략을 썼다.

진시황제는 제나라의 실권자인 재상 후승(后勝)을 매수, 그의 부하와 빈객(賓客)들을 대거 진나라로 보내게 했다. 진에서는 그들을 첩보 요원으로 양성, 많은 돈을 주어 제나라로 돌려 보냈다. 귀국한 그들은 진의 강대함을 선전하는 한편 전쟁 준비 무용론을 주장했다. 그 결과 마침내 진군이 쳐들어갔을 때 제의 백성들은 한 사람도 나와 싸우려 하지 않았다 한다. 이미 나라의 뼈대가 빠져나가 저항의 의지를 잃었던 것이다.

註

투량환주(偸梁換柱): 대들보를 훔쳐 기둥으로 바꾼다는 뜻. 다른 군대와 연합하여 싸울 때 은밀히 그 주력을 빼내어 싸움을 불리하게 만들고 기회를 보아 그 병력을 병탄해 버리는 계략. 원뜻은 은밀히 사물의 본질 또는 내용을 바꾸어 완전히 상대를 속이는 것.「하늘을 훔쳐 해로 바꾼다」고도 한다.

■ 투량환주 ①

　주(周) 나라 창건의 일등 공신 태공망 여상(太公望 呂尙=姜太公)이 주왕으로부터 제(齊)에 봉함을 받아 제나라를 세운 지 370년째 되던 해인 서기전 679년 그의 후손 환공(桓公)은 마침내 제후들을 지금의 산동성 복현에 소집하여 최초의 패자가 되었다.
　패자라 함은 당시 약체화된 주왕조를 붙들고 제후를 연합, 그 맹주가 되어 주나라 봉건 왕조의 질서 유지에 임하는 자를 말한다.
　환공의 아버지 희공(僖公)은 태공망으로부터 13대째인데 그에게는 세 아들 제아(諸兒)와 규(糾), 그리고 소백(小白)이 있었다. 이들 중 막내 소백이 후일 환공으로 왕위에 오르게 된다.
　아버지 희공이 죽자 태자인 제아가 왕위에 올랐다가 얼마 안 되어 반란이 일어나 시살되었는데, 36계 본문에서는 소백이 자기 형 규를 제치고 왕이 되는 과정을 투량환주의 사례로 들고 있다.
　봄이 한껏 무르익는 청명한 어느날, 제나라 궁궐에서는 제아를 태자로 책봉하는 의식에 이어 태자 책봉을 축하하는 성대한 축연이 벌어지고 있었다.
　「문무와 인격을 갈고 닦아 장차 이 나라의 현군이 되도록 하라.」
　성장한 태자의 모습을 대견한 눈길로 바라보며 희공은 만면에 웃음을 담고 있었다. 그러한 형 제아를 멀찌감치에서 바라보며 소백은 내심 부러움을 금할 수 없었다. 제아는 이제 손이 닿을 수 없는 까마득히 높은 위치에서 자신을 내려다보고 있는 것만 같았다. 그뿐이었다. 그것은 오로지 전에 없던 부러움과 위화감이었을 뿐 그렇다고 해서 소백의 마음 속에 태자인 형의 자리를 넘볼 생각 따위는 추호도 없었다.
　시간이 갈수록 주연은 무르익어 갔다. 태자에게로 집중되었던 시선들도 이제는 모두 주흥 쪽으로 쏠리고 있었다. 그러나 그러한 분위기 속에서 어느 때부터인지 예사롭지 않은 하나의 광경이 벌어지고 있었다. 제아의 은밀한 눈길이 자주 어느 한 곳으로 쏠리고 있는 것이었다. 문강(文姜)에게로였다. 십칠세의 봄을 맞은 문강의 몸매는 터질 듯 성숙해 있었다. 제아와 문강의 눈길이 마주치면 제아의 얼굴에서는 탐욕의 미소가 떠올랐고 문강의 몸짓에서는 춘심을 이기지 못하는듯 교태가 흐르곤 했다.
  문강은 제아의 친 누이동생이었다. 따라서 규나 소백과도 친남매간인 것이다. 그들 두 남녀를 예사롭지 않은 시선으로 쏘아보고 있는 건 소백 뿐이었다. 다른 사람들은 주흥에 겨워 놀기에 바쁠 뿐 아무도 이들 사이에 오가는 은밀한 추파를 눈치채지 못하고 있었다.
  「그럴 리가 없다. 과민한 상상일 것이다. 나는 왜 이토록 불순한 상상을 하고 있는 것일까….」
  소백은 자신의 그같은 상상이 오히려 자신의 불순한 생각에 기인한 것이라 싶어 스스로를 질타했지만 그러나 꺼림칙한 의혹은 떨쳐 버릴 수가 없었다.
  소백은 그들의 그러한 추한 모습을 보지 않으려 혼자 그 자리를 빠져나왔다. 거처로 돌아온 소백은 눈을 감고 자리에 누웠다. 짧은 순간이었지만 지금 그의 영혼은 심한 갈등으로 탈진해 있었다. 눈을 감은 그의 망막에 두 사람의 음염한 모습이 자꾸만 포개져 스쳐갔다.
  「어디 몸이라도 불편하십니까, 왜 일찍 자리를 뜨셨읍니까?」
  어느새 그의 스승인 포숙아(鮑叔牙)가 그의 곁에 와서 물었다. 소백은 순간 몹쓸 짓을 하다가 들킨 사람처럼 흠칫 놀랐다.
  「선생께서도 무슨 눈치를 채셨읍니까?」
  소백은 누웠던 몸을 일으키며 물었다.
  「무엇을 말씀입니까?」
  포숙아는 오히려 되물었다.
  「아, 아무것도 아닙니다」
  그처럼 그의 마음 속에 형과 누이에 대한 의혹이 싹트면서부터 소백은 갈등과 번민의 나날을 보내야 했다.
  어느날 밤 소백은 꿈속에서 제아와 문강이 알몸으로 뒤엉켜 있는 모습을 보고 소스라치게 놀라 깨어났다. 잠자리를 걷어차고 밖으로 나온 소백은 조금전 보았던 너무나 선명한 꿈의 자취를 따라 뜰을 걸었다. 교교한 달빛으로 뒤덮인 궁전의 정원은 적막 속에 파묻혀 있었다. 정원수와 꽃으로 숲을 이룬 녹밀원(綠蜜苑) 쪽으로 얼마를 걸어가자 어둑한 꽃밭 속에서 이상한 소리가 들려왔다. 본능적인 반사 행동이라고 할까 소백은 얼른 나무 그늘 속으로 몸을 숨겼다. 풀잎이 부스럭거리는 소리에 섞여 흡사 짐승이 토해 내는 듯한 원색적인 숨소리가 그의 청각을 때렸다. 한순간 호흡이 딱 멎는 듯한 충격에 소백은 헉 하고 숨을 들이쉬었다.
 얼마의 시간이 지났을까, 달빛에 그 모습을 들어낸 두 사람은 틀림없이 형 제아와 누이동생 문강이었다. 설마 했던 의혹은 드디어 부인할 수 없는 현실로 그의 눈앞에 나타난 것이다. 걷잡을 수 없이 떨리는 몸을 간신히 가누며 침실로 돌아온 소백은 뜬눈으로 밤을 새우며 만가지 궁리를 했다.
 「저들을 한 칼에 죽여 없애고 먼 나라로 도망을 갈까! 아니 그렇게 되면 제나라 왕실의 추악함이 만천하에 들어나게 된다. 지금 자신들이 저지르고 있는 짓이 천인이 공노할 패륜 행위임을 설득시켜 저들로 하여금 그릇된 길에서 돌이키게 할까…. 아니다, 형 제아는 자신의 추악한 비밀을 알고 있는 나를 결코 살려 두려 하지 않을 것이다. 그렇다면 어떻게 한다?」
 생각이 꼬리를 물고 다시 원점으로 돌아오기를 몇 번, 마침내 소백은 날이 밝자 포숙아에게 결연한 어조로 말했다.
 「이 나라의 주인은 내가 되어야만 합니다.」
 소백의 이같은 발언에 깜짝 놀란 포숙아는 황급히 소백의 입을 막으려 했다.
 「어찌 그런 분별없는 말씀을 함부로 하여 화를 부르려 하십니까. 자중하셔야 합니다.」
 「염려하지 마시오. 나는 차마 형에 대해 보아서는 안 될 것을 보고 말았오. 천인이 공노할 노릇이요. 그같이 끔찍한 짓을 저지르는 자에게 어찌 나라를 맡길 수가 있겠읍니까? 두고 보십시오. 형은 천벌을 받을 것입니다.」
 「무슨 끔찍한 일이 태자께 있었읍니까?」
 「차마 내 입으로 말할 수 없는 일입니다.」
 분개한 소백의 앞에서 포숙아는 짐짓 태연을 가장하고 있었지만 그는 이미 소백보다 먼저 알고 있었다. 소백의 인간됨을 누구보다도 잘 알고 있는 포숙아는, 이러한 일들이 소백에게 알려지는 날 제나라의 역사는 완전히 뒤바뀔 것이라는 사실까지 예견하고 있었던 것이다. 어쩌면 포숙아의 마음 속에는 이 때부터 이미 소백을 왕으로 세울 계획이 싹트고 있었던 것인지도 모른다.

　이렇게 날마다 친오빠와 사련을 불태우던 문강은 그 추악한 비밀을 안은 채 그 해 노나라 임금에게 시집을 갔다. 이들의 이러한 비밀을 알고 있는 것은 그러나 아직 소백과 포숙아 두 사람 뿐이었다.

　문강이 떠나간 다음부터 제아의 모든 언동은 눈에 띄게 거칠어지기 시작했다. 그 까닭을 아는 사람은 물론 소백과 포숙아 뿐이었다.

　문강을 노나라로 시집보낸 부왕 희공에 대한 불만의 화살은 엉뚱하게도 자주 무지(無知)에게고 향하곤 했다. 무지는 희공의 조카로 이중년(夷中年)의 아들이었다. 동생 이중년에 대한 희공의 우애는 남다르게 극진하였다. 그 동생이 아들 무지를 남겨 두고 젊은 나이에 세상을 떠나자 희공은 동생에게 못다한 사랑을 조카 무지에게 쏟았고, 태자 제아는 부왕의 이같은 편애가 심히 못마땅하였다.

　문강의 일로 그렇지 않아도 마음이 편치 않은 제아에게 무지는 항상 분풀이의 대상이었다. 무지로서는 그러나 사촌형인 제아의 지위가 태자인만큼 아무리 부당하고 억울한 일을 당한다 해도 참을 수밖에 없는 노릇이었다.

　어느날 우연한 기회에 무지가 제아에게 이렇게 학대당하고 있음을 안 희공은 제아를 심히 꾸짖고 그날로 중신 회의를 열어

　「앞으로 무지에 대해서는 태자와 똑같은 대우를 하도록 할 것이오. 먹고 입는 것, 거처 문제는 물론 예우도 태자와 조금도 차별을 두지 마시오. 따라서 무지에 대해서는 어느 누구도 함부로 무엄한 언동을 할 수 없을 것이니 오늘 이후로 이 점을 어기는 자가 있을 때는 신분과 지위 여하를 불문하고 중벌을 내릴 것이오.」

하고 자기의 결의를 발표하였다.

　희공의 이같은 발표에 대해 제아는 물론이려니와 규와 소백조차도 불만을 품지 않을 수 없었다. 아무리 조카를 사랑한다 해도 친자식과 더구나 태자와 똑같은 대우를 한다는 것이 말이나 되는가.

　어쨌든 그날부터 희공의 보호 아래 무지의 언동은 교만해지기 시작하였다. 이제는 자신이 어떻게 처신한다 하더라도 감히 나무랄 자가 없다는 사실에 자신 만만해진 무지의 행동은 그야말로 갈수록 기고 만장이었다.

　「두고 보라. 내가 왕위에 오르는 날엔 지금 네가 누리고 있는 모든 지

위와 영화가 하루아침에 물거품이 되고 말리라!」
　제아는 무지에 대한 증오를 참고 참으며 자신이 왕위에 오를 날만 고대하고 있었다.
　그 무렵 규의 스승이 고령으로 은퇴를 하게 되자 포숙아는 그 후임으로 관중(管仲)을 천거하였다. 포숙아와 관중, 바로 이 두 사람이야말로 그 돈독했던 우정으로 후세 사람들의 입에 오르게 된「관포 지교(管鮑之交)」의 주인공들이었다. 위로 형을 제쳐놓고 왕위에 오른 소백이 후일 중원의 패자로서 천하 제후의 맹주로 군림하게 된 것도 이 두 사람의 공로에 힘입은 때문이었다.
　어차피 관포 지교의 이야기가 나왔으니 이 계의 지면을 빌어 포숙아와 관중에 관한 고사를 간단히 소개하고자 한다.
　관중의 집은 형편없이 가난하였다. 젊은 시절 포숙아와 관중은 함께 장사를 한 일이 있었는데 장사를 통해 벌어들인 돈은 언제나 거의가 관중의 차지가 되곤 했다. 포숙아로서는 관중과의 동업이 자신의 이익을 위함이 아니라 어차피 가난한 관중을 돕기 위해 시작한 일이었던 만큼 당연하기도 했다. 포숙아가 댄 자금으로 장사를 하다가 실패하여 포숙아에게 크게 손해를 입혔을 때도 포숙아는 불쾌해 하기는커녕
「장사가 매번 이익만 보면 누구나 떼부자가 되게?」
하며 오히려 관중을 위로하였다 한다.
　당나라 시성 두보(杜甫)도 당시 사람들의 인정의 각박함과 친구 사이에 신의가 없음을 보고「그대들은 관중과 포숙아의 우정도 모르는가?」라고 이들의 우정을 극찬한 일이 있었다.
　어쨌든 그들은 왕자인 규와 소백 형제를 각각 섬기고 있었지만 그들 사이에는 후에 두 형제 중 누가 제나라의 왕이 되더라도 서로 대립하지 않고 비호한다는 약속이 거의 묵계처럼 이루어져 있었다.
　서기전 697년 제나라에서는 희공이 죽고 태자 제아가 마침내 부왕의 뒤를 이어 양공(襄公)으로 즉위하였다. 희공이 죽음으로써 그 처지가 가장 딱하게 된 것은 두말할 것도 없이 무지였다. 무지는 사촌들로부터 철저한 증오와 질시의 대상이었던만큼, 방패제였던 희공의 죽음은 그에게 있어 거센 파란을 예고하는 서곡이기도 했다. 희공 생전에는 무지에게 아첨을 하던 무리들도 이제는 약삭빠르게 자신들의 신변의 안전을

위해 어느 사이엔가 무지의 곁을 떠났다.
　왕위에 오른 제아 양공은 무지를 비롯 모든 사람들이 예측했던대로 과연 제일 먼저 무지에 대한 대우부터 폐지시켰다.
　태자와 동등한 위치에서 태자와 같은 권세와 영화를 누리던 무지는 하루아침에 낮고 천한 자리로 굴러 떨어지고 말았던 것이다. 무지의 이 같은 강등은 규나 소백에게 있어서도 손뼉을 치고 싶도록 통쾌한 일이 아닐 수 없었다. 그러나 그러한 통쾌함도 잠시, 소백의 마음 속에는 하나의 계책이 싹트기 시작했다.
　「무지의 가슴은 지금 양공에 대한 분노와 원망으로 차 있을 것이다. 그러한 무지의 마음을 이용하여….」
　생각이 여기에 미친 소백은 어느날 무지의 거처를 찾아갔다. 화려한 궁실에서 초라한 거처로 쫓겨나 외롭고 침울한 나날을 보내고 있던 무지에게 있어 소백의 방문은 전혀 뜻밖이 아닐 수 없었다.
　소백은 분연한 어조로 말했다.
　「양공이 형님을 이렇게 대우하는 것은 그대로 부왕 희공에 대한 불효입니다. 형님이 이런 비참한 모습을 부왕이 아신다면 아마 지하에서도 통곡을 하실 것입니다.」
　무지는 그러나 이러한 소백에 대해 경계의 시선을 늦추지 않았다. 희공 생전에 소백이 자기에게 보였던 노골적인 증오와 멸시에 찬 눈길을 무지가 어찌 잊을 수 있겠는가.
　「소백 공자와 같이 귀한 신분의 몸이 어찌 이 초라한 곳엘 다 찾아왔는가?」
　무지는 빈정거리는 투로 말했다.
　「형님은 지금 내 진심을 몰라서 하는 말씀입니다. 부왕께서 살아 계실 때 나는 형님에 대해 심한 시기와 질투를 느꼈던 것은 사실입니다. 그러나 지금은 다릅니다. 양공이 저지르고 있는 부왕에 대한 불효와 배신을 나는 결코 용납할 수 없는 것입니다. 형님에 대한 양공의 이 같은 대우는 그대로 부왕에 대한 대우가 아니겠읍니까. 부왕에 대한 나의 추모의 정이 지금 형님께로 작용하고 있을 뿐입니다. 나는 진심으로 형님을 돕고 싶습니다. 부디 과거의 일일랑 다 잊어버리고 오직 부왕에 대한 추모의 정으로 서로 의지하며 돕도록 하십시다. 그리하면 지하에 계신 부왕께서도 마음놓고 영면하실 것입니다.」
 소백의 이같은 설득에 무지는 비로소 조금씩 마음 문을 열기 시작하였다.
 그날부터 소백과 무지의 사이는 눈에 띄게 각별해졌다. 실의에 빠져 있던 무지도 다시 삶의 활력을 찾은 듯했다.
 소백과 무지의 만남이 갈수록 빈번해지자 어느날 포숙아는 조용히 소백을 찾았다.
「공자께서는 이 포숙아를 조금도 의심치 마십시오. 공자께서 심중에 계획하고 있는 모든 일이야말로 공자보다도 훨씬 전에 이 포숙아가 계획하고 있던 일입니다. 그러나 무지의 힘을 빌어 공자의 계획을 실현하게 되면 훗날 무지는 또 다시 걸기적거리는 존재가 될 것입니다. 신이 보건대 양공의 때가 얼마 남지 않았으니 공자께서는 지금부터라도 서서히 무지와의 관계를 정리하시고 때를 기다리십시오. 결코 서두르시면 아니됩니다.」
하고 간언하였다. 장차 이 나라의 주인이 되겠노라는 자신의 심중의 비밀을 털어 놓을 만큼 소백은 평소 포숙아를 깊이 신뢰하고 있었던 바라 그의 이같은 간언에 귀를 기울이지 않을 리 없었다.
 한편 노나라 임금에게로 시집을 간 문강이 남편과 함께 친정인 제나라를 방문했다. 양공이 즉위한 지 4년째, 또 그녀가 시집을 간 지는 15년째 되는 해였다. 이해에 양공은 정(鄭) 나라가 장공(莊公) 사후의 후계자 문제로 인해 내란이 일어나자 이 틈을 이용해 군사를 일으켜 정나라 군주를 죽이고 정나라를 평정하였다. 문강이 제나라에 온 것도 오빠 양공의 이같은 전승을 축하하기 위한 것이었지만 15년 만에 다시 만난 양공과 문강은 이성을 잃고 또 다시 사련을 불태웠다. 꼬리가 길면 밟히기 마련, 이들의 불륜은 드디어 문강의 남편에게까지 알려지게 되었다.
 문강의 남편은 화가 머리끝까지 치밀었다.
「에잇, 더러운! 개만도 못한 것들같으니라구, 당장 죽여 버릴 테다!」
 그의 눈에서는 살기의 불꽃이 튀었다.
 다급해진 문강은 오빠 양공에게로 달려가 살려 달라고 애원했다.
 양공은 냉철한 판단력이나 자제력이 없는 사람이었다. 후환에 두려움을 느낀 양공은 완력이 뛰어난 그의 아들 팽생을 시켜 문강의 남편을 죽이게 했다.

　아버지 양공의 명을 받은 팽생은 술에 취한 채 분노로 펄펄 뛰는 문강의 남편을 위로하는 척 끌어안다가 늑골을 부러뜨려 감쪽같이 살해해 버렸다. 노왕이 죽자 양공은 즉시 노나라 조정에 노왕이 위독한 병에 걸려 손쓸 사이도 없이 죽었다고 통보를 했다.

　그같은 일들이 아무리 쥐도 새도 모르게 행해졌다 해도 그러나 비밀은 오래 가지 않는 법이다. 팽생이 문강의 남편을 끌어안는 순간 외마디 비명과 함께 쓰러지는 것을 목격한 사람이 있었다. 바로 관중이었다.

　관중은 이 엄청난 비밀을 포숙아에게 전했고 두 사람은 숙의 끝에 이 사실을 극비리에 노나라에 전했다. 관·포의 이같은 처사는 노나라를 통해 팽생을 제거함으로써 소백과 규의 길을 평탄케 하려는 계략의 일환이었으나 당시의 사람들은 어느 누구도 눈치채지 못했다.

　그에 따라 주군의 사인이 늑골의 골절에 있음을 확인한 노나라에서는 당연히 범인 팽생에 대한 처벌을 요구했다. 일이 의외로 대외적으로 확대되자 양공은 자신의 패륜은 덮어둔 채 하는 수 없이 모든 죄목을 아들 팽생에게 덮어씌워 그를 처형하고 말았다. 양공은 그처럼 비정하고 비열한 위인이었다. 장차 양공의 뒤를 이어 제위에 올라야 할 팽생은 이렇게 부왕의 패륜의 제물로 죽어갔다.

　자식까지 제 손으로 죽여 놓고서도 양공과 문강의 사련의 불길은 그 후에도 꺼질 줄 몰랐다. 국왕의 그처럼 문란한 사생활은 곧 국정에 반영되게 마련이어서 모든 정사 처리는 그때 그때의 기분에 따라 행해졌다. 양공의 입에서 「저놈 죽여라!」, 「저자에게 상을 내려라!」 하는 말이 때없이 튀어나왔고 그에 따라 사람의 목숨은 하루에도 몇 번씩 파리 목숨처럼 죽어 나가곤 했다.

　이러한 공포 치하에서 규와 소백은 자신들의 신변 문제를 돌이켜 보지 않을 수 없었다. 결국 포숙아는 관중과 숙의한 끝에 포숙아는 소백을 데리고 거(莒)를 향해, 관중은 규를 데리고 노(魯)를 향해 각각 망명길에 올랐다.

　자신의 외가인 노나라를 향해 떠난 규(그들 삼형제는 모두 이복이었다)와는 달리 소백의 망명길은 멀고 험난했다. 그가 산동성에 있는 담(郯=譚)이라는 소국을 통과할 때였다. 그곳 주민들은 소백 일행의 초라한 행색을 보고 복장과 말투가 다른 이들을 심하게 냉대하였다. 심지어는 음식에 일부러 흙덩이를 넣기까지 했다.

한편 규와 소백마저 떠나버린 제나라에서는 군주를 원망하는 신하들이 늘어갔고 그들 불평 분자들을 모아 무지는 비밀리에 반란을 도모하고 있었다. 부패한 정치에는 언제나 모반의 무리가 따르는 법이다.

드디어 무지의 반란군은 궁중을 습격하여 다락방 속에 숨어 있던 양공을 죽이고 반란에 성공하였다. 천덕꾸러기 무지가 이로써 제나라의 주공이 된 것이다.

한편 제나라 왕실의 그같은 변란을 예상하고 있던 포숙아는 망명지에 있으면서 공작원을 양성하여 제나라로 계속 파견하였다. 포숙아의 지령에 따라 제나라에 침투한 이들은 무지를 모해하는 유언 비어를 유포하는 한편 조정 대신들을 포섭하여 소백을 옹립하기 위한 세력을 구축하고 있었다.

포숙아가 예견했던대로 무지는 과연 주군이 될만한 능력도 인격도 없는 위인이었다. 그의 정치가 양공의 폭정을 그대로 답습하자 새 제왕에 기대를 걸었던 중신들은 심히 실망하여 하나하나 무지에게서 등을 돌려 포숙아가 심어 놓은 반대 세력의 휘하로 모여들었다. 그 결과 무지는 제왕이 된 지 불과 수개월 만에 포숙아가 심어 놓은 반대 세력에 의해 살해당하고 만다.

이로써 제나라는 주인이 없는 나라가 되고 말았다. 이제 주군의 자리를 놓고 싸움은 규와 소백으로 압축되었다.

규는 노나라에서 관중을 군사(軍師)로 삼아 귀국을 서둘렀고 소백은 또한 거에서 포숙아를 군사로 삼아 제나라로의 귀국을 서둘렀다. 같은 공자였으므로 먼저 귀국하는 자가 그만큼 유리하리라는 것은 말할 것도 없다.

규의 휘하에는 그의 모친의 친정인 노나라 군대가 예속되어 있어 우선 전력면에서 소백에 비해 절대 우세한 입장에 있었다. 반면 소백의 외가는 위나라인데 제나라와의 거리가 멀뿐 아니라 군사력도 미약하여 노나라와는 비교도 할 수 없는 약소국이었다. 따라서 소백의 입장이 절대 불리했다. 적어도 겉으로 보기에는 그러했다.

그러나 소백은 포숙아의 책략에 따라 이미 제나라 조정에 자신의 강력한 세력을 구축하고 있어, 조정 중신들은 만반의 준비를 갖추고 소백이 돌아오기만을 기다리고 있는 중이었다.
 그러한 사실을 까맣게 모르는 관중은 나름대로 하나의 계략을 마련하고 있었다. 소백이 망명해 있는 거는 제나라에서 지리적으로 노나라보다 가까운 곳에 있었다. 규가 아무리 밤을 낮삼아 귀국을 서두른다 해도 거리로 보아 소백이 먼저 제나라에 당도하리라는 것은 불을 보듯 뻔한 일이었다.
 규가 아무리 많은 군대를 이끌고 간다 해도 소백보다 늦게 도착한다면 절대로 불리할 수밖에 없다. 이 점을 헤아리고 있던 관중은 먼저 별동대를 이끌고 소백이 귀국하는 길목에 매복해 있다가 말을 타고 앞에서 달려오는 소백을 향해 활을 쏘았다. 활시위를 떠난 화살이 소백의 복부에 명중하자 소백은 외마디 비명을 지르며 배를 움켜 잡고 말에서 굴러떨어졌다.
「제나라는 이제 규의 것이다!」
 흰 천에 덮인 소백의 영구가 통곡 속에 멀어져 가는 것을 숨어서 바라보던 관중은 쾌재를 부르며 돌아가 이 사실을 규에게 보고하였다. 규는 더할 수 없이 기뻤다. 최강의 정적이 제거된 지금 규의 마음은 느긋해졌다.
「이제 서두를 필요가 있겠는가. 천천히 가도록 하자!」
 규는 이미 제나라의 주인이 된 기분이었다. 망명길에 오르던 날의 조급함에 대한 반작용이었을까 규 일행의 환향길은 한없이 느렸다.
 며칠 후 그들은 제나라 국경에 당도했다. 그러나 미리 대기하고 있기라도 했던 듯 제나라 군사가 맹공격을 가해 왔다.
「규 공자께서 제위에 오르시기 위해 귀국하시는 길이다. 공격을 멈추어라!」
 노군의 장수가 이렇게 소리치자 제나라 군사는
「어찌 한 나라에 두 왕이 있을 수 있단 말이냐. 제나라에서는 이미 소백 공자를 주군으로 세웠다!」
 노군 사이에서 웃음이 터져나왔다.
「하하하, 웃기지 마라. 송장을 왕으로 세워서 어쩌자는 거냐!」
「말조심해라, 어디서 감히 그런 무엄한 입을 놀리는 거냐!」

그들이 이렇게 옥신각신하고 있을 때 갑자기 일단의 군대가 내달아 노군을 포위하면서 순식간에 규의 목을 쳐 죽이고 관중을 사로잡았다.

제왕 앞에 끌려나온 관중은 경악을 금할 수 없었다. 얼굴에 노기를 띠고 자신을 내려다보고 있는 제왕은 바로 자신의 화살을 맞고 말에서 떨어져 죽은 소백이 아닌가! 관중은 너무나 큰 충격에 의식을 잃고 그 자리에 쓰러지고 말았다.

귀국길에서 관중이 쏜 화살은 요행히도 소백의 허리띠 고리를 맞혔을 뿐 소백의 몸에는 털끝만한 상처도 입히지 못했던 것이다. 이 때 순간적으로 기지를 발휘하여 소백은 일부러 말에서 떨어져 죽은 척했고, 사태를 짐작한 포숙아는 일행으로 하여금 급히 거짓 영구를 만들게 하여 제나라로 돌아왔던 것이다.

따라서 규 일행이 제나라 국경에 당도했을 때는, 백성들과 신하들의 환호 속에 이미 소백이 환공(桓公)으로 즉위한 지 나흘 후였다. 포숙아는 환공이 즉위하자 즉시 노나라에서 돌아오고 있는 규 일행을 섬멸하기 위해 국경 일대에 군대를 파견할 것을 진언하였다.

그리고 포숙아는 국경를 향해 떠나는 부대의 대장을 은밀히 불러 관중만은 절대로 죽이지 말고 생포해 오라고 엄히 일렀던 것이다.

환공은 귀국길의 자신을 죽이려 했던 관중을 참수하려 했으나 포숙아가 나서서 그를 살려줄 것을 간절히 탄원하였다.

「주군께서 오직 제나라 만을 다스리는데 만족하신다면 이 포숙아 한 사람으로 족할 것이오나 장차 천하의 패자가 되시려 하신다면 관중이 없이는 아니되옵니다.」

포숙아의 이같은 탄원으로 아슬아슬하게 죽음을 면한 관중은 훗날 환공이 패자가 되어 제후들을 규합시키고 천하를 바로잡는 데 포숙아와 더불어 절대적인 역할을 하게 된다.

포숙아는 이렇게 하여 그의 「투량환주」의 책략을 이루었던 것이다.

서기전 685년에 즉위한 환공은 제일 먼저 망명길에 오른 그를 냉대했던 담나라를 시작으로 자신의 즉위를 방해했던 노나라의 순서로 차례차례로 제후국들을 평정, 드디어 중원 최초의 패자가 되었던 것이다.

■ 투량환주 ②

 1982년 9월, 우리 나라를 비롯하여 중공, 태국 등 2차 대전 당시 일본에 침략을 당했던 동남아 여러 나라 국민을 분노케 한 일본의 역사 교과서 문제를 둘러싸고 여론이 비등했을 때 중공의 《인민일보》는 「일본이 투량환주를 하였다」라는 표현을 사용하며 일본을 맹비난했었다.
 「전의 군국주의를 반성하고 두 번 다시 그 길을 걷지 않는다」는 중·일 공동 성명의 정신을 위배하고 일본은 평화주의라는 대들보(梁)를 군국주의라는 기둥(柱)으로 바꾸려 하고 있다는 뜻이었던 것이다.
 얼마 전에는 일본의 후지오(藤尾正行) 문부상의 망언으로 나라 안이 또 다시 들끓었다. 따지고 보면 새삼스러운 일도 아니겠지만 이를 계기로 우리 국민은 반성할 줄 모르는 저들의 철면피한 제국주의 근성에 다시 한번 전율하게 된다.
 후지오는 일본의 한국에 대한 침략(1910년의 한일 합방)을 정당한 국제법 절차에 따른 합법이라고 주장했다. 이쯤 되면 우리는 차라리 할말을 잊고 만다. 후지오의 말대로 1910년 한국은 일본의 대표 이토오(伊藤博文)에 의해 형식적으로 조약을 체결, 일본에 병합되고 말았다. 그러나 약소국에 총칼을 들이대고 협박하며 체결한 조약도 「합법」이란 말인가? 그리고 그들은 그보다 앞서 우리에게 무슨 짓을 했던가.
 일본은 1853년 미국의 이른바 흑선(黑船)이 개국을 강요한 함포 외교의 수법을 20년 후 그대로 우리 나라에 원용하였다. 1875년 일본은 군함 6척을 몰고 와 영종도(永宗島)를 불법으로 점령하고 통상을 강요했다. 당시 함포로 대항할 수 없었던 우리는 일본에 굴복, 불평등 조약(병자 수호 조약)을 강요당했다. 그후 30년 동안 이 나라를 일본의 군과 상인들은 제 마음대로 들락날락하며 그렇지 않아도 피폐한 나라의 질서를 어지럽히고 대신들은 돈으로 매수하여 반목, 분열케 하는 동시에 몽매한 민중을 유혹, 이간시켰다.
 그야말로 남의 팔다리를 꽁꽁 묶어 놓고 마취 주사까지 놓은 연후에 남의 나라 외교권을 박탈하고 통감부를 설치한 다음 저희들끼리 「합법적」으로 나라를 강탈했던 것이 아닌가.

이 계의 지면을 빌어 일본이 한국을 침략함에 있어 어떤 방법으로 「투량환주」를 하였는가 간단히 살펴 보자.

1904년 노일 전쟁이 터지자 일본은 이 기회를 이용해 한국을 수중에 넣고자 한·일간에 비밀 조약을 체결하려 하였다. 후일 이른바 「한·일 의정서」로 알려진 이 조약은 원래 비밀리에 추진되었던 것인데 신문이 이를 탐지해 먼저 발표해 버렸기 때문에 비로소 세상에 공개된 것이다.

전문 6조로 되어 있는 이 의정서의 내용을 보면 이미 일본은 한국을 수중에 넣으려 획책하고 있었음을 알 수 있다. 그러나 당시 한국 정부는 일본에 대해 의구심을 품고 이에 쉽사리 응하려 하지 않았다. 그래서 일본 공사 하야시(林權助)는 임기 응변책으로 외무 대신 임시 서리 이지용(李址鎔)에게 돈 1만원을 쥐어 주고 소기의 목적을 달성했던 것이다.

한·일 의정서 중에서 특히 문제가 되는 점은 1조와 4조이다. 1조와 4조의 조약문을 옮겨 보면

제1조, 한·일 양국간에 항구적 친교를 유지하고 동양의 평화를 확립하기 위하여 한국 정부는 일본 정부를 확신하고 시정(施政) 개선에 관하여 그 충고를 받는다.

제4조, 제3국의 침해나 내란 때문에 한국 황실의 안녕과 영토 보전에 위협이 있을 때 일본 정부는 속히 임기 응변의 조치를 취한다. 이 때 한국 정부는 일본의 행동을 용이하게 하기 위하여 편의를 보아 준다. 그리고 일본 정부는 전항의 목적을 달성하기 위해 군략상 필요한 지점을 수용한다.

이상 제1조의 「충고를 받는다」는 말은 국제 공법상 명령을 받는다는 뜻이 된다. 이처럼 일본은 러시아와 전쟁을 하면서 한국에 대하여 적극적으로 침략 행위를 획책하였던 것이다.

여기서 우리가 유의할 것은 일본이 러시아와 전쟁을 하면서 한국에 대해, 36계의 표현으로 「가도벌괵」의 책략을 쓰고 있었다는 사실이다.

1904년 10월 일본의 원로 중신과 내각이 한 자리에 모여 소위 「대한 시설 강령 결정의 건(對韓施說綱領決定件)」을 구체적으로 토의 결정하였다.

그 내용을 보면 한국을 완전히 수중에 넣고 마음대로 하겠다는 수작

임을 곧 알 수 있다. 그 주요 내용을 의역해 여기에 옮기면 첫째 방비를 완전히 한다 하여 한국 내에 일본군을 주둔시켜 한국의 방어와 안녕, 질서의 책임을 일본이 담당하고 나아가 한국내의 군사적으로 중요한 지점을 수용하여 군사 시설을 만들며, 둘째 외정(外政) 감독이라 하여 한국이 다른 나라와 조약을 체결할 때는 일본의 동의를 얻어야 하며, 한국 외무 아문에 외국인을 고문으로 두어 이를 일본 공사가 감독하고, 세째 재정을 돕는다는 구실 아래 일본인을 재정 고문으로 한국 정부에 보내 한국 재무의 실권을 장악한다. 네째 교통 기관을 장악하여 경부선, 경의선, 경원선, 함경선 등 각 철도를 일본이 부설, 경영한다. 그리고 통신 기관을 장악한다. 다섯째 척식 사업으로서 농업에 대하여 황무지 개간, 민유지를 매입하고, 임업에 대하여는 압록강과 두만강 부근의 삼림 채벌권을 갖는다. 광업에 대하여는 유망한 것만 골라 채광권을 갖고 어업에 대하여는 8도의 전 어업권을 갖는다는 것이었다.

일본은 이처럼 소위 한·일 합방이 이루어지기 이미 6년 전부터 국방, 외교, 재정, 교통, 통신 등 우리 나라의 모든 실권을 완전히 장악하려고 획책하였던 것이다.

이 계획에 따라 우선 일본의 앞잡이인 미국인 스티븐스를 외교 고문으로 앉혔다. 그리고 재정 고문으로는 일본의 메가타(目賀田), 경무청 고문에는 마루야마(丸山)가 각각 차지하고 앉아 한국의 실질적인 재정과 경찰권을 장악하였다.

이와 같이 주요 부서부터 하나하나 고문이라는 명목으로 실권을 장악한 다음 최종적으로 이토오로 하여금 한국 정부 대신들을 협박해서 그야말로 형식상의 이른바 보호 조약을 체결하게 했던 것이다. 이미 뼈대를 잃어버린 한국이 어떻게 존속할 수 있었겠는가.

이처럼 일본은 한국을 침략함에 있어 고문이라는 대들보를 합방이라는 기둥과 바꿔치기했던 것이다.

프로 야구팀의 타순은 대개의 경우 4번이 최강자, 다음이 3번, 5번이라는 패턴을 취한다. 여기서 그같은 상식적인 패턴을 깨고 1번에서 9번까지의 타순을 완전히 바꿔 상대인 투수와 수비진을 혼란에 빠뜨리는 것도 일종의 투량환주의 전략이라 할 수 있다.

제26계

지상매괴
指 桑 罵 槐
슬며시 경고를 발하라

강한 사람이 약한 사람을 감복시키려면 경고의 형식을 취해야 한다. 적당히 강경하면 지지를 받을 수 있고 과감한 수단을 쓰면 상대를 복종시킬 수 있다.

그 때까지 복종치 않았던 세력을 통솔하여 적과 싸울 경우 배치를 바꾸어도 거들떠보지 않을 것이며 그렇다고 금전으로 매수한다면 오히려 의심만 유발할 것이다. 이런 때는 고의로 오해를 만들어 그 과실을 비난함으로써 슬며시 경고를 발해야 한다. 경고는 상대를 복종시키는 또 하나의 방법이다. 즉 강경하고도 과단성 있는 수단을 사용하여 상대를 복종시키는 것이다. 또 이것은 부하를 부리는 방법이라 해도 좋다.

한비자(韓非子)는 진언(進言)의 비결을 다음과 같이 말하고 있다.

첫째, 군주가 섣부른 계획을 자화 자찬하고 있으면 다른 예를 들어 슬그머니 지혜를 제공하고 모르는 체한다.

둘째, 군주의 행위를 찬양할 때는 다른 사람의 같은 행위를 예로 들고 말릴 때는 공통점이 있는 다른 예를 들어라. 부도덕한 행위를 하고 번민하는 군주에게는 마찬가지 예를 들어 대단한 일은 아니라고 마음을 누그러뜨려 주고, 실패해서 시무룩해 있는 군주에게는 다른 예를 들어 실패가 아님을 증명해서 마음을 고쳐먹게 하라.

사서에 보면 이런 이야기가 있다.

제나라 환공은 어느날 술을 고주 망태가 되도록 마시고 머리에 쓴 관을 잃어 버렸다. 환공은 한 나라의 군주로서 또한 천하의 패자로서 위신을 잃은 것이 부끄러워 3일 동안이나 조정에 나오지 못했다. 이 때 관중이

「그런 일은 나라를 다스리는 통치자로서 과히 부끄러워 할 일이 아닙니다. 선정을 베푸시어 그 오명을 씻어 버리면 그만입니다.」
하고 위로하였다. 관중의 이같은 말에 용기를 얻은 환공은 그날로 창고를 열어 가난한 백성들에게 베풀고 옥중에 있는 죄수들의 죄를 다시 조사해서 그중 죄질이 가벼운 자들을 석방하였다. 이런 일이 3일간 계속되자 백성들은 기뻐하며 이런 노래를 만들어 불렀다.

「제발 우리 주군께서 또 한번 관을 잃어 버리게 해 주십시오.」

註

지상매괴(指桑罵槐): 뽕나무를 가리켜 회화나무를 꾸짖는다는 뜻.
「닭을 죽여 원숭이를 속이고 산을 두드려 호랑이를 놀라게 한다」는 것과 같은 암시적 수단으로 부하의 통솔과 위엄의 확립을 달성하는 방책. 본래는 비유로써 갑을 가리켜 을을 나무라는 즉 직접 상대를 매도하지 않으면서 이쪽의 의미를 전달하는 것.
역(易)의 사패(師卦)에는 이런 말이 있다. 즉「장수는 적당히 강경한 자세로 엄격하고 진지하게 부하를 통솔, 관리한다. 이같이 하면 부하의 반응과 지지를 얻을 수 있다. 위험하고도 긴급할 때 장수는 강직하고 의연하며 과단성 있는 태도와 수단으로 대처한다. 그러면 부하의 복종과 존경을 얻을 수 있다.」

■ 지상매괴 ①

　제나라 환공(桓公)이 춘추 시대의 첫번째 패자로서 제후들을 규합시키고 천하를 바로잡은 것은 모두 관중(管仲)의 책략이 있었기 때문이다(제25계 참조). 그러한 관중이 환공보다 먼저 세상을 떠나자 관중을 잃은 환공은 딴 사람이 된 것처럼 절제를 잃기 시작했다.
　관중이 살아 있을 때 환공에게 철저히 경계할 것을 당부한 세 사람이 있으니, 역아(易牙), 개방(開方), 수조(豎刁)가 그들이었다. 역아는 출세를 위해서라면 제 자식이라도 죽여 국을 끓여 바치겠다고까지 한 요괴스러운 인물이었고, 개방은 망명해 온 위나라 공자였다. 그리고 수조는 출세를 위해 자진해서 거세하고 환자(宦者)가 된 자였다.
　환공은 관중이 세상을 떠나자 그의 그같은 당부를 저버리고 이들을 등용하여 그의 측근에 두었던 것이다.
　서기전 651년 여름 환공이 제후들을 규구(葵丘)에 모아 회맹(會盟)했을 때 그 맹약의 첫째 조항은 「불효자를 죽이고 세자를 바꾸지 말며 첩을 정실로 삼지 말 것」이었다. 그리고 네번째 조항에는 「대부를 함부로 죽이지 말 것」이라는 규율이 들어 있었다.
　회맹이란 제후들 사이에 어떤 문제가 발생했을 때, 이것을 회의에 붙여 토의해 결론을 내리고 그 결정에 따라 시행할 것을 맹약한다는 뜻이다.
　요괴스러운 역아의 아첨은 일세의 호걸 환공의 눈과 귀를 깜깜 절벽으로 막아 그의 모든 판단을 안개처럼 흐리게 하였다. 그에 따라 환공은 자신이 제후들에게 명하여 철석같이 약속한 맹약을 스스로 어기는 우를 범했던 것이다.
　환공에게는 세 사람의 정실이 있었으나 공교롭게도 그들에게는 아들이 하나도 없었다. 십여 명의 아들은 모두가 첩의 소생이었다. 따라서 그들 모두는 후계자로서의 자격 요건이 평등한 입장이었다. 그러므로 태자를 미리 정해 두지 않으면 분쟁이 일어날 것이 불을 본듯 뻔했다. 그래서 환공은 관중과 상의한 끝에 그 중 모든 면에서 재능이 뛰어난 정희(鄭姬)의 소생 소(昭)를 태자로 삼아 송(宋) 나라 양공(襄公)에게 보낸 바 있었다.

송나라는 은(殷) 나라 후손으로써 봉해진 나라였고 양공 또한 학문에 일가견이 있는 인물이었기 때문에 태자를 유학시키는데 가장 적합한 나라라고 판단했던 것이다. 관중이 죽은 것은 그 몇해 후의 일이었다.

패자로서 맹위를 떨치던 환공도 세월과 함께 이제 노년에 이르렀다. 그의 정책에는 박력과 과단성이 없어졌고 매사를 결정함에 있어서도 우유 부단하였다. 따라서 조정의 질서가 문란해지면서 비로소 때를 만난 세 사람의 간신들은 차츰 그 독성을 들어내기 시작하였다.

관중 생전에는 환공의 근처에 얼씬도 못하고 숨을 죽이며 때를 기다리던 그들은 관중의 죽음과 함께 늙은 환공에게 없어서는 안될 수족이 되었고, 이제 환공은 이들의 조종에 따라 움직이는 허수아비가 되어 버린 것이다.

환공의 첩 중에 장위희(張衛姬)라는 여인이 있었다. 비교적 두뇌가 총명한 그녀는 늙은 환공이 절제와 판단력을 잃고 나날이 세 간신들에게 빠져들자 그들 세 사람의 간신과 밀착하여 자신의 소생 무궤(無詭)를 태자로 세울 궁리를 하기 시작하였다.

「그대들은 계교로써 주공의 마음을 움직여 지금 송나라에 가 있는 태자를 폐하고 무궤를 후계자로 세우는 일을 서두르시오. 주공은 이제 그대들이 요리하는대로 따라가는 허수아비에 불과하니 그대들의 몇 마디로 성사될 수 있을 것이오. 주공이 이미 늙어 언제 세상을 떠날지 모르니 그 전에 모든 일이 마무리되어야 하오. 그리하여 무궤가 제위에 오르게 되면 그대들은 일등 공신이 되는 게 아니겠오?」

장위희의 목소리는 은근하면서도 기대에 들떠 있었다.

「그 일은 저희들이 벌써부터 획책하고 있던 일입니다. 태자의 생모도 이미 죽고 없으니 이제 우리가 일을 도모한다고 해도 태자를 위하여 나설 사람은 아무도 없을 것이옵니다. 하늘이 우리를 도와 관중을 일찍 죽게 한 것입니다.」

역아는 실눈을 더욱 가늘게 뜨며 의미있는 웃음을 지었다.

「이제야 소신애게도 망명 공자의 때를 벗을 날이 오는 듯 싶옵니다.」

개방은 사뭇 두 주먹을 불끈 쥐었다.

그들 셋은 그날부터 장위희와 더불어 입의 꿀처럼 달콤한 말로 늙은 환공을 구슬리기 시작하였다.
「십여 명의 공자들 중 주공을 그대로 빼닮은 것은 무궤 공자 뿐입니다. 외모 뿐 아니오라 모든 됨됨이에 있어서도 다른 공자들보다 월등합니다. 우리 제나라가 패자의 위치를 길이 보전하려면 송나라에 가 있는 유약한 태자보다는 무궤 공자를 후계자로 세우심이 좋을 듯 하옵니다.」
「태자는 이미 여러 해째 송의 양공에게 양육된바 주공보다는 양공의 영향을 더 많이 받고 있읍니다. 따라서 태자는 매사를 생각하고 결정함에 있어서도 부왕인 주공보다는 양공의 의견에 따르려 할 것이 옵니다. 그러므로 제나라 왕위의 계승자로서는 지금의 태자보다는 무궤 공자가 적임인 줄 아옵니다. 부왕의 뜻을 이어받고자 하는 무궤 공자의 효심을 외면하지 마옵소서.」
이같은 그들의 감언 이설은 마침내 환공의 마음을 움직여 드디어 송나라에 있는 태자를 폐하고 후계자는 무궤로 바뀌고 말았다. 이로써 제후국들과의 맹약 제1조는 깨어지고 만 것이다.
이같은 정세 변화에 대해 불평과 울분을 안으로만 삭이고 있던 다섯 공자는 부왕 환공이 노환으로 세상을 떠나자 일제히 들고 일어나 무궤 일파에게 대항하기 시작하였다. 부왕의 시신을 한쪽 구석에 방치한 채 그들 형제는 뿔뿔이 세력을 결성하여 권력 다툼을 벌였고, 간신 역아는 환관 수조와 합세하여 궁중에서 반대파 대신들을 무참히 학살하였다.
일시에 궁중은 골육 상쟁의 피비린내 나는 혈전의 장으로 바뀌고 말았다. 권력 다툼에 눈이 먼 그들에게 있어 부왕의 장례 문제 따위는 이미 안중에도 없었다. 환공의 유해는 입관도 못한 채 싸움의 와중에서 67일 동안이나 그대로 방치되었으니 시수가 흘러 바닥에 흥건한 가운데 악취가 진동하고 시충이 우글거렸다. 춘추 제1의 패자로 한때를 풍미하던 영웅의 말로치고는 너무나 비참한 모습이었다.
송나라에 가 있던 태자 소(昭)가 귀국한 것은 무궤 일파의 세력이 이미 조정 곳곳에 그 뿌리를 내리고 있을 무렵이었다.
「무궤가 후계자로 세워진 일은 부왕의 판단력이 노환으로 흐려진 것을 악용한 각신들의 협박으로 이루어진 것이므로 인정할 수 없다.」

태자 소는 자기의 후계자로서의 정통성을 주장하며 강경하게 공박하였다. 그러나 이미 강대한 세력을 구축한 무궤파 앞에 태자 소의 그같은 주장은 공허한 울분에 지나지 않았다. 오히려 신변의 위협마저 느낀 소는 다시 송나라로 망명하는 수밖에 없었다.

태자 소가 부당하게 후계자 자리를 빼앗기고 송나라로 되돌아오자 양공의 분노는 불같았다. 규구의 회맹 때 양공 자신은 부친의 상중이면서도 「천하의 일은 집안 일보다 우선한다」고 생각, 참석하지 않았던가. 규구에서 맹약한 두 가지 사항을 헌신짝처럼 버리면서 제멋대로 태자를 바꾸고 반대파인 대부(대신)를 학살한 제나라를 양공은 도저히 용납할 수가 없었다.

양공은 즉시 제후국들에게 규구의 맹약을 어기고 천하를 어지럽히는 제나라를 토벌해야 한다는 격문을 보내고 제후들의 군사를 규합해 제나라를 공격하였다.

허편 연합군의 공격을 받은 제나라 군사들은 이들과 맞서 싸우려 들지를 않았다. 군졸도 장군도 한낱 간신배들이 정권을 뒤흔들자 그 간신배들이 옹립한 무궤를 위하여 목숨을 바쳐 싸울 이유가 없다고 생각했던 것이다. 숫적으로는 우세하다 해도 제나라 군사들의 전의는 형편없이 저하되어 있었다.

맹공을 가해 오는 연합군을 무저항으로 맞고 있던 제나라 군사들은 드디어 칼을 들어 즉위한 지 얼마 안 되는 무궤를 죽이고 말았다. 무궤가 죽자 후계자의 자리 싸움은 다시 소를 제외한 네 공자 사이로 압축되었다. 조정이 이 모양이니 통수권자가 없는 군대가 제대로 싸울 수 있겠는가. 송의 양공은 소극적으로 저항하는 제나라 군사를 격파하고 소(昭)를 효공(孝公)으로 즉위시켰다.

환공의 장례는 8월에 이르러 효공이 즉위하고서야 겨우 치르게 되었다. 내란은 평정되었으나 그러나 그 상처는 크고도 깊었다. 중원 최초의 패자임을 자랑하던 제나라의 기반은 그 후유증으로 썩은 나무처럼 흔들리기 시작했다. 군기의 문란은 갈수록 심화되어 하극상은 보통이었고 지휘관들의 횡포와 부패는 그대로 군의 타락과 무질서로 이어졌다.

왕실이나 귀족들의 창고에서는 피륙과 곡식이 썩어 벌레가 득실거리는데 반해 백성의 생활은 말이 아니어서 헐벗고 굶주려 죽는 자가 길가에 즐비하였다. 제나라의 이러한 쇠퇴를 틈타 제후국들은 때없이 제나라를 공격해 왔다. 대오가 정제되지 못한 제나라 군사는 그 때마다 패전의 고배를 마셔야 했고 희생되는 건 언제나 말단 병졸들 뿐이었다.

이무렵 전국 7웅의 하나로 부상한 연(燕) 나라가 제나라를 공격해 왔다. 제나라에서는 사마양저(司馬穰苴)를 장군으로 임명해 연군을 물리치도록 했다.

장군으로 부임한 사마양저는 먼저 문란한 군기를 바로잡지 않고는 싸움에 이길수 없다고 생각했다. 그리고 그렇듯 군기가 문란해진 이유가 주로 고급 지휘관들, 특히 왕의 측근이나 총신이라는 자들의 특권의식에서 나온 횡포와 독단에 있음을 알게된 사마양저는 이를 어떻게 바로잡을 것인가로 번민했다. 그들은 왕의 후광을 믿고 상관을 우습게 알고 있었다.

출전을 며칠 앞두고 감군(監軍)으로 기용되어 함께 출전하게 된 장가(莊賈)는 가족들을 만나보고 오겠노라며 사령관인 사마양저에게 특별 휴가를 요청하였다. 장가는 왕의 총애를 받는 인물로 자타가 공인하고 있는 터였다.

장군의 허락을 받아 집으로 돌아간 장가는 그러나 약속된 날짜가 지나도록 귀대를 하지 않았다. 장가의 오만 불손한 행동은 군졸들 사이에서도 소문이 나 있었다. 그가 아무리 군법을 어기고 군기를 어지럽힌다 해도 왕의 총애를 받고 있는 이상 누구 하나 감히 어쩌지 못하고 있는 터였다.

다음날 출진 시간이 훨씬 지나서야 장가는 부대에 도착하였다. 그의 입에서는 독한 술냄새마저 풍기고 있었고 아직도 잠이 덜깬 듯한 얼굴이었다. 싸움을 앞둔 장수라고는 도저히 생각할 수 없는 모습이었다. 군율을 어긴 자로서의 그의 태도는 그러나 여유 만만하였다.

사마양저는 묵묵히 그의 얼굴을 바라보았다. 부끄러움이나 송구스럼 따위는 그림자조차 찾아볼 수 없는 얼굴이었다.

「어떤 이유로 약속 시간을 어기고 늦었는가?」

사마양저는 조용히 그러나 엄한 어조로 물었다.

「죄송합니다….」

입으로는 이렇게「죄송합니다」를 연발했지만 그러나 그렇게 말하는 장가의 얼굴엔 습성처럼 오만함과 무례함이 배어 있었다.
「어떤 이유로 약속 시간을 어기고 늦었는가?」
사마양저는 똑같은 어조로 되풀이해 물었다.
「예, 장군께서도 아시다시피 대왕을 가까이 해온 소신에게는 평소 많은 중신들이 따르곤 했읍니다. 이번에도 소신의 출전 소식을 듣고 많은 중신들과 친척들이 줄을 지어 찾아오는 바람에 어쩔 수 없이 이렇게 지체하게 되었읍니다. 대왕께서도 알고 계실 것입니다.」
장가의 그같은 이야기는 변명이라기보다 차라리 자기 자랑이었다. 그의 말 한마디 한마디는 왕의 총신임을 은근히 시위하고 있었다.
「그대는 군법을 알고 있는가?」
「…?」
장가는 양저의 얼굴을 멀뚱히 올려다볼 뿐 대답을 하지 않았다. 양저는 더 이상 묻지 않았다.
「군법관!」
양저는 군법관을 불렀다.
「군법에 의하면 전시에 지휘관의 명을 어기고 약속 시간에 늦게 귀대한 자는 어떤 벌을 받게 되는가?」
「네, 참수죄에 해당됩니다.」
자신이 범한 죄에 어떤 벌이 따르는지를 장가가 어찌 모르겠는가. 그러나 이제까지 그 이상의 군율을 얼마든지 어겼어도 누구 하나 감히 어쩌지를 못했던지라 그는 이 어색한 분위기를 차라리 여유있는 웃음으로 눙치려 했다.
「저자를 일단 하옥시켜라! 군법에 따라 처형하겠다.」
양저의 명령은 추상같았다. 유들유들하던 장가의 얼굴에서 순간 웃음기가 걷히며 안색이 백짓장처럼 창백해졌다. 캄캄한 절벽이 그의 눈앞을 가로막았다. 제나라 천지에는 감히 왕의 총신인 자기를 정죄할 자가 없다고 믿어 온 장가였다. 때문에 이러한 일이 자신에게 일어나리라고는 꿈에도 생각지 못한 그였다.
옥중에서 간신히 정신을 수습한 장가는 전옥을 통해 조용히 그의 사환을 불렀다.

「이 사정을 빨리 주공께 아뢰어 나를 구출하도록 하라. 양저도 감히 주공의 명은 거역하지 못할 것이다.」
 장가의 이같은 당부에 따라 사환은 급히 말을 달려 도성으로 향했다.
「두고 보라! 왕의 특명에 따라 내가 출옥하는 날에는….」
 장가는 입술을 깨물었다. 군졸들은 물론 다른 장수들도 사마양저가 아무리 강직한 장군이라 해도 장가만은 감히 처형하지 못할 것이라고 생각했다. 한 번 본때를 보이기 위해 하루 이틀쯤 감옥에 쳐넣었다가 방면하리라 생각했다. 장가와 같은 부류의 장수들은 오히려 사마양저를 비웃기까지 하였다.
「장가 같은 왕의 총신을 저렇게 다루다간 양저의 목이 백 개가 있어도 남아나지 않을 걸!」
「사마 장군이 섶을 지고 불로 뛰어든 격이야. 적당히 봐줘도 될 걸 혼자 곧은 체하다가 이제 큰 코 다치는 거지. 그렇다고 군기가 하루 이틀에 바로잡히는 것도 아닐 텐데 말야.」
 도성인 임치까지는 아무리 빨리 달린다 해도 다녀오려면 꼬박 하루는 걸려야 하는 거리였다. 설마 하루 이틀 사이에 처형하지는 않으리라 믿으면서도 사환으로부터 소식을 기다리는 순간순간은 초조하고 지리하기만 했다. 그런 초조함 속에서도 장가는 출옥 후 양저에 대한 복수의 집념으로 가슴을 불태우고 있었다.
 이 때 어수선한 사람들의 발자국 소리가 가까와지더니 옥문이 열리며 몇몇 군졸들이 그를 끌어내었다.
「군법에 따라 처형한다 합니다.」
 전옥의 이러한 귀뜀에 장가는 비로소 정신이 번쩍 들었다.
「임치에 간 사환은 아직도 아니왔는가?」
「아직 소식이 없읍니다.」
 장가는 끌려가면서도 행여나 싶어 자꾸만 뒤를 돌아보았다. 장가는 전군이 보는 앞에서 장군 양저의 앞에 꿇어앉혀졌다.
「배후의 어떤 권력을 믿고 함부로 군기를 어기는 자는 지위의 고하를 막론하고 누구나 이 장가와 같이 되리라. 국운이 존망 지추에 있는 이 때 군인의 기강이 이래가지고서야 어찌 나라와 백성를 구할 수 있단 말인가. 장가는 듣거라. 너는 군율을 어겼으므로 군법에 따라 참형에 처한다. 참수하라!」
 장군 양저의 추상같은 명령과 함께 장가의 머리는 땅으로 굴러떨어졌다.
 장가의 사환이 왕의 특사령을 가지고 부대에 도착한 것은 장가의 머리가 전군 앞에서 효수된 뒤였다.
「죄인을 특사하라시는 어명이 계셨읍니다.」
 장가의 사환은 숨을 몰아쉬고 왕의 친서를 양저에게 올렸다. 왕의 친서를 받아든 양저는 담담한 어조로 말했다.
「그런가? 어명의 전달이 한 발 늦었군.」
 장가가 왕의 특사를 요청하기 위해 사람을 보낸 사실을 안 양저는 사환이 도착하기 전에 서둘러 장가를 처형했던 것이다.
 장가가 이미 처형되었다는 소식은 즉시 조정에 전해졌다. 그러나 왕으로서도 이미 어찌할 수 없는 일이었다. 왕이 아무리 총애하던 신하라 하더라도 그가 군법을 어긴 것이 사실이라면 군법에 따라 처형되는 것 또한 너무나 당연한 일이 아니겠는가.
「왕명을 어긴 사마양저를 즉시 처단해야 하옵니다.」
 이 일을 기화로 정적 양저를 없애려는 간신 무리들은 일제히 왕 앞에 입을 모아 양저를 참소하고 나섰다.
「양저는 평소에도 오만한 자로서 어명을 우습게 여기는 무례한 자이옵니다.」
「그러한 양저에게 군사권을 쥐게 한다는 것은 심히 부당하고도 위험 천만한 일이옵니다. 수하의 군대를 일으켜 모반할까 두렵아오니 즉시 하옥하심이 옳을 줄 아옵니다.」
 왕은 그러나 고개를 가로저었다.
「어찌 그가 왕명을 어겼다고 할 수 있겠는가. 양저는 군의 지휘관으로서 군법을 지켜 당연히 해야 할 일을 했을 뿐이다. 그리고 이미 법에 따라 형이 집행된 후에 특사령이 도착했으므로 결코 왕명을 어긴 것이 아니다. 그러므로 양저에 대하여 더 이상의 비난의 말들을 하지 말라.」
 왕의 이같은 결론은 누구도 이의나 반론을 제기할 수 없는 정연한 논리였다. 때가 왔다 싶어 떠들어 대던 간신들은 민망하여 꿀먹은 벙어리가 되고 말았다.

한편 장가를 처형하고 난 사마양저의 진중에는 전에 없이 무거운 긴장감이 감돌았다. 군율을 어기는 일쯤 대수롭지 않게 여겨 오던 군사들에게 있어 사마 장군이 보인 결행은 무서운 경종이 아닐 수 없었다. 군기는 시간이 다르게 일신되어 갔다.

사령관으로서의 사마양저 장군은 그러나 군졸들에게 있어 언제나 냉엄하고 두려운 존재만은 아니었다. 양저는 항상 최하급의 군졸들과 숙식을 같이 했고 행군할 때도 말을 타지 않고 자신의 소지품과 식량을 부하에게 짐지우는 일이 없이 손수 지고 다녔다. 모든 생활에서 군졸들과 동고 동락하려는 그의 자세에 군졸들은 마음으로부터 머리를 숙이지 않을 수 없었다.

그것만이 아니었다. 군졸들의 식량이 부족할 때는 자신의 급료를 털어 보충하였고 군졸들의 가족 중에 어려운 자가 있을 때는 사람을 보내 보살피게 하였다. 병사(病舍)에 들러 환자들을 친히 보살펴 주는가 하면 심지어 악성 종양으로 고생하는 자의 고름을 입으로 빨아 내기까지 하였다.

그의 뛰어난 용병술과 순수한 인간애는 병졸들의 사기를 진작시켰고 드디어 출전 당일, 병석에 있던 군졸들까지 자리를 박차고 일어나 출전할 것을 자원하게 했던 것이다.

제후국들의 공격이 있을 때마다 제대로 싸움 한 번 못해 보고 패배만 거듭하여 멸망의 위기에 처했던 제나라는 사마양저의 군사가 연군을 대파하는 것을 전환점으로 하여 국력이 차츰 만회되기 시작했다.

■ 지상매괴 2

1948년 말, 이미 중국 대륙은 주요 지역의 대부분이 공산군 세력하에 들어갔다. 장개석의 국민당군은 실제로 이렇다할 반항도 하지 않았을 뿐 아니라 많은 사단이 최신 무기와 장비를 가지고 부대째로 공산당군으로 넘어가는 일마저 비일 비재했다.

부패한 국민당 정권에도, 또 공산당 정권에도 반대하면서 많은 지식인, 중간 계층을 대상으로 정치 세력을 구축했던 중도, 온건의 민주적 결사인「민주 동맹」이 1947년 10월 28일 국민당 정부에 의해 강제 해

산되고 대량으로 체포 투옥되자 지식인과 중산층은 별 수 없이 공산당 쪽으로 돌아섰다. 장 개석의 실책 가운데서도 민주적 온건 분자에 대한 탄압처럼, 즉 그들을 공산당으로 몰아붙인 실책처럼 큰 것은 없다는 것이 학자들이 공통적인 견해이다.

이제 국민당 정권은 국민의 이반과 함께 군대의 충성마저 기대할 수 없게 되었다.

미국의 트루만 정부는 이 시기에 중국의 일부라도 확보하기 위해 국민당 지배하의 지역과 공산당 정부 지배하의 중국을 분할 통치하는 정책을 검토하기도 했으나 곧 포기하고 말았다.

더구나 이 시기의 경제적 파탄은 국민당 정부의 무절제한 지폐 발행으로 1936년 기준으로 10년 사이에 1백만배의 물가 앙등이라는 세계적인 기록을 세웠다. 이같은 참상 속에서 민중이 어느 쪽을 택할 것인가는 너무나도 명백한 일이었다.

그러나 그보다도 국민당 정부의 가장 큰 실패 원인은 정부 상층부의 권력층이 민중의 생활고에는 아랑곳없이 사복을 채우고 향락을 누리기에만 급급한 데 있었다.

1945년 일본군이 패망하고 중국에서 물러간 뒤에도 장개석의 국민당 정부는 각성을 할 줄 몰랐다. 그들은 다만 일본이 물러갔으니 다시 옛날처럼 그들이 지배하고 갈라 먹던「그 좋은 과거」가 그대로 펼쳐진 것으로만 생각했다. 국민이 그동안 어느 정도 각성했다는 사실을 그들은 까맣게 모르고 있었던 것이다. 각성한 국민 앞에 그같이 부패한 정권이 지탱할 수 있겠는가.

급기야 만사 휴애를 깨달은 국민당 정부는 1949년 1월 8일 미·영·프·소 4개국 정부에 모택동 정권과의 중재를 호소하였다. 그러나 중국을 포기하는 쪽으로 정책을 전환한 미국은 물론 나머지 3국도 이미 그 시기는 지났다는 회답을 보내 왔다.

그 때 이미 공산당군은 장강 이북 지역을 완전히 점령하고 국민당 정권에 항복을 요구하고 나섰다. 사태가 이렇게 결정적으로 기울자 정부 요인과 재벌들은 해군 함정과 군 항공편으로 그 가족과 재산을 싸가지고 광동으로 또는 대만으로 도피하기에 바빴다.

공산당군 총사령부는 주덕(朱德)의 이름으로 국민당 군대에 대해 1949년

4월 12일까지 항복하라는 최후 통첩을 보냈다. 그 후 다시 공산당 총사령부는 그 기한을 4월 20일까지로 연기하고 그것이 최후 통첩이라고 선언하였다.

당시 국민당 정부의 군정 부장 하응흠은 이를 거부하였다.

공산당군은 4월 21일 0시를 기해 마침내 4백마일의 장강 연안에서 일제히 도강, 총공격을 개시하였다.

이런 절박한 상황에서 국민당 정부의 장개석을 비롯 군 장성들과 관계 장관들은 이 난국을 타개하기 위한 최종 회의를 열었다. 전국(戰局)은 이미 정부군이 괴멸되는가 아니면 대만으로 탈출하는가의 절망적인 국면으로 접어들고 있었다.

어느 장군은 전군이 괴멸당하는 한이 있더라도 절대 항전해야 한다고 주장했다.

「우리 군이 전멸하더라도 절대로 중국을 그대로 모택동에게 넘겨줄 수는 없읍니다. 장개석 총통 각하를 위해서는 기꺼이 이 목숨을 바치겠읍니다.」

다른 몇몇 장성들도 이와 비슷한 발언을 하며 끝까지 항전할 것을 주장하였다.

그 때 장개석이 가장 신임하는 진포뢰(陳布雷) 비서관이 조용히 자리에서 일어나 이렇게 말했다.

「이미 모든 것은 끝났읍니다. 이제 저항해 싸운다는 것은 아무 의미가 없읍니다. 괴롭고 부끄럽더라도 패배를 인정하고 모택동에게 투항하는 것이 미래의 중국 역사를 위해 취할 마지막 태도입니다.」

이 말을 들은 장개석의 얼굴이 일순 하얗게 변했다. 장개석은 한마디 말도 없이 팔짱을 낀 채 잠시 눈을 감고 있다가 다음 순간 자리에서 벌떡 일어나 그의 집무실로 갔다. 그는 허리에 차고 있던 칼을 빼 그가 가장 사랑하던 개의 목을 쳐 그 자리에서 죽여 버리고 말았다.

이같은 장개석의 광기어린 행위는 무엇을 의미하는 것일까? 중국인이라면 누구나 쉽게 알 수 있는 것이다. 바로 「지상매괴」의 직설적인 표현 외 다른 아무것도 아니다.

장개석은 자신의 목전에서 배신의 발언을 한 비서관에 대한 분노와 슬픔을 애견의 참살이라는 행위로 보였던 것이다. 이같은 장개석의 심정을 그의 오른팔과 같았던 비서관이 모를 리 있었겠는가. 진은 그 자리에서 권총을 꺼내 자신의 머리를 쏘아 자살하고 말았다. 유혈과 긴장 속에서「지상매괴」가 이루어지는 순간이었다.

■ 지상매괴 ③

「지상매괴」의 책략은 주로 부하를 이끌어 가는 통솔자에게 그 초점을 맞추고 있다.

군(軍)은 철두 철미 명령 계통으로 이루어진, 엄격한 군율을 바탕으로 한 사회이다. 따라서 명령 만으로도 통솔이 가능하지만 사회 일반 조직에서는 그같이 엄격한 명령만으로는 부하를 원만하게 통솔할 수가 없다.

대체로 조직의 일을 하려면 상사는 적시에 적절한 명령을 내려 부하가 해야 할 일과 그것을 실행한 결과에 대한 책임의 소재를 분명히 해 두지 않으면 안 된다. 그러나 인간은 본능적으로 명령을 받기를 싫어한다. 이 모순을 조정하려면 호령·명령·훈령의 사용법을 적절히 하여 상대로 하여금 되도록 압력을 느끼지 않도록 하는 연구가 필요하다.

덧붙여 말하면 명령이란 발령자(發令者)의 의도(무엇을 하려고 생각하고 있는가)와 수령자(受令者)의 임무(해야 할 일)를 나타내는 것이며, 호령은 수령자의 임무만을 나타내는 것이다. 또한 훈령은 발령자의 의도만을 나타내고 실행 방법은 수령자에게 일임하는 것이다.

그래도 역시 인간 관계에 지장(말썽)이 생길 염려가 있을 때는 명령(호령·훈령을 포함한다) 대신 통보(通報)를 사용한다. 이를테면 적정(敵情)·우군(友軍)의 상황·지형·천후·기상 상황들을 알리고 상황 판단(이 상황 하에서는 어떻게 하면 좋은가)이나 결심(나는 이렇게 한다)의 전제 조건을 일치시켜 두면 어느 정도의 능력을 가진 사람이라면 큰 차가 없는 결론을 내므로 굳이 명령을 하지 않더라도 부하는 상사와 같은 행동이나 처리 방법을 택할 것이다. 설사 꼭 일치하지는 않더라도 큰 탈선은 하지 않는다.

이 방식은「지상매괴」즉 뽕나무를 가리켜 회화나무를 꾸짖는, 직접 상대(회화나무)를 비판하지 않고 제3자(뽕나무)를 비판하여 자기가 의도하는 바를 간접적으로 상대에게 전하는 것으로써 직접 본인에게 명령하는 대신 정보를 제공해 간접으로 의사의 일치를 도모하는 것이다.

상대의 실패나 잘못을 권고 또는 질책할 때도 이같이 우회적이고 간접적인 방법이 많이 이용된다.

이태리계의 미국인 마이클 룸바르디는 여섯 개의 대학을 졸업하였으며 불어와 희랍어는 물론 뮤지컬에도 조예가 깊은 다재 다능한 인물이었다. 그런가 하면 그는 영화에까지 재능을 보여 어떤 일을 해도 불가능이 없는 사람이란 평을 받았다.

그러나 이렇게 각 분야에서 천재성을 번득이던 룸바르디도 커다란 시련을 겪은 일이 있었다.

1964년 세계적 세일즈맨이라고 불리우던 폴 마이어와 「성공 동기 협회(SMI)」를 창설한 지 4년이 지났을 때 룸바르디는 자신의 완벽한 지식과 두뇌를 세일즈계에서도 발휘하고 싶은 욕망을 느꼈다. 그리하여 룸바르디는 SMI 본부에 긴급 연락, 일본 지역의 판매권을 얻어 내었다. SMI의 프로그램을 번역 제작하여 판매하는 일이었다. 그러나 사업은 생각했던 것처럼 쉽게 풀리지 않았다. 일본에 대해서 누구보다도 많은 지식을 갖고 있던 그는 도무지 자신의 실패가 믿어지지 않았다.

불행히도 이 천재는 심한 좌절을 느껴야 했다. 불가능이란 없는 것처럼 보이던 그가 SMI의 창시자 폴 마이어에게 보낸 사업 실패에 대한 보고는 비관적인 내용으로 가득차 있었다.

이 때 폴 마이어는 룸바르디의 실패를 어떻게 보고 있었을까. 그것은 마이어가 그에게 보낸 편지 내용의 한 귀절을 살펴 봄으로써 알 수가 있다.

「진정 축하합니다. 이제부터 당신의 진가가 발휘되는 기회라고 생각합니다. 곤란한 때에는 뒷날 반드시 그 은혜와 보답이 따르는 법입니다. 전 책임을 혼자 짊어져야 비로소 진정한 가치도 얻어질 것이라고 생각합니다. 전력 투구를 부탁드립니다.」

실패한 사람에게 제일 먼저 던진 축하한다는 말. 생각하기에 따라서는 얼마나 모순이며 역설인가. 그러나 폴 마이어는 룸바르디에게 어떠한 힐난이나 위로의 말보다 이 메시지가 더 큰 자극이 될 것을 믿어 의심치 않았다.

　마이어의 답장을 받은 룸바르디는 엉망진창이 된 사업을 재건시키기 위해 발벗고 나섰다. 마침내 그의 노력은 결실을 보았고 사람들은 그를 세일즈에 지성(知性)을 접목시킨 인물로 인식하게 되었다.

　실패를 겪은 사람들에게 가장 절실한 것은 누구든 자신의 실패를 긍정적으로 받아들여 위로의 말을 해 주는 것이다. 그러나 그런 위로나 동정은 결코 어떤 자극도, 또한 재기의 용기도 주지 못한다. 보다 긴 안목에서 보면 그 역경을 재기의 기회로 인식하게 만드는 자극이 필요한 것이다.

　불후의 명저 《《천로역정》》도 존 버년이 감옥에 있을 때 나온 작품이며 빵을 위하여 루소는 《《에밀》》을 탈고했다.

　실패자에게는 결코 질책이나 동정의 메시지를 보내지 말라. 그들에게 필요한 것은 당장 일어설 정신력이지 배고픔을 달래 줄 양식이 아닌 것이다.

제27계

가치불전
假痴不癲

미련한 소를 가장하라

오히려 우둔을 가장, 행동에 나서지 않는 것이 좋다. 총명을 드러내어 경거 망동해서는 안 된다. 침착하게 행동하며 조금도 기밀을 흘리지 않는다. 마치 겨울의 번개를 품은 구름이 힘을 쳐축했다가 시기를 기다려서 움직이듯이.

모르는 체하고 있으나 실은 모두 간파하고 있다. 소경을 가장하고 있으나 실제로는 행동을 해서는 안 된다는 판단이거나 또는 시기가 오기를 기다리는 것일 뿐이다.

삼국 시대 위나라의 사마의(司馬懿)는 노쇠하여 죽음이 임박한 것처럼 가장, 조상(曹爽)의 경계심을 잃게 하여 그를 죽이는데 성공했다. 또 촉(蜀)의 제갈양이 보내온 부인의 목걸이며 의상을 받고 일부러 본국에 지시를 요망함과 동시에 더욱 수비를 견고히 하여 촉군이 피로해지기를 기다렸다. 그래야만 성공할 수가 있었던 것이다.

한편 촉의 강유(姜維)가 아홉 번이나 중원(中原)을 침공한 것은 그 방법의 졸렬함을 알면서도 경거 망동한 것이니 그랬기 때문에 분패의 비운을 만났던 것이다.

손자는 이렇게 말하고 있다.

「교묘히 싸워 승리를 거두는 사람은 그 지모(知謀)로 명성을 얻으려 하지 않으며 그 용감함을 가지고 공로를 자랑하려 하지 않는 것이다.」(軍形)

싸움의 기운(戰機)이 무르익지 않았을 때는 말없이 대기하여 소경처럼 행동한다. 만약 미치광이 같은 행동으로 나섰다가는 싸움의 기운을 폭로할 뿐만 아니라 사람들의 의혹만 불러일으키게 될 것이다. 그렇기 때문에 소경을 가장하는 사람은 이기지만 광인(狂人)처럼 날뛰는 사람은 진다.

어떤 사람은 이렇게 말하고 있다.

「소경처럼 행동하니까 적과 싸울 수가 있고 부대를 지휘할 수가 있는 것이다.」

송대(宋代)에 남방에는 귀신을 존중하는 풍속이 있었다. 적청(狄青)이 농지고(儂智高)를 점령했을 때의 일이다. 어쨌든 대군이 계림(桂林)의 남쪽으로 진출하는 것은 처음이었으므로 군사들은 모두 긴장하고 있었다. 그래서 그는 군의 사기를 돋구기 위해 일부러 귀신에게 매달려 보였다. 그는 여러 장수들과 군졸들이 지켜보는 가운데서 중얼거렸다.

「이번의 용병(用兵)은 이기느냐 지느냐 도무지 판단이 서지 않는다.」
 그리고는 동전 백 개를 꺼내어 이렇게 말했다.
「만약 승리하면, 이 동전을 땅바닥에 던졌을 때 표면(문자를 새기지 않은 쪽)이 나타날 것이다.」
 그러자 곁에 있던 부장이
「잘 되지 않으면 부대의 사기에 영향을 줍니다.」
하고 충고했으나 그는 듣지 않았다.
 많은 군사가 지켜보는 가운데 그는 돌연 손을 번쩍 들어 동전 전부를 땅에 던졌다. 결과는 놀랍게도 동전 백 개가 모두 표면을 드러냈다.
 전군은 환성을 올렸고 그 소리는 산촌과 들판에 울려 퍼졌다. 적청도 이상하게 흥분, 주위의 종자를 시켜 못을 백 개 가져오게 하여 그 못으로 흩어져 있는 동전을 그 자리에 움직이지 않게 단단히 고정시킨 다음 몸소 푸르고 엷은 천으로 동전을 덮어 봉하고는 이렇게 말했다.
「개선한다면 귀신에게 감사하고 동전을 회수하리라.」
 드디어 옹주(邕州)를 평정하고 돌아오자 그는 전에 맹세한 대로 봉했던 천을 걷어 내고 동전을 회수했다. 그 동전들은, 실은 양면 모두에 똑같은 무늬가 새겨진 것이었다.

註

 가치불전(假痴不癲): 어리석음을 가장하더라도 미치지 않는다. 어리석음을 가장한다는 것은 귀머거리와 벙어리 시늉을 한다, 즉 모른 체한다는 뜻이다. 그리고 전(癲)은 미치는 것. 미치지 않는다는 것은 송곳니를 드러내고 손톱을 세우는 듯한 흉내를 내지 않고 또 함부로 행동하지 않고 평정을 지키는 것.
 전체의 의미는 천치를 가장하는 사람은 외면은 바보처럼 보이지만 내심은 극히 냉정하다는 것. 이로써 군사상 일부러 둔중하고 융통성이 없는 것처럼 보여 주고 일단 행동으로 나왔을 때는 위계(危計)에 뛰어난 임기 응변이라는 의미로 비유하고 있다. 특히 이편 병사를 속이라는 주장은 반동적이지만 예를 들면 다른 병서에도 이렇게 나와 있다.
「교묘하게 사졸(士卒)의 귀와 눈을 바보로 만들고 이로써 모르게 하라.」(孫子・九地)

■ 가치불전 1

「짐의 유자 조방(曹芳)이 이제 겨우 8세 소년이니 그의 힘으로 어찌 사직을 보존할 수 있겠는가. 신하들이 서로 협력하여 그를 보좌하여 주기를 간절히 바라는 바이니 이러한 짐의 마음을 저버리지 말도록 하라.」

239년 정월 하순, 신병으로 정사를 돌볼 수 없어 신하들에게 추밀원 사무 일체를 맡겨오던 조예(曹叡)는 재위 13년 만인 36세에 어린 태자 조방을 위해 이같이 간곡한 유언을 남기고 세상을 떠났다.

조예의 임종을 지킨 총사령관 사마의(司馬懿: 仲達)와 대장군 조상(曹爽)은 제왕의 유언에 따라 태자 조방을 제위에 올렸다. 그리고 어린 왕을 도와 조상이 섭정을 하게 되었다. 조상의 근신과 겸허는 그가 어릴 때 궁궐에 출입하면서부터 조예의 눈에 띄어 조예는 그를 극진히 사랑해 왔고 그의 그러한 자세는 섭정을 맡은 지금에도 변함이 없었다. 그는 정사를 결정하고 시행함에 있어 먼저 사마의에게 고하는 것을 잊지 않았다.

그러한 조상의 문하에는 식객이 무려 5백이나 되었다. 그들 식객 중에서도 하안(何晏), 등양(鄧颺), 이승(李勝), 정밀(丁謐), 군범(軍範), 환범(桓範), 이 여섯 사람은 손발처럼 긴밀한 역할을 하고 있었다. 그들 중 대사농(大司農) 환범은 특히 지모가 뛰어나 지낭(知囊)이란 별명으로도 불리웠다.

주인이 득세하면 식객이 덩달아 덕을 보게 마련, 모든 정무 처리를 사마의의 뜻에 따라 행하는 조상의 처신에 대해 그의 식객들은 답답함을 금할 수 없었다.

「주공이 저렇게 처신을 하니, 사마의의 그늘에 가려 우리 식객들은 언제나 빛을 보게 될 것인가. 메뚜기도 한철이라던데 조방이 아직 어려 힘이 없을 때 일찌감치 권세를 손에 쥐어야 할 것이 아니겠는가!」

생각이 여기에 미친 하안은 어느날 용기를 내어 조상에게 귓속말로 간언하였다.

「주공은 어찌하여 조정의 일을 남의 손에만 맡기려 하십니까. 왜 자신의 능력과 권한을 스스로 포기하고 사마의 뜻에 따라 모든 정사를 처리하시는 겁니까? 이 일이 장차 후환이 될까 두렵습니다.」
하안의 이같은 간언에 조상은 그러나 결연한 어조로 자기의 뜻을 밝혔다.
「사마의는 선제께서 가장 신임하시던 중신인지라 그에게 태자의 뒷일을 믿고 부탁하셨으므로 다만 그 뜻을 받들어 행할 뿐이다. 내가 어찌 그러한 선제의 명을 거역하겠는가. 그대는 내 하는 일에 대해 함부로 가볍게 말하지 말라.」
이같이 말하는 조상의 얼굴에는 누구도 범할 수 없는 굳은 결의와 위엄이 서려 있었다. 하안은 그러나 굽히지 않고
「지금은 고인이 되신 선제의 뜻에 연연해 있을 때가 아닙니다. 세태는 하루가 다르게 변하고 있읍니다. 그뿐이 아닙니다. 주공의 선친께서 중달(仲達)과 더불어 촉병을 방어하시며 겪은 당시의 일을 생각해 보십시오. 선친께서 그때 중달로 인해 마음의 병을 얻어 별세하신 일을 주공께서는 잊고 계시단 말씀입니까?」
「그 일이라면….」
한창 나이에 죽은 부친 조진의 얼굴이 일순 조상의 눈앞에 어른거렸다.
조상의 표정에서 심경의 변화를 재빨리 간파한 하안은 때를 놓칠세라 말을 이었다.
「지금 사마의가 하고 있는 모든 일들은 선친께서 맡아 하셔야 할 일들입니다. 주공께서 지금 모든 권한을 사마의에게 부당하게 빼앗기고 계시지 않습니까. 마음의 병으로 돌아가신 선친을 생각하셔서라도 어찌 이렇게 관망만 하고 계실 일이옵니까?」
촉군과 겨루던 당시 대도독이던 조진과 사마의는 촉군의 동향에 대한 서로의 예측을 놓고 내기를 건 일이 있었다. 내기를 건 사마의의 의도는 어디까지나 촉군의 방어를 위해 조진을 격려하기 위함이었다. 그러나 조진에게 있어 중요한 것은 무엇보다도 내기에 대한 승부의 결과였다.
사사롭고도 하찮은 내기에만 한눈을 팔고 있던 조진은 촉군의 기습을 받아 사지에 빠졌다가 간신히 사마의에 의해 구출되었던 것이다.

그 결과 내기는 사마의의 승리로 돌아갔다.
「약속대로 옥대와 명마를 내놓을테니 제발 아무 말씀도 마시오.」
하며 민망해 하는 조진에 대해 사마의는 오히려 어이가 없었다.
「대도독, 그런 내기쯤은 잊으시오. 받지도 않겠소. 그것보다 지금이 어느 때인데 그처럼 무심하시오? 내기가 국가의 존망보다도 소중하오?」
사마의는 조진에게 이같이 일침을 가했다.
이 일로 자존심이 강한 조진은 충격을 받고 심화병을 일으켜 그것이 그대로 육신의 병으로 이어져 죽고 말았던 것이다.
조상은 그의 부친 조진이 사마의로부터 당한 인격적인 수모와 그로 인해 조진이 겪어야 했던 마음의 고통이 새삼 가슴에 아프게 와 닿았다.
「내가 과연 얼빠진 놈이었구나. 사마의는 바로 아버지를 돌아가시게 한 원수가 아니던가! 고맙다 하안! 그대가 내 어리석음을 깨우쳐 주었구나.」
이렇게 말하는 조상의 얼굴엔 이제까지와는 다른 새로운 결의가 어려 있었다.
「주공께서는 하루 속히 사마의로부터 모든 권한을 빼앗아 주공의 뜻대로 정사를 움직이도록 하십시오. 지금 그렇게 하시지 않으면 머잖아 천하는 사마의의 것이 되고 맙니다. 사마의의 것일 수밖에 없는 것입니다.」
「그러자면 방법이 필요하지 않겠는가? 그렇다고 해서 무력을 사용할 수도 없는 일이고….」
「방법은 있읍니다. 대왕께 주청하여 사마의의 신분을 지금보다 훨씬 높여 주되 그로 하여금 군사권을 행사하지 못하도록 하는 것입니다. 그렇게 되면 사마의는 허울만 번드레하고 실권은 빼앗긴 허수아비가 되는 것입니다. 지금 곧 대왕께 주청을 하십시오. 그렇게 되면 주공께선 오히려 생색을 내면서 정적을 제거하는 일석 이조의 득을 보게 되는 것입니다.」
이 계책이야 말로 28계에서 나올 「상옥추제」의 계다. 하안의 이같은 계책에 따라 조상은 곧 대왕에게

「선제 때부터의 사마의의 높은 공덕에 비추어 볼 때 그를 총사령관에 머물게 하는 것은 공신에 대한 예우가 아닌 줄 아옵니다. 고령의 나이로 그같은 직무를 감당하기가 힘에 부칠 때도 되었아오니 이제 그를 태부(太傅)로 봉하여 그로 하여금 안락한 여생을 보내게 하심이 좋을 듯하옵니다.」
하고 상주하였다.

아직 남을 의심할 줄 모르는 어린 나이의 조방으로선 조상의 이같은 상주가 고맙기만 하여 그의 경노 정신을 치하하고 즉석에서 그같은 상주를 허락하였다. 이 모든 일은 사마의가 부재중일 때 조상과 조방 사이에서만 이루어졌다.

뒤늦게 이 사실을 알게 된 사마의는 뒤통수를 얻어맞은 듯 그 엄청난 사태에 기가 막히지 않을 수 없었다.

「아무 공도 없는 신이 그같은 성은을 받는다는 것은 분수에 맞지 않는 일일 뿐더러 신에게는 아직도 할 일이 많이 남아 있읍니다. 선제께서 운명하실 때 친히 신을 허창(許昌)으로 불러 당부하신 말씀이 있으십니다. 생전에 선제께로부터 큰 은혜를 입어 온 신이 어찌 나이 많음을 내세워 선제의 그같은 유지를 저버릴 수 있겠읍니까. 부디 신에게 내리신 어명을 거두어 주시옵소서.」

충격과 분노와 슬픔으로 사마의의 음성은 떨리고 있었다. 이 모든 일들이 조상의 교활한 계교에서 나온 것임을 그가 어찌 모르겠는가. 사마의는 그러나 어전에서 조상의 이름을 한마디도 입에 올리지 않았다. 조상 일당의 철두 철미한 책략 앞에 사마의의 그 같이 간곡한 탄원은 아무 힘이 될 수 없었다.

이로써 사마의는 사실상 모든 군사권을 하루 아침에 박탈당하였고 그것은 자연히 조상의 수중으로 들어가게 되었다.

이 때부터 조상의 족벌 세력은 무서운 속도로 그 뿌리를 뻗기 시작했다. 조상의 아우 조의(曹義)를 중령군으로, 조훈(曹訓)을 무위 장군, 조언(曹彦)을 산기 장군으로 삼아 그들로 하여금 각각 어림군 3천 명씩을 거느리고 궁궐 출입을 자유로이 하게 하는 특권을 부여하였다. 때를 만난 것은 그의 족벌 뿐이 아니었다. 그의 식객으로 있던 등양·정일 등을 상서(尙書)로 삼고, 필범을 사예교위(司隸校尉), 이승은 하남

윤(河南尹)이 되었다.
 사마의를 제쳐놓고 조상은 이제 하루 아침에 벼락 감투를 쓴 그들과 만 모든 정사를 논의하였다.
 이로써 사마의에게 있어 태부라는 직위는 조상이 뜻한대로 한갓 허울이었을 뿐 그는 권력의 뒷전으로 밀려나 버린 것이다.
 충격과 실의에서 서서히 이성을 회복한 사마의는 이제부터 그가 해야 할 일이 무엇인가에 대해 생각지 않을 수 없었다. 드디어 그는 두 아들을 불러
「내가 비록 나이 많아 늙었다고는 하나 조상에게 이렇게 당하고 그대로 물러날 수만은 없다. 내가 다시 저들에게 빼앗긴 권리를 회복하기 위해서는 차라리 저들의 눈길이 미치지 않는 곳으로 멀찌감치 물러나 사태를 관망함이 좋을 듯하다. 일단 후퇴하는 척하는 것이다. 너희들은 그대로 친위군의 지휘권을 장악하고 정세의 변화를 주시하도록 하라.」
 이렇게 당부하고는 그 길로 사퇴하고 조정에서 물러났다.
 분수 밖의 권세와 영화가 갑자기 주어지면 사람이란 눈이 멀게 되는 모양이다. 사마의가 스스로 사퇴함으로써 조정이 온통 조상의 천하가 되자 그는 하안 등과 날마다 황음(荒淫)과 주연으로 세월을 보냈다. 사람이 달라져도 이렇게 달라질 수 있단말인가. 어제까지 그렇게 겸허하고 근신하던 조상의 모습은 이제 찾아볼 수가 없었다. 그의 생활은 제왕 못지 않게 호화로왔다. 의복과 모든 기명(器皿)은 궁궐에서 쓰는 것들을 그대로 흉내내었고 각지에서 들어온 조공 중 좋은 것은 궁궐로 가기 전에 먼저 조상의 창고로 빼돌려졌다. 그의 부원(府院)에도 미인들이 많았음에도 불구하고 아첨하는 무리들은 선제의 후궁 중 미인들을 골라 그에게로 보내어 환심을 사기에 바빴다.
 한 번 사치에 물든 조상의 탐욕은 그러나 한이 없었다. 마침내 그는 가무에 뛰어난 양가 규수 40여 명을 선발하여 집안에다 음악단까지 설치하였다. 자택의 누각을 크게 신축하고 금은 기명의 제조를 위해 수백 명의 공장으로 하여금 주야로 일을 하게 하였다 하니 천상의 왕이라 한들 이보다 더한 사치를 누릴 수 있을 것인가.
 그의 육신이 이렇게 호화의 극치를 달리는 반면 그의 정신 세계는

형편없이 병들어 가고 있었다. 향락의 그늘에 가려 지난날의 그 지혜와 명철한 판단은 이제 흔적조차 찾아볼 수 없었다. 겸허와 충절은 더더구나 없었다. 그에게는 오직 부와 탐욕과 향락, 교만만이 있을 뿐이었다.

당시 평원 땅에는 관로(管輅)라는 술수(術數)에 능한 자가 있었다. 말을 타자 경마까지 잡히고 싶어진 하안은 어느날 관로를 불러 자신의 운세를 점치게 하였다.

「내 꿈에 쉬파리떼가 몇 번 내 콧등에 날아들었는데 그것이 무슨 조짐인가. 혹시 삼공(三公)이라도 될 꿈인가?」

하안이 이렇게 꿈 이야기를 하고 해몽해 줄 것을 요구하자 관로는 이렇게 대답했다.

「원개(元愷)는 순임금을 돕고, 주공은 주나라를 섬길 때 모두 은혜를 베풀고 겸손하였소. 이제 군후께서는 높은 지위에 있어 그 세력이 강하다 하나 덕이 없고 위험을 두려워 하지 않으니 복을 구하는 도리가 아닙니다. 얼굴에서 코는 산에 비할 수 있으며 높고 위태함이 없이 귀한 것입니다. 그런데 쉬파리가 악취를 맡고 모여들었으니 일시에 낮은 곳으로 굴러떨어질 조짐이오.」

관로의 해몽을 들은 동양은

「그따위 해몽이 어디 있는가? 함부로 재수없이 입을 놀리면 용서하지 않을 것이다,」

하며 발끈하였다. 관로의 자세는 그러나 의연했다. 그는 자리에서 일어나며

「노생(老生)은 목에 칼이 들어오는 한이 있더라도 거짓말은 못하는 사람이오.」

하고는 자리를 떠났다.

「하하하 미친 자의 미친 소리로다!」

돌아서서 나가는 관로의 등 뒤에서 하안과 등양은 큰소리로 웃었다.

「그래, 지금 싫컷 웃어 두어라. 너희들이 그렇게 웃을 수 있는 날이 이제 얼마나 남았겠느냐」

관로는 걸음을 재촉하며 코웃음을 쳤다.

관로의 이같은 예언이 머잖아 적중하리라는 것을, 그 때까지도 나날이

그 권세가 막강해져 가던 그들로선 감히 상상이나 할 수 있는 일이었겠는가.

조방이 즉위한 지도 어느덧 10년이 되었으니 조상은 이미 10년 세도를 누린 셈이다. 그 무렵 조상은 하안과 등양 등과 함께 자주 사냥길에 나서곤 했다.

「형님은 위엄과 권세가 중한 몸이라 밖으로 사냥을 나간 사이를 혹시 누군가가 노리게 될지도 모를 일입니다. 조심하셔야지요.」

아우 조의의 이같은 염려에 대해 조상은

「병권이 내 수중에 있는데 무엇이 두려우랴.」

하며 호기를 부리곤 했다. 그러나 마음 한편으로는 사마의의 동정에 마음이 쓰이지 않을 수 없었다. 비록 사마가 나이 많아 은퇴해 초야에 묻혀 있다고는 하나 조상은 최대 정적으로 아직도 사마의를 꼽고 있었다. 늘 불발탄을 안고 있는 것처럼 마음이 편안하지 않았다.

그러던 어느날 조상은 사마의의 근황을 탐문하기 위해 이승을 청주 자사로 임명하여 보냈다. 신임 인사를 핑계로 자연스럽게 사마의를 방문하게 하기 위함이었다. 이승이 조상의 명에 따라 태부 사마의의 부중(府中)을 방문하자 문리(門吏)로부터 이 사실을 전해 들은 사마의는 급히 두 아들을 불러

「분명 조상이 나의 동정을 탐문하러 보낸 것이다.」

하고 급히 관을 벗어 버리고 머리를 풀어내린 뒤 이불을 뒤집어 쓰고 중병 환자처럼 앉아 여종들로 하여금 몸을 부축하게 하고 이승을 맞아들였다.

「오랫동안 태위를 뵙지 못해 병환이 이렇게 중하신 줄을 전혀 모르고 있었읍니다.」

이승은 병상 앞에서 절을 올렸다.

「늙은 몸이 얼른 죽지도 않고 이렇게 여러 사람에게 폐를 끼치고 있오.」

사마의는 기력이 다한 듯이 떨리는 소리로 떠듬떠듬 말했다.

「이번에 청주 자사로 임명되어 인사를 여쭙고자 왔읍니다.」

이승이 이렇게 자신의 방문 이유를 말하자 사마의는 엉뚱하게

「병주는 오랑캐 지방이 가까우니 잘 방비해야 할 것이야.」

했다.

「아니, 병주가 아니라 청주 자사로 가는 것입니다.」
「오오라, 지금 병주에서 오는 길이라고?」
 귀에 입을 가까이 대고 큰소리로 말해도 사마의의 반응은 엉뚱하기만 했다
 이승은 어처구니가 없어 주위를 둘러보았다.
「태부께서 언제부터 저렇게 병환이 중하셨오?」
「태부께선 지금 말소리조차 전혀 알아듣지를 못하십니다. 벌써 몇 달째 되셨읍니다.」
 곁에 앉아 있던 사마의의 아들이 이렇게 말하며 이승의 앞에 지필을 갖다 놓았다. 이승은 필담으로 그의 방문한 뜻을 밝혔다. 사마의는 그때서야 비로소 고개를 끄덕이며
「이거 내 귀가 깜깜 절벽이 되다 보니 이렇게 번거로운 수고를 끼치누먼…. 신임지에 간다니 아무쪼록 몸조심 하고 자중토록 하시오.」
하며 말하기도 힘겨운 듯 숨을 몰아쉬었다. 사마의의 두 손은 탈진한 듯 부들부들 떨리고 있었다.
 이 때 여종이 탕약 그릇을 들고 들어왔다. 그는 손을 심하게 떨며 마시던 탕약을 모두 흘려 버리고 말았다. 탕약은 옷 앞자락을 모두 적시고 땅바닥에까지 흘러내렸다.
 그는 더 이상 몸의 지탱이 어려운듯 침상 위로 쓰러지며
「나는 이미 늙고 병이 위중하여 명이 조석에 달렸오. 내 아들 둘이 있으나 별로 내세울 만한 인물이 못되니 그들을 잘 지도해 주오. 대장군을 뵙거든 내 두 아들을 잘 보살펴 달라고 부탁해 주기 바라오.」
 숨을 헐떡이며 끊어질듯 끊어질듯 간신히 이어지는 사마의의 말소리에 이승은 내심 그의 명이 과연 조석에 달려있음을 확신하였다.
 정중히 인사를 하고 사마의의 곁을 물러나온 이승은 곧바로 조상에게 달려가 그가 본 사실들을 소상히 보고했다.
「사마공의 병은 이미 중태에 이르러 정신까지 혼미해진 상태입니다. 며칠을 못 넘길 듯합니다.」
「그 늙은이가 죽어야만 비로소 나는 안심할 수 있다. 병이 그 지경으로까지 중태라니 산 목숨이라고 할 것도 없지 않은가. 하늘이 나를 도우심이다.」

조상은 얼굴 가득히 웃음을 담으며 만족해 하였다.
사마의의 그러한 연극은 그의 곁에 둘러선 측근들조차도
정말 병이 든게 아닌가 하는 의구심을 갖게 할 정도였다.
이승이 돌아가자 씻은 듯이 본래의 모습으로 되돌아온 사마의는 두 아들에게 결연한 어조로 그의 결심을 이야기했다.
「오늘 이승이 내게 와서 본 바를 그대로 조상에게 보고하면 조상은 이 후부터 내 존재를 전혀 괘념치 않게 될 것이다. 그가 마음놓고 사냥 나갈 때를 기다려 그 때에 일을 도모할 것이다.」
며칠 후 위제(魏帝) 조방은 선제의 제사를 받들기 위해 고평릉으로 행차하였다. 조상은 아우 세 사람과 하안을 비롯하여 어림군 모두를 이끌고 대소 관원들과 함께 성을 나섰다.
제왕의 행차가 성 밖을 나서자 대사농 환범이 조상에게 다가와
「주공이 어림군 전체를 인솔하시면 형제분이 모두 출성을 하게 되는데 만약 그 사이 성중에 변고라도 생기면 어찌하시렵니까?」
하고 염려를 표하자 조상은 버럭 화를 내며
「누가 감히 변을 낸단 말이냐? 두 번 다시 그런 말을 함부로 하면…?」
하고 칼을 뽑아 보이며 위협을 했다.
조상 일행이 위제와 함께 고평릉에 가서 사냥을 할 것이란 소식은 이내 사마의에게 전해졌다. 사마의는 즉시 친위군을 이끌고 순식간에 조상의 영문을 점령한 뒤 후궁으로 들어가 곽태후에게 아뢰었다.
「조상은 선제의 높으신 은혜를 배반하고 나라를 어지럽히는 난적이오니 그 죄에 따라 당연히 폐하여야 할 것이옵니다.」
사마의의 이같은 의거에 태후는 놀라지 않을 수 없었다.
「그러나 대왕께서 지금 출타중이시니 이 일을 어찌할 것인가」
태후는 당혹하여 어찌할 바를 모르고 있었다.
「그 일에 대해서는 염려치 마시옵소서. 신이 이미 대왕께 표를 올려 간신을 처리할 계책을 아뢰었습니다.」
사마의는 태위 장제(蔣濟), 성서령 사마부(司馬孚)로 하여금 표를 작성하도록 해서 환관을 제왕께 보내 상주케 한 뒤 자신은 친위군을 이끌고 우선 무기고를 점거하였다.
이 놀라운 정변의 소식은 삽시간에 도성에 퍼지고 조상의 집에도 전해

졌다. 그의 아내 유씨(劉氏)는 사색이 되어 급히 수부관(守府官)을 불러들였다.
「지금 주공께서 출타 중이신데, 죽어 간다던 중달이 정변을 일으켰다니 이게 도대체 무슨 변인가?」
「너무 놀라지 마십시오. 즉시 나가서 알아보겠읍니다.」
수문장 반거가 궁노수 수십 명을 데리고 문루에 올라가 보니 때마침 사마의가 군졸을 이끌고 그 앞을 통과하고 있었다.
「쏴라!」
반거는 궁노수에게 큰소리로 명했다.
소나기처럼 퍼붓는 화살을 피해 사마의는 행진을 멈추지 않을 수 없었다. 이 때 뒤에서 따라오던 손겸(孫謙)이 소리쳤다.
「태부의 의리는 국가 대사를 위하심이오. 활을 쏘지 마시오!」
조상의 정치가 형편없이 부패했음을 익히 알고 있던 반거는 손겸의 이 한마디에 즉시 궁노티들에게 발사 중지를 명했다.
「드디어 올 것이 왔다!」
순식간에 반거를 비롯한 모든 궁노수들은 이심 전심으로 마음 속에서 조상에게 반기를 들고 있었다.
사마의의 아들 사마소는 부친을 호위하여 성 밖으로 나와 군대를 낙하(洛河)에 주둔시키고 부교(浮橋)를 지켰다.
조상의 부하 노지(魯芝)는 정변 소식을 듣고 놀라 황급히 신창(辛敞)에게로 달려갔다.
「큰일났네, 중달이 반란을 일으켰다네!」
이미 사태를 알고 있던 신창은 침착하게 말했다.
「글쎄, 우리끼리 별 도리가 없지 않은가. 난 본부군이나 데리고 성을 빠져나가 대왕이 계신 곳으로 가려고 하네.」
「그럼 그렇게 하지.」
신창이 옷을 갈아입기 위해 급히 후당으로 들어가자 그의 누이 신헌영(辛憲英)이 그의 허둥대는 모습을 보고 이상히 여겨 물었다.
「무슨 일로 그렇게 서두르나?」
「태부가 성문을 모조리 닫고 있읍니다. 아마 모반인 것 같읍니다.」
헌영은 영리한 여자였다. 모든 사태를 직감한 그녀는 말했다.

「사마공이 무슨 모반을 하겠나. 조장군 하나를 없애려는 것이겠지.」
「그렇다면 결과는 어찌 되겠읍니까?」
「조장군은 사마공의 적수가 되지 못하지…. 될 일은 언젠가 되고야 마는 법일세. 지금 바로 그 때가 온 것이지.」

그것은 신헌영 뿐만이 아니었다. 조상의 부패한 정치를 알고 있는 모든 백성들이 그랬다. 백성의 원성이 하늘에 닿은 정권은 하늘이 용납치 않으리라고 모든 백성들은 그렇게 믿고 때가 오기를 기다리고 있었던 것이다.

옷을 바꿔 입고 나온 신창은 노지와 함께 부하 수십 기를 거느리고 문지기를 죽이고 성문을 무사히 빠져나갔다.

조상의 식객 환범도 정변의 소식을 듣고 거가를 따를 목적으로 평창문을 향했다. 평창문의 문지기는 지난날 자기의 부하였던 사번(司蕃)이었다.
「성문을 열어라!」
환범은 태연하게 큰소리로 명했다.
「아무도 못 나가게 하라는 엄명이 있었읍니다.」
환범은 소매 속에서 문서 한 장을 꺼내 보이며
「태후의 조서가 여기 있다. 어서 문을 열어라!」
하고 눈을 부릅뜨며 호통을 쳤다. 태후의 조서를 가졌다는 호통에 사번은 문을 열어 주었다. 성문을 빠져나간 환범은 사번을 돌아보며 말했다.
「태부가 모반을 하고 있다. 너도 후환이 두렵거든 나를 따르라.」

그 때서야 비로소 사번은 거짓 조서에 속은 줄 알고 그를 잡으려 성 밖까지 뒤쫓아갔으나 그는 이미 멀리 사라진 뒤였다.

환범이 성을 빠져나갔다는 소식은 바로 사마의에게 전해졌다. 그를 자기의 사람으로 삼으려던 사마의로선 큰 실망이 아닐 수 없었다.
「지낭이 아깝게도 성문을 빠져나갔다니 이 일을 어찌하면 좋은가!」
사마의가 이렇게 애석해 하자 옆에 있던 강제가
「미련한 말이 먹다 남은 콩이 생각나서 따라갔으나 다시 사역은 못할 것입니다.」
하며 그를 위로하였다. 사마의는 허윤(許允)과 진태(陳泰)를 불러 말했다.
「그대들은 조상에게 가서 일러라. 태부 사마의는 다른 일을 도모하려고 하는 게 아니라 조형제의 병권을 빼앗고자 하는 것 뿐이라고.」

그들이 조상에게로 떠나자 사마의는 다시 전중 교위 윤대목(尹大目)을 불러들였다.

「그대와 조상은 교분이 두터우니 이 글을 가져다 조상에게 보이고 나 중달과 장제는 낙수(洛水)를 가리켜 맹세하는 바이니 병권 문제만 해결되면 다른 문제는 거론하지 않겠노라고 전하라.」
하며 한 장의 서찰을 그에게 주었다.

십년 세도에 마음이 교만할대로 교만해져 안하 무인으로 사냥에만 정신이 팔려 있던 조상은 도성에 변란이 일어났다는 청천 벽력과 같은 소식과 함께 태부의 표가 전해지자 대경 실색, 말에서 떨어질 뻔하였다. 환관이 제왕 앞에 표를 올리자 근신이 그것을 읽었다.

「정서 대도독(征西大都督) 태부 신 사마의는 황공하옵게도 대왕께 삼가 표를 올리나이다. 신은 요동(遼東)에서 돌아온 뒤에 선제께서 폐하를 부르시고, 조상과 신을 부르사 어상 옆에 이르게 하옵시고 신의 팔을 붙드시고 후사(後事)를 진념(軫念)하신 것을 잊지 않고 있나이다. 그러하온데 지금 대장군 조상은 은명(恩命)을 배반하고 국가 전법(典法)을 문란케 하며 안으로는 참월(僭越)하고 밖으로는 권세를 남용해 개인의 궁궐을 짓는 등 사치와 횡포가 심하여 천하 인심이 흉흉하옵니다. 이는 선제께서 폐하와 신에게 하촉하신 본의가 아닌 줄 아옵니다. 신은 비록 노쇠하였으나 선제의 지난 말씀을 잊을 수가 없나이다. 조상은 무군 지심(無君之心)을 품고 있어 그들 형제에게 병권을 맡길 수 없음을 황태후께 아뢰었던 바 폐하께 신이 표주하여 시행하라는 분부가 계시었습니다. 그러므로 이제 조상 형제의 병권을 파하고 물러가기를 기다리오며 더 이상 폐하의 곁에 머물러 거가를 지체하지 못하게 하겠나이다. 만일 더 이상 머물러 있다면 군법으로 처치할 것이옵니다. 신은 군대를 낙수 부교에 주둔시키고 비상 사태에 대비하고 있아옵니다. 삼가 상주하와 엎드려 성청(聖聽)을 바라나이다.」

대략 이런 뜻의 표주문이었다.

위제 조방은 18세 소년이었다. 이제 세상의 사정을 알 만한 나이도 되었다.

그는 곧 조상을 불러 물었다.

「태부가 이렇게 상주하였으니 경은 어찌하려는가?」

조상은 낙백한 표정으로 두 아우를 돌아보았다.

「지난날 내가 그렇게 간해도 듣지 않더니 결국 당하고 말았구료. 일이 이렇게 된 바에야 항복해서 목숨이나 구합시다.」
 동생 조의가 이렇게 형을 힐난하고 있을 때 신창과 노지가 성중으로부터 피해 왔다. 그들은 숨을 몰아쉬며 조상에게 말했다.
「성 안을 사마의의 군대가 철통같이 방비하고 있고, 사마의 자신은 낙수 부교에 주둔하고 있어 귀성이 불가능합니다. 빨리 대책을 강구하시오.」
 뒤이어 대사농 환범이 달려와
「태부가 이미 정변을 일으켰는데 장군은 어찌하여 제왕을 모시고 허창으로 가서 원군을 청해 대항할 생각을 않으시오?」
하고 힐난하였다. 중구 난방으로 떠드는 그들 가운데서 조상이 어찌할 바를 몰라 넋을 놓고 있을 때 다시 허윤과 진태가 달려와 말했다.
「태부는 장군의 권세가 과중하니 군권만 삭제하려는 것일 뿐 다른 의도는 절대로 없다 합니다.」
 조상이 그래도 묵연히 말이 없자 전중 교위 윤대목이 사마의의 서찰을 전하며
「태부는 낙수를 두고 맹세하되 다른 뜻은 전혀 없다 하옵니다. 서찰이 여기 있으니 읽어 보시고 장군은 병권을 포기하고 일찌기 상부로 돌아가심이 좋을 듯하옵니다.」
하고 말하자 조상은 사마의의 서찰을 읽어 보고서야 다소 그 말을 믿는 듯하였다.
 환범은 조상의 심경 변화를 재빨리 간파하고 어서 결단을 내릴 것을 촉구하였다.
「뭘 하고 계십니까? 사태가 위급합니다. 남의 말을 듣고 사지(死地)로 들어가지 마십시오.」
 조상은 아무 말없이 장막 안으로 들어갔다. 그날 밤 조상은 칼을 뽑아 손에 들고 만가지 생각에 밤을 지샜다. 눈물만 흘릴 뿐 그래도 결단은 내리지 못하고 있었다. 이른 아침 환범이 다시 장막으로 들어와
「주공은 일주야를 생각해 보시고도 아직 결단을 내리지 못하십니까? 필부라도 난리를 만나면 살기를 바라는데 주공은 제왕을 호종하여 천하를 호령하시면서 왜 몸을 사지로 가져 가려 하십니까?」

하며 재차 결단을 촉구하자 조상은 마침내 칼을 내던지고 탄식하며 말했다.
「나는 군대를 일으키지 않겠다. 다만 벼슬을 버리고 부가옹(富家翁)이 되는 것으로 족할 것이다.」
환범은 억장이 막힌 듯 주먹으로 가슴을 치며 밖으로 나와
「전일 조진은 지모로써 자긍(自矜)하더니 이제 자식 삼형제는 참으로 돼지 같구나!」
하며 통탄하였다.
조상이 먼저 대장군 인수를 사마의에게 보내려 하자 주부 양종(楊綜)은 인수를 붙들고
「주공이 오늘 병권을 내버리고 스스로 결박짓고 항복하러 가신다면 저 자거리에서 육시를 면하지 못할 것입니다.」
하며 통곡하였다.
조상은 사마의의 말대로 항복만 하면 생명은 살아 남을 줄 믿고 대장군 인수를 허윤과 진태에게 주어 먼저 사마의에게 전달하게 하였다.
군사들은 조상에게서 대장군 인수가 떠나간 것을 알게 되자 모두 뿔뿔이 헤어져 그의 곁을 떠났다. 조상의 삼형제가 낙수 부교로 들어섰을 때는 수하에 단 수십기 만이 남아 추종하고 있었다.
사마의는 전령을 내려 조상 삼형제만은 우선 자택으로 돌아가게 하고, 남은 사람들은 모두 감금하고 칙지(勅旨)를 기다리게 하였다. 조상 형제가 입성할 때는 단 한 사람의 종자도 없었다.
도성의 모든 질서가 잡히자 사마의는 제왕을 낙양 궁전으로 환행케 한 뒤 칙령을 내려 조상 일당을 처형하였다.
사마의가 조상 삼형제를 비롯해 그 일당 8명만을 처형하자 태위 장제가 이의를 제기했다.
「성을 빠져나갈 때 수문장을 죽이고 도망한 노지와 신창이 아직 남아 있읍니다. 그리고 양종도 대장군 인수를 붙들고 내놓지 않으려 했으니 이들을 놓아둘 수가 없읍니다.」
사마의는 그러나 엄숙한 태도로
「그들은 각각 그 주인을 위한 것이니 의로운 사람들이다.」
하고 그들에게 전직(前職)에 그대로 몸담게 하였다. 그리고 방(榜)을 저

자거리에 내걸어 일반을 효유(曉諭)하고 단지 조상 일당 이외는 모두 죽일 것을 사하고, 관직 있는 자는 이전대로 부직토록 하여 백성들로 하여금 각각 그 업을 지키게 함으로써 위나라는 다시 안정을 되찾게 되었다.

■ 가치불전 ②

이 가치불전의 계는 성공하면 다행이지만 실패할 경우 싸움 한 번 못해 보고 참화를 당하기 쉽다. 역사에 보면 가치불전의 책략을 서툴게 쓰거나 지나치게 씀으로써 상대에게 간파를 당하거나 상대의 치밀한 지략으로 중도에서 실패한 경우가 많다. 명(明) 나라의 연왕(燕王)의 경우도 그 한 예이다.

1378년 명나라 태조 주원장(朱元璋: 洪武帝)은 남경(南京)을 수도로 정하고 그곳을 기점으로 변경에 부채살 모양으로 봉지를 두었다. 변방에 있는 여진족과 고려, 몽고, 티벳족 등을 방비, 진무하면서 서역 통로를 확보하여 제국의 번영을 이루기 위한 웅대한 구상이었다.

그는 유교(儒敎)를 수련한 자로 하여금 군사(軍師)를 익히게 하여 봉지에 보내 변경을 수비토록 했는데 이렇게 분봉된 왕을 속칭 새왕(塞王)이라 불렀다. 이러한 명나라의 봉건 제도는 한(漢) 대의 것을 모방했다고 하지만 그 성격은 본질적으로 달랐다.

명의 제왕은 한의 그것처럼 영지를 소유하지 않고 중앙 정부에서 파견한 3천~2만 정도의 군사를 거느리는데 불과했다. 비상시에는 새왕이 군대를 지휘하게 되는데 이런 경우에도 황제의 칙서가 내려져야만 비로소 지휘권을 행사할 수 있었으니 엄밀히 말하면 봉건제라고 할 수도 없는 체제였다.

태조 주원장의 강력한 중앙 집권 통치 체제로 어느 정도 제국의 통일된 안정을 기할 수는 있었다고 하지만 그래도 지방 새왕들의 존재는 여전히 불안한 요소로 남아 있었다.

1390년 제국이 한창 번영할 무렵 황태자가 갑자기 병으로 세상을 떠났다. 이에 태조는 비탄과 실의로 나날을 보내고 있었다. 이러한 때 완고한 유자(儒者) 대신 하나가 황태손을 후계자로 책립할 것을 상주하였다. 죽은 황태자로 말미암아 상심해 있던 태조는 이를 즉석에서 허락하였다. 이렇게 후계자를 황태손으로 결정하기는 했으나 그의 머리 속에는 연왕의 모습이 떠나지 않고 있었다.

연왕(燕王)은 태조 주원장의 네째 아들로 용맹과 지략이 뛰어난 영걸이었다. 일찌기 부왕으로부터 그 능력을 인정받아 연당에 봉해져 북평(北平: 지금의 북경)에 자리잡은 그는 그 때부터 웅재(雄才)의 이름을 사방에 떨쳤다. 그의 세력과 명성이 무섭게 확산되어 나가자 조정의 신하들 중에는 앞날을 염려하여 그의 봉지를 다른 변방으로 옮기도록 진언한 자도 있었다. 그 때 연왕은 40세였으니 지략 뿐 아니라 정력도 최고조에 달해 있었다. 또한 그는 선이 굵은 무인의 기질을 아울러 갖추고 있었다. 그가 봉지인 북평으로 부임해 간 것이 21세 때인데 그로부터 10년째 되는 31세에는 벌써 만리 장성을 넘어 침공해 오는 몽고족을 격퇴시키는 큰 공을 세워 부왕으로 하여금 봉지 설치의 효과에 대해 만족감을 갖게 하기도 했다.

어쨌든 1398년 태조 주원장은 세상을 떠나고 이제 20세를 갓 넘은 황태손이 건문제(建文帝)로 제위에 오르게 되었다. 그는 유학(儒學)을 좋아하고 문재도 있었으나 여성적이고 소심한 성격의 소유자였다. 숙질간이면서도 성격면에서 너무나 대조적인 연왕과 건문제 사이에는 일찍부터 쉽사리 풀릴 수 없는 운명의 실오라기가 얽힐 수밖에 없었.

건문제는 어느 중신으로부터 새왕제(塞王制)가 한(漢)의 고조(유방)를 모방한 것이라는 말을 듣고 새왕의 존재에 대하여 한층 짙은 의혹과 불안을 품기 시작하였다. 이 때부터 건문제는 새왕제야말로 한나라 봉건제의 부활이라고 간주해 버리게 되었던 것이다. 그 때문에 자연 황제와 봉건 제왕이 얽혀서 싸운 오초 칠국의 난(154년 한의 경제가 제후의 세력을 약화시키려는 정책을 쓰자 오·초를 비롯한 7국이 반발하여 일으킨 반란) 와 같은 일이 새왕제에도 일어날 수밖에 없다고 건문제는 생각하였다.

이에 관한 문제는 일찌기 태조 때에도 심각하게 거론된 바 있었다. 당시 이 문제를 상주했던 대신은 골육의 정을 끊어 놓을 자라고 하여 태조의 노여움을 사서 참형을 당하기까지 하였다.

그러나 얼마 후 이번에는 황태손이 또 다시 이 문제를 거론하고 나섰다. 그 때 이미 황태손의 의식 속에는 숙부인 연왕이 불안한 존재로 커다랗게 자리를 잡고 있었던 까닭이리라. 그의 스승 황자징(黃子澄)은 명의 새왕 제도가 한나라의 그것과 달리 움직일 수 없는 절대 제정하의 제도인만큼 추호의 불안도 있을 수 없다고 누누히 설명을 하면서도 일단 오초 칠국의 난이 중앙 정부의 실책에 있었다고 하는 엄연한 역사적 사실을 부인할 수는 없었다.

황세손이 제위에 오르자 스승이었던 황자징과 병부 상서 제태(齊泰)는 황제의 보좌관이 되고 방효유(方孝孺)는 스승이 되었다. 이른바 신진의 등용이었는데 그들 모두 남방 출신이었다.

한편 연왕의 본거지인 북평은 일찌기 몽고족이 세웠던 원나라의 도읍지였으며 따라서 주민의 3분의 1이 몽고인이었다. 그런데다 연왕의 주위는 무장 뿐이어서 언제나 살벌한 분위기가 지배적이었다.

연왕을 보좌하고 있는 인물 중에 도연(道衍)이라는 승(僧)이 있었다. 그는 유학, 음양술, 병학(兵學), 시문, 서화 등 모든 면에 뛰어난 사람으로, 그가 연왕을 처음 만났을 때「이 왕에게 백색(白色)의 관을 씌우겠다」고 말했다 한다. 왕(王)의 머리에 백(白)을 씌우면 무엇이 되겠는가. 바로 황제의 황(皇)인 것이다. 연왕을 장차 황제로 만들겠다는 뜻이었다.

연왕의 세력이 자꾸만 강대해지자 소심하고 어두운 성격의 건문제는 갈수록 불안을 느껴 암암리에 연왕의 제거를 획책하고 있었다. 건문제와 연왕의 싸움은 어차피 숙명적인 것이었다.

건문제의 지령에 따라 황자징은 제태와 함께 이 일의 성사를 위해 모의했으나 두 사람의 의견은 일일이 엇갈리기만 하여 공연히 시일만 흘렀다. 그리하여 방효유가 이 일을 위해 나섰을 때는 이미 모든 것이 뒤늦은 때였다. 남경 첩자들의 눈을 피해 연왕은 땅굴 속에 숨어서 병기를 제작하는 등 만반의 준비를 갖추고 있었던 것이다.

이러한 사실을 까맣게 모르는 방효유는 우선 연왕 측근의 새왕을 좌천 또는 처형하는 한편 북평 주변을 더욱 굳게 지킴과 동시에 유력한 대신과 장군들을 북평에 급파하여 연왕의 동향을 철저히 감시하게 하였다.

한편 남경의 이러한 움직임을 간파한 연왕은 일단 신변의 안전을 위해 자신의 본색을 감추고자 미친 사람처럼 행동하기 시작하였다. 그는 북평 거리에 나가 걸인들과 함께 술을 마시며, 거리에 지나다니는 아녀자를 희롱하고 싸움판을 벌이는가 하면 행인의 발길이 빈번한 대로상에서 방뇨를 하고 음식을 손으로 움켜먹는 등의 천박하고 야만스러운 행위를 서슴치 않았다. 그런가 하면 한여름 뙤약볕 아래 불을 피워 놓고 땀을 철철 흘리면서도 춥다를 연발하여 사람들의 구경거리가 되기도 했다. 누가 보아도 그는 이미 폐인 중의 폐인이었다.
　그러나 그의 이같이 완벽에 가까운 광태도 남경 감시인들의 예리한 눈을 속일 수는 없었다. 아니 그의 서툴고 지나친 광태가 오히려 감시인들의 의구심을 촉발케 했던 것이다. 연왕의 그 미친 자와 같은 행위들이 건문제의 경계심을 늦추게 하려는 가치불전의 궤계임을 눈치챈 감시인들은 즉각 조정에 이같은 사실을 보고해 남경에서는 드디어 연왕을 처치할 낌새를 보이기 시작했다.
　다시 말해 연왕의 서툰 가치불전의 계략이 실패한 것이다. 수상한 정보와 낭설이 연달아 떠도는 가운데 민심은 걷잡을 수 없이 동요하기 시작하였다. 현지의 군수뇌들도 혹은 황제측에, 혹은 연왕측에 가담하여 팽팽한 긴장을 유발하고 있었다. 그야말로 일촉 즉발의 위기를 느낀 연왕은 마침내 선수를 쳐서 북평에 파견되어 있던 대신과 장군을 잡아 죽임으로써 싸움은 시작되었다.
　이후 싸움은 일진 일퇴를 되풀이하였다.
　심약한 건문제는 남경측이 싸움에 이기면 숙부 살해라는 도의적 누명을 쓸까 두려워하였고, 지면 또 이번에는 격노하여 대장을 갈아치우는 등 주견없이 갈팡질팡 하였다. 황제의 이러한 일관성 없는 태도 때문에 남경의 군사들은 갈수록 사기가 저하되었다.
　한편 괴승 도연의 절대적 역할에 힘입어 전선을 돌파하여 남경에 진격한 연왕은 1402년 마침내 도성을 함락시키고 영락제(永樂帝)로 즉위하였다. 태조의 상이 미처 끝나기도 전에 일어난 혈육간의 제위 찬탈이었다.
　연왕은 이로써 대망이던 대명 제국의 황제가 되긴 했지만 가치불전의 실패로 막대한 희생을 치러야 했던 것이다.

■ 가치불전 ③

　우리 나라 근세사에서도 이 가치불전의 계략이 멋지게 이루어진 사례가 있다. 흥선 대원군(興宣大院君) 이하응(李昰應)이 자신의 아들 고종을 왕위에 오르게 하기 위하여 썼던 계략이 그것이다.
　24대 현종이 후사가 없이 세상을 떠나자 조정에서는 전계 대원군(全溪大院君) 광(壙)의 삼자로서 그 형인 회평군(懷平君)의 옥사 사건으로 강화로 쫓겨나 천민과 다름없이 생활하던 승(昇)을 양자로 삼아 철종(哲宗)으로 즉위시켜 대통(大統)을 계승케 하였다.
　철종은 한낱 농민에서 아무런 준비도 없이 왕위에 올랐으니 정치가 제대로 될 리가 없었다. 아니 당시 세력을 잡고 조정을 좌우지하던 외척 안동 김씨는 철종의 그같은 무능을 계산하고 왕위에 올렸던 것이다.
　순종(純宗) 왕후의 2년 간의 섭정이 끝나고 철종이 친정을 시작하자 외척 김씨들이 다시 조정의 권세를 전단하기 시작하였다. 이처럼 장기적인 외척들의 권력 농단으로 삼정이 문란해져 조정에 대한 백성들의 원성은 날로 높아갔다.
　이무렵 흥선군 이하응은 초야에 묻혀 그의 탁월한 묵화 솜씨로 난초를 그려 팔며 곤궁한 생활을 하고 있었다. 그는 김씨 일파의 고대 광실 높은 대문을 드나들며 구걸하다시피 그림을 팔아 근근히 생계를 유지하고 있었다. 그렇게 생활만이 곤궁했다면 문제는 다르다. 의관조차 제대로 정제하지 못한 남루한 차림인데다가 언제나 술에 취해 해롱거리는 그의 모습은 왕가의 혈통을 이어받은 자라고는 도저히 생각할 수 없을 정도로 천하고 추하기까지 했다.
　권문 세도가들로부터의 멸시와 천대와 조롱에도 그는 아랑곳하지 않고 그림 한 점을 팔 때마다 헤픈 웃음을 보이며 감지덕지 하곤 했다. 그런가 하면 술판에서 싸움을 벌이고 투전판에서 돈을 떼먹고 달아나기도 일쑤였다. 그러한 하응을 가리켜 사람들은 「상가집 개」라는 별명으로 부르기까지 하였다. 누구의 눈에도 그의 그러한 형태는 「폐인」으로 비쳐지기에 족했다.
　그러나 하응의 그러한 천박한 추태의 이면에 치밀하게 계산된 엄청난 밀계가 숨어 있다는 사실을 당시 사람들은 아무도 눈치채지 못했다.

당시는 정적이나 화근이 될 만한 인물들(특히 종친)은 외척 김씨의 세력에 몰려 여지없이 멸문지화를 당하던 때였던만큼 서슬이 퍼런 그들의 눈 앞에서 하응은 그야말로「상가집 개」의 행세를 해야만 했던 것이다.

그보다 이하응이 특히 주목한 점은 철종에게도 후사가 없다는 사실이었다. 이렇게 되면 왕통은 완전히 끊어진 셈이다. 그러면 다음 왕은 방계(傍系)에서 맞아들일 것이 분명한데 이하응은 바로 그 자리에 자기 아들을 앉히려 겨냥하고 있었던 것이다.

철종이 승하할 경우 외척 김씨들이 자신들의 세력을 빼앗기지 않기 위해서는 경륜있고 유능한 인재보다는 배경이 허술하고 무능한 자를 왕으로 세울 것이 분명하다. 그들에게 있어 중요한 것은 어디까지나 여하히 자신의 권력을 유지하느냐 하는 것이지 국가의 장래는 문제가 되지 않았다. 이하응의 가치불전은 여기에서 비롯된 것이었다.

이하응의 이러한 계략은 그대로 적중되었다. 철종이 세상을 떠나자 김씨 일파는 방계 종친 중 가장 가까운 이하응의 12세 난 아들을 마음놓고 왕(고종)으로 즉위시켰던 것이다. 대원군이 될 이하응이 이미 술에 중독된 폐인이나 다름없을 뿐 아니라 그의 아들인 왕이 이름 뿐인 어린 소년이었으므로 자신들이 배후에서 마음대로 정권을 전단할 수 있다는 계산에서였던 것이다.

그러나 이하응의 가치불전을 바탕으로 한 철저한 위장은 그들의 계산이 엄청난 착오였음을 금방 드러나게 한다. 고종이 왕위에 오르자마자 이제 대원군이 된「상가집 개」는 그날로 치인의 껍질을 벗고 탈바꿈을 했던 것이다.

그가 진면모를 드러내며 대담하게 조정에 압력을 가해 오자 당황한 김씨파는 그때서야 그의 계략에 넘어간 것을 깨닫고 사태를 수습하려 했지만 칼자루는 이미 대원군에게 넘어가 있었다.

그는 김씨 일파의 꼭둑각시에 불과한 조대비(趙大妃)를 섭정의 자리에서 물리친 뒤 자신이 집정하게 되자 제일 먼저 외척 김씨 일파를 깨끗이 조정에서 몰아 냈다. 그의 집정 10년 동안 실책과 악폐도 많았지만 이조 5백년의 고질적 병폐였던 당파 싸움을 없애기 위해 사색을 고루 등용하고 당시 행패가 극심하던 서원을 철폐하고 군정을 개혁하는 등의 눈부신 업적을 남겼다.

어떻든 정세를 긴 안목에서 바라보고 시도했던 그의 가치불전의 계략은 대성공이었다고 할 수 있겠다.

파스칼은 그의 《명상록》에서 이렇게 말하고 있다.

「어떤 사람이 용감한 사람인가? 물러설 때 물러설 줄 알고 나아갈 때 나아갈 줄 아는 사람. 어떤 사람이 현명한 사람인가? 언제 어디서나 배울 것을 찾아낼 줄 아는 사람. 어떤 사람이 행복한 사람인가? 자기의 분수를 알고 언제나 감사할 줄 아는 사람.」

우리의 인생에 있어 때없이 언제나 나아가려고만 하는 것처럼 어리석은 일은 없다. 때로 물러서야 할 때는 물러서는 것이 성공의 지름길이 되는 경우도 얼마든지 있는 것이다.

기업 경영이나 주식 매매에 있어서도 마찬가지이다. 쉴 필요가 있을 때는 쉬어야 한다. 시간이 바쁘다고 서둘기만 하다가는 재기 불능, 파멸하게 된다.

가령 주식으로 이익을 얻기 위해서는 값이 올랐으면 팔고 내렸을 때 사야 되겠지만 비정상적으로 오르거나 내리거나 하는 것은 누군가의 농간이 개입되어 있는 것이므로 이런 시세를 좇다가는 크게 손해를 본다. 또 연말에는 「떡치기 시세」라는 것이 있다. 떡값을 벌려는 중개인이 시세를 약간 올렸다 내렸다 하여 기민하게 사서 조그만 이득을 보려고 노리는데 이런 시세에 동조해서는 아무래도 한 발 늦어 올랐을 때에 사고 내렸을 때에 팔아 손해만 보게 된다. 액수는 적지만 회수를 거듭하다 보면 연말 정산에서 큰 손해가 나는 것이다.

쉬는 것을 잊어서는 안 된다. 주식 투자에는 쉬는 것이 필요한데 쉬는 것도 일종의 거래인 것이다.

중국의 고전에 「이어(泥魚)」라는 「불사신(不死身)의 고기」에 관한 이야기가 있다.

이 고기는 개울에 살며 물이 풍부한 때는 활발하게 물속을 헤엄쳐 다니지만 건기(乾期)가 되어 냇물이 줄면 냇가의 진흙 속을 파고들어가 꼼짝도 않는다. 딴 고기처럼 있지도 않은 물을 찾아 부질없이 돌아다니지 않으므로 지쳐서 죽는 일이 없이 무사히 다음의 우기를 맞는다.

이 고기가 영원히 사는 열쇠는 바로「쉬는 것」이다.
　마찬가지로 우리들도 능력을 발휘하여 활동하는 것만이 능사는 아니다. 인생이란 것은 대세(大勢)가 유리할 때는 하는 일이 순조로이 진행되므로 어떠한 난관이 닥쳐 와도 용기를 내어 적극적으로 밀고 나가는 것이 좋다. 그러나 그 반대로 대세가 내게 불리한 경우에는 하는 일이 뒤틀려 실패만 거듭하게 된다.
　정치에 야심을 품고 국회의원에 출마한 사람이 낙선의 고배를 거듭하면서도 쉴 줄(포기가 아니다) 모르고 계속 출마하여 끝내 파탄을 초래하는 경우를 우리는 종종 보게 된다. 정치인이야말로 누구보다 대세를 관망할 줄 알아야 하지 않겠는가.
　이런 때는 소극책으로 나가고 가능하면「이어」가 되어 다음 기회를 기다리며 아무 것도 하지 않는 것이 좋다. 이런 때 남의 유혹을 물리치려면 어리석은 사람으로 가장하는 것도 한 가지 방법일 수 있다.
　이는 마치 겨울의 대지(大地)가 눈 밑에서 힘을 저축해 봄을 기다리는 것과 같다.

제28계

상옥추제
上屋抽梯
사닥다리를 떼어 버려라

일부러 파탄을 보여 적의 전진을 교사(教唆), 깊숙이 유인해 들인 다음 선두 부대와 후위 부대 사이를 끊어 버림으로써 전군을 사지에 몰아넣는다. 멸망의 비극을 맞는 것은 동작이 적합하지 못하기 때문이다.

교사한다는 것은 상대를 이익으로 유도하는 일이다. 만약 소리 (小利)로 유혹할 뿐 방법을 강구해 주지 않는다면 적은 주저하고 나오지 않을 것이다. 그러니까 지붕에 올라가게 하고 사닥다리를 떼어 버리는 계략을 사용하려면 우선 사닥다리를 안치하고 또한 이것 보라고 암시하여 적이 눈치를 채도록 하지 않으면 안 된다.

상옥추제에는 세 가지 의미가 있다.

첫째, 적군을 유인, 거침없이 진격시키고 그 퇴로를 차단, 격멸한다.

둘째, 스스로 퇴로를 끊어 배수진(背水陣)을 치고(부대를 사지에 몰아넣고) 필사의 각오를 하게 하여 분전한다.

세째, 자기만 좋은 곳으로 가고 뒷사람은 오지 못하게 한다.

註

상옥추제(上屋抽梯): 지붕에 올라가게 해 놓고 사닥다리를 떼버린다. 소리(小利)로 적을 꾀어 내고는 전멸시키는 잔악한 계략.「다락 위에 올라가게 해 놓고 사닥다리를 떼버린다」고도 한다.

「장수는 그와 약속이 끝나면 높은 곳에 올라가서 그 사닥다리를 제거해 버림과 같다(장수는 임무를 준 다음에는 2층으로 올라가게 하고 사닥다리를 떼버리듯 어디까지나 그에 따르게 한다).」(孫子·九地)

■ 상옥추제 ①

　서기전 209년, 최초의 반진 봉기군의 대장 진승(陳勝)의 명을 받아 조나라로 파견된 무신(武信)이 진승을 배반하고 그곳에서 조왕(趙王)이라 칭한 사실은 앞의 차시환혼의 계를 통해 이미 이야기한바 있다.
　이 때 무신의 막하에 있던 이량(李良)은 무신의 명에 따라 산서성의 산상을 공략하고 다시 태원을 치기 위해 군사를 진격시켰다. 그러나 도중에 진(秦)나라 군대가 지형이 험난한 곳에 방위선을 구축하고 있어 더 이상 진격이 불가능했다. 이량은 할 수 없이 무신이 있는 한단으로 돌아가 원군을 요청할 생각을 했다. 그가 이 일을 놓고 잠시 망설이고 있을 때 진군의 진영에서 사자 하나가 천자의 사자라는 자를 데리고 이량을 찾아왔다.
「천자께서 장군께 내리시는 칙서올시다.」
　이런 판국에 천자의 사자라니, 믿을 수 없는 일이군,
　이량은 반신 반의하며 사자가 내민 칙서를 받아 펼쳐 보았다.
「이량은 일찌기 진나라의 신하로서 관직에 올라 충성하였으나 반란군의 괴수로부터 세뇌를 당하고 진나라를 배반하였다. 이 모든 일들이 불가항력으로 이루어진 것임을 짐이 인정하는 바이니 이제라도 마음을 돌이켜 진에 충성한다면 지난 과오를 일체 묻지 않고 높은 관직을 내리겠노라.」
　칙서를 읽은 이량은 내심 고소를 금할 수 없었다. 그가 보기에도 칙서는 분명 누군가의 조작이었다. 칙서의 내용도 그렇거니와 천자의 칙서라는 것이 봉함조차도 되어 있지 않았던 것이다. 그러나 다음 순간 이량의 마음 한 구석에서는
「과연 우리들의 반란은 성공할 것인가?」
라는 막연한 회의가 고개를 들기 시작했다.
　이량이 원병 요청을 위해 한단 성밖에 이르렀을 때 문득 그들의 눈 앞에 백여 기를 거느린 일단의 행렬이 나타났다.
「아! 조왕 무신의 행렬이로구나!」
　이량은 구원의 불빛을 만난듯 반가왔다. 그는 말에서 내려 엎드려

인사를 올렸다.
「수고가 많소이다.」
 행렬의 선두에 선 자가 대신 답례를 했다. 이량이 고개를 들어보니 그는 전혀 안면이 없는 생소한 자였다. 무신의 측근 신하라면 이량이 모를 리가 없지 않은가.
「당신의 주군은 누구시오?」
 옆에 있던 이량의 부하가 묻자
「조왕의 누님이 되시는 분이다.」
하며 퉁명스러운 투로 대답하고는 말머리를 돌려 달려가는 것이었다. 그러한 그의 얼굴과 태도에는 교만이 줄줄 흘렀다. 모욕감과 분노로 이량의 부하는 얼굴이 벌겋게 상기되었다. 야유회를 나갔다가 술이 만취해 돌아오는 무신의 누이 일행을 조왕의 행렬로 잘못 알고 엎드려 예를 올린 일만으로도 심사가 잔뜩 뒤틀려 있는데 그녀는 수레에서 내리지도 않고 수행인에게 인사를 대신하게 하는 것이 아닌가. 술이 고주망태가 되어 일어나 인사조차 할 수 없을 정도였던 것이다.
「이런 결례가 어디 있읍니까? 장군께서 엎드려 인사를 하는데 저 여자가 무엇인데 인사조차 수행원에게 대신 하게 하며 저토록 건방진 행동을 취하는 것입니까. 이는 장군에 대한 모독입니다. 그대로 둘 수 없읍니다.」
 이량의 가슴 속에서도 참을 수 없는 분노가 일어났다. 그와 동시에 수수께끼 같은 천자의 칙서가 머리에 떠올랐다.
「혹시 그것이 진짜일지도 모른다. 곧 쓰러질 줄 알았던 진나라는 아직도 건재하고 있지 아니한가….」
 이량의 마음은 흔들리기 시작했다. 그의 마음은 이미 조나라를 떠나 무신을 배신하고 있었다. 이량은 이미 조나라 장수가 아니었다.
「저 여자의 일행을 뒤쫓아가서 모두 죽여 버려라!」
 겉잡을 수 없는 갈등에 종지부를 찍듯이 이량은 큰 소리로 명했다.
 행락의 행렬은 삽시간에 피의 행렬로 돌변하고 말았다. 눈깜짝할 사이에 일행을 쳐서 몰살시킨 이량은 계속 군사를 몰아 한단으로 쇄도하여 삽시간에 조왕 무신의 목을 베었다. 짧고도 허망한 왕의 권좌였다.
 무신의 막하에 있던 장이(張耳)와 진여(陳餘)는 이 갑작스러운 변란을 피해 가까스로 한단을 탈출하는데 성공했다. 원래 조나라 병사였던 이들 두 사람은 다시 수 만의 군사를 모아 전국 시대 조왕의 유족인 조헐(趙歇)을 조왕으로 추대하고 신도(信都: 하북성)에 기반을 구축하였다.

한단 공략에서 기세를 올린 이량은 다시 신도를 공격하였으나 장이·진여의 군대에 대패하고 말았다. 진에 대해서도 조에 대해서도 배반자가 되어 버린 이량은 이제 완전히 설 땅을 잃어버린 것이다. 이 때 이량의 머리에 천자의 칙서가 어쩌면 진짜일지도 모른다는 생각이 다시 떠올랐다. 고립 무원의 상태에 빠지자 스스로 코웃음쳤던 천자의 칙서를 진짜로 믿고 싶은 마음이 간절해지는 것이었다.

지극히 우연하고도 사소로운 일로 조나라마저 배반하게 된 이량은 마침내 얼마 남지 않은 군사를 이끌고 진나라에 투항하고 말았다. 이러한 결단은 실로 목숨을 건 모험이었다.

진나라에서 자신을 받아 주리라는 확신은 기실 티끌만큼도 없었던 것이다. 그러나 우려했던 바와는 달리 진나라에서는 의외로 그를 환대했다.

진나라의 명장 장한(章邯)의 비장(神將)으로 발탁된 이량은 보은의 념으로써 충성을 다해 정도(定陶: 산동성 서쪽) 싸움에서 항량(項梁)의 봉기군을 무찌르는데 큰 공을 세웠다. 항량은 이 싸움에서 장한에 의해 목숨을 잃었던 것이다.

진나라로서는 봉기군에 대해 실로 오래간만에 대승을 거둔 것이고, 진군은 그 승세를 몰아 조나라 수도였던 한단을 함락하고 거록(鉅鹿: 하북성 남쪽)을 포위하였다. 조왕 조헐은 이 때 난을 피해 신도에서 이곳 거록에 와 있었던 것이다.

얼마 전 신도에서 장이·진여에게 패전했던 이량은 그 설분을 위해 굳이 장한을 따라나섰고, 필사의 힘으로 조군과 싸웠다.

시시 각각 거록에는 풍전 등화와 같은 위기가 다가오고 있었다. 위급해진 조왕 헐은 초(楚)의 회왕(懷王)에게 사자를 보내 구원을 요청하였다.

초의 회왕은 송의(宋義)를 상장으로 하고 범증을 말장, 항우를 차장으로 임명하여 조나라를 구원하게 하였다. 숙부 항량의 전사로 그렇지 않아도 가슴에 한이 맺혀 있던 항우는 회왕의 이러한 인사 조치에 불만을 품지 않을 수 없었다. 상장이었던 숙부의 뒤를 이어 자신이 상장으로 임명될 것을 믿어 의심치 않았던 항우였다. 항량이 죽었으니 당연히 자신이 상장이 되어 숙부의 원수를 갚고 항량을 대신하여 진군 토멸의 주역이 되어야 한다고 벼르고 있었던 것이다. 그런데 차장이 뭔가.

상장이 된 송의는 원군을 안양(安陽: 하북성과 하남성의 경계 지점)까지 진격시키고 그곳에서 40여 일씩이나 머물며 전세를 관망만 하고 있었다. 성질이 급한 항우는 송의의 이러한 전략에 짜증이 났다.

「40여 일 동안 하는 일 없이 얼마나 많은 시간과 군량이 낭비되었읍니까? 이렇게 전세를 관망만 하고 진격을 서두르지 않으면 자연 군기는 헤이해지고 사기도 저하되기 마련입니다.」

송의는 그러나 항우의 이같은 건의를 묵살한 채 군대를 움직일 기미조차 보이지 않았다. 송의에게는 나름대로의 계책이 있었기 때문이다. 즉 진나라 군대가 조나라 군대와의 싸움으로 완전히 지쳤을 때 진나라 군대를 일거에 무찌르려는 계산이었다.

원병을 청한 조나라는 시시 각각 멸망의 위기를 맞고 있는데 정작 원군으로 출병한 군대로서 싸움을 않고 기회를 보아 쉽게 전공만 세우려는 송의의 비열하고 약삭빠른 속셈을 간파한 항우는 참을 수 없는 분노가 치솟았다.

송의는 이 때 전투 사령관으로서는 격에 맞지 않게 제나라와 우호 관계를 맺기 위해 아들 송양(宋襄)을 제나라에 사자로 보낼 생각을 하고 있었다.

때는 11월 엄동 설한이었다. 그런데다 극심한 흉년까지 들어 군량은 이미 바닥을 보이고 있었다. 날씨마저 궂어 휘몰아치는 눈보라 속에서 군졸들은 추위와 굶주림으로 공포에 가까운 고통에 시달리고 있었다. 군졸들의 참상을 보다 못한 항우는 다시 한번 진격을 건의하기 위해 송의의 막사로 달려갔다. 그러나 그곳에서 일어나고 있는 기막힌 광경에 항우는 차라리 할말을 잊고 말았다.

송의는 제나라에 사자로 가는 자식을 위해 성대한 환송연을 베풀고 있는 것이 아닌가. 인간의 양심이 저 지경에까지 이를 수 있단 말인가!

항우는 끓어오르는 분노를 참을 길이 없었다.
「봉기군이 장한에게 처음으로 패하여 그렇지 않아도 회왕의 마음이 편안치 않아 전 장병을 동원하여 송의에게 통솔을 맡기지 않았는가. 봉기군의 성패를 좌우하는 이 싸움에서 군졸들은 추위와 굶주림 속에 방치한 채 사사로운 정을 앞세워 자식을 위해, 더구나 진중에서 호화로운 주연을 베풀고 있는 자를 어찌 사직을 위하는 신하라 할 수 있겠는가. 그런 위인을 상장으로 받들고 있는 군졸들이 불쌍하다. 도저히 그대로 둘 수 없다!」
이튿날 아침 송의의 장막으로 들어간 항우는 우뢰와 같은 목소리로 송의를 꾸짖었다.
「송의는 듣거라! 상장의 임무가 무엇인가? 사기가 충천해 있던 군사들을 40일씩이나 발을 묶어 놓고 추위와 굶주림에 시달리게 하여 전의마저 상실케 하고, 군졸들이 이토록 고통을 받고 있는데 너는 군졸들의 양식을 털어 호화로운 주연을 베풀고 있다…. 그러고서도 네 양심이 편안하던가?」
어젯밤 늦도록 술을 마신 탓으로 한창 곤한 잠에 빠져 있다가 불의의 사태에 놀라 잠이 깨어 엉거주춤 일어난 송의는 그러나 아직도 뭐가 뭔지 모르는 듯한 표정으로 주위를 두리번거렸다. 취기로 그의 눈은 아직도 붉게 충혈되어 있었다. 그러나 다음 순간 장승처럼 버티고 선 항우의 입에서 다시 한번 불같은 호령이 터지자 송의는 비로소 사태의 심상치 않음을 깨달았다.
「항차장, 이 이건 엄연히 하극상이오. 이런 법은 없오.」
「닥쳐라! 사명을 망각한 자가 어찌 상장임을 자처하는가?」
비무장한 상태에서 항우와 이렇게 부딪히게 된 송의는 다음 순간 당황한 목소리로 밖을 향해 소리쳤다.
「밖에 누가 없느냐? 상장의 명령이다. 군법을 어기고 하극상을 범하는 이 자를 잡아 참하라!」
그 순간 항우의 칼이 송의의 목을 향해 날았다.
송의의 목을 들고 장막 밖으로 나온 항우는 전군을 향해 외쳤다.
「회왕의 명령으로 송의의 목을 베었다!」
항우는 즉시 전군을 이끌고 거록에 포위되어 있는 조군을 향해 출진하였다.
 전군이 모두 강을 건넜을 때였다. 항우는 군졸들에게 명하여 그들이 타고온 배를 모조리 강물 속에 가라앉게 했다. 배를 파손해 침몰시키는 것을 보자 군졸들 사이에서는 일대 소동이 벌어졌다.
「배를 없애 버리다니, 만약 후퇴해야 할 경우엔 배가 없이 어떻게 강을 건너라는 것입니까?」
「우리를 물귀신으로 만들 작정입니까? 그럴바엔 송의 장군 휘하에서 차라리 추위와 굶주림으로 고생하는 편이 나을 뻔했읍니다.」
 군졸들은 큰 소리로 항우를 원망하였다. 뱃전을 붙들고 통곡하는 자도 있었다. 항우는 그러나 군졸들의 이같은 소요를 묵살하고 냉엄하게 말했다.
「뭣들 하느냐? 어서 모든 배를 부수어 강물에 가라앉혀라. 명을 어기는 자는 가차없이 참수하겠다!」
 서슬이 퍼런 항우의 명에 군졸들은 하는 수 없이 배에 구멍을 뚫고 강가의 돌을 실어 물속으로 가라앉혔다. 군사들이 건너온 강에는 이제 부서진 배의 파편 한 조각조차 없이 검푸른 물결만이 그들의 돌아갈 길을 가로막고 있었다.
 배가 모조리 강속으로 가라앉자 항우는 이번에는 가마솥, 천막 등과 3일분의 식량을 제외한 모든 군량까지를 모조리 불살라 버리게 했다. 항우의 전략을 몰라 답답해 하면서도 이미 배 한 척도 없이 돌아갈 길을 잃어버린 군졸들은 묵묵히 항우의 명에 따르고 있었다. 모든 작업을 끝낸 군졸들 사이엔 죽음같은 침묵만이 감돌았다. 그것은 바로 체념이었다.
 이 때 비로소 군졸들 앞에 나선 항우는 비장한 어조로 말했다.
「이제 우리에게 남은 것은 3일 분의 식량밖에 없다. 되돌아갈 배도, 장비도, 식량도 없는 우리에게 있어 앞으로 3일 간은 그야말로 우리의 사활이 걸려 있는 시간이다. 이 3일 동안 우리는 어떠한 일이 있더라도 물러서지 않고 적을 무찔러 승리를 거두어야만 한다. 우리는 그 전리품으로 다시 살길을 찾게 되는 것이다. 살아서 돌아가기를 원하는 자는 한발짝도 뒤로 물러서지 말고 싸워야 할 것이다. 만일 뒤로 물러서는 날에는 어치피 강물이 우리를 삼켜 버릴 것이다.」
 찬물을 끼얹은 듯 군졸들 사이에서는 오싹한 긴장이 감돌았다.

거록을 포위한 진나라 장수는 일찌기 항량의 아버지 항연을 죽인 역대의 맹장 왕전의 손자 왕리(王離)와 이량이었다.

항우는 왕리의 군사를 외곽으로 역포위하고 아홉 번의 접전 끝에 마침내 진나라 군사를 대파하여 왕리를 사로잡는 큰 승리를 거두었다. 어떻게든 싸워 이겨야만 살길이 열리기 때문이었다. 이렇게 하여 항우의 군사들은 일당백(一當百)의 무서운 용맹을 떨쳤으니, 조왕을 구원하기 위해 원정을 왔던 다른 제후국의 군사들은 놀라지 않을 수 없었다.

군사들의 필사의 용맹과 항우의 과감한 지휘력에 압도되어 감히 싸워볼 생각조차 못하고 구경만 하고 있던 제후국의 장수들은 싸움이 끝나자 항우의 진영으로 몰려와 그 지휘를 청하였다. 이로써 항우는 초나라 뿐 아니라 여러 제후국의 군사까지 합한 연합군의 상장군이 되어 그 휘하에 대군을 거느릴 수 있었던 것이다.

■ 상옥추제 ②

상옥추제는 병법에서만 응용되는 것은 아니다. 앞의 이야기가 병법에 이용된 것이라면 다음의 이야기는 정치적으로 이용된 전형적인 사례라 할 수 있다.

당나라 현종 때의 이야기다.

징소리와 함께 해는 피를 토하듯 붉은 광채를 뿜어 내며 서산 너머로 그 얼굴을 반쯤이나 감추고 있었다. 정오에 울리는 큰 북소리와 함께 문을 열었던 저자거리의 모든 상점들은 각처에서 모여든 고객들과 외국인들까지 섞여 활발한 거래를 이루다가 황혼 무렵의 이 징소리와 함께 일제히 문을 닫아 떠들썩하던 장안거리는 노을빛에 잠긴 채 정적에 묻히게 된다.

엷어져 가는 저녁 햇살에 눈이 부신 듯 화청궁 앞뜰에 앉은 현종(玄宗)은 눈을 반쯤이나 감고 있었다. 그러한 황제의 모습이 오늘따라 몹시 외로와 보인다고 재상 이림보(李林甫)는 생각한다. 그리도 총애하던 무혜비(武惠妃)가 죽고 곁에 없는 까닭이리라.

「태평한 세상이옵니다. 만백성이 폐하의 덕치를 기뻐하며 찬양하고 있아옵니다.」
 황제의 심기를 떠보기 위한 림보의 이같은 말에 현종은 다만 희미한 웃음을 입가에 띄울 뿐 말이 없었다.
「요·순 시대 말고는 중국 천하에 이같은 태평 성대가 없아옵니다. 폐하께옵서는 부디 만수 무강하시어 길이 이 나라와 백성을 보살펴 주시옵소서. 만백성의 한결 같은 염원이옵니다.」
 이림보의 나직한 음성은 이마를 간지럽히는 저녁 햇살만큼이나 다감하고 따사로왔다.
「그러한가?」
 현종은 비로소 입을 열었다. 늘 들어오던 현종의 음성인데도 이 말 한마디가 그토록 생소한 느낌으로 림보의 귀에 부딪쳐 오는 까닭은 무엇일까. 주인의 눈치를 살피는 개처럼 림보는 비굴한 표정으로 현종의 눈치를 살폈다. 막연한 불안감 같은 것이 그의 머리로 엄습해 오고 있었다.
「그런데 짐의 마음이 이처럼 적적한 것은 어인 까닭인고….」
 현종의 어조에는 진한 외로움이 겹겹이 묻어 있었다. 무혜비의 죽음 때문이기도 했다. 그리고 늙어 가는 인생의 허무함 때문이기도 했다. 그러나 보다 더 크고도 근본적인 까닭이 있었다. 현종의 귀에는 들리느니 온통 그의 덕치를 칭송하는 말들 뿐이었다. 그의 이성이 눈을 떠 볼 사이도 없이 끊임없이 앞을 가로막는 온갖 감언 이설들에 이제 현종은 자신의 눈도 귀도 안개에 가리워진 듯 자꾸만 희미해져 갔다. 황제의 그러한 느낌은 조정에 소리없이 어두운 그림자가 덮이기 시작하는 조짐이기도 했다.
 황제의 심기를 괴롭고 피곤하게 했던 충신들의 간언과 그들과의 논쟁이 끊이지 않았던 시절이 엊그제였다. 그 시절이 새삼 못견디게 그리워지는 것이었다. 현종의 뇌리에는 만만치 않은 패기로 정무에 대해 논쟁을 벌이던 충직한 젊은 대신들의 모습이 요즘들어 더욱 자주 떠올랐다. 민심을 수렴하는 정치와 풍요로운 경제는 아름다운 문화와 과학의 꽃을 피우게 마련이었다. 당(唐)의 문화는 현종대에 이르러 풍요의 극치 속에서 창조되었다. 중국 역사상 걸출한 시인, 화가, 음악가, 사학자, 천문학자가 모두 이 시대에 쏟아져 나와 이 시대의 역사를 더욱 찬란하게 하였다.
　그러나 그 때의 조정 중신들은 이림보의 세력에 밀려 거의 모두가 세상을 떠나거나 정계를 떠나 초야에 묻히고 말았다. 지금 황제의 곁에는 이림보와 그와 함께 하는 무리들 뿐이었다. 그들의 진언에 따라 정무를 행하고 나면 뒤에는 언제고 씁쓸한 후회 비슷한 느낌이 따르곤 했다.
「무혜비 마마가 곁에 아니 계시기 때문일 것이옵니다. 무희와 여악을 불러 무악을 즐겨 보심이 어떠하실는지요?」
「아니오. 짐이 쓸쓸해 함은 그런 사사로운 무료함 때문이 아니오.」
「그러하오면…?」
　이림보는 가슴이 뜨끔했다. 그는 어찌할 바를 몰라 안절부절을 못하고 있었다.
「자꾸만 옛날이 그리워지는군….」
　현종은 혼자말처럼 중얼거렸다.
「옛날이라고 하옵시면 언제를 말씀하시는 것이옵니까?」
「충신들과 국정에 대해 논쟁을 벌이던 시절이 좋았어….」
　현종은 비록 이림보를 곁에 두고 말하고 있었지만 그의 어조나 태도는 완연히 림보를 도외시하고 있었다. 현종의 이같은 태도는 이림보를 더욱 초조하고 불안하게 만들었다.
「폐하, 이같은 태평 성대에 어찌 그 때의 일을 생각하시옵니까? 그 자들은 고의로 폐하의 심기를 끝없이 괴롭혀 드렸던 자들이옵니다. 폐하께서 하시고자 하는 일이라면 사사건건 나서서 트집을 잡고 방해하던 자들이 아니옵니까?」
「그런 것이 아니오!」
　황제의 음성에는 어느덧 노기가 어려 있었다. 이림보는 일순 당황하지 않을 수 없었다. 그러나 그는 다음 순간 마음을 다잡고 황제에게 아뢰었다.
「어찌 이미 죽은 자들을 새삼 그리워하십니까. 충신은 지금도 폐하의 곁에 얼마든지 있아옵니다.」
「짐의 곁에 충신이? 재상 이림보처럼 말인가?」
　자신도 모르게 스스로가 충신임을 자처해 버린 이림보는 민망하여 입을 다물고 말았다.
「그들 모두가 세상을 떠났는가? 그렇겠군. 그들 대부분이 참형을 당하고 말았었지…. 그런데 당시 엄정자(嚴挺子)라는 대신이 있지 않았던가. 그 때 그를 지방으로 좌천시켰었지. 그는 지금 어디서 뭘하고 있는가? 그가 퍽 유능하고 충직한 인물이었음이 지금에야 비로소 깨달아지는군. 경은 다시 그를 조정으로 불러들이도록 하시오.」
엄정자! 한순간 이림보의 등줄기를 타고 섬찍한 전율이 예리한 칼날처럼 스쳤다. 엄정자를 어찌 잊을 수 있을 것인가. 아니 림보는 그를 잊었다 해도 엄정자 그는 결코 림보를 잊지 않았을 것이었다. 당시 엄정자를 죽여 없애지 않은 일이 가끔 후회되기는 했어도 모든 정적이 자신의 곁에서 사라진 지금 림보의 머리에서 엄정자에 대한 기억도 희미해져 가던 것이 사실이었다. 그 엄정자를 황제가 지금 새삼스레 찾고 있는 것이다.
「입에는 꿀, 가슴에는 칼!」
간신 이림보의 권력이 한없이 강대해지고 있을 당시 감언 이설로 사람의 마음을 사로잡는 한편 뒤로는 정적을 모함하여 가차없이 죽여 없애는 그를 가리켜 사람들은 이렇게 표현했다.
그의 증조부가 고조 이연(李淵)과 사촌간이었으므로 그 역시 황족이었는데 이른바 문벌파의 대표자였다.
당나라 역대 왕조의 고질적인 병폐는 과거(진사과)에 의해 등용된 관료와 문벌에 의해 등용된 관료들 사이에 벌어지는 그칠 줄 모르는 파벌 싸움이었다. 아직 귀족주의가 성행하던 때라 고관 대작의 자제에게는 소위 임자(任子)라는 제도가 있어 부친의 추천만으로 관직에 등용될 수 있는 길이 트여 있었다. 이렇게 등용된 관리를 이른바 문벌파라 불렀다. 정계에서는 실력으로 등용된 과거파보다도 오히려 그들이 더 큰소리를 치고 정계의 주도권을 잡고 있었다. 그러나 백성들로부터는 과거에 의해 실력으로 정계에 진출한 과거파들이 더 많은 존경과 신뢰를 받았고 저들은 외면을 당했다.
엄정자는 과거파의 대표적인 인물로 실력있고 강직한 대신으로 조정 중신들 간에도 이름이 높았다. 재상에게는 말할 것도 없고 황제에게라도 잘못된 일이 있으면 주저없이 직간해 주위 대신들을 당황하게 하였다.
 한 번은 이림보가 실력도 인품도 변변찮은 문벌파의 어떤 인물을 대신으로 등용하려 하자 엄정자가 황제 앞에서 이를 직소하고 나섰던 것이다.
「정사를 맡는 조정의 대신은 자고로 충직하고 능력이 있어야 함은 물론 백성의 귀감이 되어야 합니다. 그러하온대 재상 이림보가 천거하는 인물은 경륜도 없을 뿐 아니라 성품이 치졸하고 사생활이 말이 아닌 인물입니다. 이를 배려치 않고 다만 정실에 치우쳐 인물을 천거하는 일은 나라의 장래를 위해 당연히 배척되어야 할 줄 아옵니다.」
 이로 인해 이림보가 천거했던 인물은 등용이 못되고 말았는데, 이에 앙심을 품은 이림보는 기회 있을 때마다 황제에게 엄정자를 참소했던 것이다. 그러나 여기에는 조정에 엄정자가 있는 이상 그 실권을 전단할 수 없다는 생각도 작용을 했다.
「폐하, 엄정자는 소위 과거파를 부추겨 조정 대신들간에 파벌을 조성할 뿐 아니라 실력이 좀 있다 해서 오만하고 하물며 어명에도 이의를 제기하며 순종하지 않는 등 불손하기 짝이 없어 황제의 권위를 실추시키고 있아옵니다. 엄정자를 조정에 두었다가는 어떤 모반을 일으킬지도 모르는 일이옵니다.」
 이림보 자신은 물론 황제 측근에 있는 환관을 매수해 틈틈이 엄정자를 비난, 모해하게 하였다.
 인간의 의식이란 참으로 묘한 것이어서 누가 뭐래도 귀담아들으려 하지 않던 현종도 주위에서 거듭 엄정자를 모해하자 어느덧 그것을 기정 사실로 믿게 되어 이윽고 엄정자를 지방으로 좌천시켜 버렸던 것이다. 이림보는 엄정자를 완전히 제거하기 위해 모반 예비라는 굴레를 뒤집어 씌워 참형 쪽으로 강력히 몰고 갔으나 황제가 이를 끝내 허락하지 않아 좌천의 선에서 끝났던 것이다.
 최대의 정적 엄정자를 조정에서 몰아낸 이림보는 차례로 정적을 제거하여 3년 후에는 마침내 과거파의 거두 장구령을 실각시키고 스스로 중서령이 되어 재상의 자리에 올랐다.
 명실 공히 조정의 실권을 한 손에 쥔 이림보는 자기에게 추종하지 않는 자는 지위 여하를 막론하고 처형으로 몰고 갔으니 그 수가 수백 명에 달했다. 감히 그 누구도 반대의 기미조차 보이지 못했다. 심지어 황태자까지도 그의 앞에서는 아무 말도 하지 못하는 형편이었다.
 그러나 그러한 독주의 세월이 얼마간 흐르고 난 지금 현종은 아비의 권세에 힘입어 아무런 능력이나 업적도 없이 득세한 자들에 대해 심한 염증을 느끼고 있는 것이었다. 이림보로선 현종의 이러한 심경 변화가 큰 걱정이 아닐 수 없었다. 그는 엄정자의 실력을, 그리고 훌륭한 성품을 너무나 잘 알고 있었다. 황제조차 5,6년이 지난 지금에 와서도 새삼 생각해 낼 정도의 인물이 아닌가.
 만일 그가 다시 중앙에 진출하는 날에는 그의 실력과 충성심을 황제가 인정하고 있는만큼 자신은 좌천이 될 것이 뻔한 일이고, 반대로 엄정자는 높은 관직에 재등용될 것이 분명했다. 그렇다면 자기는 어떻게 될 것인가. 엄정자가 지방으로 좌천된 것이 그의 어떤 실책으로 인함이 아니라 순전히 이림보의 모략에 의해 이루어진 것이었음은 천하가 다 아는 사실이었다.
 엄정자 자신도 억울함을 알면서도 이림보의 세력에 밀려 조정에서 쫓겨났던 것이다. 그 가슴에 어찌 한이 맺혀 있지 않을 것인가. 그렇다면 엄정자가 높은 직위에 오르게 되는 날 이림보의 운명은 불을 보듯 뻔한 것이 아니겠는가.
 퇴청하는 길에도 이림보의 눈앞에 어른거리는 것은 온통 엄정자의 분노한 얼굴 뿐이었다. 정적이란 얼마나 무서운 존재인가. 정치 싸움에 패배하여 물러났던 자들이 다시 권력을 잡았을 때 가해지는 정치적 보복을 림보는 잘 알고 있었다. 림보는 뇌리에 무섭게 파고드는 엄정자의 환영을 떨쳐 버리려고 세차게 머리를 흔들었다.
 안색이 창백하여 돌아온 림보를 보고 그의 아내가 물었다.
「어디 편찮으신 데라도 있으십니까? 안색이 몹시 창백하십니다.」
「아니오.」
「그럼 걱정되는 일이라도 생기셨읍니까?」
「조정의 일이니 아녀자가 알바 아니오.」
 림보는 칼로 자르듯 냉정하게 말했다.
「부부는 일심 동체라 하였읍니다. 남편이 근심하고 있는 일을 어찌 그 아내가 모른 체할 수 있읍니까?」

림보의 아내는 눈치가 빠르고 영리한 여자였다. 재상이 된 이후로 이처럼 풀이 죽어 있는 남편의 모습을 그녀는 아직 한 번도 본 일이 없었다. 남편의 신변에 예사롭지 않은 일이 생긴 것이 분명하다고 생각하였다. 집요하게 물고 늘어지는 아내의 물음에 이림보는 이윽고 황제가 그의 정적 엄정자를 다시 등용할 눈치더라는 말을 털어놓고 말았다.
「황제께서 엄정자를 불러올리는 일을 당신에게 직접 말씀하시던가요?」
「그렇소. 바로 그 점이 더욱 마음에 걸리는 일이오. 하필이면 나를 통해서 그를 불러들이려는 폐하의 의도가 불안하단 말이오. 엄정자의 억울함을 이제 황제께서도 알고 계신 듯싶소.」
「그렇다면 엄정자가 오를 수 없게 미리 사다리를 떼어 버리시면 되지 않습니까?」
「오를 수 없게 사다리를 떼어 버려?」
「그의 동생이 지금 장안에 살고 있지 아니합니까. 우선 그를 한번 만나 보시지요.」
「그의 동생을? 그 자를 만난다고 해봐야 무슨 뾰족한 수가 있겠소?」
「그를 통해서 그의 형 엄정자가 중앙으로 진출하는 일을 막아야지요.」
「그에게 뇌물이라도 안겨 주며 매수하라는 건가?」
「꼭 그런 방법이 아니라도 됩니다. 말로써 그의 마음을 사로잡는 것입니다.」
「부인도 참 답답하오. 팔은 안으로 굽게 마련이오. 형이 다시 등용되는 날에는 동생인 그의 앞날도 출세가 보장되는 것인데 말 몇마디로 어찌 그의 마음을 사로잡아 엄정자가 등용되는 것을 막을 수 있단 말이오. 더구나 형의 일로 그 또한 나를 원망하고 있을 것이 분명한데…. 밤이 깊었오, 어서 들어가 자도록 하시오.」
 이림보는 짜증섞인 목소리로 내뱉듯 말했다. 아내는 그러나 쉽게 물러서려 하지 않았다.
「그렇게 절망적으로만 생각하실 일이 아닌 줄 압니다. 이런 방법으로 그의 동생을 회유해 보도록 하시지요.」
 그녀는 남편의 앞으로 바싹 다가앉으며 낮은 소리로 무엇인가를 열심히 설명하였다. 아내의 이야기를 듣고 난 이림보는 비로소 얼굴에 웃음을 띠웠다.

「과연 명안이오. 내일 그의 집에 들러 부인의 말대로 그렇게 해보리다.」
 이튿날 이림보는 퇴청길에 혼자 엄정자의 동생을 찾았다. 림보의 이 느닷없는 방문에 그는 경계의 눈빛으로 맞았다.
「재상께서 어인 일로 한낱 촌부와 같은 소생을 다 찾아오셨읍니까?」
 그의 비꼬는 말을 이림보는 그 특유의 웃음으로 눙치며 친히 그의 손을 잡았다.
「이게 얼마 만이오? 지척에 두고도 서로 너무 격조했오이다. 과거의 일로 맺힌 감정일랑 이제 풀도록 합시다. 오늘 이렇게 갑자기 그대를 찾아 온 것은 다름이 아니라 반가운 소식을 전해 주기 위함이오.」
「반가운 소식이라니요, 소생과 같은 것에게 무슨 반가운 소식 따위가 있겠읍니까?」
「허허, 아직도 그 비꼬는 소리…. 맺힌 감정일랑 이제 풀자니까. 내가 이렇게 그대를 찾은 것도 다 지난 일을 뉘우치고 있음이 아니겠오?」
「어디 말씀이나 좀 들어 볼까요. 반가운 일이라는 것이 무엇인지….」
「다름 아니고 요즘에 와서 내 생각에 많은 변화가 생기고 있오. 솔직히 형인 엄정자를 내친 일이 자꾸만 후회가 되고 있오. 가끔 혼자 해결하기 어려운 정사에 부딪히게 될 때마다 정자의 그 탁월한 지혜와 슬기가 생각나곤 하오. 비록 정적이라곤 하나 한때의 그릇된 생각으로 아까운 인재를 곁에서 떠나보내고 나니 아쉬운 일이 한두 가지가 아니오. 그래서 어제 황제께 슬그머니 엄정자의 이야기를 꺼냈더니 황제께서도 그를 아직까지 잊지 않고 계시더란 말이오. 황제께서도 정자를 매우 보고 싶어하시는 눈치였오..」
 이림보의 말 한마디 한마디는 과연 입의 꿀이었다. 듣는 자로 하여금 모든 잘못을 용서하고 사랑으로 받아들이고 싶도록 하는 비상한 말재간을 그는 천부적으로 지니고 있는 듯했다. 그의 말을 듣다 보면 그에 대한 인식이 새로와져서 간신인 그가 어느 새 의리와 충절의 인간으로 비쳐지는 것이었다.
 그의 그같은 달콤한 말은 어느새 얼어붙었던 마음을 봄눈 녹이듯이 녹이고 있었다.
「하늘이 주신 기회가 아니겠오. 이 기회를 이용하여 형으로 하여금 황제께 상주문을 올리도록 하여 어떻게 해서든 조정에서 가까운 곳으로 옮기도록 하는 것이오.」
「황제께서 보고 싶어하시는 것은 한갓 인정일 뿐 등용의 문제와 무슨 상관이 있겠읍니까. 그렇다고 해서 본인 스스로가 자신을 다시 등용해 주십사고 주청할 수는 없는 일이 아니겠읍니까?」
「물론 그렇소. 그러니까 우선 지방을 떠나 조정 가까운 곳에서 기회를 기다리는 것이오. 가까운 곳에 있다 보면 황제도 자주 뵙게 될 것이고 그러다 보면 자연 등용의 기회가 생기는 것이 아니겠오. 지방 관리로서의 직책을 내어 놓는 일에는 명분이 필요하오. 그러기 위해서는 신병을 칭하는 것이 가장 원만한 방법일 것이오. 몸에 풍이 들어 지방 관리로 일하기 어려우니 낙양에 올라와 요양이나 하고 싶다고 상소를 올려 보도록 하시오. 자 어떠하오, 엄정자에게 이같은 내 뜻을 전해 주시겠오? 형을 위한 일이오.」
이림보의 간곡하고도 우애에 찬 듯한 설득에 동생은 이미 감동까지 하고 있었다.
「재상의 진심을 모르고 내심 원망을 품어 섭섭히 대했던 일을 용서하십시오. 소생이 곧 재상의 뜻을 전하도록 하겠읍니다. 형님도 퍽 기뻐하실 겁니다.」
「중풍을 일컫도록 하시오. 보통 가벼운 병쯤으로 관직을 내어 놓겠다면 오히려 폐하의 노여움을 살 테니까.」
이림보가 이같이 강조하는 「중풍」이야말로 엄정자 평생에 그 발을 묶어 놓는 올무가 될 줄이야 누가 알았겠는가. 엄정자의 아우가 이같이 기뻐하는 것을 보고 이림보는 쾌재를 부르며 그의 곁을 떠났다.
며칠 후 현종에게 한 통의 상주문이 올라왔다. 엄정자로부터의 상주문을 읽은 황제는 크게 실망하지 않을 수 없었다. 충직하고도 유능한 그를 다시 등용하여 혼탁해져 가고 있는 조정의 기풍을 쇄신하여 국정을 바로 잡아 보려고 했는데 뜻밖에도 중풍이라는 중병에 걸려 그 스스로가 벼슬을 마다하고 휴양을 원하고 있지 않은가. 모든 것이 간신 이림보의 계책에서 나온 것임을 현종이 어찌 알겠는가. 중풍은 그 당시 사형 선고나 다름없는 불치의 병이었다. 살아 있다고 하더라도 관직은커녕 사람 구실조차 하기 어려운 병이었다. 그러한 자에게 어찌 국가의 중책을 맡길 수 있을 것인가. 실망하는 현종의 심중을 눈치챈 이림보는 때를 놓칠세라 황제에게 아뢰었다.
「정자는 나이가 많은 데다가 심한 중풍을 앓고 있으므로 중책은 맡을 수 없읍니다. 한직을 주어 요양에 전념토록 하심이 좋을 듯하옵니다.」
 어쩔 수 없는 일이었다. 뒤늦게 이림보의 함정에 빠진 것을 깨달은 엄정자는 가슴을 치며 후회했겠지만 그 스스로 중풍임을 칭했음에야 어찌해 볼 도리가 없는 일이 아닌가.
 애석한 마음을 금치 못하면서도 현종은 그의 뜻에 따라 엄정자에게 낙양성의 한직을 주어 요양토록 했다. 이림보에 의해 사다리가 들어올려진 채 지붕 위에 앉혀진 엄정자에게는 평생에 두번 다시 재등용의 기회가 오지 않았던 것이다.

■ 상옥추제 3

 상옥추제의 책략은 병법에서 만큼이나 정치, 경제 분야에서도 이용되고 있다. 일반적으로 강대한 권력을 가진 독재자들이 공통적으로 보이는 현상으로 권력이 강대해짐에 따라 제2인자와의 거리를 두고자 하고, 마침내는 창업 동지조차 숙청을 한다는 점이 있다.
 희대의 살인마로 알려진 스탈린 못지 않게 북한의 김일성도 자기의 시덥지 않은 과거를 숨기는 우상화 놀음으로 스스로를 영웅화하여 권력을 독점하기 위해 수많은 그의 동지들을 숙청했다
 이미 다른 장에서도 말했지만 그의 최대의 정적 박헌영의 처형을 필두로 김일성 자신을 제외한 북조선 노동당 초대 정치 위원 전원을 학살하였다. 북한 정권 창건 당시 22명의 내각 성원 중 늙거나 병들어 죽은 홍명희, 최용건, 정준탁을 제외한 17명을 사형, 암살 또는 숙청하는 살인마적인 광태를 부린 것이다. 자기 혼자만이 권력의 정상에 오르고 다른 사람은 따라 오르지 못하도록 사다리를 끌어올려 버리는 책략이었던 것이다.
 마키아벨리는 그의 《군주론》에서 이렇게 말하고 있다.
「숭고하고 위대한 정신이 담보되지 않고 그저 보수라는 미끼로 얻어

진 우정은 그만큼의 가치밖에 지니지 못한다. 그래서 정작 우정이 필요할 때 가서는 하나도 힘이 되지를 못하는 것이다. 거기에다 인간은 두려워하는 자보다 애정을 느끼는 자를 더 쉽게 배반한다. 그 이유는 원래 인간이 사악하여 단순히 우의의 기반에 매인 정같은 것은 자기의 이해가 얽히는 기회 앞에서는 언제나 서슴없이 끊어 버리기 때문이다. 그러나 두려워하는 자 앞에서는 처형(보복)의 공포로 꽉 얽매어 있기 때문에 결코 모르는 척을 할 수가 없다…. 때문에 통치자는 사랑과 잔인 가운데 하나를 택해야 할 경우 당연히 후자를 택해야 함이 분명해진다.」

김일성은 이것을 철석같이 신봉하고 충실히 실천했던 것이다.

이런 사람은 우리들 중에서도 얼마든지 볼 수 있다. 최초에는 의기투합하여 일을 시작하고 공동 경영이라는 이름으로 사이좋게 일을 해 나가나 후에 능력의 차가 생기면 자연스레 그 중 한 사람이 사장이 되게 마련이다. 그러면 급기야 사장 자신도 새삼스럽게 그 중역과의 거리를 두려워한다. 결국 일껀 회사를 만들어 그 번영하는 과정에서 그만 친구끼리의 반목과 알력으로 파탄을 초래하게 되는 것이다.

반면 이 상옥추제의 책략을 기업 운영에 창의적으로 활용해 큰 성과를 거둔 업체도 있다.

일본의 혼다 기연(本田技研)은 전부터 젊은 세대에게 어필하는 도전정신이 풍부할 뿐만 아니라 사원의 창의력을 계발하는데 최대한 노력하는 회사로 알려져 있다.

수년 전 종래의 차(車)의 상식을 깨는 「높고 짧은 차」 시티를 개발했을 때의 일이다. 이 개발에 참여한 사람들은 평균 27세로서 설계 관계자 중에서도 가장 젊은 층이었다. 더구나 이 젊은 프로젝트팀에 대해 당시의 경영진은 일체 간섭을 하지 않았다. 그렇다고 임무 부여가 완전한 자유 방임은 아니고 절대적인 책임을 지는 위양(委讓) 형식이었다고 한다.

이같은 위양 방식에 대해 경영자측은 다음과 같이 말하고 있다.

「연구자에게 일을 시킬 때는 평소 엄격하게 대하다가도 때로는 완전히 풀어 주어야 할 필요도 있다. 바로 그 때 연구자는 대담한 비약을 기할 수 있다. 그 기회를 이용하여 업무를 효율성 있게 끌어올리는 것이다. 그렇다고 지나치게 방임해서도 안 되지만 때로는 대담하게 목표와 책임을 부여하고는 뒤에 가서는 아무 말도 하지 않는다. 다락에 올려놓고 사다리를 떼는 것과 마찬가지인 것이다. 뒤에는 네가 알아서 뛰어내려 오라, 내려오지 못하는 자는 그것으로 끝이라는 방식이다. 인간은 극한 상태에까지 몰렸을 때 놀라운 창조성을 발휘한다.」

확실히 이같은 방법이라면 젊은 세대가 가지고 있는 창조의 가능성을 100% 발휘할 수 있을지 모른다.

어떤 사람은 혼다 기연의 이같은 개발 양식을 「다락에 올려놓고 사다리를 뗀 뒤 그 밑에서 불을 지르는 것과 같다」고 빈정대기도 하지만 여하튼 이같은 방식은 패기와 책임감이 강한 젊은이들의 창의력을 발휘케 하는 하나의 훌륭한 방법임에는 틀림이 없다.

그러나 이 경우 반드시 선행되어야 하는 것이 경영자와 직원과의 신뢰이다. 경영자로서의 철칙은 한 번 결정한 사항은 어떤 일이 있어도 결코 번복하지 않는다는 점이다. 그래야만 직원은 경영자의 말을 신뢰하고 이층이든 삼층이든 마음놓고 올라가 임무 수행에 전력할 수 있는 것이다.

또 하나의 예로 세계 최고의 자동차 회사인 롤스로이스의 로드 하이브즈 회장의 경우를 들어 보자. 정력적인 사업가로 이름이 높았던 하이브즈씨는 자기 평생에 있어 최대의 어려움은 은퇴를 결심하게 될 때였다고 술회한다. 그는 은퇴를 결정한 뒤에도 그의 후계자나 그밖의 많은 종업원들에게 결코 은퇴라는 말을 쓰지 않았다. 그리고 단지 「사업차 여행을 다녀올 테니 그 동안 잘 하게」라는 한마디 말로 후계자에게 경영의 열쇠를 넘겨 주었다.

워낙 활동적이고 적극적이었던 하이브즈 회장은 자신의 젊은 후계자가 자칫 운영상의 오류나 범하지 않을까 걱정스러웠고 곁에서 지켜보며 실수를 질책하고 잘못을 고쳐 주고 싶은 강한 욕망에 사로잡혔다. 그러나 그는 힘으로 지배하기보다 방관자의 길을 택했다. 험한 바다를 항해하던 배에서 선장이 갑자기 유고(有故)되면 누구든 그 선장의 임무와 역할을 대신해 고난을 헤쳐 나가야 한다는 생각이 그의 참여 욕망을 억제케 했다.

지시나 명령을 내린 뒤 사사 건건 그 일 처리에 간섭을 하게 되면 부하들의 창의나 책임 의식은 일어나지 않는다. 조직의 활력은 조직의 구성원 누구나가 주인 정신에 몰두해 있을 때 돋보이게 마련이다.
　코치나 감독이 부재 중임에도 불구하고 우승의 영광을 따낸 축구팀, 야구팀을 우리는 얼마든지 볼 수 있다. 그 우승의 원동력은 천부적 자질이 아니라 각자의 뇌리를 지배하고 있는 주인 정신이다. 따라서 조직에서의 하행 콤뮤니케이션은 조직 수뇌부의 주인 의식을 하부 구조 곳곳에 널리 인식시켜 그들로 하여금 스스로가 주인이라고 생각하게 만드는데 하나의 목적이 있다고 하겠다. 자발적인 의지로 자신의 힘을 최대한 발휘할 수 있는 여건을 만드는 지시와 명령이 되기 위해서는 상사 스스로가 방임의 상호 작용 원리를 깨우쳐야 할 것이다. 부하에게 권한을 위임하지 않는 것은 부하가 권한에 대한 중압감으로 고통받을지도 모른다는 상사의 노파심에 불과하다. 인간은 누구나 완전한 자유를 소유했을 때 심리적 불안이 가중된다. 그러나 그 불안을 극복하기 위한 반작용이 생겨날 때 자신이 지니고 있는 능력 이상의 창의력이 발휘되는 것이다.
　그러므로 때로 경영주는 완전한 방관자로서 종업원의 주인 의식을 고무시킬 필요가 있다.

제29계

수상개화
樹上開花

위세있게 보인다

타군의 국면을 빌어 유리한 진형을 만들면 병력은 약소할지라도 진용을 강대하게 보일 수가 있다.
 기러기가 하늘높이 줄을 지어 나는 모양을 보라. 깃털이 풍부한 두 마리가 날개를 펼침으로써 그 의기는 돋보인다.

원래 꽃이 피지 않는 나무일지라도 꽃을 피우게 할 수는 있다.
빛깔이 선명한 비단을 꽃잎 모양으로 말아 가지에 달면 자세히 보
지 않는 이상 쉽사리 알아차리지 못한다. 아름다운 꽃잎이 나뭇가
지를 배경으로 함으로써 광채를 내뿜어 교묘하고 그럴 듯한 국면
을 만들어 주는 것이다. 생각컨대 여기서는 정예 부대를 우군의
진지에 배치 대비하여 위세있게 보이게 하고 그럼으로써 적을 위
압하라고 말하고 있는 것이다.
　　선봉(先鋒)의 봉(鋒)은「창끝」즉 무기의 맨 끝머리에 붙은 예
리한 금속 부분이다. 창으로 말하면 목제의 자루 끝에 철제의 예
리한 날 즉 창끝을 붙임으로써 비로소 창이라는 무기가 이루어지
는 것이며 자루만으로는 쓸모가 없고 또 창끝만으로도 위력을 발
휘하지 못한다. 쇠는 아무리 튼튼하더라도 자루를 철제로 한다면
무거워서 사용할 수 없다. 자루는 나무가 좋으나 창끝이 나무여서
는 안 된다.
　　군대도 이와 마찬가지로 철제 부대와 목제 부대를 잘 배합해서
싸우지 않으면 안 된다.
　　옛날 중국의 군대에는 선봉이라는 특별 정예 부대가 있었다. 이
는 우수한 사람을　선발, 특별 훈련을 시키고 우수한 장비로 무장
시킨 호랑이 새끼 부대이다. 사령관은 전기(戰機)를 노려 이를 결
전장에 투입, 적의 진형에 구멍을 뚫는다. 그러면 지금까지 거기서
꾸물거리고 있던 일반 부대가 기운을 얻어 선봉이 뚫어 놓은 구멍
으로 돌입한다. 이 단계에서는 이미 정예 부대를 필요로 하지 않
는다. 질보다도 양이다. 선봉으로 변한 일반 부대는 단번에 전과를
확장, 이를 쾌승으로 이끌며 사령관은 때를 놓치지 않고 선봉 부
대를 회수, 다음의 돌파에 대비한다.
　　이 선봉 부대를 일반 부대의 선두에 진군시킴으로써 전군의 전
력을 폭발시키는 것, 이것이「수상개화」이다.

註

수상개화(樹上開花): 나무 위에 꽃을 피운다. 남의 병력을 빌어 적을 위압 굴복시키
는 모략. 본뜻은 좀처럼 꽃이 피지 않는 나무가 뜻밖에 꽃을 피웠다는 것. 말뜻은「쇠나
무가 꽃을 피웠다」에서 전의(轉意)한 것.

■ 수상개화 ①

　전한(前漢) 말기 왕망(王莽)이 한왕조를 찬탈했을 때의 이야기이다. 이 이야기는 사건의 내용에 따라 다음 장에서 계속되는 제30계와 역으로 이어진다.
　성천자(聖千子)로 자칭하는 왕망의 출현과 함께 곳곳에서 떠들썩한 화제를 불러일으켰던 갖가지 상서로운 조짐(제30계 참조)들은 이제 기한(饑寒)에 시달리는 백성들에게 아무런 기대도 위안도 될 수 없었다.
　한때 백성들을 들뜨게 했던 그 갖가지 희한한 조짐이나 사건들은 흐르는 세월과 함께 한낱 빛바랜 신화로 차츰 백성들의 머리 속에서 잊혀져 가고 있었다.
　백성들의 현실적인 염원을 외면한 채 현실과 동떨어진 복고적인 개혁과 부패한 정치, 외민족(흉노·서역) 정벌을 위한 징병 등으로 백성들의 부담은 나날이 가중되어만 갔다. 그런데다가 한발과 홍수 등 자연 재해조차 몇 해를 두고 끊임없이 일어나 처처에서 굶어죽는 자가 속출했다.
　왕망에 대한 백성들의 원성이 하늘을 찌를 듯이 높아가고 있어도 이 자칭 성천자 왕망의 귀에는 그러나 그 모든 원성들이 자신에 대한 칭송의 소리로만 들렸다. 스스로 성인(聖人)이라고 굳게 믿고 있는 그로서는 어쩌면 당연한 일인지도 모른다.
　기원14년 3월.
　북방 낭아(瑯琊: 산동성 제성현)에 있는 어느 초라한 오두막집에서 여모(呂母)라는 과부가 마을 사람들에게 둘러싸인 채 낙백한 얼굴로 앉아 있었다. 어떤 위로의 말로도 이 여인의 아픈 상처를 달랠 길이 없는 마을 사람들은 그저 묵묵히 앉아 허공만 바라볼 뿐이었다.
　하얗게 핏기가 걷힌 채 닫혀 있던 여인의 입술이 무언가를 말하려는 듯 조금씩 움직이기 시작했다. 드디어 그녀는 작은 소리로 말했다. 작지만 그러나 또렷한 말씨였다.
　「원수를 꼭 갚고야 말 것이다. 내 손으로 역적 왕망을 죽여 내 아들의 원수를 갚을 테다!」

곁에 있던 노파가 황급히 그녀의 입을 손으로 막았다.
「어찌 말을 삼가지 않고 그렇게 함부로 지껄이는가. 이 많은 사람들의 눈과 귀가 두렵지도 않은가?」
그러나 한 번 열린 여인의 입은 노파의 심한 나무람에도 조금도 주저함이 없었다.
「외아들을 땅에 묻고 돌아온 내가 이제 세상에 두려울 것이 뭐가 있겠소. 나는 기어코 자식의 원수를 갚고야 말 것이오. 나는 이제 두 번 다시 울지 않겠읍니다. 울음을 삼키며 칼을 갈아야지요.」
허공을 방황하던 혼이 비로소 그녀의 몸을 다시 찾은 듯 한순간 그녀의 눈에서 파란 불꽃이 일었다.
「왕망에 대해 원한이 있는 사람들은 지금부터 나와 뜻을 같이 하고 행동을 함께 합시다!」
당시 한왕조를 찬탈하고 백성들을 가렴 주구하는 왕망에 대해 원한을 품지 않은 백성이 누가 있었겠는가. 그러나 이 의외의 사태에 놀란 사람들은 찬물을 끼얹은 듯 긴장한 채 할 말을 잊고 있었다. 권세자들의 보복이 두려웠던 것이다.
「그렇게 두려우면 다들 돌아가시오. 나 혼자 힘으로라도 왕망 타도를 위해 일어서겠오.」
사람들이 어찌할 바를 모르고 침묵만 지키자 그녀 여모는 분연히 일어나 자신의 무명지를 깨물었다. 선혈이 뚝뚝 떨어지는 손가락으로 그녀는 흰 무명에 다음과 같이 그녀의 결의를 혈서로 썼다.
「만고 역적 왕망 타도!」
여모는 비록 지금은 초라한 오두막을 지키는 과부에 불과했지만 대대로 내려 오는 명문 출신으로 낭아 일대에서는 이름난 부호였다. 왕망은 빈약한 나라 재정을 충당하기 위해 백성들의 살림 형편은 생각지 않고 갖가지 명목으로 백성들의 재산을 수탈해 갔다. 서두에서 말했듯이 겹치는 천재 지변으로 아사하는 백성들이 거리에 즐비한데도 조정에서는 아랑곳하지 않았다. 따라서 민심은 날로 흉흉해졌다.
이에 분개한 여모의 아들은 마을 청년들을 모아 놓고 왕조를 찬탈한 역적이 백성들을 죽음의 구덩이로 몰아넣고 있으니 봉기해서 왕망을 타도하고 나라와 백성을 구원해야 한다고 주먹을 치며 외쳤던 것이다.

이같은 사실이 어떤 경로를 통해서였는지 즉각 관아에 알려졌다. 이튿 날 여모의 아들은 체포되어 불과 사흘 만에 참형을 당했던 것이다.

그녀는 목이 달아난 아들의 시신을 찾아다 아직 얼음도 녹지 않은 찬 땅에 묻고 돌아온 길이었다.

그녀가 혈서로 결의를 다지자 그 때까지 죽은 듯이 조용하던 수십 명의 마을 사람들이 이윽고 술렁이기 시작했다. 그 속에서 누군가가 큰 소리로 외쳤다.

「그렇습니다. 우리는 이제 왕망의 폭정에 더 이상 참을 수 없읍니다. 모든 재산을 폭군에게 빼앗긴 채 이대로 앉아서 굶어 죽을 바에야 우리 한 번 나가 싸워나 봅시다. 이러한 참상은 과거 어느 왕조에도 없었읍니다. 관가로 쳐들어가 저들에게 빼앗긴 재산을 도로 찾아 우선 굶주림부터 면해 보도록 합시다. 죽느냐 사느냐는 그 다음 문제입니다. 여러분도 나도 더 이상 참을 수 없도록 배가 고프지 않습니까!」

기골이 장대하고 힘이 세어 보이는 그는 번숭(樊崇)이라는 청년이었다.

그날 각각 흩어져 돌아간 마을 사람들은 누가 먼저랄 것도 없이 자신의 주변 사람들을 모아 속속 번숭의 휘하로 들어왔다.

여모를 선두로 일어난 반란의 무리는 이렇게 하여 삽시간에 큰 집단을 이루었고 번숭을 두목으로 한 그들은 노도처럼 몰려가 관가를 위시해 고급 관리들의 호화 저택을 습격하여 닥치는대로 재물을 약탈했다. 그들이 휩쓸고 가는 곳마다 큰 소동으로 발칵 뒤집혔음은 말할 것도 없다. 그러나 그들은 인명만은 털끝만큼도 상하는 일이 없었다.

「살인자는 사형에 처한다. 남을 상해하면 상해를 받는다. 도읍을 공략하지 않는다.」

저들끼리 이러한 규율을 세우고 일어선 그들은 자신들의 이같은 행위를 결코 약탈이라 부르지 않았다. 부당하게 빼앗긴 재산을 다시 찾아 백성들에게 돌려 주기 위한 거사일 뿐이라 했다.

기근에 시달리다 못해 봉기한 이들에게 있어서 무엇보다 시급한 대책은 구제였다. 그러나 정부에서는 구제책을 쓰기는커녕 관군을 동원해 가혹한 수단으로 이들을 진압하려 하였다. 출동한 관군은 백성들을

무차별 학살했다. 이같은 비인도적이고 잔악한 진압 수단은 그 때까지
도 생존이라는 소박한 본능욕에 따라 일어난 농민 집단에 불과했던 그
들에게 걷잡을 수 없는 분노의 불씨를 던진 결과가 되고 말았다.
　관군의 태사 경상(景尙)이 번숭이 휘두른 분노의 칼에 목이 달아나
면서부터 그들은 이미 약탈만을 위한 도적의 무리가 아니었다. 당초
여모가 뜻한대로 그들은 마침내「왕망 타도」를 외치기 시작했던 것이
다. 관군과의 구별을 위해 그들 모두는 눈썹을 붉게 물들이고 스스로
적미군(赤眉軍)이라 불렀다. 곳곳에서 굶주린 농민들이 적미군에 가담
하여 날이 갈수록 봉기군의 세력은 막강해져 갔다.
　이 무렵 남방에서는 초근 목피로 연명하던 농민들이 더 이상 살길이
없자 신시(新市: 호북성 경산현) 사람 왕광(王匡)과 왕봉(王鳳)을 지
도자로 하여 집결하였다. 그들 5만에 이르는 봉기군 역시「왕망 타도」
의 깃발을 들고 일어난 것이다. 그들은 녹림산(綠林山: 호남성 당양현
의 동북쪽)을 점령하고 황하 유역에서 난립한 크고 작은 봉기군 동마
(銅馬)·청독(靑犢)·대동(大肜)·우래(尤來) 등을 규합하여 현과 성을
차례로 무찌르며 엄청난 세력으로 커가고 있었다. 이들은 녹림산에 웅
거하였다 하여 녹림군이라 불렀다. 반군의 주력은 이로써 북방의 적미
군과 남방의 녹림군으로 크게 두 갈래를 이룬다.
　이토록 백성들의 원망과 저주를 한몸에 받으며 위기가 시시 각각으
로 다가오고 있는데도 자기 도취에 빠져 아직도 스스로를「성천자」라
믿어 의심치 않는 그를 우리는 과연 성천자라 해야 할 것인가 아니면
우군(愚君)이라 해야 할 것인가.
　그가 갖가지 계교로써 민심을 현혹시킨 뒤 204년 간 이어오던 전한
의 왕조를 무너뜨리고 왕위를 찬탈한 역사는 다음 제30계 반객위주에
서 자세히 소개하겠지만 아뭏든 왕위를 찬탈할 무렵 그 자신의 조작에
의해 갖가지로 나타난 상서로운 조짐들 때문에 한때 백성들은 그를 우
상처럼 우러르며 장차 그들 앞에 전개될 찬란한 새역사를 가슴 설레이
며 기다리고 있었다. 그러나 그 기대와는 반대로 거듭되는 왕망의 실
정으로 백성들의 생활은 날이 갈수록 피폐해졌다.
　그들이 우상처럼 여기던 성천자에 대한 인식이 완전히 뒤바뀌어 버
린 지금 적미군과 녹림군이 던진 이 봉기의 불꽃은 거센 불길로 화하

여 단시일 내에 전국적인 규모로 확대되어 갔다. 지방에 있던 황족 유씨의 자손들이 군사를 일으킨 것도 이 무렵이었다.

한왕조의 핏줄을 이어받은 남양의 황족 유현(劉玄)을 경시제(更始帝)로 추대한 유씨 일족은 유수(劉秀)와 그의 형 유연(劉縯)을 중심으로 거병하고 완성(宛城)에 도읍하였다.

왕망은 이들의 북상을 막기 위해 그의 사촌 동생 왕읍(王邑)으로 하여금 백만 대군을 이끌고 출병하도록 하였다. 왕망은 이 군대를「호아오위병(虎牙五威兵: 호랑이와 같은 장수들과 용사로 이루어진 다섯 가지 위엄을 갖춘 군사)」이란 엄청난 이름으로 일컫는 한편 병법 63가(家)의 도사들을 총 출동시켰다. 이들 병법 도사들은 복식도 그렇거니와 각기 독특한 병법서나 병기를 휴대하고 출동하여 장관을 이룬 데다가 어마어마한 수의 맹수들까지 동원하여 더욱 이색적이었다. 실로 위엄과 두려움을 느끼게 하는 장엄한 군단이었다.

「풍부함과 위엄을 과시함으로써 산동(함곡관 동쪽)의 반란군을 위압하라!」

이것이 왕망이 꾀한 전략이었다.

왕망의 이러한 전략은 대군단이 행군하면서 그들의 엄청난 보급 물자와 보물, 그리고 특수 병기 등에 대한 전시 효과를 나타냄으로써 반군에게 겁을 줌은 물론 반군과 정부군 사이에서 방황하고 있는 백성들로 하여금 왕망의 정권이야말로 대단하다는 생각을 갖게 함으로써, 정부군에 가담은 안 할망정 최소한 반란군에 가담하려는 생각만은 단념케 하려는 시위 작전이었다.

이윽고 총사령관 왕읍은 낙양에 이르렀다. 그러나 백만을 일컫는 그의 병력은 실은 42만이었다. 그들은 희대의 거인 거무패(巨無霸: 신장은 10척이고 허리는 10아름이나 되어 작은 수레에는 탈 엄두도 못내고 잘 때는 큰 북을 배개로 하고 식사 때는 쇠젓가락을 사용했다 한다.)를 장교로 임명하여 진지를 지키도록 하고, 각종 맹수를 앞세워 정부군의 사기를 돋구는 한편 자신들의 병력을 끝끝내 백만 대군이라 일컬었다. 요란하게 펄럭이는 정부군의 깃발은 장장 천리까지 이어져 장관을 이루고 있었다.

한편 녹림군까지 그 휘하에 들어와 합병한 유현의 군사들은 왕망군의 이같은 위세에 혼비 백산하여 곤양성(昆陽城)으로 도망을 치고 말았다.

그러나 왕망이 병법 63가의 도사들을 총 동원하여 종군토록 한 것은 어리석기 짝이 없는 작전 미숙이라 아니 할 수 없었다. 병법에는 언제나 여러 가지 유파가 있게 마련이다. 따라서 똑같은 전황에서도 다른 의견이 백출하게 된다.

「곤양은 작은 성에 불과합니다. 그런데도 유현의 군사들이 1만의 병력으로 수비하고 있으니 성에 비해 엄청난 규모의 병력입니다. 따라서 성을 공격한다는 것은 어려운 일입니다. 뿐만 아니라 곤양성의 함락이 대세에는 아무런 영향도 미치지 못할 것입니다. 또 반란군의 총수인 경시제 유현은 지금 이곳에 없고 완성에 있으니 이곳 곤양성을 버려 두고 직접 완성을 공격하는 것이 최상의 방법입니다.」

「그렇지 않습니다. 일단 포위한 성을 함락시키지 못한다는 것은 정부군의 위신에도 관계되는 일일 뿐더러 황제로부터 문책을 당하게 될 것이 분명합니다.」

이들 63파의 병법 도사들은 작전 회의 때마다 이처럼 서로 자기 병법의 우월성을 내세우며 관철시키고자 갑론 을박 결론없는 입씨름만 거듭하였다. 우리 나라 속담에도 「사공이 열이면 배가 산으로 오른다」는 말이 있지 않은가. 63파 도사들의 의견이 이렇게 각양 각색이니 왕망의 군사들은 과연 어느 장단에 춤을 추어야 할 것이며 언제 그들의 병법이 실제로 응용될 수 있을 것인가. 그런데다가 허울만 좋았지 군량의 보급도 엉망이고 당연한 일로 명령 계통도 제대로 서지 않았다.

도사들의 끝없이 반복되는 분분한 의논에 지친 왕읍은 결국 자기 자신의 의견에 따라 곤양성을 공격하기로 결정하였다. 그러나 이에 따른 공격 방법에 있어서도 도사들의 의견은 또 다시 좌충 우돌이었다.

한 도사가 손자의 병법을 인용하며 자기의 의견을 개진하였다.

「병법에 이르기를 "포위 작전을 벌일 때는 완전 포위를 피하고 한쪽에 도망칠 수 있는 길을 터 놓아라. 그러면 포위당한 쪽에서는 도망칠 것을 먼저 생각하게 되어 죽기로 싸울 마음이 없어지게 된다" 하였습니다. 또 도망칠 수 있는 길을 터 놓으면 곤양성을 탈출한 반군의 군사들은 분명 유현이 있는 완성으로 들어갈 것이니 틀림없이 유현군은 미리 공포를 느껴 항복해 올 것이 틀림없습니다.」

그러나 총사령관 왕읍은

「그러한 병법은 대등한 전쟁 상태에서나 쓰이는 병법이다. 이번 싸움은 우리가 압도적으로 우세하기 때문에 그럴 필요가 없다.」
고 단언하며 성에 대한 완전 포위를 주장했다. 40만 대군은 그에 따라 곤양성으로 육박해 갔다.

한편 반군측에서는 곤양성의 수비를 유수가 맡고 있었다. 유수는 녹림군 출신 장수 왕봉에게 8천여 명의 군사를 주어 곤양성을 굳게 지키도록 하고 자신은 원군 모집을 위해 겨우 13명의 기병을 거느리고 급히 남문으로 빠져나갔다.

왕읍의 40여 만 대군에 비해 왕봉이 거느린 반군은 8천여 명에 불과했다. 곤양성을 겹겹으로 포위한 왕읍군은 무서운 기세로 곤양성을 공격하였다. 소나기처럼 쏟아지는 화살 때문에 성밑의 군대와 주민들은 물을 길러 갈 때도 덧문짝을 방패삼아 지고 다녀야 할 정도였다. 그뿐이 아니었다. 왕읍군의 전차는 성벽을 파괴하기 위해 잠시도 쉬임없이 쾅쾅 부딪혀 왔다. 이 때문에 성벽에는 여기저기 구멍이 뚫렸고 곤양성은 그야말로 함락 직전의 위기에 놓였다.

「모든 것이 끝나고 말았구나. 이제 마지막 때가 온 것이다!」

성벽에 부딪히는 전차의 굉음을 들으며 왕봉은 하늘을 우러러보았다. 무심하도록 평온한 하늘이었다. 왕봉은 그 평온한 하늘가에 눈길을 돌린 채 처절한 절망과 공포의 순간을 잊으려 애쓰고 있었다.

바로 그때 실로 믿기지 않는 광경이 그의 시야에 들어왔다. 13명의 기병을 이끌고 나갔던 유수가 원군을 거느리고 귀신처럼 나타나 배후에서 적의 본진을 기습한 것이었다. 이 뜻밖의 사태에 왕봉의 군사는 물론 성 밖 왕망의 군사들도 놀라고 말았다.

곤양성의 함락을 목전에 두고 마지막 공격에 혈안이 되어 있던 왕망의 대군은 숫자 미상의 반군으로부터 배후를 찔리자 당황하지 않을 수 없었다.

유수는 평소 신중한 성격의 소유자였다. 그러나 심사 숙고 끝에 일단 결단이 내려지면 물불을 가리지 않는 용감한 인물이었다. 늘 그의 신중한 면만을 보아 왔던 까닭에 결단을 내린 후의 행동을 전혀 알지 못하는 왕봉과 그의 장병들이었다.

「그토록 조심성이 많은 유수가 선두에 서서 저렇게 과감히 돌격을 하고 있는 걸로 보아 많은 원병을 모집해 온 것이 틀림없다!」
 군사들의 선두에 서서 과감하게 포위군을 공격하는 유수를 보고 이렇게 생각한 성 안의 군사들은 포위군이 흩어지기 시작하자 일시에 사기가 충천하여 성문을 열고 출격하였다.
 한편 불시에 앞뒤에서 협공을 당한 40여 만의 종이 호랑이들은 원군까지 합해 봐야 겨우 1만여에 불과한 유수의 군대에게 본진을 빼앗기고 패주하기 시작했다. 왕망군은 배후에서 급습한 유수군을 대군의 원군으로 착각했던 것이다. 때마침 사나운 폭풍우가 패퇴하는 그들의 길을 막았으니 갑작스러운 하천의 범람으로 익사한 군사만도 1만이 넘었다 한다. 성천자의 대참패였던 것이다.
 불과 2천여 명의 군사(새로 모집한)가 전개한 「수상개화」로 유수의 적은 병력이 40배나 되는 왕망군을 무찌른 이 싸움이 바로 중국 전사상 유명한 「곤양의 싸움」인 것이다.
 그러면 우리는 여기서 하늘이 내신(?) 우리의 성천자 왕망의 형편을 다시 돌아보기로 하자. 왕망의 정권은 그 군대가 유수의 군대에게 대패한데 이어 또 다시 적미군에게 치명적인 타격을 받아 급속도로 흔들리기 시작했다.
 승기를 잡은 경시제 유현은 다시 군대를 파견하여 왕망의 본거지인 장안을 공격토록 했다. 다급해진 왕망은 부족한 병력을 보충하기 위해 옥중의 죄수들을 풀어 군사로 출병시켰다. 그러나 그들 죄수의 대부분은 왕망의 학정으로 억울한 옥살이를 하고 있던 자들이었다. 그러니 어떠한 결과가 왔겠는가를 상상하기란 그리 어렵지 않을 것이다.
 전장에 나가자마자 반란군으로 표변한 죄수들의 기세는 흡사 상처 입은 맹수처럼 무섭고 사나왔다. 여기에 장안의 시민들조차 이 죄수들의 폭동에 적극적으로 호응하고 나섰다. 이로써 왕망의 궁전이 있는 장안은 삽시간에 반란군의 수중으로 들어갈 위기에 직면한다.
 반군이 장안으로 육박해 들어오자 대신 유발(劉發)이 왕망에게 이렇게 진언하였다.
「옛날에는 나라에 큰 재앙이 있으면 하늘을 우러러 곡(哭)을 하여 구원을 빌었다 하옵니다. 폐하께서도 군신을 거느리시고 남교에 납시어 앙천대곡(仰天大哭: 하늘을 우러러 큰 소리로 울음)하시어 구원을 빌어 보심이 좋을 듯하옵니다.」
 위급한 상황에 빠지면 지푸라기라도 붙들고 싶은 게 인지 상정이다. 왕망은 곡할 사람들을 뽑았고, 마침내 장안의 남교에서는 이색적인 통곡 경연 대회가 벌어졌다. 사람의 간장을 에이는 듯한 울음을 우는 사람 5천여 명이 모여들어 하늘을 향해 통곡하는 장면은 그야말로 가관이었으리라.
 맨 먼저 왕궁에 쳐들어가 궁에 불을 지른 사람은 왕헌(王憲)이었다. 궁에 불길이 치솟자 이 한심한 성천자 왕망은 허둥지둥 불을 피하여 선실(宣室)로 들어가 두병〔斗柄: 오석동(五石銅)으로 북두칠성의 모양을 본떠 만든 국자 모양의 것으로 길이가 2자 반 정도였다고 한다〕을 끌어안고 공자의 말을 흉내내어
「하늘이 내게 덕을 내리셨으니 반군이 감히 나를 어찌 하겠느냐?」
하며 여전히 큰소리를 쳤다.
 이 두병은 위기에 처했을 때 끌어안고 있으면 백만의 대군도 그 앞에 꿇어 엎드린다는 신비한 효능이 있다고 전해 오는 물건이다. 왕망은 그 전설을 정말로 믿고 있었으나 그것은 모두 허사였다.
 왕망은 신하들의 부축을 받아 연못 가운데 있는 점대(漸臺)에서 사흘을 버티다가 왕헌의 군사에 의해 마침내 그 머리가 땅에 떨어지고 말았다. 왕망의 살을 조금이라도 가져가면 상을 준다 하여 그 살과 뼈를 조금이라도 빼앗아 가지려고 서로 다투다가 수십 명이 짓밟혀 죽는 불상사까지 빚었다 한다. 그 시신조차 수천 조각으로 찢기는 비참한 최후를 마쳐야 했던 것이다.
 신(新) 나라의 창시자로 출발하여 성천자로 천하에 군림하려던 왕망의 꿈은 이처럼 혼란과 전란으로 온통 얼룩진 채 15년 만에 그 막을 내리고 말았다.
 유수가 황제의 자리에 오른 것은 거병한 지 4년째 되는 해인 서기 25년, 그의 나이 31세 때였다. 경시제 유현이 황제로서의 통치 능력이 없고, 뿐만 아니라 왕망보다도 더한 부패 정치를 일삼자 한나라의 부흥을 그리워하던 백성들의 마음은 또 다시 실망, 유수를 지지하며 따르던 토호와 장수들의 강력한 권유에 따라 황제의 위에 올랐다.
 이 무렵 저희들도 백성들의 지지를 받기 위해 한나라 황제의 혈족을 상징적으로 추대하자는 움직임에 따라 15세의 목동 유분자(劉盆子)를 따로

그들의 천자로 세운 적미군은 경시제의 실정으로 혼란이 극도에 이른 장안을 습격하였다. 사치와 향락에 젖어 세월가는 줄 모르고 있다가 너무나 허망하게 적미군에 항복한 경시제는 그 며칠 후 자신의 부하였던 사록(謝祿)에게 피살되는 비운을 맞아야 했다.

통치 능력이나 가치 의식이 있을 리 없는 적미군들은 궁전이든 민가든 가리지 않고 약탈과 방화를 일삼아 경시제의 실정으로 그렇지 않아도 황폐화되었던 장안을 그야말로 쑥밭으로 만들고 말았다.

이듬해 정월에 이르자 장안의 식량은 완전히 바닥이 났다. 공급은 생각지 않고 소비만 일삼았기 때문이다. 장안의 백성들은 물론 약탈자 적미군조차도 이제 꼼짝없이 굶어야 할 판국이었다.

「역시 통치자는 따로 있다. 나는 그저 약탈에 어울리는 도적의 두목일 뿐이다!」

적미군의 두목 번숭은 비로소 통솔자로서의 자신의 능력이 한계에 이른 것을 깨닫고 추위와 굶주림에 지친 적미군 잔당 10여 만과 그가 황제로 옹립했던 유분자와 함께 유수에게 항복하고 말았다.

이로써 고향을 떠나 도둑의 무리가 되어 유랑하던 적미군 일당은 유수가 하사한 낙양의 전답과 가옥에 정착하여 실로 오래간만에 안정과 평온을 누릴 수 있었던 것이다.

이렇듯 민중의 대폭동이라는 기회를 이용하여 하북 토호의 무력을 결집시켜 수상개화의 책략으로 왕만군을 격파하고 한제국을 부활시킨 광무제 유수는 재위 32년 동안 9회에 걸친 노비 해방과 양민 학살 금지령을 실시하는 등 선정을 베풀어 후한 창건의 기틀을 다져 빛나는 새역사를 창조할 수 있었던 것이다.

■ 수상개화 2

1970년 초 정찰 위성이 송신한 사진을 분석 감정하던 미국의 정보기관은 바짝 긴장했다. 소련 영토 상공의 정찰 위성 카메라가 촬영해서 보내온 사진에서 무라만스크에 가까운 폴야니 항에 정박중인 소련

북양 함대에 이제껏 볼 수 없었던 대륙간 탄도 미사일을 탑재한 신형 잠수함 수 척이 새로 배치되어 있는 것을 발견했기 때문이다.

그런데 공교롭게도 그 다음 날부터 바렌츠해 일대에 수일 간 계속해서 폭풍이 불어닥쳐 정찰 위성 카메라가 제대로 작동을 못해 그 후를 추적할 수 없었다. 미 정보 기관은 애가 타지 않을 수 없었다. 그러나 이것은 곧 전화 위복을 가져다 주는 결과가 되었다.

폭풍이 지나간 후 다시 카메라가 작동되었을 때 또 한번 놀라운 사실이 발견된 것이다. 사진에 나타난 그 신형 잠수함들은 반 수 이상이 기울어져 있거나 반파되어 있는 게 아닌가. 강철제의 잠수함이 아닌 가짜 모형 잠수함으로 일부러 미국 정찰 위성에 걸리도록 만들어 놓은 것이었다.

소련 군수 공장에서 고급 기사로 일하다가 미국에 망명한 사람이 폭로한 바에 따르면 그의 임무는 가짜 목제 병기를 만드는 것이었다 한다. 그는

「그것은 외형상 진짜와 조금도 다름없이 만들어진다. 그리고 그것을 제작하기 위해 진짜 건조 공장과 똑같은 규모의 건물은 물론 주변에 특별한 건물과 주택을 건설하는 등 완벽에 가까운 위장을 하고 있다.」
고 말했다.

리가 항 대안에 있는 사레바 섬 미사일 기지에는 다수의 진짜 미사일이 배치되어 있기도 했지만 그가 근무하고 있을 당시에는 가짜 모형 미사일의 수가 더 많았다고 한다.

물론 이같은 기만 작전은 서방측을 속이고 혼란시키려는 전술적 의도에 불과하다. 전략적 레벨에서도 소련은 과거 30여 년에 걸쳐 미국을 비롯한 서방 세계에 스스로 실력 이상으로 보이기 위해 갖가지 방법으로 필사의 노력을 기울였던 것이다.

이것도 하나의 수상개화의 전략이라 할 수 있다. 그러나 뭐니 뭐니해도 전쟁에서 수상개화의 극치를 이룬 것은 세계 제1차 대전 때 있었던 이른바「힌덴브르그 작전」이라 하겠다.

제1차 세계 대전 개전 벽두인 1941년 8월 러시아의 50만 대군은 독일 동부의 프로이센 지방을 동남쪽과 남쪽에서 동시에 공격, 그곳을 방위하고 있는 독일 제8군 13만을 포위 격멸하려 했다.

그 때 독일 제8군 사령관 프리트비츠 대장은 제1군단을 동방 국경에, 제20군단을 남방 국경에 각각 배치하고 그밖의 주력은 중앙에 집결시켜 삼각 방위진을 치고 있었다. 프리트비츠 장군은 멀리 동방으로부터 침공해 온 러시아군 제1군(렌넨캄프군) 23만을 각개 격파할 생각으로 8월 20일 새벽부터 7개 사단을 출병시켜 군빈넨 부근에서 러시아군 8개 사단과 회전했으나 오히려 혼전에 빠져 움직일 수가 없게 되고 말았다.

설살 가상으로 이 때 사령부로부터 긴급 정보 통신문이 날아들었다. 「남방 바르샤바 방면에서 북진한 러시아군 제2군(삼소노프군) 4,5개 사단이 동프로렌스 남방 국경을 돌파하고 목하 북진하고 있음.」

통신문을 받아 읽은 프리트비츠는 당황하지 않을 수 없었다. 이런 상황으로는 양쪽에서 포위되어 버릴 수밖에 없다고 판단한 그는 막료와 휘하 군단장들의 반대를 무릅쓰고 퇴각을 결심, 이를 총사령부에 보고했다.

놀란 참모총장 모르토케(대 모르토케의 생질)는 단호하게 지휘관의 경질을 결심하였다. 이미 퇴역해서 하이노카의 고향에 은거하고 있던 역전의 명장 힌덴브르그를 사령관으로, 그리고 서부 전선 후방에서 전국의 추이를 지켜보며 한탄하고 있던 르덴드로프를 제8군 참모장으로 각각 특별 임명, 군빈넨 전선으로 급파했다.

8월 23일 특별 열차로 달려 온 새 수뇌는 작전 방침을 일변, 일부의 병력만으로 동방의 적을 저지하고 그 사이에 주력을 남방으로 전용(轉用)하여 삼소노프군을 각개 격파할 전략을 세웠다. 물론 엄청난 모험이었다.

그 후 약 1주일 간 손에 땀을 쥐게 하는 전황이 전개되었으나 결국 힌덴브르그 작전이 적중해 8월 29일 독일군은 역으로 완전히 삼소노프군을 포위 격멸하는 놀라운 전과를 거두었다.

그날 밤 삼소노프 사령관은 자살하고 러시아 제2군 27만이 격멸되었다.

이 사이 동부 국경 쪽에서 러시아군 제1군 23만과 대치하고 있던 독일군은 기병을 주로 한 약 1만에 불과한 숫자로 그 후방은 텅 빈, 그야말로 속이 텅빈 「수상개화」였다.

23만의 러시아군이 불과 1만의 독일군에게 이렇듯 짓밟혔던 것은 군빈넨 회전에서 독일군에 의해 충격을 받아 전의가 둔화되어 있었던 까닭도 있지만 독일 기병의 교묘한 엄폐 작전(수상개화)에 완전히 속은 것이 그 주된 원인이었다. 독일 기병 사단은 적의 전면에, 주력 부대인 양 병력을 산재시켜 러시아군의 정찰을 방해 또는 혼란케 하는 한편 후방에 아직 대군이 있는 것처럼 믿게 하기 위해 기만 작전을 썼다. 또 몇 되지 않는 후방 부대는 야간 후퇴, 주간 전진을 반복하여 대부대가 나와 있는 듯이 러시아군의 공중 정찰을 속이는 등 「수상개화」 전략에 고심했던 것이다.

여기서 한 가지 부언해 둘 것은 이 「수상개화」의 모험이 제8군의 고급 참모였던 호프만의 발상에 의한 것이라는 사실이다. 그는 적과 대치하고 있을 경우 그 중 수만의 병력을 적이 모르게 다른 곳으로 전용하는 것, 1백 80킬로밖에 떨어져 있지 않은 러시아군을 개별적으로 격파하는 것이 평소의 준비와 연구에 의해 가능하다는 자신을 가지고 있었던 것이다. 좀더 부언하면 호프만은 이같은 전략이 성공하는 것을 실제로 목격한 일이 있었다.

그가 노일 전쟁 때 관전(觀戰) 무관으로 일본군에 종군했을 때의 일이다. 1904년 8월에 있은 요양회전(遼陽會戰)에서 대전 중인 일본군 제1군이 러시아군이 알아채지 못하게 몰래 전장을 빠져나와 태자하(太子河)를 건너 적의 측면과 배후로 전환 진격, 대승을 거두었다. 여기서 호프만은 「러시아군과 가까운 곳에서 대진 중일 때 대군을 은밀하게 전용하는 것이 가능하다」는 것을 깨달았던 것이다.

그리고 또 당시 기병 사단장이었던 렌넨칸프와 삼소노프는 평소 사이가 나빠 봉천역두(奉天驛頭)에서 패싸움을 벌인 일까지 있다는 사실을 알고 있어 한쪽을 공격하더라도 다른 쪽의 구원이 민활하지 못하리라는 것까지 계산하고 있었던 것이다. 때문에 호프만은 이 두 사령관의 특성을 면밀히 검토한 결과 탄넨베르히 전투에 있어서의 수상개화의 성공 가능성을 확신했던 것이다.

■ 수상개화 ③

「수상개화」를 기업적 측면에서 보면 전시 상품(展示商品)이라 할 수 있다. 침체한 시장에 고객에게 유리한, 사서 틀림없는 전시 상품을 투입하면 그 상품이 팔리는 것은 물론 그 여세를 몰아 판매장의 다른 상품까지 움직이기 시작하는 것이다.

그러나 「수상개화」는 꽃이 피는 것만으로는 아무 소용이 없다. 나무도 가지를 뻗고 잎을 피워 활동하지 않으면 의미가 없는 것이다.

선봉이나 전시 상품이나 자기가 이기고 그것이 팔리는 것은 당연한 일이다. 그러나 그것만으로는 가치가 없다. 그 활약에 의하여 전군, 전 상품이 새로 태어난 듯이 활발하게 활동을 개시함으로써만 비로소 의의를 가진다는 사실을 인식하지 않으면 안 된다.

그리고 아무리 훌륭한 상품이나 메시지라도 그것이 수용가의 주의를 환기시키지 못하면 아무런 효과를 기대할 수 없다. 따라서 콤뮤니케이션의 수용 과정에서는 주의가 가장 중요한 요소가 되는데 이 주의 요소가 강한 것은 선동과 유혹의 요소도 강하다.

그렇다면 주의를 집중시키기 위한 요건은 무엇일까? 그것은 먼저 시간적 속성과 범위의 속성으로 구분된다.

시간적 속성이란 주의에 대한 시간적 한계를 말한다. 즉 인간이 어떤 사물에 대하여 주의를 집중시킬 수 있는 시간은 대체로 5초 내지 8초 가량이다. 따라서 10초 미만의 극히 짧은 시간밖에 주의를 집중하지 않는다는 이야기가 된다. 이 주의력이 파상적으로 다른 사물로 옮겨 가는 것을 변동이라고 한다.

또 주의의 범위란 대개의 경우 성인이 평균 8개의 자극을 동시에 받아들일 수 있다는 주의의 한계를 말한다. 즉 사람에 따라서 평균 6~11개의 자극에 대해서만 주의를 집중시킬 수 있으며 이 이상이 넘으면 어느것 하나에도 분명한 주의력을 보이지 않는다.

이러한 시간적 속성과 범위의 속성에 견주어 본다면 결과적으로 주의를 모으기 위해서는 좁은 범위의 자극을, 즉 초점을 자주 변동시켜야 한다는 방법론이 나오게 된다.

이 방법의 대중적 이용 사례로 라디오에서의 뉴스라든가 TV 화면의 변화같은 것을 들 수 있다. 즉 남녀 아나운서가 번갈아 읽음으로써 초점을 자주 변동시키는 것이라든가 TV 화면을 10초 이내의 짧은 시간에 다른 화면으로 바꾸는 것 등이 바로 그것이다.

TV나 라디오에서의 이러한 대중적 이용에 반해 선동에서는 보다 더 순간적인 이용이 요구된다. 즉 대중 앞에 등장하는 인물을 수시로 바꿈으로써 군중 심리를 자극한다거나 대중 속에 잠입자를 두어 주의를 산만하게 하는 이른바 주의의 분산 효과를 노리는 것이 그것이다. 대중이 어떤 특정한 메시지에 반응, 그것을 지각으로 해석하려고 해도 곧 다른 메시지에 의한 자극이 들어오므로 지각할 여유를 상실하게 된다.
　선동의 의도 자체가 대중에게 의혹을 불러일으키지 않고 메시지를 액면 그대로 받아들이게 하는데 있으므로 이 방법은 상당한 효과를 거둔다.
　인간의 정보 수용 과정은 자극에 대한 주의라는 과정을 거친 뒤 이를 분석하여 이해하는 결론에 도달함으로써 이루어지는데 그 주의의 초점을 자주 변동시키면 정보 수용 과정에서 분석 과정이 생략되는 것이다. 따라서 옳고 그름에 대한 분석, 해롭고 이로운 것에 대한 비판 없이 자극→ 주의→ 이해라는 단순 과정에 의해서 메시지를 수용하게 되는 것이다.
　이 방법은 어려운 부탁을 할 때 다른 어떤 부탁 속에 포함시켜 자극의 강도에 변화를 주지 않고 태연히 말할 때에도 효과가 있다.

제30계

반객위주
反客爲主

주객(主客)을 전도시키라

빈틈이 있거든 곧장 뛰어들어 그 수뇌부를 장악하라.

교묘하게 차례를 좇아 점차적으로 나아가는 것이 중요하다.

혹사당하는 것은 노예요 존경받는 것은 빈객이다. 또 기반을 안정시킬 수 없었던 사람은 일시의 손님이요 기반을 안정시킬 수 있었던 사람은 장기간의 손님이다. 그런데 장기간이면서도 요긴한 자리에 발탁되지 못한 사람은 무시받고 있는 손님이다. 반면 요긴한 자리에 발탁된 사람은 서서히 대권을 쥐고 주인으로 대체될 수가 있다.

그러므로 주객전도(主客顚倒)의 국면을 실현하려면 제1보에서 손님의 자리를 차지하고 제2보에서 빈틈을 타고 제2보에서 발을 들여놓고 제4보에서 대권을 장악하고 제5보에서 주인으로 변할 것이다. 그리고 주인이 되었으면 타군을 겸병(兼倂)한다. 이것이 차례를 좇아 점진하는 모략이다.

두견이는 제 알을 부화하지 않는다. 두견이는 둥지를 만들지 않으며 꾀꼬리 둥지에 알을 하나 낳아 꾀꼬리 알 중에 자신의 알 한 개를 보태고는 날아간다. 꾀꼬리는 제 알과 구분을 못하는지 열심히 품어 새끼로 바꾼다. 두견이 알은 꾀꼬리 알보다 빨리 부화하고 빨리 부화한 두견이 새끼는 2,3일이 지나면 둥지 안의 꾀꼬리 알이나 꾀꼬리 새끼를 등에 태워 둥지 밖으로 떨어뜨려 버리고는 둥지와 의붓어미 꾀꼬리를 독점하고 자란다.

註

반객위주(反客爲主): 손님의 입장에서 반대로 주인이 된다. 기회를 타서 세력을 확충하고 남의 군대를 겸병하여 객군(客軍)을 주군(主軍)으로 바꾸는 모략.

■반객위주 1

　대사마 왕망의 모친이 병으로 자리에 눕게 되었다는 사실은 조정 중신들은 말할 것도 없거니와 제후들 사이에서도 하나의 커다란 사건이었다. 일반 사가의 일이라면야 까짓 개인의 우환쯤이 그리 대수로운 화제 거리가 될 수 없겠지만 왕망의 세력이 무섭도록 하늘로 치솟고 있던 때이니만큼 이 하찮은 사건도 그들에게 있어서는 큰 관심 거리가 아닐 수 없었다. 대사마의 환심을 사고자 그들은 다투어 문병이라는 구실로 부인들을 시켜 왕망의 집을 방문케 했다.
　어느 대신의 부인이 제일 먼저 왕망의 집을 찾았을 때 한 여인이 문 밖으로 나와 부인을 맞았다. 여인은 낡아 빠진 천조각으로 겨우 무릎을 덮을 정도의 남루한 차림을 하고 있었다. 그 차림으로 보아 여인은 이 집의 하녀 중에서도 가장 낮고 천한 위치에 있는 하녀가 분명하다고 부인은 생각했다.
　「어서 오십시오. 이렇게 찾아 주셔서 감사합니다.」
　차림과는 달리 손님을 대하는 여인의 말투와 몸가짐에서는 깍듯한 예절과 품위가 엿보였다. 대신의 부인은 그러나 오만스런 시선으로 여인의 아래 위를 훑어 보며
　「대부인의 환후는 좀 어떠하신가?」
하고 거만하게 물었다.
　「연로하신 탓인지 다른 때보다 좀 심하신 것 같습니다. 들어가 뵙도록 하시지요. 대부인께서도 기뻐하실 것입니다.」
　「대사마 부인께선 요즘 어떠신가. 지금 어디 출타 중이신가?」
　대신 부인의 이같은 물음에 그 초라한 여인은 뜻밖에도 공손히 허리를 굽히며
　「제가 바로 대사마의 처올시다.」
하는 것이 아닌가.
　「애그머니나!」
　대신 부인의 입에선 자신도 모르게 신음 소리 같은 비명이 튀어나왔다. 순간 울어 버리고 싶은 심정이었다. 화려한 비단 옷자락을 길게 끌며 우아한 모습의 대사마 부인을 상상하며 이 초라한 여인 앞에서 갖

은 거만을 다 떨었던 자신의 행위야말로 환심을 사볼 목적으로 찾아갔던 그녀로선 치명적인 실수가 아닐 수 없었다.
 왕망의 이같은 겸허와 근검 절약의 생활 태도에 조정의 모든 중신들과 백성들은 다시 한번 신뢰와 존경의 넘으로 그를 우러러보게 되었다.
 어느 날 그의 차남 왕획(王獲)이 사소한 시비 끝에 그의 종을 살해한 일이 있었다. 주인으로서 노비 하나쯤 죽이는 일이 별로 죄악시 되지 않던 시대였던만큼 그 일은 별로 큰 사건이 될 수 없었다. 때문에 살인자는 시종 태연하였고 죽은 사람만이 불쌍할 뿐이었다.
 그러나 저녁 때 퇴청하여 집에 돌아온 왕망은 아들의 노비 살해 사건을 전해 듣자 대노하여 왕획을 불러들였다.
 왕망은 노비들이 둘러선 마당 한가운데에 아들을 꿇어 앉히고 문초를 시작하였다.
「어찌하여 그같이 끔찍한 일을 저질렀느냐?」
「게으름을 부리기에 좀 나무랐더니 오히려 언성을 높이며 대들었읍니다. 주종간의 기강을 바로잡기 위해 다른 노비들이 보는 앞에서 그 자를 처단했읍니다.」
 무슨 커다란 공이라도 세운 듯 왕획은 의기 양양하게 말했다.
「그래서?」
「그것을 보고 이제 다른 자들도 크게 각성할 것입니다. 주인에게 불손하면 어떤 결과가 온다는 것을 저들에게 모범으로 보였읍니다.」
「그래서… 그래서 너는 그같은 네 행동이 잘한 짓이라고 생각하느냐?」
 갑자기 노기를 띠고 묻는 부친의 언성에 아들은 움찔하며 부친의 얼굴을 올려다 보았다.
「대답해라. 너의 행동이 과연 잘한 짓인가?」
「….」
「인명은 하늘이 내리신 것이다. 그러므로 누구의 생명이나 똑같이 귀중한 것이다. 노비의 생명이라고 해서 파리 목숨처럼 여기고 함부로 죽인 네 행위는 하늘의 뜻을 거역한 죄에 해당된다.」
「….」
「사람을 죽인 자가 속죄할 수 있는 길은 죽음 뿐이다.」
 왕망은 칼을 빼어 아들의 앞에 던졌다. 부친의 그같은 행동이 자신에게 무엇을 명하고 있는가를 깨달은 아들은 일순 얼굴이 창백해졌다.
「어서!」
 벌벌 떨며 어찌할 바를 모르고 있는 아들을 향해 왕망은 서릿발같은 호령을 했다. 그 때 안채에서 숨을 죽이며 이 모습을 지켜보고 있던 왕망의 부인이 맨발로 뛰어나와 울며 왕망에게 매달렸다.
「차라리 제가 죽겠읍니다. 저 아이를 잘못 가르친 죄가 제게 있읍니다.」
「부인은 물러가시오. 죄는 마땅히 지은 자가 받아야 하오!」
 왕망은 부인의 손길을 뿌리치며 엄하게 말했다.
「아니됩니다. 제발 그 칼을 거두어 주십시오…. 애들아 뭣들 하고 있느냐? 어서 오늘 왕획이 그 자를 죽일 수밖에 없었던 전말을 말씀드리지 않고!」
 그 때까지 묵묵히 둘러서 있던 노비들은 부인의 말뜻을 비로소 짐작한 듯 꼭둑각시처럼 일제히 땅에 무릎을 꿇고 한 목소리로 울기 시작했다.
 왕망의 태도는 그러나 막무가내로 완강했다. 부친의 뜻을 돌이킬 수 없음을 깨달은 왕획은 모든 것을 체념하고 사람들이 지켜보는 가운데 스스로 목숨을 끊었다.
 이로써 죄에 대해서는 혈육도 용서하지 않는다는 공정한 태도를 왕망은 만인 앞에 보인 것이다. 유교에 심취한 나머지 유교적 도덕성을 실현하려는 것인지 아니면 뒤에 야심을 품은 계산된 위선인지는 몰라도 아무튼 근검 절약과 겸손, 그리고 사심없는 공정성이 돋보이는 그의 언동 하나 하나는 뭇사람들의 이목을 끌어 신망을 얻는데 부족함이 없었다.
 그가 태어난 때는 사회, 정치, 경제 등 각 방면에 걸쳐 침체되어 있던 시기였던만큼 그 타개책이 절실히 요구되는 시대이기도 했다.
 백성들로부터 현군으로 추앙받던 선제(宣帝)가 43세를 일기로 세상을 떠나고 그 뒤를 이어 태자 석(奭)이 원제(元帝)로 제위에 올랐다. 원래 심성이 착한 그는 선제의 황후 왕씨를 황태후로 높이 받들고 정성껏 모셨다. 원제의 황후인 원후(元后)도 또한 왕씨였다.
 원제는 유교를 좋아하고 몸이 병약하였다. 유교는 무제(武帝) 때부터 국교로 지정되었으나 실제로 그 뿌리가 내리기 시작한 것은 원제 재위 26년 동안이라고 해도 과언이 아니다. 저 유명한 「왕소군」의 이야기는 바로 이 때에 있었던 일이다.

　서기전 33년 원제가 세상을 떠나던 해 정월 흉노의 호한야(呼韓邪) 선우가 두번째로 한황실에 내조(來朝)했을 때의 일이다. 이미 다른 장에서 썼지만 한왕조에서는 창건 초기부터 대대로 흉노에 대한 유화정책을 쓰고 있었다.

　호한야 선우가 내조하자 한나라 황실에서는 답례의 선물 형식으로 한나라 액정(掖庭: 후궁) 왕장(王嬙)을 주어 그의 아내로 삼게 했다. 이 왕장의 별호가 소군(昭君)인데 본명보다는 별호인 왕소군으로 우리에게 더 많이 알려져 있다.

　선우의 아내가 되어 정든 고국을 떠나 흉노의 땅으로 가야 했던 왕소군의 슬픈 사연은 후세 작가들에 의해 애절하게 윤색되어 많은 사람들로 하여금 동정의 눈물을 자아내게 했다. 그 많은 후궁 가운데 한 여인을 골라 (못생긴 사람으로) 선우에게 시집을 보내기로 결정한 조정에서는 선별 방법을 놓고 고심했다. 그래서 숙의 끝에 화공에게 명하여 모든 후궁들의 화상을 그려 올리도록 하여 그 화상을 보고 결정을 하기로 하였다. 실물이야 어떻든 화상만 예쁘게 그려 바치면 흉노 땅으로 끌려가는 비운을 면할 수 있는 것이었다.

　용모에 자신이 없는 후궁들은 다투어 화공에게 뇌물을 주고 아름답게 그려 줄 것을 부탁하였다. 그러나 용모나 재기에서 남에게 뒤질 것이 없던 왕소군은 화공에게 한 푼의 뇌물도 주지 않았다(일설에는 왕소군이 너무 가난해서 뇌물로 줄 것이 없어 못주었다는 이야기도 있다). 당연히 심사 결과 선우의 아내로 선발된 것은 절세의 미인 왕소군이었다. 뇌물을 받지 못한 화공이 왕소군을 못생긴 추물로 그려 놓았던 것이다.

　왕소군은 눈물을 뿌리며 정든 고국을 떠날 수밖에 없었고 뜻밖에 절세의 미녀를 맞게 된 선우는 기뻐 어찌할 줄을 몰랐다. 원제도 왕소군이 선우의 아내로 선발된 것을 보고 내심 놀랐지만 일단 조정에서 결정된 일이라 모르는 척하고 있을 수밖에 없었다. 후에 화공의 농간이었음을 알게 된 원제는 대노하여 임금을 속인 죄로 그를 참형에 처해 버렸다.

　일설에는 평소 왕소군의 미모를 시기해 온 원후가 원제의 사랑을 그에게 빼앗길 것을 두려워하여 화공으로 하여금 그녀를 추물로 그리도록 지시하였다는 이야기도 있다. 원후도 황후이기 전에 여자이며 한 남자의 아내였던만큼 차라리 이 이야기가 더 신빙성이 있겠다.

원후의 친정인 왕씨가 외척으로서 조정의 막강한 권력을 장악하게 된 것은 바로 이 원후의 힘이었고 왕망은 바로 그 원후의 조카였던 것이다. 아버지를 일찍 여의어 열후의 자리에도 오르지 못하고 불우한 젊은 시절을 보내는 그에게 고모 원후는 각별한 관심과 애정을 쏟았다.

원제가 죽은 후 원후가 낳은 아들 유오(劉驁)가 성제(成帝)로서 26년 간 재위한 뒤로는 그 후의 애제(哀帝), 평제(平帝)가 모두 단명하였다. 애제는 20세에 즉위하여 26세에 죽고, 평제는 9세의 어린 나이에 즉위하여 24세에 죽었다. 이같은 황제들의 유약과 단명은 자연히 외척 세력의 강화를 더욱 부채질했다.

애제가 죽자 원후는 그 때까지도 빛을 보지 못하고 있던 왕망을 불러들여 대책을 논의한 끝에 9세인 중산왕(中山王)을 평제로 세웠다. 원후는 이 어린 황제의 뒤에서 섭정 대비가 되고 38세의 왕망은 비로소 그 때까지의 불운을 벗고 일약 대사마(大司馬)가 되어 모든 정무를 전담하게 되었던 것이다.

일찍이 애제 시대에는 애제의 생모인 정(丁) 씨와 조모인 부(傅) 태후가 생존해 있었기 때문에 외척 왕씨의 권세는 한때 약화되는 듯했으나 애제가 일찍 죽음으로써 왕망의 불운한 시대는 실상 6년이란 짧은 기간으로 막을 내린다.

평제의 생모는 위(衛) 씨였다. 아들인 중산왕이 황제의 자리에 올랐으므로 위씨는 당연히 아들이 있는 장안의 궁전에서 태후의 자리에 앉아야 한다. 그러나 그녀는 변방인 중산국에 억류된 채 장안 근처에는 얼씬도 못하는 신세가 되고 말았다. 고모인 원후의 위치를 확고히 하여 왕씨의 세력을 유지하기 위해 왕망이 취한 처사였다.

권력은 이토록 사람을 비정하고 냉혹하게 만드는 것일까. 권력을 독점하기 위해 모자간을 생이별시킨 부친의 부당한 처사에 의분을 느낀 왕망의 장남 왕우(王宇)가 간언을 하였다. 그러나 그것은 오히려 왕망의 불같은 노여움을 사고 말았다.

「네가 어찌 감히 사사로운 인륜을 빙자하여 조정의 일에 간여하려 하느냐? 어의에 불순종하는 자는 불충이며 역적인 줄을 모르느냐? 황제의 뜻을 거역하는 자를 어찌 용납할 수 있겠는가!」
 왕망은 이 아들에게도 한 자루의 칼을 던져 주었다. 이렇게 하여 왕망의 두 아들은 모두 아비의 명에 따라 자결의 길을 걸어야 했다. 이처럼 왕망은 자기의 충직성을 보이기 위해 자신의 두 아들을 죽이는데 조금도 주저치 않았다. 그런 뒤에도 위씨의 존재에 은근히 부담을 느껴 오던 왕망은 드디어 그녀에게 모반을 기도했다는 혐의를 뒤집어 씌워 주살하고 말았다. 위씨를 모살한 왕망은 그의 야망을 실현하기 위한 첫 단계로 자기의 딸을 평제와 결혼시켜 황후가 되게 했다.
 자신의 딸이 황후가 된 뒤에도 그는 유별나게 나서는 일이 없었으며 오히려 전보다 더 겸허하며 검소했다. 당시 조정의 큰 문제 거리였던 토지의 겸병(정부 고관이 토지를 가짐)과 노비의 축적 문제, 부의 편중 현상을 막는 등 서민의 생계에 직결된 문제들을 해결하기 위해 전념하고 있는 그를 누가 엄청난 야심을 품고 무서운 독아(毒牙)를 갈고 있는 자라고 상상할 수 있었을 것인가.
 태황 태후가 이같은 왕망의 인품과 공적을 높이 평가하여 그에게 광대한 토지를 하사하려 했을 때도 왕망은 이를 굳이 사양하고 받지 않았다. 왕망의 이같은 태도에 토지 겸병에 혈안이 되어 있던 대신들은 크게 당혹하지 않을 수 없었다.
 어느 해 천재 지변이 극심하여 백성들의 생활이 도탄에 빠져 있을 때에도 왕망은 솔선하여 재산의 대부분을 재해민 구제 자금으로 내놓았다. 이같은 희생적인 자선은 탐욕과 치부에만 혈안이 되어 있던 조정 대신들과 토호들에게 새바람을 불러일으켜 많은 대신과 토호들이 잇달아 재산을 헌납, 재해민을 무난히 구제할 수 있게 되었다.
 이 모든 선정과 선행들이 실은 장차 「반객위주」의 야망을 실현하기 위한 정치적 포석에 불과했지만 그것을 알 리 없는 순진한 백성들은 그의 미덕을 극구 칭송했다. 사심없이 백성을 위해 일하는 정치인을 신처럼 떠받들 수밖에 없었던 것이다.
 그의 이같은 유교적 실천은 새세계를 개척하는 선구자로서도 기대를 모으게 하였다. 왕망은 이같은 민심을 당시 백성들 사이에 크게 유행하고 있던 참위설이란 예언에 교묘하게 연계시켰다. 참(讖)은 하늘에서 계시되었다는 예언서이며 위(緯)는 유교 경전 속에 숨겨진 신비를 밝혀 내는 학설이라고 하나 그것들은 모두 음양 오행설에 근거를 둔 것처럼 보이는 한낱 미신에 불과하였다.

왕망은 외형상으로는 어디까지나 유교를 실천하는 돈독한 유교 신봉자의 자세를 취하면서도 이면으로 미신에 미혹되어 있는 민심을 이용하여 「금덕(金德)인 한나라는 쇠퇴하고 토덕(土德)을 받은 성인(聖人)이 이를 대신할 시기가 왔는데 왕망이야말로 바로 이 주인공」이란 세론을 날조하여 퍼뜨리기에 이르렀다.

이리하여 왕망을 위시한 왕씨의 권력은 나날이 비대해져서 이제 유약한 유씨의 제실을 압도하고도 남음이 있었다. 앞의「수상개화」에서「성천자 왕망」의 출현과 함께 각처에서 갖가지의 상서로운 조짐들이 나타났던 사실들을 시사한 바 있는데 그러한 모든 조짐들은 모두가 세론 조작의 천재인 왕망 자신에 의해 날조된 것들이었다.

평제가 즉위한 지 얼마 안 되어 사천성에 있는 익주에서 변방 외지의 만족이 진상했다는 한 마리의 흰꿩이 조정에 헌상되었다. 그리고 다음 해에는 또 황지국에서 물소를 바쳐왔다. 황지국(黃支國)은 지금의 월남 남쪽에 있던 나라로 한나라 장안으로부터는 3만리나 떨어진 곳이었다. 그처럼 먼 나라에서 이같이 진기한 짐승이 헌상되었으니 과연 상서로운 일이 아닐 수 없었다. 같은 해에 또 황룡(黃龍)이 강에 나타나 노닐었다는 소문이 누군가의 입에서부터 나오기 시작하여 삽시간에 백성들 사이로 퍼져 나갔다.

전설을 뒷받침하는 이러한 갖가지 소문들은 꼬리를 물고 끊임없이 일어나고 있었다.

「우리 한나라에 영광이 있을 징조다!」

「대사마 어른이 나타나면서부터 이런 길조들이 나타나고 있지 않은가!」

「대사마 어른이야말로 하늘이 내리신 성천자가 아니고 무엇이겠는가!」

「우리 한나라는 이제 다시 요·순 시대를 맞게 될지도 몰라!」

한나라 백성들은 기대와 흥분으로 들뜨기 시작했고 왕망은 어느덧 백성들 사이에서 「성천자」로 불리며 그야말로 살아있는 우상으로 변신해 가고 있었다. 그러나 이같은 길조는 모두가 왕망의 주도 면밀한 계획하에 조작된 것이었다. 그는 이를 위해 미리 지방 장관에게 거액의 뇌물과 장차의 벼슬을 약속하고 어떻게 해서든 흰꿩을 구해 바치도록 했고 또한 황지국 왕에게도 극비리에 값비싼 선물을 보내고 그로 하여금 물소를 바치도록 했던 것이다.

주공(周公) 시절에도 남국의 월장지(越掌氏)라는 이민족이 흰꿩을 진상한 일이 있었다. 그 진귀한 새의 출현은 백성들 사이에서 주공의 높은 공적을 상징하는 것으로 인식되었다. 그래서 성인(聖人) 주공이 어린 성왕(成王)을 보필하고 섭정하여 건국 초기의 어려운 난국을 슬기롭게 극복하고 나라의 기틀을 다졌다는 고사를 본따 이제 성인인 왕망이야말로 섭정이 되어야 한다는 세론을 조작하기 위함이었다.

또한 예로부터 성천자가 출현하는 예고의 징조로서 진기한 짐승이 나타났다는 중국의 전설을 이용, 비밀리에 물소를 도입했던 것이다.

이렇게 하여 이 상서로운 조짐들이 모두 왕망 자신의 출현을 예고하는 일인 것처럼 꾸며 한나라 찬탈을 필연적인 것으로 정당화하려는 계략이었다.

그러자 아첨하기 좋아하는 조정의 몇몇 중신들 사이에서는 왕망의 비위를 맞추기 위해 그를 표창해야 한다는 움직임이 일기 시작하였다.

「대사마가 어린 평제를 맞아 어려운 한나라 황실을 안정시킨 일이야말로 주공(周公)이 성왕을 보필한 공적에 비견될 만한 일입니다. 이러한 대사마에게 안한공(安漢公)의 칭호를 내리심이 가한 줄 아옵니다.」

중신들의 이같은 주청에 따라 태황태후는 왕망에게 안한공의 칭호를 하사하였다. 한왕조를 안돈시킨 왕망의 공로를 표창한다는 의미였다. 그러나 왕망의 계산된 제스처는 이 일에 있어서도 유감없이 발휘된다.

「소인은 아무 공로도 없아옵니다. 모두가 태황태후 마마의 홍복이시며 조정 중신들의 충성 덕분인 줄 아옵니다. 소인에게 내리신 이같은 칭호를 거두어 주시옵소서. 황송하여 감당할 수 없아옵니다.」

왕망의 이같이 겸허한 사양에도 불구하고 안한공이 된 그에게 얼마 후에는 다시 재형(宰衡)이란 칭호까지 추가되었다. 주나라 주공을 태제(太宰)라 불렀고 은(殷) 나라 탕왕(湯王)을 보좌하여 그로 하여금 걸왕을 몰아내고 천하 만민의 축복 속에 천자의 위에 올라 덕치를 베풀게 하였던 명재상 이윤을 아형(阿衡)이라 불렀던 역사적 사실에서 이 두 사람의 공적을 겸비했다는 뜻을 담고 있는 칭호였다.

그러나 어린 평제의 가슴 속에는 어느 때부터인지 왕망에 대한 의구심과 함께 원한의 감정이 싹트고 있었다. 그는 아직도 스스로 정무 처리를 할 수 없는 14세의 소년에 불과하였다.

「내가 자라서 친정을 하게 되는 날엔 왕망 저 자부터 처단하여 억울하게 돌아가신 어머니의 원수를 갚으리라. 성천자라는 말의 진위도, 이상한 소문의 출처도 그 때 밝혀내고 말리라…」

평제는 내심 왕망을 향해 칼을 겨누고 있었다. 눈치 빠른 왕망이 평제의 이같은 마음을 모를 리가 있겠는가.

평제는 비록 어린 소년이지만 엄연한 천자인 것이다. 그러한 평제가 성장하여 나날이 철이 들어가는 것이 그 어머니를 죽인 왕망으로서는 커다란 위협이 아닐 수 없었다.

서기전 1년 가을 어느날 몇 술 수라를 뜬 평제가 피를 토하며 쓰러져 죽었다. 모후 위씨의 억울한 죽음에 한을 품고 복수의 날만을 기다리고 있던 어린 평제마저도 결국 왕망의 마수에 걸려 비참한 죽음을 당하고 만 것이다.

설마 왕망의 짓이라고는 꿈에도 생각지 못한 당시 사람들은 평제의 죽음을 하늘의 뜻에 의한 우연한 급서로만 알고 있었다. 이로써 사람들은 왕망이 천자가 되는 것이야말로 거역할 수 없는 하늘의 뜻이라는 생각을 굳히게 되었다. 그러나 왕망은 평제의 후계자로서 아직 젖도 떼지 않은 두 살짜리 자영(子嬰)을 황제로 옹립하였다. 황족 중에 나이 찬 적임자는 자영 말고도 얼마든지 있었다. 그런데도 불구하고 왕망은 가장 나이 어린 자영을 황제로 세운 것이다. 이제 바야흐로「반객위주」는 종막을 향해 치닫고 있었다.

이로써 안한공 왕망은 이제까지의 자신을 철저히 위장하고 있던「성천자」의 껍질을 벗고 망한공(亡漢公)의 본성을 노골적으로 드러내기 시작한 것이다. 조정 중신들을 비롯하여 천하 백성들이 비로소 왕망에 대해 의구심을 품기 시작했을 때는 이미 사태는 완전히 기울어져 있었다.

벌써 왕망은 조정에서의 복장과 의식을 황제와 똑같이 하고 스스로 가황제(假徨帝)라 칭하며 대신들로 하여금 자신을 섭황제(攝皇帝)라 부르게 하였다.

이제 황제로서 조금도 손색이 없는 실권과 위엄을 갖춘 왕망이 정말 황제가 되는 것은 시간 문제였다.

　왕망의 한왕조 찬탈은 무력에 의한 것이 아니라 대사마에서 안한공, 재형, 가황제 등으로 마치 계단을 하나 하나 밟아 올라가듯이 행해졌기 때문에 백성들은 물론 그의 곁에 있는 조정 대신들까지도 그의 그같은 찬탈 계획을 전혀 눈치채지 못했던 것이다. 비로소 그같은 일련의 일들이 찬탈의 계획임을 깨달았을 때는 이미 옥좌는 왕망의 것이 되어 있었다.

　자영이 황제의 위에 오른 지 3개월 만인 서기 8년 12월 1일, 왕망은 드디어 요람 속의 천자를 폐하고 스스로 황제가 되었다. 그는 그날을 시건국(始建國) 1월 1일로 개정하고 국호를 신(新)이라 하였다. 이로써 왕망은 피 한 방울 보지 않고 지극히 평화롭고도 교활한 수단으로 한나라 천하를 찬탈했던 것이다.

　당시 한왕조는 자신들을 요(堯)의 후손이라 믿고 있었는데 하늘이 내리신 성천자 왕망은 그러나 자기 선조는 전국 시대의 전제(田齊)라고 주장하였다. 역사상 전제의 선조는 오제(五帝)의 하나인 성인 순(舜)이 세운 진국이므로 자신은 순의 자손이며 따라서 자신이야말로 순이 요의 천하를 물려받았듯이 한나라를 물려받을 적임자가 아니겠느냐고 역설하며 선양(禪讓)이란 미명으로 제위를 찬탈했던 것이다.

「짐이 하고자 함이 아니었다. 모든 것은 하늘의 뜻이었다. 이제 하늘의 뜻에 따라 천자가 된 짐에게 옥새가 돌아오도록 하라!」

　왕망은 그의 신하에게 이같이 명했다. 그 당시 옥새는 태황태후 왕씨의 수중에 있었다.

　왕망의 신하가 태황태후에게 옥새를 요구하자 태황태후는 80 고령의 노인답지 않게 쟁쟁한 음성으로 나무랐다.

「옥새가 뉘것인데 왕망이 감히 내놓으라고 하더냐? 그렇게는 안 된다. 우리 왕씨 일족의 그같은 역모를 나는 용납할 수 없다. 가서 왕망에게 일러라. 옥새는 왕씨 것이 아니라 끝까지 유씨 왕조의 것이니 내놓을 수 없다고.」

　이미 대세가 왕망에게 있음을 아는 신하는 그러나 태황태후의 이같은 거부에 한 발짝도 뒤로 물러서지 않았다.

「대세는 이미 확정되었읍니다. 민심은 이제 완전히 대사마에게로 기울어져 있읍니다. 옥새를 내놓으신다고 해도 마마는 어디까지나 태황태후

「마마이시옵니다.」
「네 이놈!」
태황태후는 격노하여 소리쳤다.
「내가 이 자리에 연연해서 옥새를 안 내놓고 있는 줄 아느냐? 우리 가문을 역적이란 이름으로 더럽힌 저 왕망이란 놈 때문에 지금은 이 태황태후의 자리마저 후회스럽다. 자 가져 가거라! 그러나 가서 왕망에게 분명히 일러라. 나 태황태후는 죽는 날까지 한나라 유씨 왕조의 사람이지 왕망의 신나라 사람이 아니라고…. 그리고 반객위주는 인간이 저지를 수 있는 행위 중 가장 추악하고 비열한 짓이라고….」
태황태후는 옥새를 꺼내 땅바닥에 힘껏 내던졌다. 그 바람에 옥새에 새겨진 용의 머리 부분이 깨어져 달아나고 말았다.
태황태후는 그녀의 말과 같이 끝내 한나라 사람임을 고집하다가 쓸쓸히 생을 마치고 말았다. 이로써 고조 이래·204년간 이어오던 전한(前漢)은 그 막을 내리게 된다.

■ 반객위주 ②

며칠 전 신문에서 남아공(남아프리카 공화국)의 백인 경찰이 인종 차별 정책에 반대해 항의 데모를 하는 흑인을 곤봉으로 때려잡는 사진을 보고 그야말로「주객 전도요 적반 하장」이로구나 하는 탄식이 튀어나왔다. 몽떼스뀨가 말한대로「힘의 정의」라는 역설적인 불의를 우리 인류는 언제까지 용납할 것인지 새삼 궁금하기까지 하다.
힘이 좀 강하다고 해서 때로는 무력의 강압으로, 때로는 교활한 회유책으로 약한 남의 나라에 들어가 주인을 몰아 내고 그 자리를 차지하고 앉아 주인 행세를 하면서 오로지 자기들의 이익만을 위해 온갖 불의와 악을 자행하는 저들. 과거 식민지 통치자들 모두가 그랬지만 저들은 걸핏하면「법의 정당성」을 내세우며 흑인을 박해하고 투옥하고 살해한다. 저들은 마치「법」이 신의 계시에 의해 만들어진 양 절대시하고 만능시하는데 도대체 그「법」은 누가 누구를 위해 어떻게 만들어진 것인가.

대부분 식민주의자들의 공통적인 통치 방식이긴 하지만 저들 아프리카 백인들은 흑인에게 힘(민족 자주 역량)이 생길까 두려워 소위 반투족 교육법을 만들어 흑인에게서 교육의 기회를 박탈하는가 하면 배덕금지법(背德禁止法)으로 흑인은 백인 근처에 얼씬도 못하게 하고 심지어는 통행 증명서법을 만들어 제땅에서 마음대로 오가지도 못하게 했다.
　1960년 3월 어느 날 백인 공장에서 일하는 아버지를 찾아가던(어머니의 병세가 위독해서) 14세의 흑인 소녀가 통행 증명서가 없다는 이유(백인 지대에 가려면 통행 증명서를 발급받아야 했다)로 백인 경찰에 붙들려 매를 맞고 경찰서 유치장에 갇힌 사건이 발생했다. 이 소녀는 사흘 후 백인 경찰의「관대한 처분」으로 풀려나 무사히(?) 귀가하긴 했지만 어찌나 심하게 구타를 당했던지 그 때까지도 얼굴과 몸이 퉁퉁 부어 있었다.
　이같은 사실이 알려지자 3월 24일 샤르페빌에서는 분개한 1만여 명의 흑인 군중이 경찰서를 습격해 기물을 부수며 항의했다. 격분한 흑인들이 감정만 앞세워 고작 몽둥이를 치켜들고 경찰서를 습격한 결과는 불을 보듯 뻔했다. 백인 경찰은 이「폭도」들을 장갑차로 마구 깔아 뭉개며 기관총으로 무차별 난사해 수백 명을 사살, 그 넓은 광장을 순식간에 피바다로 만들어 버렸다.
　세계의 여론들이 일제히 남아공 정부의 이같은 야만적이고도 비인도적인 탄압책을 지탄하고 나서자 그들은「법」을 어긴 자에게 가한 당연한 제재 조치였다며 눈하나 깜짝하지 않았다. 저들은 도대체 누구에게서 그런 권리를 수임한 것일까.
　17세기 중엽 몇 척의 어선을 타고 지금의 케이프타운 근방에 상륙한 농민 출신의 네덜란드인들은 기후 좋고 땅이 비옥한 이곳을 자기 땅으로 만들려고 총으로 흑인(토인)들을 마구 사살하며 그들을 몰아 내려 했다. 그러나 토인들의 저항이 의외로 완강했을 뿐만 아니라 워낙 수가 많아 이들을 모두 사살하거나 위협해서 추방하는 것이 불가능하다고 판단한 백인들은 흑인을 회유하기로 방침을 바꾸었다.
　백인 대표와 흑인 추장이 대좌했다.
「우리는 배를 타고 가다가 풍랑을 만나 부득이 이곳에 상륙했을 뿐 다른 의도는 없오. 기왕 상륙했으니 잠시 쉬었다 가도록 허락해 주시오.」

마음씨 착한 추장은 물론 허락했다. 순박한 토인들은 귀한 음식과 극진한 예우로 이들을 대접했고 항해하다 혹시 식량이 떨어지면 안 된다며 식량까지 가득 실어 주었다.

그러나 며칠 쉬어 간다던 백인들은 한 달이 지나고 두 달이 지나도 어찌된 일인지 떠날 생각을 하지 않았다.

석달이 지난 후 백인 대표는 진기한 선물을 한아름 안고 와 이 땅이 너무도 아름답고 또 당신들의 마음씨가 너무 착해 같이 살고 싶으니 허락해 주면 그 은혜 백골 난망이겠노라고 애원하다시피 했다.

「같이 사는 것은 좋지만 우리의 풍습(법)을 따라야 하오.」

「물론입니다. 우리는 손님이니까 마땅히 주인의 풍습을 따라야지요.」

이렇게 해서 겨우 그곳에 정착하게 된 백인들은 그후 소위 문명의 이기를 들여다가 순박한 흑인들을 미혹하며 농경지를 중심으로 차츰 생활 거점을 확대해 나갔다. 그리고 그렇게 이익과 호기심을 자극하여 흑인들의 생활을 틀어쥐기 시작한 백인들은 어느새 흑인들에게 큰소리를 치기 시작했다.

얼마 후에는 이 땅으로 프랑스 종교 전쟁(1562~1598)에서 패한 한 떼의 유그노가 몰려왔다. 이들은 같은 백인인 네덜란드인과 이해 관계가 쉽게 일치돼 별 마찰없이 화합하여 공동으로 흑인을 억압하기 시작하였다.

유그노는 처음에는「예수님의 사랑」이니「인간의 평등」이니 하며 달콤한 말로 흑인들을 회유했지만 저들은「노예 제도는 신의 뜻에 의한 것이고 자유주의란 악마의 소산」이라고 믿는 정통 기독교도들이었다. 신앙으로 노예 제도를 받아들이는 저들이었던만큼 저들이 흑인들을 어떻게 탄압하고 혹사했겠는가는 쉽게 짐작할 수 있다.

아프리카 남단의 케이프 식민지는 나폴레옹 전쟁 후인 1814년에 네덜란드에서 다시 영국으로 넘어간다.

새주인은 흑인들에게 여러 가지 문화 생활과 경제 발전을 약속하며 세계 평화와 박애주의 정신에 입각해 당신들을 도우러 왔노라고 사뭇 감동적인 어조로 흑인들의 적극적인 협조를 호소하였다.

그처럼 세계 평화와 박애주의 정신에 입각해 흑인을 도우러 왔다는 그들의 후손들이 오늘날 앞에서 본 것처럼 「박애주의 정신」을 실천하고 있는 것이다.
 그러므로 식민지 통치자들이 제아무리 궤변을 늘어놓으며 통치의 정당성과 합법성을 주장한다 해도 그 바탕에는 반객위주의 교활성과 추악함 이외에 아무것도 없다.
 어떤 사람은 미국이 베트남 전쟁에서 패한 이유는 베트남인들의 투철한 공산주의 사상 때문이라고도 한다. 그러나 필자는 그렇게 생각하지 않는다. 베트남인의 단합된정신력의 결과인 것만은 틀림없지만 그 정신력의 바탕은 공산주의 사상이 아니라 100년여에 걸친 프랑스 식민 통치 하에서 형성된 순수한 민족주의였다고 봄이 정확할 것이다. 필자의 편견인지는 모르나 계급성을 주장하는 공산주의 사상으로는 결코 베트남인을 하나로 묶지는 못한다.
 「반객위주」의 교활한 책략으로 나라를 빼앗은 프랑스 제국주의자들의 잔혹한 식민지 통치 과정에서, 그리고 2차 세계 대전 후 몇 번에 걸친 비열한 배신 행위에서 쓴맛을 볼대로 본 베트남인들의 마음 속에는 다시는 「박객위주」에 속지 않아야 한다는 자각이 싹텄고 그것은 그대로 민족주의로 이어져 무서운 힘을 발휘할 수 있었던 것이다.
 상업적 측면에서 「반객위주」의 명인은 화교(華橋)이다. 웬만한 나라 치고 그곳의 경제권을 좌지우지하는 이른바 차이나 타운이 없는 곳이 없다.
 해외에 나간 중국인은 우선 그 나라의 가난한 구역에 들어가 빈약한 집을 마련하고 무서운 생활력으로 점원이나 노점상 등 밑바닥에서부터 시작한다. 그들은 검소하고 근면한 생활로 조금씩 돈을 모으는 것이다. 어느 정도 돈을 모으면 이주지의 정부나 국민의 강한 압박과 배척을 밀어제치고 놀라운 상재(商才)를 발휘하여 어느새 그 고장의 경제권 특히 금융권을 장악, 마침내는 주객 전도로 그 고장의 주인공이 되어 버리는 것이다. 특히 태국, 말레이지아, 인도네시아 등지에서 이 화교들의 주객전도의 상술은 두드러진다. 때문에 화교는 상업 무대에서 위험하고도 외경스러운 존재로 인식되는 것이다.

제6부 패전의 계
敗戰之計

약(弱)으로써 강(強)에 대하여 싸운다. 퇴각은 패배는 아니다. 패배가 아닌 이상 승리로 바꿀 수가 있다.

제31계

미인계
美 人 計

아름다운 여자를 이용하라

병력이 강대한 적에 대해서는 주로 장수에게 겨냥을 맞추라. 지모 있는 장수에 대해서는 그들의 뜻을 저상(沮喪)시킬 방책을 강구하라. 장수의 투지가 약해지고 부대의 사기가 약해지면 적의 세력은 저절로 줄어든다. 적의 약점을 이용하여 그들을 조종할 수가 있다면 정세를 호전시켜 존립을 보존할 수 있다.

병력이 강하면 그 장수를 공격하고 지장(指將)이면 그 마음(情)을 쳐라. 장수가 약하고 군사가 무너지면 그 기세가 저절로 위축된다. 유리할 때 허점을 치고 자연스럽게 실력을 보존해야 한다.

다시 말해 병력이 강하고 지장(指將)이면 적은 무너지지 않는다. 기운이 그에 미치지 못하기 때문이다. 다만 이에 대적함에는 미인을 가지고 하라. 그로써 그 마음을 기쁘게 하고 몸을 약하게 하고 아랫사람들의 원한을 증대시켜라. 구천(句踐)이 부차(夫差)에 대응하듯 마침내 패배를 승리로 바꿀 수 있다.

註

미인계(美人計): 아름다운 여자를 이용하라. 물질로 유혹하여 적에게 안일을 탐내게 하고 투지를 잃게 하여 내부 붕괴와 이반(離反)으로 유인하고 나서 공략을 꾀하는 책략.

■ 미인계 ①

 산야에 초여름이 무르익고 있었다.
 맑은 물에 씻긴 듯한 녹음의 싱그러움 속에서 이름모를 새들이 다투어 청아한 목청을 돋구었다.
 여기가 어디쯤인가. 발 아래로 그림처럼 아담하게 마을이 내려다 보인다. 처음 와보는 마을이지만 왠지 눈에 설지 않은 안온한 풍경들이 마치 오랫만에 고향에라도 찾아온 듯한 느낌이다. 그의 여정은 오늘로 이미 석 달째 접어들고 있었다. 몇 번을 거듭한 실망과 쌓인 피로 때문에 그는 심신이 지쳐 있었다. 지금 자신이 하고 있는 일이 아무 보람도 의미도 없는 미친 짓거리가 아닌가 하는 회의에 빠져 이대로 목적을 포기하고 돌아갈까 하는 생각도 여러 번 해 보았었다.
「월왕 구천을 위해서!」
 신념이 약해지고 꺾이려 할 때마다 그는 오늘도 쓰디쓴 쓸개를 핥고 있을 구천의 고통을 생각하며 각오를 새롭게 하곤 하였다.
 산길을 걸어 마을 어귀까지 내려온 길손 범려(范蠡)는 마을 앞을 흐르는 맑은 시냇물에 발을 담갔다. 물 속에서 행진하듯 줄지어 놀던 송사리 떼가 이 불의의 침입에 놀라 쏜살같이 흩어져 달아난다.
「월나라 천지에 미녀가 이렇게도 없단 말인가!」
 그가 혼잣소리로 중얼거렸듯이 그는 지금 미인을 찾아 월나라 곳곳을 헤메고 있는 중이었다.
 어느 고을 뉘집 딸이 소문난 미인이라고 하여 찾아가 보면 소문이 무색할 정도로 하찮은 인물이었고 또 어디에 절색이 있다 하여 찾아가 보면 이미 아기를 낳은 아낙이었다. 그리고 이미 죽어서 입관을 끝낸 박명의 미인도 있었다. 소문이란 참 허무 맹랑한 것이라 믿을 게 못된다고 생각한 범려는 이제 누구의 말에도 귀 기울이지 않고 무작정 혼자 전국을 찾아 헤매기로 했던 것이다.
「산수가 참 맑고 아름답구나. 이 마을이라면 이토록 아름다운 산수의 정기(精氣)를 탄 미인이 하나쯤은 있을 법한데….」
 새소리와 맑은 물소리에 취하다 보니 졸음이 밀려들었다. 문득 무엇이 움직이고 있는 것 같아 범려는 졸리운 눈을 크게 떴다. 저쪽 풀꽃이 어우러진 오솔길을 따라 어린 소녀 하나가 이쪽을 향해 총총히 걸어오고 있었다. 소녀는 옆구리에 조그마한 빨래 바구니를 끼고 있었다.
「어험 어험」
범려는 짐짓 마른 기침 소리로 인기척을 냈다. 비로소 소녀는 낯선 나그네를 발견하고는 일순 주춤하는 듯했다. 그러다가 다음 순간 걸음을 빨리 해서 범려가 앉아 있는 곳에서 조금 아래쪽으로 내려가 자리를 잡고 앉았다. 소녀는 바구니에서 빨래감을 하나하나 꺼내 물에 적시기 시작했다. 소녀가 자리를 잡은 곳은 위쪽에 비해 물도 맑지 못했거니와 자리도 불편해 보였다. 범려는 소녀에게 물었다.
「왜 이 윗쪽의 맑은 물을 두고 그 아래 흐린물로 내려가서 빨래를 하느냐?」
「빨래를 빤 더러운 물이 발을 담그고 계신 데로 흘러갈까봐 그렇읍니다.」
이제 겨우 7·8 세나 됐을까. 그러나 그 어린 나이답지 않게 영리한 소녀의 대답에 범려는 내심 감탄을 금할 수 없었다.
「아 이런, 공연히 내가 여기에 앉아서 불편을 끼치고 있군…. 자 난 괜찮으니 이리로 올라오렴.」
「괜찮읍니다. 불편해 하지 마시고 쉬십시오.」
물소리처럼 맑고 낭랑한 목소리였다.
「아냐, 어서 이리 올라오너라. 빨래하는 데 방해가 안 된다면 나하고 이야기나 좀 할까?」
소녀는 약간 얼굴을 붉히며 빨래감을 다시 바구니에 챙겨 담고 범려가 앉아 있는 곳으로 가까이 왔다. 비로소 그 때 범려는 소녀의 얼굴을 자세히 볼 수 있었다. 먼 빛으로 보아 그냥 달처럼 하얗고 맑은 얼굴이라고만 생각했던 범려의 눈이 한순간 경이로 빛났다.
「아! 보기 드물게 빼어난 미모로구나!」
버들잎처럼 단정하고도 고운 눈썹 밑에서 소녀의 까만 눈망울이 보석처럼 영롱하게 빛나고 있었다. 아직 솜털이 보얗게 덮여 있는 소녀의 옆얼굴을 정신없이 바라보며 범려는 사뭇 가슴이 설레이기까지 했다.
「이런 곳에서 저런 귀한 보석을 만나다니…. 성숙한 뒤의 저 소녀를 화려한 비단 옷과 칠보로 단장시킨다면….」
범려는 마른 침을 꿀꺽 삼켰다.
「이 마을 이름이 무엇이라 하느냐?」
「저라(苧蘿) 마을이라고 합니다. 앞에 보이는 산이 저라산입니다.」
「네 집은 어디냐, 그리고 너의 이름은?」
「저는 바로 저기 건너다 보이는 외딴 집에 살고 있읍니다. 이름은 서시라고 합니다.」
이 소녀가 바로 후일 오왕실을 뒤흔든 미인계의 주인공 서시(西施)였던 것이다.
「나는 이렇게 정처없이 다니는 나그네인데 오늘 이렇게 우연히 이곳까지 와서 너를 만나게 되었구나. 어떠냐, 오늘 너희 집에서 하룻밤 쉬어갈 수 있겠느냐?」
「집이 매우 누추하여 부끄럽읍니다만 손님께서 쉬어 가시기를 원하신다면 가서 부모님께 여쭙고 오도록 하겠읍니다. 잠시만 기다려 주십시오.」
소녀는 하던 빨래를 놓아둔 채 일어나려 했다.
「아니다. 빨래를 다 하고 나서 내가 너를 따라가면 되지 않겠느냐.」
흡족하고도 기쁜 마음에 범려는 이 때까지의 모든 피로를 깨끗이 잊고 있었다.
서시는 두부 장사로 근근히 생계를 이어가는 가난한 집안의 맏딸이었다.
「서시를 저에게 맡겨 주시면 궁중으로 데려가 평생 호강을 누리며 살도록 하겠읍니다.」
범려는 비로소 서시의 양친에게 자신의 신분을 밝히고 이렇게 말했다. 범려로부터 뜻밖의 제안을 받은 서시의 양친은 몸둘 바를 모르고 황송해 했다.
「도무지 무슨 영문인지를 모르겠읍니다. 이렇게 구차하고 보잘 것 없는 집안의 여식에게 어찌 그같은 영화가 있을 수 있겠읍니까.」
「아닙니다. 서시가 지금은 나이 어려서 아무것도 모르는 때이나 궁중으로 보내 잘 가꾸고 가르치면 어디에 내놓아도 뛰어날 인물입니다. 미모로써만이 아니라 지혜와 총명으로도 그러할 것입니다.」

「차마 황송해서 저희들은 손님의 그같은 청을 받아들이기가 오히려 부끄럽고 민망합니다.」

「그럼, 허락하시는 것으로 알고 제가 데려가겠읍니다…. 그럼 이걸 받으시지요.」

범려는 봇짐 속에서 막대한 금품을 꺼내 서시의 아버지에게 건네주었다.

미인을 찾아 월나라 천하를 두루 헤매던 범려와 서시의 만남은 우연한 곳에서 이렇게 이루어진 것이다.

밤마다 섶 위에서 자면서 부왕 합려의 원한을 씻기 위해 결의를 다지던 오왕(吳王) 부차(夫差)는 마침내 회계산에서 월왕(越王) 구천(句踐)으로부터 항복을 받음으로써 부왕의 원수를 갚을 수 있었다. 그러나 이번에는 월왕 구천이 회계산에서의 굴욕을 씻기 위해 절치 부심하기 시작했다.(제10계 소리장도 참조)

오왕 부차와 굴욕적인 화친을 맺고 귀국한 월왕 구천은 명신(名臣) 범려와 대부종(大夫種)을 기용하여 국력 회복에 전력을 기울였다. 오나라의 경계를 늦추고 부차의 환심을 사기 위해 적극적인 선심 공작을 펴는 한편 복수의 일념에 불타 스스로의 몸과 마음을 채찍질하는 구천의 모습은 실로 눈물겨운 것이었다.

쓰디 쓴 쓸개를 언제나 곁에 두고 핥으며 「회계의 치욕을 잊지 말라」고 스스로를 타이르며 손수 밭을 갈았다. 그 부인 역시 길쌈을 하며 백성과 모든 노고를 함께 하였다.

그러나 구천에 있어 설욕의 날은 멀고 까마득하기만 하였다. 아무리 강병책에 전력 투구한다 해도 패망해 버린 월나라의 국력으로 보아 오나라의 군사력을 따라잡기는 거의 불가능했기 때문이다.

「군사력도 군사력이지만 오자서가 부차의 곁에 있는 한 오나라를 격파하기는 힘듭니다. 어떤 방법을 써서라도 부차에게서 오자서를 떼어 놓아야 합니다.」

범려는 이같이 말하며 미인계를 구천의 앞에 내놓았던 것이다.

「오왕 부차가 여자를 좋아한다는 것은 잘 알려진 사실입니다. 미인 하나를 부차의 곁에 두어 그로 하여금 주색에 빠져 국정을 돌보지 않고 국력을 낭비케 하는 한편 오자서와 부차 사이를 이간하도록 하는 방법입니다. 예로부터 미인에게 빠졌던 임금치고 나라를 온전히 보전한 자가 없었읍니다. 은의 주왕이 달기에게 빠져 나라를 망쳤고, 주의 유왕이 포사에게 빠져 또한 나라를 망친 일들이 그 좋은 예입니다. 부차의 바로 이 여자를 좋아하는 약점을 최대한 이용하고자 하는 것이옵니다.」
「부차로 하여금 정신을 빼앗기게 할 만한 미인을 그대는 알고 있단 말인가? 그렇다면 짐의 귀에 이미 소문이 안 들어왔을 리가 없지 않은가?」
「그렇읍니다. 궁궐에까지 알려질 정도로 빼어난 미모의 여자가 월나라에 있다는 소문은 신도 아직 들은 일이 없읍니다. 그러나 소문을 내주는 사람이 없어 초야에 묻혀 있는 미인도 있을 것이옵니다. 또 처음부터 완성된 미인보다는 만들어진 미인이라야 제 구실을 할 수 있읍니다. 신에게 맡겨 주십시오. 신이 찾아서 만들겠읍니다.」
그 날부터 막연하고도 긴 범려의 여행은 시작되었고 월나라 천하를 헤맨 지 석달 만에 이 벽촌 정라산 마을에서 그는 어린 소녀 서시를 만났던 것이다.
「너는 장차 이 월나라를 위해 큰 일을 해야 할 인물이다. 그러기 위해서 너는 내일부터 쉬지 않고 학문과 예악 등 여자가 갖추어야 할 모든 교양을 배우고 익혀야 한다. 고되고도 어려운 수련 과정이 될 것이다. 어떠냐, 어린 네가 고향과 부모를 떠나 이 낯선 곳에서 그 어려움을 감당할 수 있겠느냐?」
회계성의 궁궐로 돌아온 범려는 서시의 조그만 손을 어루만지며 말했다.
「부모님께는 차마 내색을 못했지만 가난한 벽촌에 태어나 무지한 촌부로 일생을 마쳐야 하는 제 신세가 죽고 싶도록 싫었읍니다. 배가 고파 숨어서 운 일도 한두 번이 아니었읍니다. 그런데 지금 이렇게 뜻밖의 행운을 만나고 나니 오히려 꿈이 아닌가 두려울 뿐입니다.」
「고향과 부모 형제와는 아주 인연을 끊는다는 각오를 해야만 한다. 그래도 할 수 있겠느냐?」
「예, 할 수 있읍니다.」
여덟살 어린 소녀로는 믿기지 않을 정도로 서시는 얄밉도록 차갑고 야무졌다.
「그래, 오늘부터 이 궁궐을 네 집으로 알고 배움에 전념하도록 해라.」

범려는 서시의 총명함과 나이답지 않은 강단에 내심 놀라움을 금치 못하며 태연한 어조로 말했다.

다음날부터 서시는 10명의 전문 교사들로부터 시가·무용·악곡·예의는 물론 화장법과 보행법까지 배우기 시작했다.

서시의 변신은 놀라왔다. 하나를 배우면 둘을 터득했다. 궁중의 법도와 예절을 마치 천부적으로 타고나기라도 한 듯한 유려하고 우아한 기품에 범려 자신도 놀라고 있었다. 그토록 완벽한 미인이 되리라고는 범려도 미처 예상치 못했던 것이다. 그러한 서시를 바라볼 때마다 범려는 마음 한 구석으로 애틋한 정을 금할 수 없었다.

「참 아까운 일이다. 너는 어쩔 수 없이 이제 오왕 부차에게 제물로 바쳐져야만 한다. 차라리 평범한 여자로 태어나지 못한 것을 한스러워 할 날이 다가오고 있구나….」

범려는 한 인간을 희생시키는 양심의 아픔 때문인지 아니면 순수한 연민의 정 때문인지 이렇게 탄식하는 날이 잦아졌다. 어떤 때는 서시를 불러앉혀 놓고 아무 말도 없이 그녀의 얼굴만을 그윽히 바라보다가 돌려보내는 일도 있었다. 그럴 때마다 범려는 입으로 말하지는 않았지만 그의 눈빛은 서시의 가슴에 무엇인가를 심어 주고 싶은 정열로 빛나곤 했다. 서시는 그 눈빛의 의미를 알 것 같다고 생각하면서도 정작 꼬집어 말할 수는 없어 나름대로 번민의 시간을 보내기도 했었다.

세월은 흘러 서시가 입궁한 지도 어느덧 8년이 되었다. 이제 그녀의 절세 미인으로서의 명성은 월나라는 물론 멀리 오나라 왕 부차에게 까지 알려지게 되었다. 물론 이같은 소문은 범려의 계산된 책략에 의해 이루어졌다. 이제 서시의 교육도 끝나고 여자로서의 완전한 구실을 할 수 있을 정도로 그녀의 육체가 성숙해지자 계책을 실현할 단계라고 생각한 범려는 나라 안은 물론 오나라로 첩자를 보내 소문을 퍼뜨리게 했던 것이다. 특히 부차를 극진히 생각하는 월왕 구천이 그 미인을 부차에게 현상하려 한다는 은근한 소문까지 아울러 퍼뜨리게 하였다.

「월왕 구천의 궁궐에 그처럼 재색이 뛰어난 미녀가 있다고?」

오왕 부차의 가슴은 벌써부터 기대에 부풀어 있었다. 회계에서의 강화 조약에서 월나라의 모든 것은 이미 오왕에게 맡겨진바 되었고 구천은 심지어 자신의 아내조차 오왕의 첩으로 바치겠노라고 하지 않았던가. 그렇다면 이제 미구에 월나라로부터 미인이 헌상될 것이 분명한데 이번에도 또 오자서가 극력 반대하고 나서면 어찌할 것인지 부차는 마음 한구석이 무거워짐을 어쩔 수 없었다.

오자서는 부차가 하고자 하는 일에 사사 건건 반대하고 나서기 일쑤였다. 특히 오자서는 이미 망해 버린 월나라에 대해 병적이리만치 신경을 곤두세우며 경계의 끈을 늦추려 하지 않았다. 이 점에 있어 그는 부차와는 정반대의 견해를 가지고 있었던 것이다.

4년 전 부차가 제나라를 공략하려 했을 때도 오자서는 이를 강력히 반대하며 이렇게 말했었다.

「구천은 지금도 밥을 먹을 때마다 쓸개를 핥으며 보복을 다짐하고 있다 합니다. 구천이 살아 있는 한 오나라는 한시도 마음을 놓을 수 없는 위험한 곳입니다. 제나라가 있는 것은 눈에 보이는 손가락의 상처와 같지만 월나라가 있는 것은 마치 보이지 않는 오장 육부가 썩어가는 것과 같읍니다. 대왕께서는 어찌하여 화근 덩어리 월나라를 곁에 두고 먼 제나라를 치고자 하십니까?」

오자서의 이같은 간언에 부차는 불같이 노하여

「회계에서의 강화를 그토록 반대하더니, 그로부터 5년의 세월이 흘렀오. 그 동안 월나라에서 우리와의 약속을 단 한 번이라도 어긴 일이 있었오? 뿐만 아니라 그 동안 월나라가 존재함으로써 오나라가 득을 본 일들을 경은 잊었단 말이오?」

오자서의 반대를 무릅쓰고 제나라를 쳐서 크게 이긴 부차는 그 승세를 몰아 추(鄒), 노(魯)까지 멸망시키고 돌아왔다. 이 때부터 부차의 오자서에 대한 불신은 차츰 심화되고 있었다.

비록 왕에게는 불신과 혐오의 대상이 되고 있었지만 오자서는 그러나 조정 중신들과 백성들에게는 절대적인 추앙을 받는 인물이었다. 아무리 왕권이 절대적이라 해도 그러한 오자서를 함부로 다룰 수는 없는 노릇이었다. 부차로서는 이러한 오자서가 이만저만 거북하고 부담스런 존재가 아닐 수 없었다.

「월나라에서 미인을 보내오면 인간적인 정이나 멋은 눈꼽 만큼도 없는 오자서는 또 미인계니 뭐니 하여 펄펄 뛰며 반대할 거다…」

부차는 태재 백비(伯喜否)를 불러들였다.

「만약 월나라에서 서시란 미인을 보내오면 어떻게 해야 한다고 생각하오?」
용의 주도한 백비가 지금 왕이 자기에게 무엇을 말하고자 하는가를 모를 리 없었다.
「대왕께서는 오자서의 존재에 대해 더 이상 마음을 쓰지 마시고 서시를 맞아들이십시오. 예로부터 현군의 곁에는 언제나 절색의 미녀가 있게 마련인 것입니다.」
이 백비란 자야말로 월왕 구천으로부터 막대한 뇌물을 받고 오자서의 반대를 물리치고 회계에서 오·월이 강화를 맺도록 적극 주선한 인물이었다.
「태재만을 믿어도 되겠는가?」
「염려 마시옵소서.」
한편 월나라 궁궐에서는 범려와 서시의 처음이자 마지막 밤이 이루어지고 있었다. 달빛 속에서 소연하게 뻐꾸기가 울고 있었다.
「서시야, 정라산 아래에서 너를 처음 만났을 때도 저렇게 뻐꾸기가 울었었지. 기억하고 있느냐?」
16세 서시의 몸은 성숙했다기보다는 아직 초여름 햇살에 익어가기 시작하는 풋과일처럼 싱그럽고 풋풋했다.
「그 때는 여름이면 날마다 듣는 새소리라서 새소리가 저토록 아름답다는 것을 모르고 있었읍니다…. 그러나 지금은 다릅니다.」
타는 듯한 범려의 눈이 그녀의 얼굴 가까이로 다가왔다. 얼굴을 붉히면서도 서시는 범려의 그 눈길을 피하려 하지 않았다.
「알 수 없는 일이다. 자꾸만 그녀에게로 향하는 이 애틋한 마음이 무엇일까….」
한편 서시는 서시대로 어느 때부터인가, 아니 나이가 들수록 범려에게로 향하는 막연한 그리움의 정체가 무엇인지를 알 수가 없었다. 그것이 사랑이라는 것을 아직 깨닫지 못했던 것이다. 서시의 가슴은 쿵쿵 소리가 나도록 뛰고 있었다. 그 심장의 울림이 범려에게 전해질까 서시는 두 손으로 가슴을 감싸 안았다. 범려가 작은 새처럼 바들바들 떨고 있는 그녀를 번쩍 안아올린 것은 바로 그 때였다.
범려는 서시를 안고 침상으로 다가갔다. 격동하고 있는 범려의 품안에서 서시는 눈물을 흘렸다. 왜 우는지 자신도 알 수 없는 일이었다.
「아아, 범려로 인한 육신의 고통 속에서 이대로 죽어갔으면….」
「서시, 울고 있느냐?」
 범려의 그같은 말은 그러나 서시의 귀에 한마디도 들어오지 않았다. 그녀는 지금 범려와 함께 오색 찬란한 구름 속을 헤매고 있었다.
「구름은 어차피 사라지고 마는 것이지, 이 찬란한 구름이 걷히면 그와 나는 어쩌면 마지막이 될지도 모른다….」
 범려의 품속을 파고들면 파고들수록 그러한 육감은 얄밉도록 그녀의 앞을 가로막았다.
「서시, 지금 내 이야기를 잘 들어야 한다.」
 갑자기 범려의 어조에는 비장감이 감돌았다. 기어코 올 것이 오고 마는가 싶어 서시는 차마 눈을 들어 범려를 바로 보지 못하고 그의 넓은 가슴에 얼굴을 묻었다.
「오늘이 너와 나의 첫날이지. 너는 영원히 나의 것이다. 네가 나를 뿌리치고 땅끝까지 달아난다 해도 나는 너를 찾을 것이다.」
「그런데 이 불안의 정체는 무엇입니까. 부디 더 이상 다른 말은 하지 말아 주세요.」
「그러나 오늘 밤이 지나고 나면 너와 나는 오랫동안 떨어져 있어야 한다.」
 한순간 서시의 몸이 범려의 품에서 힘없이 허물어져 내렸다. 아무것도 잡을 것이 없는 허공 속을 그녀는 끝없이 떨어져 가고 있었다. 범려는 서시의 손을 잡고 말을 이었다.
「내일이면 너는 오나라로 떠나야 한다. 오왕 부차의 후궁이 되는 것이다.」
 거듭되는 충격에 서시는 혼미해지려는 정신을 가다듬으며 범려의 말 한마디 한마디에 귀를 모두었다.
「네가 이 궁궐로 들어오던 날 내가 한 말을 기억하느냐? 너는 이 월나라를 위하여 큰 일을 해야 할 몸이라고 하던 말을….」
「그러나 어찌 이 몸을 부차에게 더럽히라 하시는 겁니까. 장군을 섬긴 이 몸을. 그렇게는 절대 할 수 없습니다.」
「천만 번 네 몸이 부차에게 짓밟힌들 네 영혼마저 더럽혀지겠느냐. 이 일은 순국이며 거룩한 희생이다. 또한 이 범려를 위하는 일이기도 하다. 너의 그 사명이 끝나는 날 나는 분명 너를 다시 찾을 것이다. 네가 역할을 훌륭히 해낼수록 너와 나의 재회는 그만큼 빨리 이루어질 것이다.」
「범려를 위하는 일이다」라는 한마디 말의 여운이 서시의 가슴에 강하게 부딪혔다. 서시는 입술을 깨물었다.
「이 분을 위한 일이라면 세상에 못할 일이 무엇이 있겠는가!」
「말씀해 주십시오. 장군의 뜻에 따르겠읍니다.」
서시는 결연한 어조로 말했다.
「고맙다…. 너의 미색은 오왕 부차를 사로잡고도 남을 것이다. 그렇게 부차의 마음을 사로잡아 그로 하여금 완전히 주색에 빠져 최대한의 국력을 낭비케 하고 국정을 제대로 돌볼 여유가 없도록 만드는 것이 첫째 할 일이고 다음은 오자서와 부차 사이를 이간하여 둘을 떼어 놓는 일이 두 번째 사명이다. 그리하여 내가 뜻하는대로 오나라의 국력이 피폐해지면 오나라를 쳐서 항복시키고 너를 찾아 영원히 함께 살 것이다. 사나이가 되어 어찌 이 약속을 저버리겠느냐.」
「예, 하겠읍니다. 장군을 위한 일이라면 죽음인들 마다하겠읍니까.」
「됐다. 너만을 믿겠다.」
말을 마친 범려는 서시를 으스러지도록 껴안았다. 뻐꾸기의 울음소리가 새삼 그들의 귀를 때렸다. 야속하도록 짧은 여름밤이었다. 희뿌연 여명을 바라보며 그들은 아쉬움에 몸부림쳤다.
다음날 서시는 범려의 말대로 사신을 따라 오나라로 향했다. 그녀는 결코 울지 않았다.
「장군, 해내고야 말겠읍니다. 어디를 가나 이 몸은 장군의 것입니다. 부디 저버리지 마십시오.」
범려를 사랑하는 일념으로 서시의 마음은 불타고 있었다. 그것은 바로 범려가 계산한 바이기도 했다. 사랑으로 사로잡음으로써 그녀로 하여금 어떤 일이 있어도 월나라를 배신하지 못하도록 하려는 계산이었다.
「서시, 당초에는 계산된 사랑이었으나 이제는 그렇지 않다. 너를 사랑하는 마음은 순수하며 영원할 것이다….」
멀어져 가는 서시의 뒷모습을 바라보며 범려는 이같은 말을 몇 번이고 마음 속으로 되뇌이고 있었다.

서시가 오나라 궁궐에 이르자 부차는 왕으로서의 권위도 잊은듯 기뻐서 어찌할 바를 몰랐다.

그러나 이미 예상했던대로 오자서의 반대는 맹렬했다.

「월나라의 구천이 대왕께 미인을 헌상한 것은 대왕으로 하여금 여색에 빠져 국정을 제대로 보살피지 못하게 하는 한편 국력을 피폐시키고자 하는 계략이 분명하옵니다. 저들이 파놓은 미인계의 함정에 절대로 빠져서는 아니 되옵니다. 서시를 왕의 곁에 머물게 할 것이 아니라 다시 월나라로 돌려보내든지 아니면 어느 벽촌의 촌부와 짝을 지어 줌으로써 두 번 다시 궁궐 근처에 얼씬도 못하게 하심이 옳은 줄 아옵니다.」

부차는 그러나

「경은 어찌하여 구천의 선의를 번번히 악의로만 해석하려 하시오? 그리고 경이 예견했던 일들이 하나도 적중한 일이 없지 않오? 서시 문제에 대해서는 앞으로 두번 다시 거론하지 마시오.」

하며 오자서를 힐난했다.

서시가 온 날부터 오왕 부차는 밤도 낮도 잊은 향락의 나날을 보냈다. 부차는 마치 자신이 세상에 다시 태어나 인생을 새로 시작한 느낌이었다. 국고야 텅텅 비어 바닥이 나건 말건 부차는 이제 서시의 말 한마디면 무조건 실천에 옮기는 넋잃은 꼭둑각시가 되어 버리고 말았다.

「서시야, 네가 원하는 것이 무엇이냐? 네가 원한다면 이 오나라의 절반이라도 떼어 주겠다.」

조정 중신들이 듣고 있는 자리에서도 부차는 이런 호언을 서슴치 않았다.

서시는 매일 색다른 초호화판의 향연을 원했고 한 번 몸에 걸쳤던 의상은 아무리 값진 것이라도 두 번 다시 입으려 하지 않았다. 서시의 요구는 한이 없었다. 그리고 그 요구는 갈수록 큰 것으로 변해갔다.

「영암산(靈岩山: 수도 소주 교외에 있는 명산) 위에 별궁을 짓고 그곳에서 대왕과 함께 망월을 즐기고 싶읍니다.」

어느 날 서시가 이같이 말하자 부차는

「그것 참 희한한 생각이로구나. 그래 영암산 별궁에서 너와 내가 한 번 신선처럼 놀아보자.」

하며 기뻐하였다.

별궁 건축의 대역사는 바로 그 다음날로 착공되었다. 궁핍에 허덕이는 백성들의 원성은 하늘을 찌를 듯했다.

「월나라에서 온 암여우한테 우리 왕이 혼을 빼앗겼다. 머잖아 우리 오나라는 저 암여우한테 잡혀먹히고 말 것이다.」

이러한 소문이 전국에서 들끓고 있어도 이미 귀도 눈도 어두워져 버린 부차에게는 어느 개가 짖는 소리만큼도 되지 못했다. 귀에 들리는 것은 오직 서시의 달콤한 목소리 뿐이고 눈에 보이는 것은 서시의 요염한 자태 뿐이었다.

「백성들의 원성이 하늘에 닿아 있읍니다. 대왕께서는 지금이라도 영암산 별궁의 역사를 중단하시고 서시를 멀리 하셔야만 하옵니다. 서시가 입국하기 전에는 풍족하던 나라의 재력이 지금은 피폐할대로 피폐해져 있읍니다. 뿐만 아니라 조정의 기강과 군율이 말이 아니게 해이하고 문란해졌읍니다. 이러다간 나라의 방비조차 어려울 지경입니다. 통촉하여 주시옵소서.」

죽음을 각오한 오자서는 다시 부차에게 이같이 간하였다. 부차는 그러나 코웃음으로 일축하고 말았다.

3년 7개월 만에 영암산의 별궁은 드디어 완공되었다. 화려함은 어디에도 비할 바가 못되었다. 별궁의 이름은 관아궁(館娃宮)이라 했다. 지금도 영암산 관아궁터에는 서시가 쓰던 화장대와 망월을 즐기던 연못이 남아 있다 한다.

관아궁에서 부차가 주색에 취하여 곯아떨어지면 서시는 몰래 부차의 품을 빠져나와 멀리 월나라쪽을 바라보며 혼자 눈물을 흘리며 범려를 그리워했다.

「장군, 이 몸은 날마다 더러운 짐승 부차에게 짓밟히고 있읍니다. 그러나 장군을 위해 끝까지 참겠읍니다. 장군께서 이 오나라를 쳐서 이기고 저를 데려가시는 날까지 입술을 깨물며 참겠읍니다.」

서시가 부차의 궁궐에 들어온지도 어느덧 4년이 지났다. 어느날 서시는 부차에게 이렇게 말했다.

「대왕께서는 언제까지 이 오나라 땅만을 지키고 계실 것이옵니까. 대왕께서 제후의 맹주로서 위엄을 천하에 크게 떨치시는 것을 보는 것이 소첩의 소원입니다. 노나라와 제나라가 전에 우리 오나라에 패한 것을 보복하려고 맹렬히 준비를 서두르고 있다는 말을 들었읍니다. 이 때 우리가 먼저 손을 써서 두 나라를 항복시키면 다른 제후국들도 자연히 우리 오나라를 두려워하게 될 것이 아니오니까. 그렇게 되면 대왕은 만천하에 그 위엄을 크게 떨치시게 되는 것이옵니다.」

서시의 충정 넘치는 말에 감격한 부차는 즉시 북벌군을 일으켜 제나라를 칠 것을 결심하였다. 오자서의 반대는 그러나 이번에도 맹렬했다.

「제나라를 쳐서 깨뜨린다고 해봐야 돌밭과 같아 아무 쓸모가 없는 땅입니다. 제나라를 치는 일을 중지하고 먼저 월나라를 쳐서 없애야만 합니다. 오나라에게 있어 위협적인 존재는 월나라이지 제나라가 아닙니다. 월나라를 그대로 둔다는 것은 후환을 남기는 일입니다.」

오자서의 이같은 충언에도 불구하고 부차의 북벌 계획은 진행되었다.

오왕 부차는 북벌을 위해 장강(長江)과 회하(淮河)를 연결시키고 기수(沂水)와 제수(濟水)를 연결시키는 대역사를 폈다. 수도 소극에서 배만 타면 곧장 제나라에 닿을 수 있도록 운하를 파는 대역사를 벌였던 것이다. 이 대규모 토목 공사에 엄청난 민폐가 뒤따랐음은 말할 나위도 없다. 오자서가 그토록 강력하게 북벌을 반대한 까닭은 제나라 공략의 무모성과 월나라에 대한 경계에도 있었지만 무엇보다 초래될 재정 낭비와 극심한 민폐 때문이기도 했다.

오자서가 볼 때 이제 오나라가 망하는 것은 불을 보듯 뻔한 일이었다. 언제 망하느냐 하는 것은 시간 문제일 뿐이었다. 부차의 명에 따라 제나라에 사신으로 가게 된 오자서는 어차피 망해 버릴 오나라와 함께 그의 아들마저 죽게 하는 것이 무익하다고 생각, 아들을 제나라에 남겨두고 혼자만 돌아왔다. 이 일은 그러나 전부터 그와 사이가 나빴던 백비에게 있어 좋은 참소 거리가 되었다.

「오자서가 제나라에 사신으로 갈 때 그의 아들과 함께 출국한 것이 분명한데 돌아올 때는 혼자 돌아왔습니다. 그가 제나라를 치는 일에 극력 반대했던 이유가 이제 백일하에 드러났습니다. 오자서는 지금 제나라와 은밀히 내응을 꾀하고 있음이 분명합니다.」

오자서에 대한 참소는 백비 한 사람으로 그치지 않았다. 그날밤 관아궁 침소에서는.

「대왕께서는 소첩보다 오자서가 더 귀중한 인물이옵니까?」

수심에 잠겨 있던 서시가 갑자기 울음을 터뜨리며 말했다.
「아니 그게 무슨 말이냐? 천하를 다 준다 해도 너하고는 못바꿀 나인데 하물며 오자서 따위와 비교하다니!」
「그러시다면 어찌 오자서가 소첩을 그토록 괴롭히고 있는 것을 아시면서도 그를 그대로 살려 두시는 것이옵니까?」
「오자서가 너를 괴롭히다니, 언제 어떻게 괴롭히더냐?」
「대왕께서는 정녕 아무것도 모르고 계시옵니까?」
「무슨 일인지 어서 말해 보아라!」
부차는 서시의 어깨를 잡아 흔들며 다그쳤다.
「오자서가 환관을 매수해서 저를 죽이려 한다는 소문이 조정에 파다하다는데 어찌 대왕께서만 그것을 모르고 계시단 말씀이옵니까?」
「아니 오자서가 너를 죽이려고 해?」
참을 수 없는 분노로 부차의 입가에 경련이 일어났다.
「그놈, 오자서란 놈이 종당에는 그런 밀계까지 꾸미고 있었구나?」
밤새 분노로 이를 갈던 부차는 다음날 아침 아무 말없이 오자서에게 촉루지검(屬鏤之劍:명검의 이름)을 건네 주었다. 자결을 명한 것이다. 오자서는 하늘을 우러러 탄식하며 집안 사람들에게 다음과 같이 유언하였다.
「반드시 나의 무덤 위에 가래나무(梓)를 심어서 왕(오왕 부차)의 관을 만들 수 있게 하라. 그리고 나의 눈을 빼내어 오나라의 동쪽 문 위에 걸어 놓아 월나라 도적들이 오나라를 멸망시키는 것을 보게 하라!」
하고 자결하였다. 오왕 부차는 이 말을 전해 듣고 크게 노하여 오자서의 시체를 가져다가 가죽 주머니에 넣어 강물에 띄워 버렸다. 그러나 오자서 생전에 그를 흠모하고 추앙하던 백성들이 이를 애석히 여겨 강가에 그를 기리는 사당을 세우고 서산(胥山)이라 이름지었다 한다.
무지한 폭군의 횡포와 간신 백비, 요화 서시의 농간에 충신이며 대병법가인 오자서는 이렇게 억울한 죽음을 당하고 말았던 것이다.
오자서가 죽은 다음해 오왕은 드디어 북벌군을 일으켜 제나라를 공격하였다. 이 때 제나라에서는 포씨(鮑氏)가 그의 임금 도공(悼公)을 죽이고 나이 어린 간공(簡公)을 왕으로 세웠을 때라 나라 안이 어수선했다. 상대국이 국상으로 혼란한 틈을 타 공격해 들어갔던 것이다.
그 2년 후 부차는 노나라와 위나라의 임금을 탁고에 불러 모으고 그 이

듬해 계속해서 북으로 진격해 올라가 제후들을 황지(黃地: 하남성)에 모아 놓고 회맹하였다. 일개 오랑캐 추장에 불과했던 오왕이 마침내 중원의 제후들 앞에서 맹주의 자리를 놓고 진(晋)의 정공(定公)과 다투게 된 것이다.

「우리 먼 조상인 태백(太伯)은 문왕의 형이다. 주나라 왕실은 문왕으로부터 시작되었으니 오나라는 그 형의 가계(家系)에 해당되므로 맹주는 당연히 내가 되어야 한다.」

오왕 부차가 제후들 앞에서 이렇게 위엄을 부리며 으시대고 있을 대 청천 벽력과 같은 급보가 날아들었다.

월나라 군사가 오나라로 쳐들어 왔다는 것이다. 월나라의 이 침입은 부차로서는 정말 꿈에도 생각지 못했던 일이었다.

「월나라를 그대로 둔다는 것은 후환을 남기는 일입니다. 일을 당하고 후회해도 소용없는 일입니다.」

눈물로써 간언하던 오자서의 모습이 일순 그의 뇌리를 스쳤다.

회계의 치욕을 씻기 위해 입술을 깨물면서 온갖 수모를 감내하며 친히 오왕을 알현, 순종하는 척 위장 전술을 펴면서 내정을 정비하고 산업을 일으켜 군비를 증강시켜 온 월왕 구천으로서는 실로 근 20년을 벼른 설욕전이었다. 구천은 이 설욕전에 전력을 투입했다.

정예 부대 대부분이 북벌에 투입되어 장정은 거의 없고 노약자뿐이던 오나라는 그야말로 눈깜짝할 사이에 월나라 군사에게 대패하고 말았다.

그러나 맹주로서의 체면 유지에만 급급한 부차는 오나라의 유수 부대가 괴멸당하고 태자가 잡혀 죽었다는 급보에도 불구하고 그러한 사실들이 제후들에게 알려지지 않도록 극비에 붙이고 회맹을 진행하였다.

회맹을 끝내고 나서야 부차는 즉시 월나라로 사자를 보내 강화를 요청하였다. 월왕 구천과 범려는 의논 끝에 일단 강화를 수락하기로 하였다. 이유는 오나라 북벌군의 정예 부대가 돌아와 일전을 벌일 경우 승패를 예측할 수 없었기 때문이었다.

강화를 맺은 후에도 월나라는 계속 군비를 증강해 갔으나 오나라는 잦은 북벌로 인해 국력의 낭비는 물론 병력의 손실이 막심하였다. 부차의 생각같아서는 당장이라도 월나라로 쳐들어가 모조리 휩쓸어 버리고 싶었지만 이제 사실상 그럴 힘이 없음을 자인하지 않을 수 없었다.

2년 후 월나라 구천은 최후의 결전을 감행하기 위해 다시 군사를 일으켜 오나라를 공격하였다. 그리고 도처에서 오군을 격파하고 수도 소주를 포위하였다. 한때 제후의 맹주로서 천하에 위엄을 떨치던 오왕 부차도 이에 이르자 마침내 항복하고 말았다.
 서시와 향락으로 인한 국고의 탕진과 서시의 사주에 따라 감행했던 무모한 북벌로 너무나 많은 국력을 낭비해 버린 오왕 부차로서는 항전은커녕 나라를 지탱할 힘조차 없었던 것이다. 월왕 구천은 그래도 오왕에 대한 연민이 앞서 항복을 받아들이려 했으나 범려가 이에 극력 반대하고 나섰다.
「회계 때에는 하늘이 오나라에 월나라를 준 것인데 오나라가 이것을 받지 않았읍니다. 그러나 지금은 하늘이 오나라를 월나라에 주는 것인데 이러한 하늘의 뜻을 거역해서는 안 됩니다.」
 범려의 이같은 반대에도 불구하고 구천은 부차를 용서하려 했으나 부차는
「내가 오자서를 볼 면목이 없구나!」
 이 한마디를 남기고는 스스로 목숨을 끊어 풍운의 일생을 마쳤다.
 이로써 서시는 마침내 꿈에도 그리던 범려의 품으로 돌아오게 된다.
 꿈처럼 나타났다가 꿈처럼 사라진 수수께끼 같은 월나라에 역사상 많은 일화를 남긴 주인공 범려는 그러나 그 월나라가 오나라를 멸망시키고 패자가 된 후 월왕 구천의 곁을 떠나고 만다.
 그는 가산을 모두 정리하여 서시와 함께 배를 타고 제나라로 떠난후 영영 돌아오지 않았던 것이다. 그가 구천의 곁을 떠날 때 친구에게 이 한마디 말만을 남겼다고 한다.
「구천은 고난은 함께 할 수 있으나 영화는 함께 누릴 사람이 못 된다.」

■ 미인계 ②

 얼마전 신문에 모 대학 교수가 조총련의 미인계에 말려들어 간첩 활동을 하다가 체포된 사건이 보도된바 있다. 어느 사회에서나 대학 교수는 높은 지성과 고결한 품격의 소유자로 존경의 대상이 된다. 남의

애기 하기 좋아하는 사람들은 그만한 정도의 대학 교수가 유치(?) 하게 미인계에 빠져 고작 공산주의자의 하수인 노릇을 하다가 인생을 망치느냐고 비웃기도 하지만 그렇게 단순하게 생각할 수만은 없는 것이 또한 미인계의 위력이다.

그 정도의 실력과 사회적 위치에 있는 사람이 공산주의 이론의 모순이나 반민족적이며 비인간적인 북한 사회의 실상을 모를 리 없다. 더우기 학자적 양심과 더불어 개성의 고귀함과 자유의 소중함을 누구보다도 잘 알고 있을 그가 진실로 사상적으로 공산주의에 동조해 간첩 생활을 했다고는 생각되지 않는다. 더구나 간첩 활동의 결과가 자기 인생을 어떻게 파멸시킬 것이라는 것도 생각하지 못했을 리가 없다. 그렇다면 결론은 자명해진다. 미인이 그의 냉철한 이성과 고도의 판단력까지를 완전히 마비시켜 버렸다고 할 수 있다.

인간의 본능적 욕구 중에서 가장 강한 성 본능을 자극하는 미인계란 이토록 무서운 것이며 목석이 아닌 인간인 이상 누구나 걸려들 가능성이 있는 것이다.

영국의 세계적인 석학 러셀이 말한 바와 같이 사랑(미인계를 사랑의 변칙으로 이해한다면)이란 도덕이나 윤리 이전의 문제로서 지성과 의지, 사회적 신분과는 아무런 관계가 없는 원초적이며 특별한 속성을 지니고 있는 것이라고 봐야 한다.

세계 제1의 부호로 알려진 그리스의 해운왕 오나시스의 딸 크리스티나의 미인계 사건은 너무나 유명하다.

오나시스 사후 그의 전 재산은 무남 독녀인 크리스티나에게 상속되었다. 유조선 40척을 포함해 52척의 대선단, 지중해의 요충을 점하고 있는 사유지(私有地) 스콜피어스 섬, 동산 10억 달러 등 엄청난 재산이 그녀에게 돌아간 것이다.

엉큼하게도 소련은 미인계(미남계)를 써서 이 막대한 재산을 소련으로 빼내려 했다. 여기에 주역으로 발탁된 사람이 소련 KGB의 공작 요원 세르게이 카조프였다. 훤칠한 키에 지성적인 미남인 그는 소련 선박 공단의 엘리트 간부로 위장, 비즈니스를 통해 자연스럽게 그녀에게 접근했다.

카조프의 세련된 매너와 우수가 어린 듯한 그의 푸른 눈빛에 그녀는 완전히 매료되고 말았다. 1978년 8월, 그들은 마침내 모스크바에서 비밀리에 결혼식을 올리는 데까지 성공한다. 그러나 비밀이란 존재할 수 없는 것. 그들의 결혼 사실이 알려지자 서방측 신문 기자들은 눈에 쌍심지를 켜고 카조프가 어떤 인물인가를 추적하기 시작했다. 기자들의 끈질긴 추적 끝에 마침내 카조프가 KGB 요원일 뿐만 아니라 그의 결혼이 순수한 사랑에 의해서가 아니라 그녀의 재산을 빼내기 위한, 사전에 계획된 공작 수단의 일환이었다는 사실까지 폭로되고 말았다.

처음에 크리스티나는 두 사람의 결혼을 시기한 서방측의 모략 조작극이라고 변명하는 소련 정부의 말을 그대로 믿으려 했다. 그러나 그것이 사실임이 밝혀졌을 때 그녀는 전율했다.

1980년 5월, 결혼한 지 채 2년도 안 돼 미련없이 이혼을 결행하고 그리스로 돌아오는 그녀의 가슴은 구멍이 뚫린듯 허허로왔으리라.

「모스크바로부터의 사랑」으로 알려진 소련의 미인계는 이렇게 해서 무산되어 버리고 말았다.

이 경우는 핸섬한 남자가 미인계의 주인공이었지만, 미인계의 주역으로서 반드시 아름다운 「여자」만이 가능한 것은 아니다. 상대를 심취시키고 매료시킬 수 있는 것이라면 무엇이나 가능하다. 즉 정감, 욕망, 취미, 집착 등 개인적인 약점의 상대적인 모든 것이 동원될 수 있다. 이를테면 그림이나 도자기 수집광에게는 도자기나 그림으로, 골프나 경마, 도박에 미쳐 돌아가는 사람에게는 그것으로 끌어들여 상대의 영향력을 손에 틀어쥐고 소기의 목적을 달성하는 것, 이것이 넓은 의미에서의 미인계인 것이다.

앞에서 본 서시는 충실한 첩자로서 자기의 임무를 훌륭히 수행했지만 원래 여자의 마음은 갈대와 같은 것이어서 공작을 위해 적의 품에 안긴 여자가 진짜로 사랑을 하게 되어 자기의 정체를 고백하고 이쪽의 모든 비밀을 폭로하게 될지도 모른다. 그렇게 해서 미인계가 오히려 이쪽에 역이용될 경우 그 피해는 치명적이다. 때문에 이것은 최후의 수단으로 사용되는 계책이다.

마키아벨리는 그의 《《군주론》》에서 이렇게 말하고 있다.

「군주는 두려움을 사도 좋지만 절대로 원한을 사서는 안 된다. 군주는 신하의 여자나 재산에 손을 내밀지 말아야 한다. 인간은 부조(父祖)가

살해당한 일은 잊을 수 있지만 자기 여자나 재산을 빼앗긴 것은 절대로 잊지 않는다.」
인간은 의외로 저급한 감정에 의해 좌우된다는 것을 명심해야 한다.

제32계

공성계
空 城 計

무방비 상태를 가정하라

준비가 없을 때는 짐짓 무방비인 것처럼 보여 준다. 그러면 적은 점점 어리둥절하게 된다. 적은 대군, 이쪽은 소병력일 때 이 책략을 운용하면 이쪽의 전술이 교묘하여 예측할 수 없는 것으로 여기게 할 수 있다.

용병(用兵)은 허허 실실(虛虛實實)한 것이어서 고정된 방식이 없다. 준비가 없을 때는 짐짓 무방비인 것처럼 보여 준다. 제갈양의 출현 이래 이 계략을 운용하는 사람이 적지 않았다.

당(唐)의 현종(玄宗) 때(772년) 토번인(吐蕃人)이 과주(瓜州: 감숙, 안서현)를 공략했을 때에 이 성의 수비 대장 장수규(張守珪)가 쓴 책략은 제갈양 이후의 전형적인 공성계의 하나라 하겠다.

註

공성계(空城計): 허허 실실의 적을 어지럽히는 수단을 사용, 짐짓 성안이 텅 비어 있는 것처럼 보여「복병을 두고 있는 게 아닌가」하고 반대로 생각케 하여 포위를 풀고 떠나게 하는 계략.

■ 공성계 1

　당(唐) 나라 현종의 재위 45년 동안 처음 30년은 나라 안팎이 안정되어 태평 연월(泰平煙月)의 세월을 보냈다. 어떤 의미에서 현종은 그만큼 선정을 베풀었다고 할 수 있는데 그가 제위에 오르기까지 겪은 여러 가지 파란 곡절의 경험을 토대로 조정에서 외척 세력의 부식을 배제하고 분파 싸움을 없애는데 주력했기 때문이기도 하다. 비록 말년에 양귀비라는 요녀에 빠져 조정이 다시 부패와 타락의 원점으로 돌아가는 듯한 인상을 주었지만 집권기의 그는 강력한 중압 집권적 통치 방식과 능력 위주의 공정한 인물 등용 등 괄목할 만한 쇄신책으로 정권의 기반을 다졌다.

　현종은 시체말로 쿠테타로 집권한 황제이다. 독재와 부패의 반대 급부로 나타나는 대부분의 쿠테타의 주역들이 그렇듯이 그의 성품은 청렴 강직했고 적극적으로 민심을 수렴하려 했을 뿐만 아니라 신하들의 간언에도 솔직히 귀 기울일 줄 아는 현군이었다. 그러면 여기서 잠시 역사를 소급해 그가 쿠테타로 제위에 오르기까지의 경위를 잠시 살펴 보고 다음 이야기로 넘어가기로 하자.

　나중에 제위에 올라 현종이 된 이융기(李隆基)는 측천무후(則千武后)에 의해 불과 몇 달 만에 황제의 자리에서 쫓겨난 예종(睿宗)의 세째 아들이다. 측천무후는 자신의 소생인 황태자(李弘)까지를 독살하며 정권욕에 광분했으며 자신이 낳은 자식이라도 자신의 집권에 방해가 된다고 생각되면 가차없이 황제의 자리에서 쫓아 냈다. 측천무후는 어머니이기 이전에 권력의 화신이 되어 버린 한 사람의 냉철한 정치가였다. 그녀는 남편인 고종(高宗)이 살아 있을 때부터 능란한 수완과 포용력으로 이미 조정의 실권을 한 손에 쥐고 전단했다.

　고종이 세상을 떠나고 그녀의 세째 아들 이현(李顯)이 중종으로 즉위하자 이현의 아내 위씨(韋氏)는 당연히 황후가 되었다. 황후 위씨도 야심이 만만찮은 여자였다. 평소 시어머니 측천무후의 화려한 권력 무대를 선망의 눈으로 바라보고 있던 위씨는 황후가 되자마자 성급하게 그 야망을 실현하려 하였다.

　그 첫 포석으로 자신의 친정 아버지를 문하시중이라는 요직에 기용하려 했던 것이다. 이 사실을 알게 된 측천무후는 대노했다. 이제 갓 황후가 된 그녀가 벌써부터 친정의 영달을 꾀한다며 분개한 무후는 그런 아내를 제대로 다스리지 못한 중종을 황제의 자격이 없다는 이유로 폐하고 네째 아들 이단(李旦)을 예종으로 즉위시켰다. 그러나 그도 측천무후의 전횡에 눌려 이름 뿐인 황제로 유폐 생활과 다름없는 생활을 하다가 역시 무능하다는 이유로 불과 몇 달 만에 황제의 자리에서 쫓겨나고 말았던 것이다.

그녀의 궁극적인 목적은 자신이 직접 황제가 되는 것이었다. 세상의 이목 때문에 직접 황제로 즉위하지 못하고 형식상 두 아들을 황제의 자리에 오르게 했다가 모두 무능하다는 이유로 폐위시킨 다음 여론을 조작해 자신이 제위에 오르는 일이 불가피하다며 마침내 황제의 자리에 올랐다. 서기 690년, 그녀가 67세 되던 해의 일이다.

중국 역사상 처음으로 여황제가 태어난 것이다. 그녀는 자신을 신성황제(神聖皇帝)라 일컫고 예종 이단을 황사(皇嗣: 황태자)로 삼았다. 그러나 후에 재상 적인걸의 상주로 황제의 위에서 여릉왕(廬陵王)으로 쫓아냈던 세째 아들 이현을 다시 불러들여 먼저 황사로 지명되었던 이단의 양해 아래 황태자의 자리에 앉혔다. 즉위 2개월 만에 황제의 자리에서 쫓겨났던 이현은 3년 만에 다시 낙양 궁중으로 돌아와 황태자가 된 것이다.

706년 희대의 여걸 측천무후가 죽고 중종이 복위하자 시어머니 측천무후처럼 되기를 꿈꾸던 위황후는 적극적으로 정치에 간여하기 시작했다. 마치 무후가 고종을 대신하여 정무를 보던 것과 같았다. 측천무후가 생각했던 대로 중종은 역시 무능하고 심약했다. 좋게 말하면 한없이 착해 빠졌고 나쁘게 말하면 턱없이 어리석은 군주였다.

중종의 딸 안락 공주(安樂公主)가 무후의 일족인 무삼사(武三思)의 아들과 결혼을 했다. 무삼사는 안락 공주의 시아버지라는 점을 이용하여 자주 궁중에 출입을 했다. 처음에는 자의로 출입했지만 후에 가서는 위황후의 부름으로 내전에 드나드는 일이 잦아졌다.

어느날 무삼사가 위황후의 부름을 받아 내전에 들어간 지 얼마 안 되어 궁녀들은 얼굴을 붉히며 수근댔다.

「이 일을 어찌하면 좋지…?」

「입을 다물고 있어야지 입을 함부로 놀리다간 귀신도 모르게 이렇게 돼.」

나이 많은 궁녀는 손으로 자기의 목을 베는 시늉을 해 보이며 역시 상기된 얼굴로 소근댔다. 대낮인데도 내실에서는 사나이의 거친 숨소리와 희열의 파도를 타며 흐느끼는 황후의 신음 소리가 간간이 궁녀들이 있는 바깥으로까지 새어나왔다. 어느 때부터인가 사돈지간인 이들 남녀는 뜨거운 불륜의 관계를 맺고 있었던 것이다.

「장간지(張東之: 중종이 복위하는데 절대적인 역할을 한 인물)와 연흠융(燕欽融)이 우리들 사이를 눈치 채고 있는 것 같아.」

얼마 후 무삼사는 위황후의 귀바퀴를 만지작거리며 아직도 약간 들뜬 음성으로 이같이 말했다.

「그들이 이 깊숙한 내전에서 이루어지고 있는 일을 어떻게 알아요?」
「아니라니까. 아까도 내전으로 들어오다가 연흠융과 마주쳤는데 나를 바라보는 그자의 눈초리가 심상치 않더라니까. 그들을 사전에 처치하지 않으면 무서운 화를 불러일으킬지도 몰라.」

위황후를 대하는 무삼사의 말투는 마치 자기 마누라에게 하는 것과 같았다.

며칠 후 위황후는 무삼사의 사주에 따라 중종에게 장간지 등을 참소했다.

「장간지 등은 그들의 공을 믿고 함부로 권세를 휘둘러 조정의 기강을 문란케 하고 나라를 위태롭게 하고 있읍니다.」

중종은 위황후의 참소를 그대로 받아들여 장간지 등을 지방으로 좌천시켰다가 사약을 내려 모두 죽여 버렸다.

제2의 측천무후를 꿈꾸고 있던 위황후는 역시 측천무후의 방식대로 자신의 야망을 실현하는 데 방해가 되는 인물은 가차없이 제거해 나갔다. 요행히 일차 숙청에서 빠진 연흠융은 마침내 목숨을 걸고 위황후의 음단한 사실을 들어 상주하기에 이르렀다.

「조정의 기강을 어지럽히고 나라를 위태롭게 하는 자는 추방된 장간지 등이 아니라 바로 위황후와 무삼사 일당이옵니다. 저들은 인륜을 어긴 자신들의 음행이 세상에 들어날까봐 충신 장간지 등을 조정에서 추방시키고 흉모를 도모하고자 하니 폐하께서는 통촉하시어 나라의 안위를 보살펴 주시옵소서….」
 상주문을 읽은 중종은 대노하여 연흠융을 불러들여 힐책하였다.
「네가 어찌 하늘 무서운 줄을 모르고 감히 그런 허무 맹랑한 말로 황후를 모해하려 하느냐?」
 성품이 강직하기로 이름난 연흠융은 그러나 자기의 뜻을 굽히려 하지 않았다.
「신에게 어찌 황후 마마를 모해하려 한다 하시옵니까? 하늘 무서운 줄 모르는 자들은 바로 저들이옵니다. 무삼사와 황후 마마의 불륜의 관계는 조정 대신들 간에는 이미 비밀 아닌 비밀로 널리 알려져 있 아옵니다. 지금부터라도 무삼사의 궁중 출입을 금지시키고 내전의 기강을 바로 잡아야 할 줄로 아옵니다.」
 이로 인해 연흠융은 며칠 후 위황후의 일당인 마진객(馬秦客)이 보낸 자객에 의해 살해되었지만 그러나 그 때부터 중종은 부쩍 위황후와 무삼사 사이를 의심하기 시작하였다.
「황제도 우리 사이를 의심하는 모양인데 이를 어찌하면 좋겠소?」
 위기가 다가옴을 느낀 무삼사는 황후를 대하는 자리에서도 불안을 감출 수 없었다. 위황후에게는 그러나 당황하거나 불안해 하는 빛이라 곤 전혀 없었다.
「그런 건 걱정하지 마시오. 우리가 먼저 중종을 없애 버리면 그만 아니오.」
 그녀는 남편 죽이는 일을 마치 개 한 마리 없애는 일처럼 말했다. 당황한 것은 오히려 무삼사쪽이었다.
「감히 황제 폐하를 어떻게….」
「걱정하지 말라니까요. 그 대신 당신이 나를 버리면 당신도 용서치 않을 거예요, 알겠죠?」
 무삼사를 바라보는 위황후의 눈에서는 소름이 끼치도록 요기로운 웃음이 넘치고 있었다.
 위황후의 머리 속에는 남편 중종을 죽인 다음 측천무후처럼 황태후가 되고 그 다음은 여황제가 된다는 일종의 조감도가 화려하게 펼쳐지고 있었다.
「측전무후도 황태후가 된 뒤 다시 여황제가 되었는데 나라고 못하라는 법이 어디 있을까!」

 며칠 후 중종은 독을 넣은 만두를 먹고 피를 토하며 죽었다. 위황후가 독살한 것이다.

 중종이 죽자 위황후는 중종의 유조(遺詔)라며 네째 아들 이중무(李重茂)를 황제로 세우고 자신은 황태후로 섭정을 시작했다. 이렇게 해서 그녀의 황제로 향한 일단계 계획은 일단 성취된 셈이다. 여기서 한 가지 놀라운 일은 중종의 시해 사건에 중종의 친딸인 안락 공주가 적극 가담하였다는 사실이다. 안락 공주에게는 또 그녀 나름대로의 꿈이 있었다. 어미 위황후가 황제가 되면 자신은 그의 후계자 황태녀(皇太女)가 되어 제3의 측천무후가 되겠다는 엉뚱한 꿈을 가지고 있었던 것이다. 과연 그 어머니에 그 딸이었다. 그러나 그들의 꿈은 하루아침에 무산되고 파멸의 구렁텅이로 빠져든다.

 중종이 시해된 지 8일 만에 서두에서 말했듯이 이융기(현종)의 주동으로 쿠테타가 일어났던 것이다.

 이융기는 그 때 25세의 나이로 패기에 찬 젊은이였다. 분노를 느끼고 있었으나 쿠테타에 실패한 선례를 거울삼아 신중히 대비하며 때가 오기를 기다리고 있었던 것이다. 중종을 시해한 위황후 일당은 위씨 왕조를 세우는데 가장 방해되는 인물로 일찌기 황제의 위에 올랐던 전력이 있는 이단 예종과 그의 아들 이융기를 지목하고 있었다. 이제 중종을 죽이고 본격적으로 위씨 왕조 구축에 나선 저들은 다음으로 예종과 이융기에게 손을 뻗치려 하였다. 그러나 병부 시랑 최일용(催日用)이 이같은 움직임을 사전에 이융기에게 전함으로써 거사일을 앞당겨 실행했던 것이다.

 쿠테타군의 선봉장인 갈복순(葛福順)이 칼을 빼어 들고 앞장 서서 친위군 군영에 돌입하여 위씨 일족의 장군 위선(韋璿)과 위파(韋播)의 목을 베고 내전으로 난입해 들어갔다. 무삼사의 품에 안겨 있다가 급보를 전해 들은 위황후는 급히 비기궁(飛騎宮)으로 도망쳤으나 쿠테타군에 잡혀 목이 달아났다. 아버지까지 죽여 가며 장차 여황제의 꿈을 안고 있던 안락 공주는 이런 사실도 모른 채 경대 앞에 앉아 화장을 하다가 참수되고 말았다.

 이렇게 해서 위씨 일족이 멸망하자 갓 즉위한 이중무는 쿠테타 발생 4일만에 예종에게 양위를 한다. 그러나 쿠테타로 인한 정국 혼란의 후유증은 쉽게 가라앉지 않았다. 천성적으로 온후하기만 하고 통치 능력이 없는 예종으로서는 이 난국을 수습할 길이 없어 황태자인 그의 아들 이융기에게 양위하고 상황으로 물러앉았던 것이다.

이처럼 조정의 온갖 비리와 비인간적인 정치 생태를 몸소 체험하고 목격한 후 우여 곡절 끝에 제위에 오른 현종은 철저히 외척을 배격하며 권력의 분산을 막는 동시에 조정의 부패의 근원이 정실 인사에 있음을 통감하고 능력 위주로 인물을 등용하도록 애를 썼다. 그 결과 요숭(姚崇)을 비롯해 두진(杜暹), 한휴(韓休)와 같이 당대의 뛰어난 인물들이 재상에 등용되었다.

그러나 노회신(盧懷愼)과 같은 무능한 인물을 재상으로 등용한 것은 사람을 보는 안목이 뛰어났던 현종으로서는 큰 실수가 아닐 수 없었다. 고금을 막론하고 무능한 인물은 자신의 무능을 감추기 위해 유능한 인물의 허점과 약점만을 들춰 내려 하고 따라서 말이 많은 법이다. 그렇게 함으로써 자신의 무능을 보상받으려 하는 것이다. 요숭과 노회신이 주제가 된「구시 재상과 반식 재상」이야기는 너무나 유명하다. 정사에 유능할 뿐 아니라 덕망이 높은 요숭을 배성들은 구시 재상(救時宰相: 시대를 구원하는 유능한 재상)이라 불렀는데 반해 무능하고 말만 많은 노회신을 반식 재상(伴食宰相: 자리만 차지하고 있는 무능한 재상)이라 불렀다. 반식 재상 노회신은 구시 재상 요숭이 하는 일이나 말마다 사사 건건 반대하며 집요하게 물고 늘어졌다.

어느 해 황하 연안 들판에 메뚜기 떼가 날아들어 농작물을 해친 일이 있었다. 메뚜기 떼라 해서 추수철 한때 우리 나라에서 볼 수 있는 것과 같은 것이 아니라 중국 대륙의 메뚜기 떼는 마치 검은 구름처럼 떼지어 날아와 농작물은 물론 풀까지 마구 먹어치워 그 지역 일대를 황폐시키는 것이다. 이 메뚜기 떼의 피해로 말미암아 농사를 망쳐 굶어 죽은 사람의 시체가 길가에 즐비할 정도였다. 이러한 메뚜기 떼의 피해는 물가의 상승을 부채질 할 뿐 아니라 정국의 혼란마저 야기시키기도 했다. 세 차례나 재상을 역임한 요숭은 이 문제를 중시하여 메뚜기 퇴치를 강력히 실시하라는 조서를 각 지방 관아에 내렸다. 그러자 반식 재상이 펄쩍 뛰며 반대하고 나섰다.

「메뚜기를 죽이는 일은 화기(和氣)를 손상시키는 일로서 오히려 더 큰 흉변을 가져올 수가 있아옵니다. 나라를 망칠 메뚜기 퇴치 조서는 즉시 철회됨이 마땅한 일인 줄 아옵니다.」

노회신의 이같이 터무니 없는 주장에 평소 화라고는 낼 줄 모르던 요숭도 버럭 화를 내며 노회신을 신랄하게 비판했다.

「도대체 당신의 소견은 도무지 이해할 수가 없오이다. 어째서 메뚜기 상하는 일은 그렇게 걱정을 하면서 백성들이 굶어 죽는 일은 가슴 아프게 생각지 않으시오? 백성들보다 메뚜기가 더 소중하단 말씀이오?」

요숭이 이렇게 신랄하게 공박하자 말많은 노회신도 이 때만은 할 말을 잊고 얼굴이 벌개지며 입을 다물었다고 한다.

현종이 즉위한 지 11년째 되는 해인 724년 평화롭기만 하던 낙양성에 급보가 날아 들었다. 앞의 본문에 있는대로 하서(河西) 지방에 토번인(吐蕃人: 티베트인)이 대거 침입하여 과주(瓜州: 감숙성, 안서현) 성이 유린되고 수비 대장 왕군환(王君煥)이 전사했다는 소식이었다. 몇 년 전 하서 농우 절도사(河西隴右節度使)로 있으면서 대거 침입해 온 토번인을 섬멸, 격퇴한 공로로 그 용맹을 떨치며 대장군으로 승진했던 왕군환이 전사할 정도라면 이번 토번인의 침공은 그 군세가 대단했음을 알 수 있다.

조정에서는 긴급 대책 회의가 열렸다.

「그래 누구를 보내야 토번인의 침공을 막을 수 있겠오?」

현종은 침통한 어조로 중신들에게 물었다.

「신의 생각으로는 장수규(張守珪)가 적합한 줄 아옵니다. 그는 비록 체구는 왜소하나 지략이 뛰어난 장수이옵니다.」

요숭이 이같이 말하자 바늘에 실가 듯 노회신이 따라나섰다.

「그건 용병의 용자도 모르는 잘못된 생각이옵니다. 장수규가 비록 지략이 뛰어나다 해도 그런 빈약한 체구와 무술로는 큰 싸움을 지휘할 수가 없읍니다. 장수란 모름지기 우선 그 늠름한 풍채로 적을 위압해야 합니다. 지난번 토번군을 섬멸하고 대승을 거둔 왕군환 같은 용장이 전사할 정도의 군세를 장수규 같은 나약한 장수가 가서 막아 낼 수 있다고 생각하는 것은 당치도 않은 생각입니다. 더구나 장수규는 섬서 지방 사람으로 그곳 지리에는 어둡읍니다.」

「백만 대군을 영솔한 조조가 풍채가 좋아 싸움에 이긴 것이 아니옵고

8척 거구의 관우가 무술이 모자라 조조에게 사로잡힌 것이 아니옵니다. 군사를 통솔하는 장수는 힘으로가 아니라 지략으로 싸우는 것입니다. 장수규의 과거 전력이 그것을 입증해 주고 있사옵니다.」
「산이 높아야 골짝이 깊다고 그 체구에서 지략이 나와야 얼마나 나오겠읍니까.」
갑론 을박 두 사람의 설전은 끝이 없었다. 현종은 그러나 요숭의 의견을 받아들여 장수규를 과주 자사로 임명하고 그로 하여금 토번군을 막도록 했다.
장수규가 임지인 과주성에 도착해 보니 성곽 여기 저기가 토번군에 의해 파괴되어 허물어져 있었고 대부분의 주민들은 난을 피해 떠나 황폐한 성안은 텅 비다시피 했다. 무엇보다 주민들을 안돈시켜야 한다고 생각한 장수규는 군사들을 보내 난을 피해 사방으로 흩어진 주민들을 안위시켜 귀향토록 했다. 그리고 부상자들을 치료케 하는 한편 군민(軍民)을 총동원해 파괴된 성의 복원 사업을 서둘렀다. 거의 한 달이나 걸려 성벽에 박을 말뚝이며 판자의 준비를 마쳤을 때 얼굴이 하얗게 질린 초병이 달려와 급보를 알렸다.
「큰일 났읍니다. 계명산(鷄鳴山: 과성 서북쪽) 쪽에서 또 다시 토번군이 쳐들어오고 있읍니다!」
계명산이라면 과성에서 백 리도 못 된다. 말을 타고 달려오면 반나절도 안 걸리는 거리이다.
토번인이 또 다시 쳐들어온다는 소문은 삽시간에 온 성으로 퍼졌다. 성을 쌓던 주민들은 공포로 인해 하얗게 핏기가 걷힌 얼굴로 뿔뿔이 흩어져 집으로 내달았다. 가족들을 데리고 피난을 가기 위해서였다. 피난 보따리를 들고 서로 먼저 빠져나가려고 아우성을 치는 통에 성안은 순식간에 아수라장으로 변했다.
「군사들은 어떻게 할까요?」
부장이 난감한 표정으로 장수규에게 물었다.
「부상자를 빼고 싸울 수 있는 군사가 모두 몇 명이나 되는가?」
장수규는 부임 즉시 이미 모든 것을 파악했으면서도 공연히 묻는 것이다. 공연히라기보다 그러면서 자신의 대응책을 생각하기 위함이었다. 졸지에 당하는 일이라 그로서도 아직 어떤 대응책이 서지 않았던 것이다.

「모두 합해야 3천 명도 안 됩니다.」
「3천 명! 그만하면 충분하다. 그대는 우선 군사들을 성안으로 보내 주민들을 안위시켜 피난을 가지 못하도록 하고 나머지 군사들은 성문을 비롯해 성이 허물어진 곳으로 주민들이 한 사람도 빠져 나가지 못하도록 철저히 봉쇄하라!」
그러나 군사들이 아무리 피난을 저지하려 해도 주민들은 듣지 않았다. 성문을 닫고 길을 봉쇄하자 주민들의 아우성은 하늘을 찌를 듯했다.
「새로 부임한 자사가 우리를 죽이려 한다!」
「토번군에게 우리를 넘겨 주고 항복하려 한다!」
「신임 자사를 때려 죽여라!」
그 때 신임 자사 장수규가 칼을 짚고 성위에 높이 서서 아우성치는 백성들을 향해 큰 소리로 외쳤다.
「여러분 조용들 하시오! 왜들 피난을 가려 하시오. 조금 전 소식에 의하면 지금 우리 군사가 계명산에서 토번군을 격멸하고 있다 합니다. 군사 비밀이라 아직 여러분에게 알리지 않았지만 내가 왕군환 대장군의 후임으로 이곳에 부임할 때 조정에서는 토번인을 격퇴하라고 몰래 3만의 군사를 보내 주었오. 나는 토번인이 또 다시 쳐들어올 것에 대비해 계명산에 방어진을 치고 기다리게 했었오. 그것을 모르고 함부로 쳐들어오던 토번인은 지금 우리 군사에게 완전히 포위되어 섬멸 상태에 빠졌다 하니 싸움은 벌써 끝났을 것이오. 여러분들은 안심하고 각자 집으로 돌아가시오. 그리고 오늘밤은 승전의 대축연을 베풉시다!」
조금 전까지만 해도 전쟁의 참화와 죽음에 대한 공포로 아우성치며 소란했던 주민들, 생존의 탈출길을 막는다며 「장수규를 죽이라」고 격앙했던 주민들은 우리의 3만 군사가 백리 밖에서 적을 섬멸하고 있다는 소식에 순식간에 환호의 군중으로 표변하고 만다.
「우리 황제 만세!」
「우리의 장수규 장군 만세!」
주민들은 환호하며 발길을 돌려 각자 집으로 돌아갔다. 이렇게 해서 과주성은 단시간 내에 평온을 되찾았다.
밑도 끝도 없이 나온 3만 군사라는 신임 자사 장수규의 말은 그의 측근인 부장들조차 어리둥절케 했다.

「3만 군사란 어찌된 것입니까? 저희들에게까지 그것을 비밀로 하시다니 섭섭합니다.」
막사로 돌아오자 부장 하나가 볼멘 소리로 말했다.
「그건 거짓말이다.」
장수규는 얼굴 표정 하나 바꾸지 않고 태연히 말했다.
「거짓말이라니요. 그럼…?」
「3만 군사가 어디 있는가. 주민들을 안위시켜 돌려보내기 위해 거짓말을 한 것이다.」
「그럼 당장 토번인의 대군이 쳐들어올 텐데 그걸 어떻게 방비합니까?」
「내게 맡겨라. 좋은 방책이 있으니….」
부장들은 서로 얼굴만 바라볼 뿐 할 말을 잊고 있었다. 귀신을 동원하지 않고서야 이 판국에 달리 무슨 뾰죽한 수가 있다는 것인가. 잠시 막사에는 무겁고 암담한 침묵이 흘렀다. 장수규가 그 침묵을 깨고 입을 열었다.
「부장들은 지금 내가 하는 얘기를 잘 들어라. 우리의 군사는 통틀어 3천도 안 된다. 게다가 성은 곳곳이 파괴되어 있다. 이런 형편에서 토번인의 대군을 활이나 돌로 대항하기란 어려운 일이다. 모략을 써서 적을 격퇴시키지 않으면 안 된다.」
「모략이라면…?」
「적에게 짐짓 무방비 상태처럼 보여 주는 것이다. 성 안의 주민들은 이미 평온한 상태로 들어갔으니 이제 군사들의 할 일만 남았다. 진정(陳珽) 장군은 군사 2천을 거느리고 서락천(西洛川: 과주성에서 서쪽으로 50리쯤)에 매복하고 있다가 퇴각하는 적의 후미를 기습하라. 그리고 장기운(張奇雲)은 군사 5백을 거느리고 계명산에서 들어오는 길목을 지키고 있어라. 적이 과주성 근처까지 왔다가 퇴각할 때 적장이 어리석은 자이면 왔던 길로 되돌아갈 수도 있으니 역시 퇴각하는 적의 후미를 쳐라. 지체 말고 즉시 출동하라!」
「아니, 아직 싸워 보지도 않고 적이 퇴각하다니 그게 무슨 말씀입니까? 그리고 성중에 남은 군사는 3백도 채 안 되지 않읍니까?」
장수들이 서둘러 막사를 떠나자 임무를 부여받지 못하고 남아 있던 한 장수가 이죽거리는 투로 물었다.

「그러니까 계략이라고 하지 않던가. 너는 빨리 가서 남은 군사들로 하여금 만의 하나라도 성 밖으로 빠져나가는 백성이 없도록 하고 내 명이 없이는 한 명의 군사도 성 밖으로 나가거나 임의로 행동하지 못하도록 하라. 명을 어기는 자는 참수한다.」
 말이 채 끝나기도 전에 명을 거행하기 위해 급히 밖으로 나가려는 장수를 장수규는 다시 불러 세웠다.
「잠깐! 왜 그리 서두르느냐? 아직 말도 끝나지 않았는데…. 그리고 성벽 위에 큰 주연을 베풀고 주위를 넓게 불로 밝히도록 하여라!」
 장수규는 지금 「공성계」를 시도하고 있는 것이다.
 앞에서 부장으로부터 싸울 수 있는 군사가 3천도 채 못된다는 말을 들었을 때 순간 장수규의 뇌리에 번개처럼 스치는 것이 있었다. 같은 숫자에서 연상된 직감일까 위(魏) 나라 장수 사마의(司馬懿)가 20만 대군을 이끌고 양평관(陽平寬)에 쳐들어왔을 때 불과 「3천 명」도 못 되는 군사를 거느리고 있던 제갈양이 궁여 지책으로 공성계를 써서 사마의군을 물리친 고사가 번개처럼 머리에 떠올랐던 것이다.
 장수규는 불을 대낮처럼 밝힌 성벽 위에다 주연을 마련하고 악사를 불러 연주케 하고는 장사(將士)들과 함께 술을 마시며 큰 소리로 노래를 부르며 주연의 분위기를 고조시켰다.
 한편 지난번 파괴된 성이 아직 복원되지 못해 방비가 허술할 것으로 생각해 만여 기를 이끌고 마음 놓고 과주성으로 쳐들어 오던 토번군의 대장은 말채찍을 잡은 오른손을 높이 들어 전군의 진격을 멈추게 했다. 자신들의 침공을 모를 리 없는 과주성이 지금쯤 피난 소동으로 대혼잡을 이루고 있으리라던 예상을 완전히 뒤엎고 성안은 평상시와 다름없이 조용하지 않은가. 놀라운 일은 그 뿐이 아니었다. 성벽 위에서는 자신들의 침공을 비웃기나 하듯 불을 환히 밝히고 장사들이 모여 앉아 태평스럽게 술을 마시며 노래를 부르고 있었다. 병법의 상식을 뒤엎는 저같은 광경은 무엇을 뜻하는 것일까…
「과주성에 분명히 자사가 새로 부임해 왔다고 했지?」
 토번군의 대장이 옆에 있는 부장에게 물었다.
「예, 장수규라는 자가 새로 부임해 왔는데 지모가 뛰어나기로 당나라에서도 유명하다 합니다.」

「지모가 뛰어나다고? 내가 보기에는 어리석기 짝이 없는 자다. 놈은 지금 성안에 복병을 숨겨 놓고 저런 능청스런 짓을 벌이고 있는 것이다. 내가 누구인데 그런 어리석은 꾐에 빠지겠느냐. 돌아가자 이번에는!」

대장은 말머리를 돌려 전군에게 퇴각령을 내렸다. 얼마쯤 가다 무슨 생각이 들었는지 토번군의 대장은 퇴로의 방향을 바꿔 서락천쪽으로 후퇴하게 했다. 성안에 대군을 매복시켜 놓고 있다면 당연한 연계 작전으로 퇴로를 차단하려는 복병이 있을 것이 분명하다고 판단했던 것이다. 서락천에는 그러나 장수 진정이 이끄는 군사가 이미 매복해 있다.

삼경이 지나자 드디어 퇴각하는 토번군의 선두가 검은 그림자를 나타내기 시작했다. 숨을 죽이고 길가 숲속에 숨어 있던 매복군은 토번군의 후미가 드러나자 진정의 우뢰같은 호령에 따라 일제히 함성을 지르며 화살을 날렸다. 불의의 급습을 당한 토번군은 혼비 백산하여 도망가기 바빴고, 함성에 놀란 말이 이리 뛰고 저리 뛰는 바람에 말발굽에 채이고 짓밟혀 죽은 자, 어두운 밤에 길을 잃고 서락천에 빠져 죽은 자가 3천 여에 이르렀다 한다.

이로써 장수규의 공성계는 대승으로 끝났다. 이 싸움의 공로로 장수규는 보국 대장군(輔國大將軍)으로 승진하였고 현종의 재위 기간 동안 토번인의 침략은 두번 다시 없었다.

■ 공성계 [2]

「공성계」는 좀 속되게 표현하면 「배짱의 계」라고도 할 수 있다. 배짱이 없으면 이 공성계는 감히 엄두도 못낼 일이다.

1982년 8월 20일자 일본 아사히 신문에는 「경영의 신, 판매의 신」이라고 불리는 마쯔시다(松下幸之助)의 대담 기사가 실려 있다. 기사에는 일본 와까야마현의 시골에서 태어나 국민학교 4학년을 중퇴하고 오사까로 올라와 화로 가게 사환으로부터 출발, 전등 주식 회사의 배선 견습공으로 일한 것이 인연이 되어 전기 신제품 개발에 성공, 오늘날 1조 엥의 일본 제1의 기업으로 성장하기까지의 이야기가 간략하면서도 재미있게 소개되어 있다. 무엇보다 기업의 합리성을 주장한 마쯔시다는 그러나 기업인에게는 때로「배짱」이 필요하다며 다음과 같은 내용의 경험담을 솔직히 털어놓고 있다.

1920년대 말에 있었던 일이라 한다. 오사까 변두리에다 조그마한 전기 부속 공장을 차린 마쯔시다는 은행에서 매년 5만 엥 내지 10만 엥 정도를 대출해 쓰고 있었다. 그런데 어느 해 경영의 호조로 공장을 확장할 필요가 있다고 생각한 마쯔시다는 거래 은행의 지점장을 찾아가 단도 직입적으로 2백만 엥을 대부해 달라고 했다. 마치 맡겨 놓은 돈이라도 내놓으라는 듯한 그런 자세로 말이다. 당시로서는 2백만 엥이면 엄청난 거액이다. 대부 요청을 받은 지점장은 잠시 곤혹스러운 표정을 짓더니 이렇게 말하는 것이었다.

「잘 알겠읍니다. 사장님은 지금까지 한 번도 거래상의 실수가 없었으니까 대출해 드리는 것에 대해 저로서는 이의가 없읍니다. 그러나 워낙 거액이라 지점장인 저로서는 혼자 결정하기가 어렵읍니다. 본점의 담당 중역과 상의를 해야 하는데 어떻읍니까, 바쁘시지 않으면 저와 본점에 같이 가서 중역에게 직접 말씀해 주시지 않겠읍니까?」

마쯔시다는 머리를 가로저었다.

「이 건에 대해 달리 설명이 필요하다면 같이 갈 수도 있겠으나 지점장께 말한 이상으로 달리 설명할 것이 없읍니다. 그러므로 혼자 가서 말씀하십시오. 지점장이 말해서 안 되면 나는 단념하겠읍니다. 돈이 지금 당장 필요한 것도 아니구요.」

돈이 급하지 않다는 것은 물론 거짓말이다. 기업이란 기회를 놓치면 망한다는 것을 누구보다 잘 알고 있는 마쯔시다이기에 사정은 절박했고 따라서 내심의 초조와 불안은 이루 형용할 수가 없을 정도였다. 다만 그렇게 여유를 보인 것 뿐이다. 또한 그의 이 말에는「그만두려면 그만둬라. 너희 은행이 아니면 대부받을 은행이 없는 줄 아느냐」라는 의미가 내포되어 있다. 그러자 지점장은 약간 당황해 하며

「사장님이 그렇게 말씀하시면 이쪽이 더 곤란해집니다. 잠간 얼굴만이라도 보여 주시면 그것으로 족하겠읍니다.」

「아무래도 나로서는 이해할 수가 없군요. 정 그러시다면 대부를 포기하는 수밖에 없겠군요.」

마쯔시다는 어디까지나 고자세를 취하는 것을 잊지 않았다.

지금의 마쯔시다가 아니었다는 사실을 감안할 때 대단한 배짱이다. 그 때의 마쯔시다는 시의 변두리 채소밭에 세운 바라크 공장의 사장에 불과했던 것이다.

마쯔시다가 이렇게 배짱으로 나오자 지점장은 어쩔 수 없다는 듯이
「사장님이 그렇게 말씀하신다면 중역에게 그렇게 말하겠읍니다.」
했다. 마쯔시다는 특별히 부탁한다는 말도 없이 유유히 지점장실을 나왔다. 그로부터 며칠이 지난 어느 날 마쯔시다에게 지점장으로부터 전화가 걸려 왔다.

「본점의 중역이 승락했읍니다. 언제라도 좋으니 돈을 대출해 가십시오.」

상대가 어떤 은행이든 이쪽은 어디까지나 고객인 것이다. 저쪽에서 찾아온다면 이야기가 달라지겠지만 반대로 고객이 찾아가서 저자세로 굽신거릴 필요가 없다는 것을 마쯔시다는 그 때 깨달았다고 한다.

은행의 주된 업무는 돈을 빌려 주는 것이지만 정말로 돈이 필요해서 곤란을 겪는 사람에게는 절대로 빌려 주지 않는다. 그 대신 돈이 남아 돌아서 곤란한 사람에게는 억지로 「빌려드리겠읍니다」하고 달려드는 것이 은행의 속성이다. 마치 악녀와 같다. 쫓아가면 도망치고 이쪽에서 욕망을 충족하고 하품을 하고 있을 때에는 교태를 부리며 달라붙는다. 은행의 입장에서는 예금해 주는 사람도 손님이지만 차용하는 사람도 손님이다. 예금을 하는 손님에게는 이자를 지불해 줘야 하지만 차용하는 사람에게는 꽤 높은 이자를 받는다. 차용해 가는 손님이 없으면 은행이란 장사는 곧 문을 닫아야 한다. 그런데도 세상은 묘한 것이어서 은행에서 돈을 차용하고 이자를 지불해 주면서도 은행 사람들에게 굽신거리는 주객 전도의 현상이 은행마다 일어나고 있는 것이다. 마쯔시다는 끝에서 이렇게 말하고 있다.

「은행에서 돈을 차용하고 싶으면 기업이 번창하고 있다는 인상과 함께 돈이 남아도는 것처럼 보이면 된다.」

허세와 배짱이 필요하다는 이야기겠다.

이 공성계를 기업 운영의 측면에서 다음과 같이 응용 해석하는 사람도 있다. 즉 첨단 산업 과학이 급속도로 발전하는 지금과 같은 시대적 상황에서는 과잉 설비를 지양하는 한편 채산이 불투명한 산업을 미

런없이 축소하거나 폐기해서 자금 부담을 줄여야 한다는 것이다. 어느 때보다 기업간의 경쟁이 치열한 지금 기업이 살아 남기 위해서는 시대 변천과 산업 발전의 추이에 민감하고도 과감하게 반응할 필요가 있다는 얘기다. 절대로 낙성(落城)되지 않는다고 자만하는 기업은 파멸하고 만다. 기존의 발상이나 운영 방식에서 과감히 탈피해 필요하다면 오히려 공성(空城)이 되어 전환을 시도해야 한다.

서독 최대의 종합 전기 메이커인 AEG 텔레푼켄사가 1982년 8월 9일 마침내 도산의 비운을 맞았다. 서독의 신문들은 그 도산이 독일의 위신 실추라고 맹렬하게 비난했다. 그러나 AEG에서는 벌써 10년 전부터 위기를 맞고 있었다. 이유가 여러 가지 있지만 최대의 원인은 주력 상품인 라디오, 텔레비젼 부문의 판매 부진이었다. 또한 냉장고, 세탁기 등의 가전 제품도 계속적으로 하강세를 보이고 있었다. 간단히 말해 일본 제품과의 경쟁에서 뒤진 것이다. 일본 제품에 비해 품질은 떨어지면서 값은 비쌌던 것이다. 분명히 「좋은 품질을 값싸게」라는 시장 경제의 이념에 배치되는 문제였다.

그럼에도 불구하고 경영자나 종업원은 「명문 텔레푼켄의 불침함설(不沈艦說)」을 신앙처럼 믿고 있었던 것이다. 채산이 맞지 않는 부분은 과감히 축소 또는 폐기하는 등의 전환은 생각해 보지도 않고 고집스럽게 오로지 그 명성과 브랜드만을 하늘처럼 믿고 있다가 급기야 도산의 구렁텅이로 빠져 버리고 말았던 것이다.

기업이란 끊임없이 유동하는, 마치 거친 파도 위에서 흔들리는 작은 배와 같은 것, 불침함이란 있을 수 없다. 언제 침몰할지 모른다. 때문에 상황에 따라 과감히 필요없는 것은 버리고 「공성」으로 만들어 부담을 가볍게 하고 이익의 활성화를 도모해야 한다. 현대의 기업적 공성계란 이같이 활기에 찬 대응책을 의미하는 것인지도 모른다.

제33계

반간계
反間計

적의 계략을 역이용하라

의진(疑陣) 속에 의진을 설치하라. 자연스럽게 적을 내응시켜 승리를 거둔다면 이쪽은 손해를 보지 않고 끝난다.

간(間)이란 적이 서로 의심하고 서로 모함하도록 조작하는 것이다. 반간(反間)이란 이쪽을 이간시키려고 하는 적의 음모를 이용, 반대로 적을 이간시키는 것이다.

전국 시대 연(燕)의 소왕(昭王) 사후 왕위를 계승한 혜왕(惠王)은 태자 시절부터 장군 악의(樂毅)와 의사가 맞지 않았다. 제(齊)의 명장 전단(田單)이 이 모순을 이용, 간자(間者)를 연나라에 보내 이간의 계책을 써서 대승한 이야기는 반간계의 전형적인 사례라 하겠다.

이 밖에 삼국 시대에도 오(吳)의 장군 주유(周瑜)가 조조(曹操)가 보낸 간자를 붙잡아 조조측의 장군을 이간시킨 일이 있다. 이것도 의진(疑陣)을 설치하는 모략이다.

註

반간계(反間計): 적의 간자를 이편의 모략 공작에 역이용하는 계책.
　간자(첩자)의 종류에는 여러 가지가 있는데 손자(孫子)는 이를 오간(五間)이라 일컫고 있다. 향간(鄕間: 적국의 백성을 이용한다), 내간(內間: 적국의 간자를 역이용한다), 사간(死間: 적에 가담한 것으로 생각하게끔 소문을 퍼뜨린다), 생간(生間: 이편 사람을 적국에 잠입시켜 은밀히 상황을 살펴서 보고케 한다)의 다섯 가지가 그것이다. 이 중 손자가 가장 중시하는 것이 반간이다. 적의 첩자를 역이용하는 것은 가장 효과적일 뿐만 아니라 이를 실마리로 해서 향간이나 내간을 획득할 수가 있고 사간이나 생간을 쉽게 도모할 수 있기 때문이다. 제갈공명도「적이 우리를 모략하려 할 때는 우리 계략도 실행하기 쉽다」고 말하고 있다

■ 반간계 1

 소왕(昭王)의 죽음과 함께 이날까지 연(燕) 나라에서 악의(樂毅)가 세웠던 그 화려한 전공들은 하루아침에 수포로 돌아가고 말았다.
「악의는 선왕의 총애를 받고 있음을 기화로 태자인 나에게까지도 심히 교만하였다. 더구나 그는 조나라의 관리로 있다가 무령왕(武靈王)이 사구(沙丘)의 난에서 굶어 죽게 되자 비정하게 그곳을 떠나 위나라로 갔던 자가 아닌가….」
 소왕의 뒤를 이어 연나라의 왕위에 오른 혜왕(惠王)은 일찌기 태자로 있을 때부터 악의를 못마땅하게 여겨 오던 터였다.
 악의가 소왕을 위해 대군을 거느리고 승승 장구 제나라의 즉묵(即墨)을 포위해 제나라를 크게 위협하고 있을 때 공교롭게도 소왕이 세상을 떠났다. 그리고 소왕의 뒤를 이어 혜왕이 즉위함과 동시에 백성들 사이에서는 이상한 소문이 퍼지기 시작했다.
「제나라 민왕(湣王)이 이미 전사했고 제나라에서 아직 함락되지 않은 성은 거(莒)와 즉묵 두 곳뿐인데 악의는 새로 임금이 된 혜왕과 사이가 나빠 전쟁이 끝나 귀환하면 혜왕이 자기를 죽일 것이라 생각하고 있다. 그래서 연나라로 돌아가지 않고 제나라를 친다는 명분을 내세워 적당한 기회에 자신이 거느린 군대를 이끌고 제나라의 왕이 되려고 한다. 때문에 그는 지금 즉묵을 공략하는 척하면서 때를 기다리고 있는 것이다. 제나라 사람들은 아무도 악의를 두려워하지 않는다. 그가 자기들의 왕이 되리라는 것이 거의 확실하기 때문이다. 그러나 만약 악의 대신 다른 장수가 와서 하루 아침에 성을 함락시키지 않을까 두려워하고 있다.」
 이 소문은 드디어 연나라 조정에까지 들어갔고, 그렇지 않아도 악의를 불신해 오던 혜왕은 노기 등등하여 중신들을 불러 모았다.
「보시오. 짐이 태자로 있을 때부터 악의에 대해 석연치 않은 점이 한두 가지가 아니라 하지 않았오? 왕께서 승하하시자 놈은 제나라를 토벌하라고 부왕께서 내어 준 우리 연나라 군사들을 제나라로 이끌고 가서 그곳에서 왕이 되려 하고 있오.」
「대왕께서는 악의가 선왕 생전에 우리 연나라를 위해 충성하였던 일들을 기억해 주시옵소서. 선왕께서 승하하셨다고 해서 연나라를 배반하고 선왕께서 그토록 원한을 품으셨던 제나라와 손을 잡을 그가 아니옵니다.」
「그러하옵니다. 전시에는 원래 적국의 첩자들의 입을 통해 날조된 유언비어가 나돌게 마련입니다. 민심을 혼란시키고 국론을 분열시키기 위한 저들의 책략에 귀를 기울이지 마시옵소서.」
중신들의 이같은 간언에 혜왕은 불같은 호통을 쳤다.
「그대들만이 현명하고 짐은 한낱 허수아비에 불과한 줄 아시오? 소문의 진위 하나 가리지 못할만큼 어리석은 주군인 줄 아시오? 짐이 태자 시절에도 말한 바 있지 않소? 악의는 언제고 우리 연나라를 배반할 위인이라고.」
회의 석상에는 잠시 무겁고 답답한 침묵이 흘렀다. 혜왕의 진노 앞에 중신들은 주눅이 들어 누구 하나 선뜻 나서 말하려는 사람이 없었다.
「그자의 죄로 보아 마땅히 참형에 처해야 할 것이나 제나라와 싸워서 세운 몇 번의 전공을 보아 목숨만은 살려 줄 것이니 이후로 그에 대해서는 두번 다시 말하지 마시오. 누구라도 그를 비호하고 나서는 자가 있다면 그와 함께 삭탈 관직을 당하게 될 것이오. 더구나 제나라 백성은 지금 아무도 악의를 두려워하지 않는다 하지 않소. 이럴 때 저들이 두려워하도록 다른 장수를 대장으로 세워 출전시키면 저들은 사기가 떨어져 쉽게 항복할 것이오.」
이 회의는 혜왕이 중신들의 의견을 묻기 위한 것이 아니라 왕 스스로가 이미 결정한 사실을 선포하는 모임에 불과했다. 중신들은 곁눈질로 서로 옆사람의 눈치만 살필 뿐 감히 입을 여는 사람이 없었다. 당시 혜왕의 중신들 중에는 나라의 장래를 위해 목숨을 걸고 충언할 만한 충신이 없었던 것이다. 「삭탈 관직」이라는 위협에 몸을 사리기에만 급급할 뿐이었다.
다음 날 악의의 군영에는 사자를 통해 다음과 같은 내용의 혜왕의 조서가 전달되었다.
「악의는 제나라를 토벌한다는 구실로 연나라 군사를 이끌고 제나라로 들어가 왕을 자칭하려 했으니 이같은 반역 행위를 그대로 묵과할 수 없노라. 그 죄는 마땅히 참형에 처해야 할 것이나 그 동안 우리 연나라에서 세운 전공을 참작해 참형만은 사하고 대신 상장군의 직위를 박탈하노라.」

즉묵의 함락을 눈앞에 둔 악의로서는 눈앞이 캄캄해지는 충격이 아닐 수 없었다.

「이제 이곳은 내가 있을 곳이 못되는구나!」

그는 자신이 서 있는 곳의 하늘을 바라보았다. 가없이 넓은 하늘 저편에 무상이 넘실대고 있었다.

혜왕이 자신을 미워하고 있었음을 모르는 바는 아니었다. 그러나 이같이 중대한 시기에 그것도 반역의 죄를 뒤집어 씌워 혜왕이 자기를 내치리라고는 꿈에도 생각지 못했던 일이었다. 그러나 이제 모든 것은 끝났다.

「소왕이 세상을 떠난 지금 나 또한 더 이상 이곳에 머물 처지가 못되오. 그동안 생사 고락을 같이 해 온 제장들과 석별의 정도 변변히 나누지 못한 채 떠나게 되는구료. 그동안 내게 부덕한 점이 있었으면 용서해 주시오….」

악의는 목이 메어 장수들 앞에 작별을 고했다. 악의의 지휘하에 승승장구하여 사기가 하늘을 찌를 듯하던 연나라 군사들은 혜왕의 이같은 처사에 분개하지 않을 수 없었다.

「제나라의 마지막 보루인 즉묵이 지금 우리 손 안에 들어와 있는데 우리의 상장군을 내치다니, 우리는 이제 누구를 믿고 싸워야 한단 말입니까?」

군사들은 다투어 악의의 앞을 가로막았다.

「왕명을 거스릴 수 없는 일이오. 이제부터는 기겁(騎劫) 장군이 지휘하실 것이오. 기겁 장군은 나보다 몇 배나 훌륭한 장군이니 장군의 명에 따라 용전 분투해 대승을 거두시오.」

악의는 이리하여 그가 지휘하던 연군의 진지를 떠나고 그 후임으로 기겁이 상장군에 임명되었다.

악의에 대한 이같은 소문은 모두가 제나라에서 밀파된 첩자에 의한 것이었다. 즉묵이 명장 악의가 이끄는 연군에 포위되어 풍전 등화와 같은 위기를 맞자 지모가 뛰어난 제나라 장군 전단(田單)이 전부터 혜왕과 악의 사이가 나쁜 것을 알고 이를 이용해 두 사람 사이를 이간하기 위해 꾸며낸 책략이었다. 이로써 연나라에 대한 전단의 첫번째 계략은 쉽게 성공을 거두었다.

그러면 여기서 잠시 이야기를 소급해 연나라와 제나라 사이에 벌어진 이 전쟁의 발단과 그 때까지의 전황을 간략히 살펴 보기로 하자.
「제나라 역사상 지금처럼 국위를 사방에 떨치고 영토를 넓혔던 시대가 언제 있었던가. 이제 주나라에서 제기(祭器: 황실의 표징)를 내놓을 날도 머지 않았다. 이제 천자를 끼고 제후들을 지휘하는 것이 내가 할 일이다.」
초나라 토벌에 이어 삼진(三晋: 위·조·한)을 깨뜨리고 송나라를 멸망시켜 천여 리의 땅을 넓힌 제나라 민왕(湣王)의 지나친 교만은 다른 제후국들에게는 물론 자국의 백성들에게까지도 혐오의 대상이 되었다. 왕이 아무리 높은 위엄을 갖추고 세력이 땅끝까지 뻗쳐 있다 해도 민심을 얻지 못하고 또 이웃 나라들로부터도 외면을 당할 경우 그는 이미 한 나라를 통치하는 왕으로서의 자격을 상실한 것이나 다름이 없다.
연나라의 소왕은 그렇지 않아도 선왕인 역왕(易王) 때 제나라의 선왕(宣王)이 연나라의 국상을 틈타 10개의 성을 빼앗고 짓밟은 일에 원한이 맺혀 한시도 제나라를 향한 원한의 칼을 놓지 않고 있었다. 그러나 당시 연나라의 약한 국력으로 제나라를 제압한다는 것은 어림도 없는 일이었다. 국력을 다지기 위해서는 무엇보다 먼저 인재가 필요하다고 절감한 연의 소왕은 곽외(郭隗)를 불러 말했다.
「선왕 때에 제나라가 우리의 국상을 틈타 유린한 일은 그대도 잊지 않았을 것이오. 연나라가 지금은 비록 작고 힘이 없어 강대국 제나라에 대한 보복을 한다는 것이 힘든 일인 줄 알고 있으나 널리 인재를 모아 지혜를 합하면 그 때의 치욕을 씻을 수 있으리라 믿어지오. 선왕 때의 치욕을 씻음이 내 소원이니 그대는 마땅한 인재를 추천해 주기 바라오.」
이에 곽외는
「대왕께서 어진 인재를 구하시려면 먼저 신에게 예를 갖추어 그 모범을 보이도록 하십시오. 그렇게 하면 신보다 어진 인재들이 대왕께로 모여들 것이옵니다.」
라고 말했다. 곽외의 말은 그대로 적중했다. 소왕이 곽외를 위해 저택을 새로 짓고 스승의 예로 대우하자 이 소문을 들은 인재들이 사방에서 다투어 모여들었다. 악의와 소왕의 만남도 이 때 이루어졌다.
악의는 위나라 문후(文侯) 때의 장수 악양(樂羊)의 후손으로 인물됨이 현명하고 용병술에 뛰어난 사람이었다. 앞에서도 잠시 언급했듯이 일찌기 그는 조나라에 등용되었다가 조나라의 무령왕이 사구의 난에서 죽게 되자 모국인 위나라로 돌아갔다. 그러던 중 연나라 소왕의 소문을 듣고 위나라의 사자가 되어 연나라로 갔던 것이다. 연나라에 온 악의는 소왕이 자신을 빈객의 예로 대우하려 하자 이를 사양했다.

「어찌 소신이 대왕의 빈객으로 대접받을 수 있겠아옵니까. 소신이 원하는 것은 대왕의 충직한 신하가 되는 것 뿐이옵니다.」

소왕은 내심 크게 기뻐하며 그를 아경(亞卿)으로 삼았다.

「제나라에 대해 선왕대의 원수를 갚을 계책을 알려 주시오.」

어느날 소왕은 아경이 된 악의를 불러 이렇게 말했다.

「제나라는 환공 이래로 그 세력이 강대해져서 영토가 넓고 인구도 많은 나라이옵니다. 그러므로 연나라 혼자 힘으로 제나라를 공격한다는 것은 어려운 일입니다. 대왕께서 제나라를 치고자 하신다면 먼저 다른 제후국들과 힘을 합하지 않으면 안 됩니다. 지금 대부분의 제후들이 민왕의 교만함과 포악함을 미워하고 있는 중이니 이 때야말로 그들과 연합하여 제나라를 치기에 가장 적기인 줄 아옵니다.」

악의의 이같은 진언에 동석했던 태자가 강력하게 반대하고 나섰다.

「지금 합종의 주역은 다름아닌 제나라이옵니다. 제나라의 민왕이 아무리 제후들 사이에서 불만을 사고 있다고 해도 강대국인 만큼 약소 제후국들은 위험을 무릅쓰고까지 합종을 파기하려 하지 않을 것입니다. 아무 득도 없는 일에 우리 연나라와 같은 약소국과 연합하여 제나라와 싸우고자 하는 나라는 하나도 없을 것입니다. 잘못하면 제후국들로부터 고립을 당하게 될 뿐 아니라 사전에 제나라에 이 사실이 알려지는 날에는 한 번 싸워 보지도 못하고 멸망을 당하고 말 것입니다. 섣불리 섶을 지고 불로 뛰어드는 어리석은 짓은 하지 말아야 합니다.」

태자의 이같은 반대 의견에도 불구하고 소왕은 악의의 진언을 받아들여 악의로 하여금 그 일을 적극 추진토록 명했다. 악의의 정열적인 활약과 설득으로 태자의 우려와는 달리 제후국들과의 합종은 쉽게 이루어졌다. 이 일은 태자의 자존심에 심한 상처를 입혔고 악의에 대한 태자의 반감과 증오는 이 때부터 격심해졌다.

제후국들이 연합하여 독주하는 제나라를 쳐야 한다는 악의의 연합군

형성 제의에 제후들은 기다렸다는 듯이 쌍수를 들어 환영하였다. 제나라를 쳐서 민왕을 항복시키는 일이야말로 제후들로서는 십년 묵은 체증이 뚫리는 후련함이 아닐 수 없었다.

이리하여 악의의 지휘로 출전한 조·초·한·위·영의 연합군은 제수(濟水)의 서쪽에서 제나라 대군을 섬멸시킴으로써 승리의 서전을 장식했다. 아무리 막강한 국력과 병력을 자랑하던 제나라라 할지라도 5개국이 뭉친 연합군의 세력 앞에는 당할 수가 없었던 것이다.

악의가 이끄는 연합군은 제나라 군사를 추격하여 제나라 수도 임치(臨淄)까지 육박하였다. 민왕은 제수 서쪽에서 연합군에 패하자 이미 도성 임치를 버리고 거성(莒城)으로 도망가 항전은 감히 생각지도 못하고 방어만 하고 있었다. 민왕이 떠나고 없는 임치성에서 제나라 군사들은 성문을 굳게 닫고 몸을 사렸다.

「제나라 군사들은 듣거라! 너희들의 주군 민왕은 혼자 목숨을 구하기 위해 도성도 백성도 모두 버려둔 채 몸을 피했다. 그가 평소 얼마나 교만하고 포악한 정치를 베풀어 왔는지를 우리는 잘 알고 있다. 우리는 이제 성문을 열고 항복하는 자마다 후대하여 많은 땅을 소유하게 하고 안락한 삶을 누리게 해 줄 것이다.」

성을 완전히 포위한 악의는 이렇게 제나라 군사들에게 항복할 것을 권유하였다. 그러나 성안의 제군은 끝내 항복을 거부했다. 많은 인명의 희생과 파괴가 따르는 공격을 피하려던 악의는 공격이 불가피하다고 판단, 전군에 총 공격령을 내렸다. 제군의 저항은 의외로 완강했다. 사흘 동안의 집중 공격 끝에 임치성을 함락시킨 악의는 궁전에 쌓인 모든 재물과 보화, 제기(祭器) 등을 빼앗아 연나라로 복속시켰다.

그 공로에 대한 표창으로 소왕으로부터 창국군(昌國君)에 봉함을 받은 악의는 계속해서 군대를 이끌고 항복하지 않은 제나라의 성을 차례로 공격하여 짧은 시일에 70여 성을 함락, 연나라에 복속시켰다.

소왕의 기쁨은 어디에도 비할 수 없었다. 이제 제나라의 함락되지 않은 성은 거와 즉묵 두 곳 뿐이었다. 민왕이 거성에 머물고 있다는 정보에 따라 악의는 주력군을 총 동원하여 거성을 공격하였다. 연합군의 공격으로 거성의 한 귀퉁이가 무너지기 시작한다는 급보에 접한 민왕은 황급히 성의 뒷문으로 빠져나가다가 초나라 장군 요치(淖齒)의 칼에 최후를 마친다.

거성을 함락한 연나라 군대는 계속 동으로 진군하여 이제 육지의 고도와 다름없는 제나라의 마지막 성 즉묵을 포위하였다.

이 때 즉묵의 수비 대장은 용병술과 지모가 뛰어난 전단이었다. 그러나 아무리 용병술이 뛰어나다 해도 악의에게만은 당해낼 수 없다고 판단, 앞에서 썼듯이 계책을 쓰기에 이르렀던 것이다.

혜왕과 악의 사이를 이간하여 악의로 하여금 연군의 진중에서 떠나도록 하는데 성공한 전단은 또 다시 연나라 진중에 첩자를 밀파하였다.

얼마 후 연나라 군사들 사이에서는 이같은 소문이 나돌기 시작하였다.

「즉묵의 수비 대장 전단은 지금 우리 연나라 군사들이 항복한 제나라 군사들의 코를 베어 그들을 전열의 맨앞에 세우고 진격해 올까봐 두려워서 전전긍긍하고 있다. 제나라 항복군들의 그같은 참혹한 모습을 보면 즉묵의 군사들은 미구에 자기들에게도 닥칠 그같은 끔찍한 운명이 두려워 감히 싸워 볼 엄두도 못내고 그대로 패하고 말 것이라면서 걱정하고 있다더라!」

군사들 사이에서 퍼지기 시작한 이같은 소문은 이내 상장군 기겁의 귀에까지 들어가게 되었다.

「그래? 즉묵의 군사들이 겁장이란 사실은 알고 있었지만 그 정도일 줄이야…. 군사들의 사기가 그 정도로 떨어져 있다면 전단이 제아무리 용병술에 뛰어나다 해도 어쩔 수 없는 일이 아니겠는가!」

그날 밤 두 다리를 펴고 기분좋게 단잠을 자고난 기겁은 다음날 아침 항복해 온 제나라 군사들을 일열로 세워 놓고 비수로 그들의 코를 베어내게 했다. 참살을 방불케 하는 비명 소리와 함께 피비린내가 진중에 가득하였다.

코가 잘리운 채 피투성이가 된 항복군을 전열의 앞줄에 세운 기겁은 의기 양양하여 성을 향해 공격해 들어갔다. 연나라 군사들의 이 끔찍한 만행이야말로 모두가 전단의 계책에서 나온 것이었지만 그러한 내막을 알리가 없는 즉묵의 백성들은 그 참혹한 광경에 치를 떨었다. 그들의 가슴에는 연군에 대한 적개심이 불일듯 일어나고 있었다.

「성을 굳게 지켜라! 이 성과 함께 죽을망정 저 야비하고 잔인한 연나라 군사들에게 불잡혀 욕을 당할 수는 없다.」

그들은 이렇게 다짐하며 성에 대한 수비를 더욱 굳게 하였다.

두번째 계략에 의해 즉묵 백성들의 마음을 하나로 단합시키는데 성공한 전단은 세번째로 연나라 진영에 첩자를 밀파하여 다시금 다음과 같은 소문을 퍼뜨리게 하였다.
「즉묵의 백성들이 즉묵을 굳게 지키고자 하는 것은 그들 조상의 무덤이 그곳에 있기 때문이다. 즉묵의 백성들은 예로부터 조상의 무덤을 매우 소중히 여긴다. 지금도 행여나 연나라 군사들이 그들 조상의 무덤을 파내어 조상을 욕되게 하지 않을까 심히 두려워 하고 있다. 만약 연나라 군사들이 그같은 짓을 한다면 즉묵의 백성들은 그만 그 묘지의 황폐함을 보고 즉묵에 대한 애착을 버리고 말 것이다. 그래서 즉묵을 지키고자 하는 사기마저 떨어져 버리면 즉묵을 함락하는 일은 손바닥 뒤집기보다 쉬운 일이 아니겠는가!」
첩자가 퍼뜨린 이 소문 역시 기겁에게로 들어갔다. 위인이 용렬하기 짝이 없는 기겁은 이것이 모두 전단의 계략인 줄은 모르고 마치 큰 수라도 만난듯 기뻐 무릎을 쳤다.
이튿날 기겁은 군사들로 하여금 즉묵에 있는 무덤을 파헤쳐 유해를 끄집어 내게 했다. 산더미처럼 쌓인 유해에 기름을 붓고 불을 붙이니 검은 화염과 함께 시체 타는 냄새가 천지에 가득하였다.
성 위에서 이 광경을 지켜보던 즉묵의 백성들은 비분의 눈물을 흘리며 절치 부심했다.
「연나라 야만인들의 저같은 만행을 더 이상 보고만 있을 수 없다. 우리는 목숨을 내어 놓고 단호히 저들과 싸워야 한다. 조상의 묘까지 파헤쳐진 지금 무엇이 두려울 것인가!」
죽음을 각오한 그들에겐 이미 두려울 것이 없었다. 즉묵 백성들의 전의가 하늘을 찌를 듯이 높아지자 전단은 내심 쾌재를 부르며 이윽고 본격적인 작전에 임했다. 그는 백성들 중에서 날쌔고 용감한 자들을 선발, 무장시켜 성 안에 숨어 있게 하고 노약자와 부녀자만을 성위에 오르게 한 후 첩자를 성 밖으로 보내
「지금 즉묵의 백성들은 연나라에 항복할 뜻을 보이고 있다!」
는 소문을 퍼뜨리는 한편 백성들로부터 많은 돈을 거둬들인 뒤 즉묵의 부호들로 하여금 이 돈을 연나라 장수에게 갖다 바치게 하였다.
용렬한 기겁의 휘하에서 연나라 진영은 지휘자의 위치에 있는 장수들

로부터 군졸에 이르기까지 군기가 형편없이 해이해져 있었다. 즉묵의 부호들로부터 거금을 받은 연나라 장수들은 입이 헤벌어지도록 좋았다.
「부탁입니다. 즉묵이 만약 항복을 하게 되면 내 가족과 처첩들만은 포로로 하지 말고 그저 목숨만 살려 주십시오.」
제발로 걸어 와 거금을 쥐어 주며 애걸하자 연나라 장수들은 이미 싸움이 끝나기라도 한듯 승리감에 도취되어 경계를 완전히 풀었다.
즉묵의 부호들이 연의 장수들을 만나 이렇게 방심시키고 있을 때 전단은 성중에 있는 소 천여 마리를 징발해 비단으로 옷을 만들어 입힌 뒤 다섯 가지 색깔로 용의 무늬를 그려 넣었다. 뿔에는 칼과 창을 묶어 달고 꼬리에는 기름에 적신 갈대를 다발로 묶어 놓았다. 그리고는 성벽 천여 군데에 구멍을 뚫어 완전 무장한 5천 명의 용사를 대기시켰다.
이렇게 해서 전단이 계획한 기습 작전 준비는 이제 완전 무결하게 갖추어진 셈이다. 만물이 깊이 잠든 밤, 전단은 공격 명령과 함께 소꼬리에 묶은 갈대 다발에 일제히 불을 붙여 성벽에 이미 뚫어 놓은 구멍으로 내보내고, 5천 명의 용사들로 하여금 그 뒤를 따르게 하였다. 꼬리에 불이 붙자 뜨거움을 견디지 못한 소들은 미친 듯이 연군의 진영을 향해 내달았다. 마음 놓고 깊은 잠에 빠졌던 연나라 군사는 아닌밤중에 괴수들의 난입에 크게 당황했다. 꼬리에서 횃불이 눈부시게 타오르며 휘황한 화광을 발하고 있고 몸은 용의 무늬로 뒤덮인, 전설에서나 나타남직한 괴상한 짐승들이 이리 뛰고 저리 뛰며 닥치는대로 아무에게나 덤벼드는 것이었다. 불시에 일을 당한 연나라 군사들은 순식간에 아비 규환의 생지옥을 연출하였다. 연군의 진영은 화우(火牛)의 진으로 화했고 성이 나서 길길이 뛰는 소에게 밟히거나 쇠뿔에 받혀 죽은 시체들이 삽시간에 들판에 즐비했다. 살아 남은 군사들이 피할 길을 찾아 우왕 좌왕하고 있을 때 5천명의 제나라 용사들이 그 뒤를 따라 무찔러 들어왔고, 그와 때를 같이 하여 성벽 위에서는 요란한 북소리와 함성을 지르며 노약자와 부녀자들까지도 모두 유기 그릇을 들고 나와 마구 두드려 굉음을 내니 연나라 진영은 그야말로 세상의 종말을 맞은 듯한 공포에 휩싸이고 말았다. 연나라 장수 기겁은 마침내 제나라 군사들에 의해 목숨을 잃었고 살아 남은 군졸들은 혼비 백산하여 밤길을 더듬어 도망쳤다.
제나라 군사는 그 승세를 몰아 패퇴하는 연군을 맹추격하였다. 칠흑같은 밤, 퇴로가 막힌 탓도 있었지만 수만 명의 패잔병들이 연을 배반하고 전단의 휘하로 들어갔다. 전단은 증강된 병력으로 연군을 계속 추격하여 마침내 황하 유역에 이르렀다. 이로써 소왕 때 악의에게 빼앗겨 연나라에 복속되었던 70여 성 모두를 다시 수복하였던 것이다.

멸망의 위기에 처했던 제나라는 전단의 이같은 활약으로 다시 국운을 회복하고 산속으로 피신해 있던 민왕의 아들을 찾아 내어 양왕(襄王)으로 즉위시켰다. 그들이 서둘러 왕을 즉위시킨 사연으로 다음과 같은 이야기가 전해진다.

당시 제나라 획읍(劃邑)이라는 땅에 왕촉(王蠋)이라는 선비가 있었다. 그의 높은 지혜와 어진 인품은 연나라에까지 소문이 날 정도였다. 처음 연나라 군사가 제나라를 침공했을 때 왕촉의 이같은 소문을 알고 있던 악의는 획읍의 둘레 30리 안에는 절대로 들어가지 말도록 군중에 엄명을 내렸다. 왕촉을 보호하기 위해서였다. 그래서 제나라 전토가 전화에 휩쓸려 있을 때도 이곳 획읍만은 성역처럼 평화로왔다.

악의는 그의 사자를 왕촉에게 보내

「많은 제나라 사람들이 선생님의 고결한 절의를 높이 우러르고 있음을 소장은 잘 알고 있읍니다. 소장은 선생님을 우리 연나라의 장군으로 삼고 1만호의 고을을 봉하도록 주군께 주청하고자 합니다.」

라고 전하게 했다. 왕촉은 그러나 악의의 이같은 제의를 끝내 사절하였다. 그의 인물됨을 끝까지 아끼고 싶었던 악의로서는 안타까운 일이 아닐 수 없었다. 이번에는 악의가 직접 왕촉을 찾아갔다.

「선생님이 끝까지 나의 제의를 거절하신다면 이 획읍도 다른 제나라 땅과 같은 운명에 처하게 될 것입니다. 숙고해 주십시오.」

악의는 거의 협박조로 말했다. 왕촉은 그러나 얼굴빛 하나 변하지 않고 의연한 자세로 말하였다.

「충신이 어찌 두 임금을 섬기고, 열녀가 어찌 두 지아비를 섬길 수 있겠오. 제왕이 일찌기 나의 간언을 듣지 않고 장의(張儀)의 꾐에 빠져 나라를 피폐하게 만들고도 교만을 버리지 못해 약한 제후국들을 공략하여 진(秦) 나라만을 유리하게 만들어 가고 있기에 나는 초야에 묻혀 농사나 지으려고 이곳으로 왔오이다. 이제 나라는 이미 깨어지고 임금은 죽었으니 나는 능히 이 획읍 땅 하나도 보전할 수 없게 되었오. 이제 연나라에서 무력으로 나를 위협하니 의가 아닌 것에 연연하여 구차한 목숨을 보존하느니보다 차라리 죽음을 택하겠오.」

말을 마친 그는 나뭇가지에 목을 메고 스스로 줄을 당겨 목숨을 끊고 말았다.

전란에 쫓겨 살 길만을 찾아 도망쳤던 제나라의 대부들은 이 소문을 듣고 왕촉의 충절에 감동되어 스스로 부끄러워하며 거성으로 모여들어 서둘러 양왕을 즉위시켰던 것이다.

왕촉이 말한「충신은 두 임금을 섬기지 않고 열녀는 두 지아비를 섬기지 않는다」는 후세 사람들의 귀감이 되고 있다.

■ 반간계 2

1941년 12월 7일. 태평양 전쟁의 서막이 되었던 일본 함대의 미해군 기지 진주만에 대한 기습 공격은 큰 성과를 거두었다.

미 해군의 피해는 정박하고 있던 태평양 함대 94척의 18%, 그 가운데서도 전함 8척은 100%의 피해를 입었다. 거기다 항공기는 544대 가운데 88%가 피해를 입었으며, 불과 2시간의 전투에서 전사자 2,404명 등의 막대한 손실을 내었다.

한편 일본군의 손실은 항공기 29대, 전사자 50여 명에 지나지 않았다.

이처럼 일본군이 기습 작전에 성공한 것은 단 한 사람의 첩자에 의한 것이었다. 당초 이 작전을 성공시키는 데는 여러 가지 어려움이 따랐다. 무엇보다 어려운 것은 공격 목표인 진주만의 천기(千氣)였다. 한 달이면 7일밖에 작전이 가능하지 않은 천기에 맞춰 미군 정찰기에 발견되지 않고 진주만에 접근할 수 있느냐 하는 것부터가 문제였다. 공격에 참가하는 강력한 항모 기동 함대의 편성과 훈련, 얕은 해면에 정박하고 있는 군함을 공격하기 위한 새로운 항공기용 어뢰의 개발, 하와이로 가는 진공로의 선정, 그리고 항해 중 함선에 대한 연료 보급 등의 문제가 있었다.

그리고 또 진주만 공격의 성패를 결정하는 중대한 요소는 공격 목표가 되는 미국 태평양 함대의 주력 부대가 과연 때맞춰 진주만에 정박하고 있는가의 여부였다. 가령 일본의 기동 함대가 진격하는 도중에 상대편에게 발견되지 않았고 또 기상도 좋아서 공격 비행기를 발진시켜 진주만으로 쳐들어간다 해도 목표로 삼았던 태평양 함대가 연습이나 훈련을 위해 기지를 떠나 진주만에 없다면 어떻게 될 것인가. 이렇게 되면 일본 해군은 개전 벽두부터 치명적인 오산을 범해 전쟁을 파국으로 몰고 갈 위험이 있는 것이다.

그래서 일본 해군의 군령부(軍令部)는 일찍부터 호놀룰루 주재 일본 총 영사관에 주목, 외무부의 양해를 얻어 해군의 정보원을 영사관원으로 주재시키도록 했다. 그의 본명은 요시가와(吉川猛夫)였으나, 이름을 바꾸어 모리무라(森村正)라 했다. 외무성의 서기생(書記生) 시험을 거쳐 정식으로 외무성 직원록에도 등록되어 1941년 3월 20일 일본을 출발하여 하와이로 갔다. 그는 외교관으로 가장하고 중요한 군사 정보 수집에 전력을 기울였다. 물론 같은 공관원들조차 그가 첩보 활동을 하고 있는 것을 몰랐다.

우선 그에게 주어진 임무는, 시기별로 본 진주만 정박의 미 함선의 종류와 수, 항공 기지에 배치된 항공기의 종류와 대수, 진주만을 기지로 하는 함선의 동정, 방공 상황(防空狀況), 항공기와 함선에 의한 초계, 함선 및 군사 시설의 보안 조치 등을 정확히 파악하는 것이었다.

그는 진주만을 바라볼 수 있는 길로 자주 자동차를 몰고 다니며, 일본인 2세 여인과 데이트를 즐기는 듯 위장하면서 정보 수집에 바빴다. 그는 미 정보 기관의 경계를 늦추기 위해 해변가에 차를 세워 놓고 그 안에서 여자와 시시덕거리며 치한(癡漢)처럼 행동하기도 했다.

그러나 일본군의 인도차이나 공격으로 미국과의 관계가 악화되자 그의 활동에는 여러 가지 까다로운 제약이 가해졌다. 미 정보 기관의 감시도 더욱 심해졌다. 그렇다고 시간을 다투는 그의 임무를 미루거나 포기할 수는 없었다. 그는 요일별로 함선의 종류 및 수를 면밀히 파악함과 동시에 연인과 함께 수영과 낚시를 하면서 군사상 중요한 해안의 수중 장애물 및 조류(潮流) 관계 등을 조사하였다.

며칠 후 그는 해군 군령부로부터 정박 함선의 총 척수, 전함 및 항모의 정박 위치 등 총 97개 항목에 달하는 질문서와 함께 가급적 속히 회답하라는 지령문을 받았다.

그는 밤을 새우며 지난 7개월 동안 피나는 노력으로 수집한 정보에 의거해 97개 항목에 대한 보고서를 만들어 제출했다.

날이 갈수록 점점 보고를 요구하는 회수가 많아지더니 12월 2일부터는 미태평양 함대의 동정에 대해 매일 보고하라는 명령이 떨어졌다. 바야흐로 전쟁 개시가 임박했음을 느끼게 하는 상황이 전개되고 있었다. 그는 12월 6일 마지막 보고를 했다.

「진주만에 정박한 함선은 다음과 같다. 전함 9척, 경순양함 3척… 항공모함과 중소양함은 전부 출항하고 없음. 함대 항공대에 의한 공중 정찰은 실시되고 있지 않음.」

그는 이 보고서의 암호문을 밤 9시에 끝내고 송신했다. 연일의 격무로 시달린 그는 밤 12시가 넘어서야 침대로 들어가 깊은 잠에 빠졌다. 다음 날, 즉 12월 7일 일요일 아침 갑자기 들려온 비행기의 폭음 소리에 그는 잠을 깼다. 잠옷 바람으로 밖으로 뛰쳐나가 보니 일장기가 붙은 수십대의 비행기가 진주만의 미함선과 비행장을 공격하고 있었다. 그는 하늘을 쳐다보면서 일본 항공기에게 성원을 보냈다. 그의 두 볼에서는 어느덧 뜨거운 눈물이 흘러내리고 있었다. 자기가 한 일에 대한 보람의 눈물이었으리라.

1941년 11월 26일 일본 해군 사상 최강의 연합 기동 함대는 쿠릴 열도에 있는 기지를 출발하며 이윽고 진주만 공격의 원정길에 올랐다. 바로 이날 미국 워싱턴 해군 정보부는 「일본 함대 소재 보고」에서 일본 기동함대의 항공 모함 및 전함의 소재를 일본의 사세호나 구레, 또는 큐슈 남방에 있는 것으로 추정하고 있다.

한편 미 태평양 함대 정보 참모 레톤 소령이 사령관 킴멜 제독에게 제출한 「1941년 11월 30일 현재 일본 항공 모함의 소재 추정」에는 제1 항공전대(赤城, 加賀)와 제2 항공 전대(蒼龍, 飛龍)의 소재가 기입되어 있지 않았다. 킴멜은 레톤 소령을 사령관실로 호출하여 이들 항공 모함의 소재를 물었다. 레톤은

「최근 적당한 정보를 입수하지 못하여 확실치 않지만, 본인의 추정을 요구하신다면 이들 항공 모함은 구레 군항(吳軍港) 방면에 있다고 판단됩니다.」

라고 대답했다. 그러자 킴멜 제독은 언성을 높이며 주먹으로 책상을 쳤다.
「무엇이라고, 자네는 제1 항공 전대와 제2 항공 전대의 소재를 모른다는 말인가?」
 판단에는 언제나 확실한 근거가 뒷받침되어야 한다. 그래서 레톤 소령은 솔직하게 대답하였다.
「알지 못합니다. 일본 본국의 수역에 있는 것으로 생각하지만 확실한 소재는 알지 못합니다. 그 외의 함선의 소재에 대해서는 자신이 있읍니다.」
 킴멜 제독은 화가 치밀었다. 태평양 함대의 정보 참모가 적(그때까지는 가상 적)의 주력 함대의 소재조차 파악하고 있지 못하다니 말이나 되는 일인가. 그는 레톤 소령을 노려보며 물었다.
「설마 일본의 제1 항공 전대와 제2 항공 전대가 진주만 가까이 왔는데도 모른다는 애기는 아니겠지?」
 실은 그랬다. 이 때 일본의 연합 기동 함대는 숨을 죽이며 진주만을 향해 항해를 계속하고 있었다. 여기에 대해 레톤 소령은 이렇게 답변할 수밖에 없었다.
「저는 그 항공 모함이 그 때까지 발견되기를 희망합니다.」
 일본의 대 기동 함대가 이미 서반구(西半球)에 진입해 있는데도 미국 해군 정보부가 작성한「일본 함대 소재 보고」는 진주만 공격의 주력 부대의 소재를 여전히 일본 본토 수역으로 판단하고 있었다. 그러나 마침내 운명의 날, 1941년 12월 7일 일요일 오전 7시 49분, 일본의 1차 공격기 183대는 진주만의 미 함정을 향해 공격을 개시했다. 태평양 함대 사령부 당직 참모 머피 중령은 킴멜 사령관의 이름으로 스타크 해군 작전 부장 및 태평양 함대 각 사령관에게 다음과 같은 급전을 보냈다.
「진주만 공습, 연습이 아니다!」
 일본 해군은 진주만 공격을 성공시키기 위해 첩보 활동으로 정보를 수집함과 동시에 기만책을 사용했다. 즉 진주만을 향해 항진하는 기동 함대에 대해서는 일체 전파를 발신하지 못하게 하는 한편 다른 함선으로 하여금 전파를 발신케 함으로써 항모가 일본 근해에 있는 것처럼 위장한 것이다. 그리고 미국을 향해 정상적으로 기선을 12월 2일에 출항시켰다. 12월 5일 토쿄 시내에서는 해군 수병들 수천 명으로 하여금 시내 구경을 하도록 하는 등 일련의 기만 전술을 병행했던 것이다.

그로부터 약 6개월 후인 1942년 5월 15일 니미츠 제독은 휘하의 모든 함선에 대해 진주만에 집결할 것을 명했다. 5월 24일 최초로 미드웨이 서방의 초계를 위해 미 잠수함 부대가 진주만을 출항했다. 다음 날인 25일 새로운 흥분이 진주만에 일어났다. 마침내 미 해군 전투 정보대는 훌륭한 업적을 세웠다. 즉 일본 함대의 작전 계획의 전모를 밝히는 일본측 통신문을 입수 해독하는 데 성공했던 것이다. 이 통신문 해독에 의해 일본 해군의 각 부대, 함선, 지휘관 그리고 항로와 공격 시기 등이 정확히 판명되었다. 공격 시기는 6월 3일에서 5일 사이였다.

로체호트가 일본 해군 기동 함대의 작전 계획을 보고하자 평소 침착하고 온후한 니미츠 제독의 표정에도 어느덧 긴장과 흥분이 감돌기 시작했다.

한편 일본의 기동 함대는 5월 27일부터 각 항구를 출항했고, 5월 29일 야마모토(山本五十六) 장군이 직접 지휘하는 주력 부대가 히로시마만을 출항했다. 이 때 일본 함대는 전함 11척, 항공 모함 8척, 순양함 23척, 구축함 65척, 기타 보조함을 합하면 무려 190척에 달하는 대함대였다.

한편 미 해군은 엔터프라이즈 및 호넷의 항공 모함을 기간으로 하는 제16 임무 부대 및 항모 요크타운을 중심으로 하는 제17 임무 부대가 모두 진주만에서 출격하여 미드웨이 북동 300마일 집결점에서 합동하여 일본의 항공 모함을 측익(側翼)에서 기습할 태세를 갖추고 있었다.

그러나 일본은 이러한 미국 함대의 동정을 어떻게 파악하고 있었던가. 이 작전의 성패의 열쇠를 쥐고 있었던 나구모(南雲) 부대의 적정 판단은,

1. 적 함대는 우리의 미드웨이 공략 작전이 시작되면 출동하여 반격해 올 공산이 크다.
2. 적은 우리의 기도(미드웨이 공략)를 알지 못하고 있다.
3. 적의 기동 부대는 부조 해역에서 행동하고 있지 않다.
4. 미드웨이를 공습하여 적의 기지 항공 병력을 격멸한 후 적의 기동 부대를 격멸할 수 있다.

이같이 퍽 자신에 넘친, 그리고 희망적인 관측으로 임했다.
6월 4일 아침 정찰 중이던 미군 비행정에서 엔터프라이즈호로 보고가

들어왔다.
「미드웨이 북방 700마일 해상에서 일본 주력 함대 항진 중!」
 일본의 대함대는 미군의 기동 함대가 미리 그물을 쳐놓고 기다리고 있는 줄도 모르고 마음놓고 들어오다가 불의의 기습 공격을 받았다. 순식간에 주력 항공 모함 4척이 격침당하고 함재기 250대를 상실했다. 이 해전의 참패로 잠시 일본이 장악했던 태평양에서의 제공권 및 제해권은 미국으로 넘어갔다.
 미드웨이 해전의 영웅 스프류안스 제독은 다음과 같이 회상하고 있다.
「미드웨이 해전의 승리는 먼저 제1급 정보의 입수가 그 주요 원인이었다. 다음은 여기에 바탕을 두고 대담하고 용감한, 그리고 현명하고 천재적 자질을 유감없이 발휘한 니미츠 제독의 판단과 조치에 의한 것이었다.」
 한편 당사자인 니미츠 제독은 다음과 같이 말하고 있다.
「미국은 일본의 암호 전문을 해독, 일본군의 작전 계획에 관한 정보를 완전하고 정확하게 파악할 수 있었다. 입수된 정보는 일본군의 목적, 일본 함대의 편성의 개요, 접근 방향 및 공격 실시의 대체적인 시일에 관한 것이었다. 이러한 적정(敵情)을 알고 있었다는 것이 미군측의 승리를 가능케 했다. 16세기 말엽 이씨 조선의 이순신 함대에 패한 이래 두 번째로 당한 일본의 대패배였다.」
 지난 9월호 어느 외국 잡지에는 다음과 같은 재미있는 글이 실려 있었다. 대충 의역해서 여기에 옮겨 보기로 한다.
「…지금 자유중국과 중공 사이에서는 현실의 벽을 깨려 어떤 흐름이 일어나고 있는 것 같다. 이전에 없던 일들이 벌어지고 있기 때문이다. 지난 8월 5일에 있었던 중화 항공(CAL)기 기체 반환을 위한 자유중국과 중공간의 직접 대좌가 그렇고 일본 《마이니치》 신문이 9일 보도한 자유중국 장경국(蔣經國) 총통의 국공 회담 제의가 그렇다. 자유중국은 지금까지 중공에 대해 만나지도, 협상도, 타협도 하지 않는다는 이른바 3불 정책으로 일관해 왔다.
 그런 자유중국의 장총통이 등소평 앞으로 서한을 보내 국공 회담 개최를 제의했다는 것이다. 물론 자유중국 당국은 이같은 보도를 공식적으로는 부인하고 나설 것이 틀림없다. 그러나 키신저의 북경 잠입 때에도 그랬던 것처럼 새로운 사태 전개가 언론 매체에 앞질러 보도되는 것은 흔히 있는 일이다.

　여기서 우리의 관심을 끄는 것은 북경 출신으로 미국의 센노드 장군과 결혼한 진향매(陳香梅)라는 여인이다.

　일부에서는 진향매가 레이건의 밀사 역할을 하고 있는 것으로 보고 있다. 실제로 진향매는 1년에 몇 차례씩 북경과 대북을 번갈아 방문하고 있다.

　대북에서 아침에 장총통과 만난 뒤 저녁에는 북경의 인민 대회당에서 등소평의 영접을 받고 있다. 따라서 장총통의 이번 서한을 등소평에게 전달한 것도 바로 진향매였다는 것이다.

　특히 재미있는 것은 자유중국의 행동으로, 3불 정책에 수정을 가한 CAL기 송환 협상 때도 국제 정치의 뒷무대에서는 여러 가지 이야기들이 나돌았다는 사실이다. 자유중국의 장총통이 노선 수정에 따른 안으로의 충격을 최소화하기 위해 아들처럼 믿어 왔던 CAL기 기장 왕석작(王錫爵)으로 하여금 망명극을 벌이도록 했으며 이 망명극은 북경과 대만에 의해 사전에 교묘하게 연출됐다는 것이다.

　이 망명극 연출을 측면에서 지원한 사람이 진향매라는 것이다…」

대충 이런 내용의 이야기다. 진위야 아직 알 수 없지만 만약 그것이 사실이라면「36계」본고장에서 벌어진 변형된 현대판「반간계」가 아닌가 싶다.

　마키아벨리는 그의《정략론》과《군주론》에서「군주는 장군의 명성을 좋아하지 않는다」그리고「군주의 두뇌(통치력) 정도는 그의 재상을 보면 안다」고 주장, 인간 관계의 어려움을 한탄하고 있다.

　우리들의 경우에도 사장의 가치는 자기보다 우수한 중역을 몇이나 가지고 있는가로 정해지지만 그 반면 중역의 평판이 자기보다 좋아지는 것을 사장은 좋아하지 않는다. 이는 인간의 본성에 연유하는 것으로 어쩔 수 없는 일이기는 하나 이런 곳에 의식적 혹은 무의식적인 모략이 외부로부터 가해질 때 불행한 사태가 초래된다.

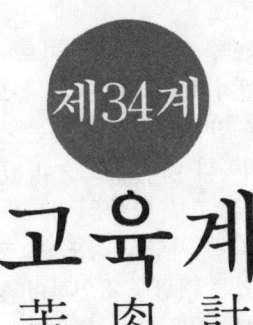

고육계
苦肉計

내 몸을 상하게 하여 거짓을 진짜로 보인다

사람은 누구나 자기 몸을 해하려고 하지 않는다. 그러므로 상해를 입은 듯이 보일 때 틀림없는 사실이라고 생각하게 된다. 거짓을 진짜처럼 보이고 또한 적에게 그것이 거짓이 아니라 진실이라고 믿게 할 수 있다면 이간지계(離間之計)는 실현된다.

간자(間者)는 모순을 이용, 적이 서로 모함하도록 조작하고 또 반간은 이편을 이간하려고 하는 적의 음모를 이용, 그 계략을 꿰뚫어 보고는 거짓을 진짜로 보이게 하는 것이다.
　　또 고육지계란 이쪽의 내부에 모순이 있는 것처럼 보여 주고 이를 틈타 적이 다시금 첩보 활동을 하도록 유도하는 것이다. 대체로 자기와 사이가 나쁜 사람을 의도적으로 파면하여 적을 어지럽히고 적의 요직에 있는 사람을 유인하여 향응을 베풀게 하고 혹은 협력을 하도록 시키는 것은 모두 고육지계의 책략이다.
　　오왕 합려(闔廬)를 위해 석요리(石要離)가 위(衛)에 망명 중이던 경기(慶忌)를 죽인 것은 고육지계의 전형이다.

註

　고육계(苦肉計): 자기 몸을 학대하여 적으로 하여금 나를 신용케 하고 그로써 반간 활동을 하는 모략.

■ 고육계 １

　오자서의 안내로 석요리(石要離)가 오왕 합려를 알현하자 한순간 합려는 영문을 모르겠다는 표정으로 오자서를 바라본다.
「어인 일이오 오대부?」
「전에 말씀드린 석요리입니다.」
「아니 그렇다면?」
　합려는 실망의 빛을 감추려 하지 않았다. 오자서가 천거한 석요리라는 자는 키가 석자도 못되는 난장이인 데다가 얼굴조차 형용하기 어려운 추물이었다. 그 자의 어디에서 용맹이나 지략 따위가 나올 수 있다고 할 수 있겠는가.
「오대부!」
　석요리를 외면하며 합려는 금방이라도 혀를 찰 듯이 못마땅한 표정으로 오자서를 바라본다. 세 사람 사이에는 한동안 침묵만이 흘렀다.
　그 답답하고도 긴장된 침묵을 깨고 한참 만에야 오자서가 입을 열었다.
「석공, 잠시 옆방에서 기다려 주시오. 대왕께 급히 아뢸 말씀이 있오이다.」
　오왕 합려가 자신을 대하는 태도에 역겨움을 느끼고 있던 석요리는 오자서의 이 한마디에 두 말 않고 자리를 떴다. 석요리가 떠나자 오자서는 오왕에게 이렇게 간한다.
「폐하, 외모를 보고 사람의 능력을 평가할 수는 없는 것이옵니다. 석요리는 비록 삼척 난장이오나 천하의 영걸이옵니다. 대왕께서 도모하고자 하시는 일을 이루어 드릴 자는 저 석요리 뿐이옵니다. 후한 예우로써 맞아 주시옵소서.」
　오왕은 그러나 오자서의 그같이 간곡한 말에도 고개를 좌우로 흔들 뿐이었다.
「그 키에 재주를 부리면 얼마나 부리겠소? 오대부는 어쩌다 저자가 한 번 신통한 재주를 보였다고 해서 그를 과대 평가하고 있는 모양이요.」
「그렇지 않사옵니다. 그는 중원 천지에서 찾아 보기 어려운 영걸이옵니다.」
「영걸이라? 하하하….」
합려는 소리 내어 웃었다.
오자서는 그러나 정색을 하며 간곡히 말했다.
「대왕께서 석요리의 외모를 보시고 그렇게 판단하시는 것도 무리는 아니옵니다. 대왕 뿐 아니라 누구라도 그러할 것이옵니다. 그러나 신이 목격한 바를 말씀드리면 대왕께선 석요리란 인물을 다시 평가하게 될 것이옵니다.」
오자서가 오왕 합려에게 석요리를 천거하게 된 사정은 이러했다.
오자서의 도움으로 왕위에 오른 오왕 합려에겐 원병을 청하러 위나라로 갔다가 부왕 요(僚)의 죽음과 함께 그곳에서 망명 공자가 되어 버린 경기 공자(慶忌公子)의 존재가 큰 위협이 아닐 수 없었다. 경기 공자는 위나라에서 3만 대군을 얻어 오강(吳江) 강구에 진을 치고 호시 탐탐 부왕의 원수를 갚을 기회만을 노리고 있었다. 더구나 그는 지금도 첩자를 오나라로 들여보내 도망병들을 비밀리에 모집해 가곤 하는 것이다.
「오대부, 경기 공자가 살아 있는 이상 오나라에 진정한 안정은 있을 수 없는 일이오. 그의 군비가 더 이상 강대해지기 전에 우리가 먼저 그를 쳐서 후환의 뿌리를 뽑아 버려야 할 것 같오.」
오왕 합려로부터 이같은 말을 들은 오자서는
「지금 무력으로 그를 치려다가는 오히려 더 큰 화를 부르게 됩니다. 그보다는 전쟁을 치르지 않고 지혜로운 사람 하나를 위나라에 보내 지략으로써 처치할 방도를 세우셔야 할 것입니다.」
하고 말했다.
합려에게 이같이 말하는 순간 오자서의 머리에는 뜻밖에도 수년 전 제나라의 동해 바닷가에서 만났던 석요리라 하는 난장이가 떠올랐다.
「대왕게서 원하신다면 신이 직접 그 일을 맡을 사람을 데려오도록 하겠옵니다.」
석요리를 염두에 두며 오자서는 그렇게 말했다.
「그 사람은 지금 어디에 있오?」
「제나라에 있아옵니다.」

「그렇다면 오대부께서 많은 수고를 해 주셔야 하겠오이다. 친히 제나라까지 가서 그를 데려다 주겠다니 고맙기 한량없오이다.」
 합려는 크게 감격하여 제나라로 떠날 오자서를 위해 금백 마차까지 내주었다.
 오자서가 석요리를 찾기 위해 그가 살고 있는 제나라의 동해 바닷가에 이르러 어느 객사에서 쉬고 있을 때였다. 바닷가에서 갑자기 풍악 소리가 들려왔다. 그 풍악 소리에 마을 사람들은 너나없이 모두 바닷가로 달려나갔다.
「갑자기 웬 풍악 소리고, 또 마을 사람들은 왜 저렇게 몰려가고 있오?」
 오자서는 객사 주인에게 물었다.
「이 마을에는 초휴흔(焦休忻)이라고 하는 장사가 살고 있지요. 그 사람이 제후의 사신으로 뽑혀 회진(淮津) 나루를 건너다가 그만 용에게 타고 가던 말을 빼앗겼답니다. 화가 난 초휴흔이 물 속으로 들어가 용신(龍神)과 꼬박 사흘 낮 사흘 밤 격투를 벌인 끝에 용의 이마에 박힌 여의주를 빼앗아 가지고 돌아왔지 뭡니까. 용이 여의주를 빼앗기면 그게 어디 용입니까, 뱀이나 다를 바가 없지 않습니까? 초휴흔을 사신으로 보냈던 제후께서 이 사실을 알고 크게 감격하셔서 그에게 큰 상을 내려 주셨기에 마을 사람들이 오늘밤 바닷가에서 그를 위해 축하연을 열고 있는 중이랍니다.」
 주인의 말에 잔뜩 호기심이 발동한 오자서는 장사꾼 차림을 하고 사람들을 따라 바닷가로 나갔다. 과연 바닷가에서는 수백 명의 군중이 모여들어 풍악을 울리며 흥겹게 노래를 부르고 있었다. 군중들의 한복판에는 9척 거인이 손에 여의주를 들고 군중들이 환호에 답하고 있었다. 물 속의 용과 결투하여 이긴 장사답게 그는 과연 희대의 거장이었다. 그의 거구에 오자서는 경악하지 않을 수 없었다.
 이 때 군중 속에서 누군가가 큰 소리로 외쳤다.
「어리석은 사람들아, 일개 사기꾼에게 속아 그를 영웅처럼 떠받들고 있는가!」
 일순 초휴흔에게 향했던 군중의 시선이 일제히 소리나는 쪽으로 향했다. 천하 무적의 장사 초휴흔에게 그토록 모욕적인 언사를 함부로 던지는 자가 누구인가 싶어 오자서도 두리번거리며 소리의 주인공을 찾았다. 그러나 모두들 고개를 길게 빼고 웅성거리고 있어 오자서는 그가 누구인지 쉽게 찾아낼 길이 없었다. 군중의 환호 속에 기고 만장해 있던 초휴흔으로서는 이만저만 불쾌한 일이 아닐 수 없었다. 그는 두 주먹을 불끈 쥐고 눈을 부라렸다.

「어느 놈이냐! 어느 놈이 감히 이 초휴흔에게 그런 모욕적인 주둥아리를 함부로 놀리는 거냐? 당장 나오너라!」

그의 목소리는 흡사 뇌성 벽력과 같았다. 그의 사나운 눈길이 군중을 둘러보자 그와 어쩌다 눈이 마주친 사람마다 공연히 자라처럼 목을 움추리며 와들와들 몸을 떨었다. 이제까지 요란스럽게 웃고 떠들어대던 군중들은 갑자기 찬물이라도 뒤집어 쏟듯 숨을 죽이고 조용해졌다.

「비겁한 놈, 왜 얼른 나서지 못하고 꽁무니를 빼느냐?」

그는 다시 사방을 둘러보며 큰 소리로 외쳤다. 바로 그 때였다.

「초공, 큰 소리는 그만두게. 그대가 두려워서 꽁무니를 뺄 내가 아닐세.」 하며 군중을 헤치며 당당히 걸어나오는 사람이 있었다. 어처구니 없는 일이었다. 그는 키가 석자도 안 되는 난장이였다. 그러나 더욱 놀라운 일은 바로 그 다음에 일어났다.

지금까지 그렇게 살기가 등등하던 초휴흔이 이 난장이 앞에서 갑자기 풀이 죽으며 고개를 들지 못하는 것이다.

「노형은 나와 무슨 원수를 졌기에 제후에게서 영웅 칭호까지 받은 나를 욕보이지 못해 그러시오?」

초휴흔의 힘없는 항변에 흡사 높은 거목을 올려다 보는 어린 아이처럼 난장이는 초휴흔을 올려다 보며 작은 소리로 말했다.

「내 말에 무슨 잘못이라도 있는가? 그대가 타고 있던 말을 용신에게 빼앗긴게 분명 사실 아닌가? 그대는 지금 말을 빼앗긴 대신 여의주를 빼앗아 왔다고 변명하고 있지만 그 말을 누가 믿겠는가? 그대는 군주를 속이고 세상 사람들을 속이고 또 자기 자신까지 속여가며 헛된 명성과 자기 도취에 빠져 있으니 어찌 제정신을 지닌 자라 하겠는가? 그대에게 눈꼽 만한 양심이라도 아직 남아 있다면 더 늦기 전에 회개를 하기 바라네.」

말을 마친 난장이 석요리는 아무 일도 없었던 듯 말을 타고 그 자리를 떠나고 말았다.

뜻밖의 장소에서 석요리를 만난 오자서는 급히 군중 속에서 빠져나와 그의 뒤를 쫓았다. 뒤따라오는 오자서를 발견한 석요리는
「아니 오명보께서는 오나라에 계신 줄 알고 있었는데 언제 이곳엘 오셨읍니까?」
하며 반가와했다.
「실은 석공을 만나려고 일부러 여기까지 왔다가 바닷가에서 초휴혼이라는 장사가 공에게 호되게 당하는 것을 우연히 보게 되었읍니다. 귀공의 용기는 참말 대단하십니다…. 그런데 한 가지 이해할 수 없는 일이 있었읍니다. 완력으로 보아 석공과는 비교도 안 되는데 그런데도 그 자가 그토록 수모를 당하면서도 끽소리 한번 못하고 있으니 도대체 어찌된 일입니까?」
「제가 바른 말로 그만큼 타일렀는데도 임금을 속이고 기어오른 놈이 어찌 감히 제게 대들 수 있겠읍니까. 백성들의 눈과 귀가 무서워 꼼짝 못하고 수모를 당한 것입니다…. 하하하, 오명보께서 그 자리에 계신 것도 모르고 그만 제가 외람되이 망동을 했나 봅니다.」
오자서는 석요리의 이 확고 부동한 신념에 다시 한번 놀라지 않을 수 없었다.
「그러나 그 자리에서는 대중이 무서워 꼼짝 못했다 하더라도 언제 귀공에게 보복을 하려 하지 않을는지요?」
「물론 그럴 것입니다. 아마 오늘밤쯤에 반드시 나를 죽이려고 습격을 할 것입니다. 그 때는 또 그 때대로 다시 한번 혼을 내줘야지요. 오명보께서 모처럼 오셨으니 오늘밤은 저희 집에서 주무시면서 그 자의 기고만장한 꼴이나 구경하시지요. 그 자가 만약 아직도 자신의 잘못을 뉘우치지 못하고 기어이 나를 죽이려 한다면 나는 그 자로 하여금 스스로 목숨을 끊지 않을 수 없게 만들어 버릴 작정입니다.」
그들은 밤이 이슥하도록 환담을 나누다가 자정이 가까와서야 각각 잠자리로 돌아갔다. 자기의 침소로 돌아가면서 석요리는 동자를 불러
「오늘밤 어쩌면 우리집에 손님이 오실지 모르니 대문을 걸지 말고 대청의 등불도 그대로 밝혀 두어라.」
하고 지시하는 것이었다. 「손님」이란 초휴혼을 가리킴은 말할 것도 없다. 오자서는 잠자리에 들어서도 도무지 잠을 이룰 수가 없었다. 만일의 경

우를 위해 허리에 차고 있던 장검을 머리맡에 놓아 두기까지 했는데 정작 표적인 석요리 자신은 대청 한복판에 네 활개를 펴고 누워 태평스럽게 코를 골고 있었다.
「무슨 배짱에 저러는 것일까?」
 오자서는 불안하여 자리에서 일어나 조용히 창문을 열고 어둠 속을 살폈다. 그러자 마침 달빛 속에서 커다란 그림자 하나가 어른거리고 있는 것이 그의 시야에 들어왔다.
「아, 그 자가 기어코 나타났구나!」
 오자서는 자신도 모르게 반사적으로 대검을 움켜잡으며 검은 그림자의 동태를 살폈다. 초휴흔이 분명했다. 대문 옆에 바싹 붙어서서 혹시 어딘가에 복병이라도 숨겨 놓았나 싶어 열심히 집안의 동정을 살피던 그는 대청마루에서 석요리가 혼자 코를 골며 자고 있는 모습을 보자 비로소 안심한 듯한 얼굴로 발소리를 죽여가며 안으로 들어섰다. 그의 손에는 날이 번득이는 장검이 들려 있었다. 그를 숨죽이며 지켜보는 오자서의 손은 땀으로 흥건히 젖어 있었다.
 바로 그 때였다. 초휴흔이 번개처럼 대청으로 뛰어오르면서 다짜고짜로 석요리를 장검으로 내리쳤다. 장검이 마악 그를 향해 내리쳐지는 순간 난장이 석요리는 흡사 무엇에 튀긴듯 발딱 일어나며
「네 이놈!」
하고 벼락같이 호통을 치는 것이었다. 오자서의 눈에 그것은 분명 기적이었다. 초휴흔의 행동이 번개처럼 빨라 오자서 자신도 미처 손쓸 사이가 없었는데 분명 잠을 자고 있던 석요리가 어떻게 알고 발딱 일어나 그의 장검을 피할 수 있었는가 말이다. 더욱 놀라운 것은 석요리의 그 벼락같은 호통에 초휴흔이 마치 감전이라도 된 사람처럼 손에서 장검을 힘없이 떨어뜨리며 그 자리에 무릎을 꿇고 앉아 버리는 것이었다. 초휴흔에 대한 석요리의 꾸지람은 추상같았다.
「너는 세상을 속이고 헛된 명성에 탐닉한 도적이 아니냐. 그렇게 삼불초(三不草)의 치욕을 지니고 있는 치한이 스스로 뉘우치지는 않고 어찌 개처럼 한밤중에 남의 집에 들어와 인명을 함부로 해치려 하느냐. 그래가지고도 네놈이 어찌 사내라 할 수 있느냐?」
 초휴흔은 고개를 떨군 채 기어들어가는 소리로 항변한다.

「나는 영웅의 칭호를 천하에 떨치고 있는 몸이오. 그러한 내가 "삼불초"를 몸에 지니고 있다니 그게 무슨 말이오? 내게 있는 삼불초가 어떤 것인지를 분명히 밝혀 내지 못한다면 나는 결코 당신을 용서하지 않겠오.」
객실에서 이들의 거동을 살피고 있던 오자서는 새로운 위기에 다시 한 번 가슴이 조여왔다. 석요리는 그러나 태연한 자세로
「너 자신의 "삼불초의 치욕"도 아직 모르고 있었더란 말이냐? 잘 들어라. 첫째 너는 바닷가의 군중들 앞에서 내게 모욕을 당했는데도 내게 항거하지 못했다. 이것이 일불초(一不草)의 치욕이요, 둘째 너는 내집 대문 안에 들어오면서 인기척을 내지 않았다. 대청에 올라올 때도 도둑 고양이처럼 발소리를 죽여 몰래 올라왔으니 이것 역시 대장부로서는 일불초의 치욕이다. 그리고 셋째, 너는 세상의 영웅임을 자처하면서도 정정당당하게 나와 대결할 생각은 못하고 한밤중에 비겁하게 나를 자살(刺殺)하려 했으니 그것이 삼불초가 아니고 무엇이냐, 그래도 알아듣지 못하겠느냐?」
하고 그의 치부 하나하나를 들춰 내니 한마디 말도 못하고 듣고만 있던 초휴흔은
「천하의 영웅임을 자처해 오던 내가 당신에게 이런 수모를 당하고야 무슨 낯으로 살아갈 수 있겠오!」
하더니 자기 칼로 자기 가슴을 찔러 그 자리에서 자결을 하고 마는 것이었다.
이와 같이 삼척 난장이로서 거한 초휴흔을 손 하나 까딱 않고 스스로 죽게 만들었던 당시의 이야기를 오자서로부터 소상하게 들은 오왕 합려는 내심 경탄을 금할 수가 없었다.
「형편없는 몰골을 지닌 그 사람의 어디에 그런 지혜와 담력이 숨어 있었단 말이오, 그런 줄도 모르고 외모에 실망을 하고 냉대를 했으니 이거 그 사람에게 큰 실수를 범했구료.」
오왕 합려는 후궁 별당에 자리를 새로 베풀어 오자서로 하여금 석요리를 정중히 모셔오도록 했다. 오왕이 석요리를 맞아 상좌에 앉히니 비로소 석요리도 예의를 갖추어 큰절을 올린다.
「대왕께서 바닷가의 한낱 초부를 이처럼 과분하게 대해 주시니 큰 영광이옵니다.」

그들은 한동안 환담을 나누다가 오왕이 그를 부른 이유를 말했다.
「짐은 이 나라의 국왕으로 있지만 지금 짐의 자리를 위태롭게 하고 있는 자가 있어 그를 제거할 방도를 궁리하던 중 오대부의 천거로 이렇게 석공을 모셔오게 된 것이오. 부디 짐의 도움이 되어 주시오. 석공의 그 탁월하신 지혜를 우리에게 빌려 주시면 고맙겠오..」
오왕 합려는 왕위에 오르기까지의 우여 곡절과 경기 왕자로부터 위협을 당하고 있는 사연을 소상하게 설명했다.
오나라 창업주 수몽(壽夢)에게는 네 명의 아들이 있었다. 제번(諸樊), 여제(餘祭), 여매(餘眛), 계찰(季札)이 그들이다. 수몽의 뒤를 이어 왕위에 오른 장자 제번은 죽기 직전에 그의 아들 광(光)을 제쳐놓고 둘째 동생인 여제를 그의 후계로 세웠고 여제 또한 세째인 여매에게 왕위를 계승시켰다.
이렇게 횡적 계열에 따라 왕위를 계승하는 일은 지금까지 어느 왕조에서도 볼 수 없었던 특이한 현상이었다. 제번이 아들 광을 제쳐놓고 동생에게 왕위를 물려준 데는 까닭이 있었다. 그들 4형제 중 막내인 계찰은 그 인물됨이 출중하여 부왕인 수몽은 물론 모든 오나라 백성들도 그가 수몽의 뒤를 이어 왕이 되기를 소망하고 있었다. 이러한 사실을 알게 된 제번은 형제간에 상속을 하게 되면 언젠가 왕위가 계찰에게로 돌아가리라 생각했던 것이다.
왕위는 예정했던대로 여제에게서 세째인 여매에게로 이어졌다. 그러나 네째인 계찰은 머잖아 왕위가 자신에게 돌아오리라는 것을 알고는 깊은 산속으로 도망하여 종적을 감추고 말았다. 그는 왕위 따위에는 관심이 없는 현사(賢士) 중의 현사였던 것이다.
계찰이 왕위를 피해 산속으로 숨어 버렸으니 이제 왕위는 당연히 종가로 거스러 올라가 광에게로 돌아가야만 했다. 그러나 여매의 아들인 요(僚)는 자기 아버지가 왕이었음을 기화로 왕위를 가로채 버렸다. 따라서 사촌 동생 요에게 왕위를 빼앗긴 광의 가슴에는 그에 대한 원한이 쌓일 수밖에 없었다.
언젠가는 도둑맞은 왕위를 탈환할 것을 굳게 결심하며 광은 장군으로서 여러 번 초나라와 싸워 무공을 세우는 한편 실력과 경륜을 쌓아 백성들로부터 신망을 얻게 되었다. 이렇게 되자 오왕 요는 오히려 전보다 더욱 광을 경계하게 되었고 왕위 찬탈을 방지하기 위해 조정 중신들로 하여금 자신을 철저히 보필토록 하였다.

제10계 소리장도의 계에도 나와 있듯이 오자서가 초의 평왕과 간신 비무기의 모략을 피해 오나라로 망명을 했을 때가 바로 이 무렵이었다. 오자서는 광의 빈객으로 머물면서 광에게 있어서는 둘도 없는 참모의 역할을 하고 있었다.

즉 광이 요를 죽이고 왕위를 찾으려 한다는 것을 알고 자객 전제(專諸)를 추천하여 전제로 하여금 광의 빈객이 되게 하였다.

한편 요왕은 의심이 많아 어디를 가나 아들인 경기 왕자와 무술이 뛰어난 엄여(掩餘), 촉용(燭庸)을 경호인으로 데리고 다녔다. 따라서 광의 거사에 있어 이들의 존재는 큰 장애가 아닐 수 없었다.

요왕 9년에 초의 평왕이 세상을 떠났다. 마침 좋은 기회라 여긴 광은 요왕을 알현한 자리에서

「지금 초의 평왕이 죽고, 간신 비무기는 횡포가 심하여 초나라의 민심이 매우 어수선하다 하옵니다. 이 기회에 군사를 일으켜 초나라를 치면 패권은 우리가 잡게 될 것이 분명합니다. 이 기회를 놓치지 마십시오.」

하고 진언하였다. 요왕은 그 말에 크게 기뻐하여

「그런데 누구를 대장으로 삼으면 좋겠오?」

하고 물었다. 그것이야말로 광이 기대하고 있던 질문이었다.

「엄여, 촉용 두 종속을 대장으로 삼으심이 좋을 듯합니다. 두 분의 용맹을 따를 장수가 이 오나라에는 없는 줄로 압니다. 그리고 아무리 초나라가 국상을 만나 혼란하다 해도 워낙 군사 기반이 튼튼한 나라인지라 우리 군사만으로는 부족할 것입니다. 그러므로 언변이 능한 경기 왕자로 하여금 위나라에 가서 원군을 청해 오도록 하심이 좋을 듯합니다.」

요왕은 광의 이같은 계략에 찬성하여 엄여와 촉용으로 하여금 12만 대군을 거느리고 초토(超討) 작전의 원정길에 오르게 하는 한편 경기 왕자를 위나라에 파견하여 원병을 청하게 했다.

이로써 광은 그가 뜻한대로 요왕의 곁에서 그의 손발과 다름없는 엄여, 촉용 두 장수와 경기 왕자를 격리시킬 수 있었다.

그날 밤 광은 전제에게 명검 한 자루를 건네주었다. 월나라의 구야자(歐冶子)가 만든 명검으로 이름은 어장(魚腸)이라 했다.

「요왕이 제아무리 사자 갑옷으로 방비를 한다 해도 비록 세치밖에 안 되는 이 칼 한 자루면 종잇장처럼 베어질 걸세!」
 두 사람은 오자서의 계략에 따라 요왕 살해의 구체적인 계획을 세웠다. 다음날 아침 일찌기 입조한 광은 요왕에게
「내일 태호정(太湖亭) 호숫가에서 대왕을 모시고 연회를 베풀고자 하오니 임어해 주시면 영광이겠읍니다.」
하고 아뢰었다. 거사 당일 광은 태호정 근방에 백여 명의 역사들을 잠복시켜 놓고 주안을 갖추어 왕을 불렀다.
 의심이 많은 요왕은 궁궐에서부터 태호정에 이르기까지 무장들을 도열시키고서야 광의 초청에 응했다. 그렇게 삼엄한 경계를 펴고도 마음이 놓이지 않았는지 연석에 드나드는 사람에 대해서는 누구를 막론하고 일일이 몸수색을 했다. 무기를 휴대한다는 것은 엄두도 못낼 노릇이었다.
「어떻게 해서 이 삼엄한 경호망을 뚫을 것인가…」
 요리사로 가장한 전제는 만 가지로 궁리를 했지만 뾰족한 묘안이 떠오르지 않았다. 그러다가 문득 광이 자기에게 거사를 위해 쓰라고 준 명검의 이름이「어장(魚腸)」이었음이 번개처럼 머리에 떠올랐다.
「아, 이것은 인위가 아니라 하늘의 지시다. 검의 이름마저 어장이라니….」
 전제는 생선 뱃속에 그 명검을 넣었다. 생선 접시를 든 그에게도 철저한 몸수색이 있었으나 설마 고기 뱃속에 칼이 들어 있으리라고는 누구도 생각할 수 없는 일이었다. 접시를 들고 요왕 앞에서 뼈를 가려주려는 척 하다가 생선 뱃속에서「어장」을 꺼내어 잡기가 무섭게 요왕의 심장을 힘껏 찔렀다. 실로 찰나에 일어난 일이었다.
 전제의 명검에 심장을 찔린 요왕은 그 자리에서 즉사했고 전제 또한 요왕의 경호원들에 의해 토막 죽음을 당하고 말았다.
 광은 매복시켰던 군사들을 내보내 요왕의 무리를 소탕하고 마침내 왕위에 올랐다. 그가 지금의 왕 합려인 것이다.
 오왕 합려로부터 여기까지 이야기를 들은 석요리는
「지금도 경기 왕자는 첩자를 보내 도망병들을 비밀리에 유인해 간다고 하셨지요?」
하고 물었다. 합려가 그렇다고 고개를 끄덕이자

「그렇다면 우리는 바로 그 점을 이용하면 됩니다. 먼저 대왕께서는 신에게 "대왕을 비방했다"는 죄명을 씌우시어 신의 처자식들을 모조리 죽인 뒤에 신의 왼쪽 팔을 자르는 벌을 주십시오. 신은 그런 꼴을 당하고 경기 왕자에게로 거짓 도망을 가서 우선 그의 심복 부하가 되는 것입니다. 상대를 속이기 위해 자해를 하는 고육계를 쓰자는 것입니다. 아무리 지혜가 뛰어난 자라 하더라도 그같은 모습의 계책에는 누구라도 속기 마련입니다.」

석요리의 그같이 희생적인 자세에 합려는 숙연해지지 않을 수 없었다.
「아무리 대사를 위함이라 하더라도 어찌 무고한 공의 처자식을 죽이고 공의 팔까지 자를 수 있겠오. 그렇게는 못하오.」
석요리는 그러나 표정 하나 변하지 않고 태연히 말한다.
「대사를 성공시키려면 그만한 고통과 각오는 해야 합니다. 세상에 대가 없는 성공이란 있을 수 없는 것입니다.」
「처자식을 죽이면 후사가 끊길 것이 아니오? 그렇게까지 하면서 어찌 공에게 나를 도와달라고 할 수 있겠오.」
그러자 오자서가 나서며 이렇게 간언한다.
「폐하, 석공의 오국을 위하고 주공을 위해 가문을 돌보지 않으려는 그 가륵한 충의를 저버리지 마시옵소서. 이번 일에 뜻을 이룬 후에 주공께서 석공에게 새 배필을 친히 정해 주시면 후사의 문제는 해결될 것입니다.」
오자서의 이같은 간언을 받아들인 합려는 다음날 아침 만조 백관을 모아놓고 다음과 같은 살벌한 선포를 했다.
「제나라 사람 석요리라는 자가 짐을 비방하고 돌아다니기로 짐은 그의 왼팔을 잘라 하옥시키고 병사를 제나라에 보내 그의 처자식을 모조리 죽여 없애게 하였노라!」
만조 백관은 놀라 서로 얼굴만 마주 바라볼 뿐 아무말도 못하고 있었다.
왼팔이 잘린 석요리는 그 날부터 사람들의 눈을 피해 며칠 후 오강을 건너 경기 왕자의 진영에 이르렀다. 경기 왕자를 보자 석요리는 그의 웃옷을 벗어 팔이 잘려나간 채 아직도 검은 피가 엉겨 있는 어깨죽지를 보이며 대성 통곡을 하였다.
「네가 도대체 오나라에서 무슨 죄를 저질렀기에 그렇게 팔을 잘렸느냐?」

경기 왕자는 눈살을 찌푸리며 물었다.
「오왕을 비방했다고 해서 소인의 팔 하나 잘린 것까지야 당연하다 하겠으나 소인의 처자식까지 몰살을 당했으니 그들이 무슨 죄입니까. 억울합니다!」
「어떤 비방을 했기로 그토록 무참한 형벌을 받았느냐?」
「그것을 어찌 비방이라 하겠읍니까. 소인은 다만 바른 말을 하고 돌아다녔을 뿐입니다.」
「바른 말만 했다면야 그처럼 가혹한 형벌을 받았을 리가 없지 않겠느냐?」
「합려가 선왕을 시해하고 왕위를 찬탈했으니 왕이라고 하기보다는 역적이라고 불러야 옳다고 한 것이 어찌 비방입니까. 경기 공자께서도 소인의 그같은 말을 비방이라고 생각하십니까? 만천하의 사람을 불러 심판을 받게 하신데도 좋읍니다. 소인은 바른말을 했을 뿐이지 비방한 일은 없읍니다.」
부왕의 생각에 한순간 경기 왕자는 목이 메었다. 석요리의 그같은 말들이 경기 공자로서는 더없이 고맙고 감격스럽지 않을 수 없었다.
「과연 네 말대로다. 합려는 네 말대로 역적이지 왕이 아니다. 네 생각이 그러하거니와 오나라 백성들은 어찌 생각들을 하고 있느냐?」
「처벌이 무서워서 말을 못할 뿐이지 생각은 모두가 저와 한가지입니다. 당연한 일이 아니겠읍니까. 그러니 경기 공자께서는 그러한 백성들의 마음을 수렴하시어 하루속히 귀국하여 왕위를 계승해 주십시오. 오나라 백성들의 한결같은 염원이옵니다.」
경기 공자의 눈에선 걷잡을 수 없이 눈물이 흘러내렸다. 석요리에 대한 깊은 신뢰감에 경기 공자는 그의 소원이라면 무엇이든 들어 주고 싶은 심정이었다.
「네가 그런 참형을 당하고 나를 찾아왔으니 내게 원하는 것이 무엇이냐?」
「이제 처자식 모두가 억울한 죽음을 당하고 소인마저 이렇게 불구가 된 지금 소인에게 무슨 희망 따위가 있겠읍니까. 그러나 오직 하나의 소원이 있다면 오왕 합려에게 원수를 갚는 일입니다. 왕자께서 많은 동지들을 모아 왕위를 탈환하실 계획을 세우고 계시다 함을 듣고 소인도 그 일에 가담하여 원수 갚을 생각에 여기까지 찾아온 것입니다. 소인 혼자의 힘으로야 어찌 원수를 갚을 수 있겠나이까. 부디 이 불구의 몸이나

마 그 일에 한 몫을 담당하게 해 주시옵소서.」
경기 왕자는 감격하여 쾌히 이를 승락한다.
「그러면 그대는 오늘부터 진중에 거하면서 원수 갚을 일을 함께 도모하도록 하라!」
그 며칠 후 경기 왕자는 석요리를 불러 오나라의 내정에 대해 탐문하였다.
「지금 오왕 합려는 오자서를 군사로 삼고 백비를 대부로 임명하여 장군을 기르고 병사들을 훈련시켜 국력이 점점 강해지고 있다고 들었오. 그런데 우리의 이 적은 병력과 몇 안 되는 장수들로 과연 부왕의 원수를 갚을 수 있겠오?」
경기 공자가 근심띤 어조로 이같의 묻자 석요리는 대수롭지 않은 일처럼 이렇게 답한다.
「그 일이라면 걱정하실 일이 못됩니다. 실은 지금 오자서와 합려의 사이가 좋지 않아 오자서는 지금 전원으로 돌아가 농사를 짓고 있읍니다. 백비가 있다고는 하나 그는 국사를 이끌 인물이 못됩니다. 왕자께서는 그들을 두려워하실 필요가 없읍니다.」
석요리가 이렇게 말하자 경기 왕자는 갑자기 얼굴에 노기를 띄우며
「네 이놈! 누구를 속이려 하느냐. 오자서는 합려에게 있어 생명의 은인일 뿐 아니라 합려를 왕위에 오르게 한 공신이다. 그런데 네 놈은 그들 사이가 좋지 않다고 내게 거짓말을 하고 있지 아니하냐. 네 놈은 그들이 파견한 첩자임이 분명하다?」
하고 불을 뿜듯 화가 나서 호통을 질렀다.
「이놈을 당장 끌어 내어 목을 베라!」
경기 공자의 명령이 떨어지자 호위병들이 벼락같이 달려들어 석요리를 밖으로 끌어 내려 하였다. 석요리는 그러나 태연했다. 경기 왕자를 바라보는 그의 얼굴에는 오히려 조소마저 어렸다.
「왕자께서 명철하시다는 것도 헛소문이었구료. 사물의 표리를 분별 못하고 무고한 사람을 함부로 죽이려 하다니…. 나는 병신이라 어차피 오래는 살지 못할 몸이라 지금 죽는다 해도 수한이 없소. 그러나 처자식의 원수를 갚지 못하게 되니 죽어도 눈을 감지 못하겠구료. 죽는 자의 소원이니 죽기 전에 꼭 이 말만은 듣고 나를 죽여 주시오.」

경기 공자는 석요리를 끌어 내리던 군사들을 잠시 제지시키고는
「그래, 하고 싶다는 말이란 무엇이냐?」
하고 물었다. 잠시 묵묵히 서 있던 석요리는 그러나 고개를 가로 흔들며
「아니오. 말해 봤자 아무 소용이 없을 것 같으니 차라리 입을 다물고 미련없이 죽겠오. 이대로 끌어 내어 죽여 주시오.」
하고 마음이 달라진듯 체념의 표정을 지었다. 이렇게 되자 등이 달아오르는 것은 이제 오히려 경기 왕자쪽이었다. 상대가 무언가 중대한 정보를 발설할 듯하다가 그대로 표변하여 입을 다물어 버리니 경기 왕자로서는 부쩍 궁금증이 나지 않을 수 없는 일이었다.
「방금 나에게 꼭 들어달라고 했던 그 말이 무엇이었기에 그처럼 하고 싶어했다가 입을 다물어 버리는 것이냐?」
석요리는 그러나 좀처럼 입을 열려고 하지 않았다. 한참을 묵묵히 서있던 그는
「어차피 말이 났으니 솔직히 말하리다. 내가 죽은 후에라도 경기 왕자가 오왕을 쳐서 원수를 갚으면 나로서는 내 처자의 원수를 갚는 결과가 되는 것이므로 죽기 전에 중대 정보를 제공하고자 했던 것이오. 그러나 지금 보건데 공자께선 정세의 판단을 근본적으로 그르치고 있으니 원수 갚을 가망은 전혀 없어 보이오. 그러니 죽어가는 내가 무엇 때문에 아무 보람도 없는 말을 하려 하겠오.」
「정세 판단을 그르치고 있다? 내가 그렇다는 건가?」
경기 왕자는 더더욱 등이 달았다. 무언가 자신이 모르고 있는 오나라의 중대한 기밀을 석요리가 알고 있는 것이 분명했다.
「내가 정세 판단을 근본적으로 그르치고 있다니 그게 무슨 뜻인가?」
석요리에 대한 경기 왕자의 어조는 자신도 모르게 부드러워지기 시작했다.
「나는 경기 왕자께 내가 본대로 사실을 말한 것 뿐이오. 죽을 놈이 무엇을 겁내어 거짓말을 하겠오?」
「내가 정세 판단을 잘못하고 있다면 그대가 죽기 전에 그 점을 분명히 지적해 줘야만 후일 내가 그대의 처자식의 원수까지 갚을 수 있을 게 아닌가?」
등이 달아 안달하는 경기 왕자를 석요리는 손바닥 위에 올려 놓은 장난

감을 다루듯 했다. 석요리는 그러나 경기 왕자의 이같은 말에 비로소 수긍이 간다는 듯 고개를 끄덕이며
「듣고 보니 할 말은 하고 죽는 편이 훨씬 낫겠다는 생각이 드는구료. 그럼 모든 것을 털어놓고 말하리다.」
했다. 경기 왕자는 이제 오히려 석요리의 환심을 사기에 급급한 처지가 된 것이다.
「그대가 만약 내게 도움이 될 말을 해 준다면 나는 그대의 죄를 사면할 뿐만 아니라 벼슬을 주어 등용할 생각이다. 그러니 오나라의 내정을 소상히 일러라.」
석요리는 그러나 여전히 냉담한 얼굴로
「이러지 마시오. 경기 왕자께선 나를 비겁하게 살려고 애쓰는 놈으로 보시오? 나는 다만 억울하게 죽은 내 처자식들의 원수를 갚고자 함일 뿐이오. 그런 마음에서 왕자께서 합려를 치는데 힘이 되도록 오나라의 사정을 여쭙고자 하는 것이오. 오왕 합려와 오자서가 밀착되어 있던 것은 다 옛날 일이고 지금은 서로 물고 뜯는 견원 지간이 되어 있오. 이 점만은 경기 왕자께서 꼭 알고 계셔야 하오. 오자서는 오군의 힘을 빌어 초나라의 평왕과 비무기에게 원수를 갚으려고 광을 도와서 왕위에 오르게 했고 광은 또 왕위를 빼앗을 욕심에 오자서에게 원수를 갚아 주겠노라는 약속을 철석같이 했던 것이오. 그러나 왕위에 오르자 마음이 달라져 버린 것이오. 광은 왕위에 오르기 위해 오자서의 지혜와 계략을 이용만 하고 목적을 달성하고 나자 오자서와의 약속을 헌신짝처럼 저버리고 만 것이오. 마침 광이 왕위에 오르자 초나라의 평왕과 비무기가 죽어 버렸거든요. 오자서는 그래도 초를 치고 싶은 마음에 합려에게 누차 간청했으나 합려로선 남의 싸움에 까닭없이 말려들 이유가 없는만큼 "초의 평왕과 비무기가 죽은 이상 토초(討楚) 계획이 무슨 필요가 있느냐"고 하면서 오자서의 간청을 묵살해 버리고 있는 겁니다. 합려의 이같은 배신 행위에 대해 분노하고 있는 사람이 어찌 오자서 한 사람뿐이겠읍니까. 내 팔이 잘리고 내 일가가 몰살당한 원인도 바로 거기에 있었던 것이오.」
하더니 물러선 호위병들을 돌아보며
「자, 나는 이제 할 말을 다 했으니 어서 나를 끌어다가 죽여다오!」

하고 말했다. 이에 당황한 경기 왕자는
「선생, 그런 사정도 모르고 의심을 했었구료. 선생이 그런 말씀을 들려 주시지 않았다면 나는 보복의 기회를 영영 놓칠 뻔했오. 이제 나를 용서하시고 좀전의 일일랑 잊어 주시오. 그리고 나를 도와 원수 갚을 계획을 함께 세우기로 합시다.」
하며 석요리의 손을 잡고 애원하였다.
　그 며칠 후 밤 경기 왕자는 석요리를 위로하고자 오강에 화방(花舫)을 띄우고 단둘이 술잔을 기울이며
「합려를 일거에 토벌할 좋은 계획이 없겠오?」
하고 물었다.
「지금 오나라 백성들 마음이 합려로부터 이반되어 있는데다가 그가 오직 하나 의지하고 있던 오자서마저 그를 떠나 농사로 소일하고 있으니 합려는 완전히 고립 상태입니다. 경기 왕자께서는 지금 곧 오자서에게 내응을 요청하는 밀서를 보내되, 만약 합려를 치고 경기 왕자께서 왕위에 오르시게 되면 반드시 초나라를 치겠노라는 약속을 하십시오. 경기 왕자는 합려처럼 약속을 배반하는 사람이 아니라는 점을 오자서로 하여금 확신할 수 있도록 해 준다면 오자서는 기꺼이 내응을 할 것이 분명합니다.」
「오자서가 과연 그것을 받아들일까?」
「경기 왕자께선 그놈의 의심하는 버릇 때문에 일을 그르치게 될 것이오. 의심에 얽매이다 보면 큰 일을 못하는 법이오. 나를 죽이려 했던 것도 다 그놈의 의심 때문이 아니었오?」
　석요리의 이같은 힐난에 경기 왕자는 큰소리로 웃음으로써 민망함을 감추려 했다.
「자, 지난 일을 다 잊고자 약속하지 않았오. 오늘은 술이나 맘껏 마시고 모든 일은 내일로 미룹시다. 나는 오늘 천하를 얻은 듯한 느낌이오.」
　경기 왕자는 강가에 만발한 연꽃잎으로 손수 술잔을 만든 뒤 술을 부어 석요리에게 권했다.
「나는 아직 이 팔의 상처 때문에 술을 마실 수 없읍니다. 소인 대신 왕자께서나 많이 드십시오.」
　경기 왕자의 주량은 대단했다. 주기가 한껏 오르자 경기 왕자는 웃옷을

벗고 갑판 위에 큰 대자로 누워 이내 코를 골며 깊은 잠에 빠지고 말았다. 잠든 그의 허리에서 평소 품고 다니는 호신용 비수가 밖으로 삐죽이 밀려 나왔다. 그것을 본 석요리의 눈이 일순 번쩍 하고 빛났다.「이 때다!」생각하면서도 그러나 만약을 염려하여 석요리는 일부러 큰 소리로 경기 왕자를 깨웠다.

「경기 왕자! 밤 이슬이 몸에 해롭읍니다. 그만 일어나시지요.」

경기 왕자는 그러나 인사 불성이었다.

순간, 비수를 하늘높이 치켜든 석요리는 잠든 그의 심장을 향해 있는 힘을 다해 내리찔렀다. 두 번, 세 번 거듭 심장을 난자당한 경기 왕자는 눈을 홉뜨며 온 몸을 크게 한 번 부르르 떨더니 갑판 위에 그대로 축 늘어지고 말았다. 호위병들이 달려왔을 때는 경기 왕자의 호흡은 이미 완전히 끊긴 뒤였다.

석요리는 호위병들에게 체포돼 포박을 당한 채 말했다.

「너희들은 이 말을 세상에 전해다오. 내게는 아직도 불가사의로 여겨지는 세 가지가 있다. 첫째는 처자식을 죽여 가면서까지 남을 위하는 것이 과연 인(仁)이냐 하는 점이요, 둘째는 새왕(新王)을 위해 옛왕의 아들을 죽인 것이 과연 의(義)이겠느냐 하는 점이요. 세째는 내 몸을 상해 가며 남을 위해 일을 하는 것이 과연 지(智)이겠느냐 하는 점이다. 이 세 가지를 모두 잃어버린 내게 이제 남은 것은 죽음 뿐이다. 선한 백성으로 평범하게 살아라.」

이것은 지금부터 2천 5백여 년 전인 공자 시대의 이야기로 그 당시 공자는 《논어(論語)》를 통해「지사나 인인은 살기 위해 인을 해치는 일은 없어도, 몸을 죽여서 인을 이룩하는 일은 있느니라(志士仁人 無求生以害仁 有殺身以成仁)」라고 말한 일이 있는데 이로써 우리는 당시의 충의(忠義)의 기본 사상을 엿볼 수 있다.

오늘날 우리가 흔히 쓰는 살신 성인(殺身成人)이라는 고사성어는 바로 여기서 나온 말이다.

이같은 충의 사상에 입각하여 처자식까지 죽여 가며 오왕 합려에게 충성을 맹세하고 나섰던 석요리도 그러나 죽음에 이르자 처절한 회의에 빠져야만 했던 것이다. 그는 스스로 강물에 몸을 던져 목숨을 끊었다고 한다.

■ 고육계 ②

 갖가지 수단과 방법으로 간첩을 침투시켜 우리 국민의 분열 책동 및 파괴 행위를 자행하고 있는 북괴는 36계에서 말하는「고육계」까지 동원하며 광분했다.
 1969년 위장 귀순한 이수근의 경우가 바로 그것이다. 그는 자신의 귀순 동기를 다음과 같이 밝혔다. 즉 중앙 통신 부사장으로 재직하던 중 김일성의 사진을 신문의 1면 첫머리에 실어야 하는 편집 원칙을 지키지 않았기 때문에 문책을 받았는데 그로 인해 앞으로 숙청 대상이 될 것이 두려워 귀순을 했다는 것. 북한 사회의 언론 규범과 김일성의 숙청 형태를 잘 알고 있는 우리네 수사 기관에서는 이 고육계에 완전히 넘어가고 말았다. 이수근의 말대로 그런 과오(?)를 범했다면 숙청 대상이 되고도 남음이 있다고 확신했기 때문이다. 한마디로 고육계에 혀를 찔린 것이다.
 후에 그의 정체가 드러나자 면목을 잃게 된 당국에서는 위장 귀순을 감지했었다느니, 사전에 해외로 도피할 줄 알고 있었다느니 변명에 급급했다. 그러나 그 말을 곧이곧대로 믿을 사람이 어디 있겠는가. 우리네 상식으로는 북괴군의 일개 병사가 귀순해 와도 그 배경과 동기를 면밀히 조사 분석하게 되어 있는데 하물며 내외 매스컴의 주목을 끌만한 이수근과 같은 거물(우리 나라 직제로 차관급)을 소홀히 다루었을 리가 없다. 그리고 또 그의 귀순에 조금이라도 석연치 않은 점이 있었다면 그를 거국적으로 환영하고 서둘러 반공 강연을 시켰을 리도 없지 않은가.
 그러나 앞의 33계에서 썼듯이 반간계(反間計)의 측면에서는 당국의 그같은 조치를 긍정적으로 이해할 수도 있다. 즉 위장 귀순임을 알면서도 짐짓 그에게 신뢰하는 태도를 보이고 인간애로 대해 마음을 감동시킴으로써 진짜로 귀순케 한다는 고차원적인 방법을 말하는 것이다. 같은 연장선상에서 부연하면 그렇게 해서 그를 역으로 대공 공작에 투입할 수도 있다는 얘기다.
 고도로 과학화된 첨단 산업 기술이 발달함에 따라 정치, 군사 못지않게 이른바「산업 스파이」활동이 치열해지고 있는 것이 세계적인 추세이다. 우리 나라에서도 요즘 들어 심심찮게 산업 스파이 사건이 신문 사회면을 장식한다.

72년 4월 8일자 미국의《크리스천 사이언스 모니터》지 한 귀퉁이에 조그마한 고십 기사가 실렸다. 내용인즉 IBM 사와 콘설턴트로 오랜 거래 관계가 있는 페일링사의 페일리 사장과 IBM 사장 간에 불화가 생겼다는 것이다. 불화의 원인은 IBM 의 기술 정보가 페일리 사장에 의해 외부에 유출되었을 가능성이 있다는 IBM 사장의 발언에 페일링 측이 강력하게 항의를 함으로써 빚어진 것이라고 했다.

이런 흥미없는 기사에 눈길을 돌리는 독자는 거의 없다. 그러나 이 짧고 흥미없는 기사는 세계적인 정보 조직망을 펴고 있는 FBI 와 IBM 사가 합작한 고육계의 첫 카드였다.

IBM 사는 이미 몇 달 전에 자사의 중대한 기술 정보가 외부로 유출되었다는 사실을 알게 되었다. 자체 조사 결과 그 정보가 일본의 히다찌(日立 三菱電氣)로 빠져나갔을 가능성이 높다는 몇가지 심증도 있었다. 그러나 정작 그것을 입증할 길이 없었다. IBM 사는 FBI 와 숙의 끝에 그들의 방대한 자료와 경험을 토대로 상대에게 계략을 써서 미국으로 유인, 단서를 잡아 내기로 했다.

FBI는 먼저 공작의 주역으로 히다찌사와 IBM 사 쌍방의 콘설턴트(상담역)로 오랜 거래 관계가 있는 페일링사의 페일리 사장을 선정, 그를 상대 진영에 침투시키기로 하였다.

여기까지 오면 독자들은 앞의 《《크리스천 사이언스 모니터》》지의 고십 기사가 무엇을 의미하는 것인지 간파했을 줄 안다. 상대를 현혹시키기 위한 고육계의 사전 포석이었던 것이다. FBI 가 조작한 기사임은 말할 것도 없다.

며칠 후 토쿄로 날아온 페일리 사장은 히다찌의 사장을 위시한 간부들로부터 마치 개선 장군처럼 대대적인 환영을 받는다. 히다찌의 라이벌인 IBM 사와 불화 관계에 있는 페일리 사장을 자기 편이라고 생각했고, 한 술 더 떠서 멋진 선물(정보)까지 가져왔으리라 생각했기 때문이다. 아닌 게 아니라 페일리는 토쿄에 온지 며칠 되지 않아 히다찌에서 군침이 돌 만한 몇 가지「미끼」를 뿌렸다.

여기서 중요한 것은 페일리가 콘설턴트로서가 아니라 일시적인 산업 스파이로서 행동을 취해야 했다는 것이다. 그리고 태평스럽게 걸려들기를 기다리고 있을 것이 아니라 스스로 대상을 향해 적극적으로 접근하여 이쪽으로 끌어들여야 했다는 점이다.

콘설턴트의 사업 성격상 만약 중도에서 약속된 비밀을 폭로한다면 콘설턴트사로서는 실격일 뿐만 아니라 업계로부터 추방을 당할 수도 있다. 비밀을 지키지 않는 콘설턴트사는 누구도 신용하지 않게 되기 때문이다. 따라서 페일리는 필사적이 될 수밖에 없다. FBI가 붙잡고 있는 끄나풀은 바로 그 점이었다.

페일리가 던진「미끼」를 덥석 문 히다찌는 IBM 에서 빼낸 정보를 고스란히 말했을 뿐 아니라 제2의 정보를 얻기 위해 미국까지 페일리의 꽁무니를 따라갔다.

「기술 정보의 입수는 범의(犯意)가 없으며 따라서 범죄가 구성되지 않는다」는 페일리의 말에 안심하고 따라왔던 히다찌의 간부가 뭔가 좀 분위기가 이상하다고 느꼈을 때는 이미 모든 것이 늦은 뒤였다.

페일리 사장이 설마하니 FBI 와 공모를 했었으리라고는 꿈에도 생각지 못했던 히다찌에서, 후에 그의 비열성을 맹비난하며 불법이라고 항의해도 아무 소용이 없었다.「덫에 걸린 쪽이 나쁘다」가 바로 FBI 의 대답이었던 것이다.

소련의 우주 과학자 비노베치가 서방측에 망명해서 영국 첩보 기관의 심문을 받고 있다. 비노베치가 만약 소련의 우주 과학에 관한 비밀을 서방측에 폭로해 버린다면 소련의 우주 과학은 굉장한 타격을 받게 된다. 때문에 소련측으로서는 어떤 수단이나 방법으로든 비노베치가 비밀을 서방측에 알리기 전에 그를 처치하지 않으면 안 되었다. 소련은 첩보망을 통해 그의 소재를 탐지해 내려 했지만 불가능했다.

그로부터 1개월쯤 후 같은 연구실의 동료이며 비노베치와는 의형제 사이인 파이벨이 뒤를 따라 망명, 비노베치와 합류한다. 그러나 약 10일 후 심약한 파이벨은 본국의 처자가 방송을 통해 보내는 눈물겨운 애소와 함께 지금이라도 회개하고 돌아오면 처벌도 하지 않을 뿐 아니라 연구 활동을 계속하게 하겠다는 소련 정부의 약속에 마음을 돌려 귀국하게 된다.

그동안 파이벨은 밤이면 산책을 하면서 성좌(星座)의 위치로써 그곳이 어디인가를 확인했으며 낮에는 근방의 지형, 수목의 특징 등을 면밀히 탐

색해 두었던 것이다.

　마침내 목적은 달성되었다. 소재를 확인한 소련의 첩자는 삼엄한 경계망을 뚫고 잠입, 저녁 무렵 산책을 나온 비노베치를 저격 살해해 버렸던 것이다. 그러나 영국 첩보 기관에서는 최후까지 파이벨의 망명이 「고육계」였다고는 생각지 못했다.

　실은 이것은 영국의 작가 프리맨들의 스파이 소설 《이별을 고하러 온 사나이》의 플로트인데 전 세계에 수없이 얽혀 있는 첩보망 가운에서는 이같은 사건도 얼마든지 있을 수 있는 것이다.

　고육계가 성공하려면 우선 무엇보다 자기쪽의 약점과 모순이 무엇인가를 정확하게 파악하는 것이 관건이다.

연환계
連環計

적으로 하여금 스스로 얽히게 해 놓고 쳐라

적의 병력이 강대할 때는 맞겨루어서는 안 된다. 모략을 운용, 적끼리 서로 견제하도록 만들어 그 힘을 빼는 것이 중요하며 그 뒤에 자유자재로 군사를 움직일 수 있다면 승리를 거둘 수 있다.

방통(龐統)의 경우 거짓으로 조조쪽에 붙어 조조로 하여금 모든 군선(軍船)의 선수(船首)와 선미(船尾)를 쇠고리로 잇도록 교묘히 일을 만든 다음 불을 질러 토벌했기 때문에 조조의 군선은 도망조차 칠 수가 없었다. 연환계(連環計)란 적이 서로 발을 잡아당기게끔 일을 만들어 행동력을 둔화시킨 다음 공격을 꾀하는 책략이다. 처음 계략으로써 적을 신경적으로 어지럽히고 다음 계략으로 적을 공격하는 이 두 개의 계략을 결합 운용하면 어떠한 강적도 때려부술 수가 있다.

　송대(宋代)의 명장 필재우(畢再遇)는 번번히 계략을 써 적의 공격을 유도했다. 나아가는가 하면 물러나고 물러나는가 하면 나아가고 이렇게 집요하게 적에게 붙어다녔다. 땅거미가 질 무렵 그는 미리 향료를 사용하여 삶은 검정콩을 땅에 뿌려 두고 재차 싸움을 걸고는 잠시 후에 짐짓 패퇴하는 척했다. 적은 틈을 주지 않고 추격했으나 그들의 말은 이미 배가 고픈 상태였다. 콩 냄새를 맡자 정신없이 먹으려 들 뿐 채찍질을 해도 움직이려 하지 않았다. 이때 필재우는 병력을 몰아 맹렬한 기세로 반격, 대승을 거두었다. 이것도 연환계의 운용이다.

註

연환계(連環計): 연속하여 두 개 이상의 계책을 운용하는 모략.
「대체로 계략을 운용하는 사람은 한 가지 계략을 단독으로 행할 것이 아니라 반드시 여러 계략을 한꺼번에 행함으로써 목적을 달성할 수 있는 것이다. 여러 개의 계략으로써 한 개의 계략을 달성하고 수백 개의 계략을 가지고 여러 개의 계략을 다듬으면 여러 개의 계략이 무르익는다. 법칙에 따르고 삶에 따르는 것, 또 그 계략이 들어맞는 것은 우연이다. 그리고 가끔 이기는 것은 우연이다. 그러므로 군대를 잘 운용하는 사람은 계략을 짜서 실시하기에 힘쓰고 오는 운을 교묘히 사용할 수 없는 변고(예측하지 못한 상태)를 만나면 장수에게 명령, 그 변고를 막도록 해야 한다. 이 계책이 저지당하면 저 계책이 생기고 한 개의 실마리가 생기면 다시 여러 개의 실마리가 생겨 앞의 계책을 다 실행하기도 전에 또 다음 계책이 준비되며 백가지 계책이 앞을 다투어 나타나게 되면 지장(智將) 강적(强滴)이라 할지라도 어쩔 도리가 없는 것이다.」(兵法圓機, 迭)

■ 연환계 ①

　무장을 해제당한 황개(黃蓋)는 일개 범인의 모습이었다.
　「쳐라! 사정을 두지 말고 쳐! 사정을 보는 놈은 같은 죄로 다스린다!」
　광기와 살기로 대도독 주유(大都督 周瑜)의 얼굴은 괴이한 형상으로 일그러져 있었다.
　옥졸이 태형을 집행하는 동안 황개는 땅에 엎드린 채 이를 갈았다. 황개의 몸에서 피가 흐르는가 싶더니 뒤이어 살이 찢어지고 뼈가 드러났다. 태장 백 대가 가까와지자 노장 황개는 이윽고 기절하고 말았다.
　「나의 주전론(主戰論)에 반대하여 황개와 같이 조조에게 항복하자고 주장하는 자가 있으면 누구나 저 황개의 꼴이 될 것이다.」
　분노와 흥분으로 붉으락 푸르락 주유는 자기 군막으로 돌아갔다.
　장수들에게 안겨 막사로 돌아온 황개는 몇 번이나 혼절을 거듭하였다. 오나라 건국 이래 그와 고락을 함께 해 온 장수들은 황개의 그 처참한 모습을 내려다보며 소리를 죽여 울었다.
　태형으로 몸져 누운 황개는 그러나 친분이 두텁던 감택(闞澤) 참모관이 문병을 자 아픈 몸을 억지로 일으켰다. 곁에 있던 사람들을 모두 물리치고 단 둘이 있게 되자 감택은 낮은 소리로 조심스럽게 말을 꺼냈다.
　「장군, 제 생각에는 오늘 여러 사람 앞에서 주도독이 장군을 그처럼 욕보인 일이 아무래도 고육계인 듯 싶읍니다.」
　황개의 얼굴에 모처럼 웃음이 떠올랐다.
　「참으로 감택은 명 참모관이군. 잘 보았오. 나는 이 오나라에서 3대에 걸쳐 은혜를 입었으니 지금 이 늙은 몸을 바쳐도 하나도 아까울 것이 없오. 그래서 나 자신이 계책을 자진하여 세우고 우리 진영을 속이고자 태형 백 대를 맞은 것이오. 오나라를 위해서라면 이 정도의 고통쯤은 아무것도 아니오…. 그대가 아니면 내가 누구에게 이 큰 일을 감히 실토할 수 있겠오. 이제 사정을 알았으니 나를 위해 조조 진영엘좀 다녀와 주시오.」
　「노장군께서도 나라를 위해 목숨을 내던지시는데 소생같은 것이 어찌 목숨을 아끼겠읍니까.」

황개는 베개 밑에서 두텁게 봉한 편지 한 장을 꺼내 감택에게 주었다.
 그 며칠 후 조조 군영 가까이에서 낚시를 하던 어부 하나가 조조 앞으로 끌려왔다.
「너는 누군데 어떻게 군영 가까이까지 와서 낚시질을 하는 것이냐?」
 조조의 이같은 심문에 그는 오만한 태도로 대답했다.
「나는 감택이라는 사람인데 동오군의 참모관이오.」
「적군의 참모관이라는 자가 단신으로 어부로 가장하고 와서 우리 진영을 엿보는 이유가 무엇인가?」
 감택은 그러나 대답 대신 코웃음을 쳤다.
「네 이놈! 묻는 말에 대답은 않고 어찌 감히 코웃음을 치는 거냐?」
 조조는 추상같은 호령을 하였다.
「듣던 것과 하도 달라서 그럽니다. 황개 노장이 사람을 볼 줄 몰라 이따위 졸부를 영웅으로 알고 그토록 갈망하고 서둘렀으니 참 애석한 일이오.」
 조조는 그의 엉뚱한 말에 눈쌀을 찌푸렸다. 그러나 더 이상 화를 내지는 않았다.
「적군의 참모관인 내가 여기까지 찾아왔다면 목숨을 걸지 않고는 안 되는 일이고, 따라서 그만큼 중대한 사연이 있을 터인데 승상이 나를 대하는 태도가 그게 뭐요? 마치 시시한 첩자를 다루듯 하고 있으니….」
 그의 태도는 시종 오만 불손하기만 했다.
「그렇다면 내가 사과하겠다. 그래 그대가 나를 찾아온 사연이 무엇인가?」
 조조는 솔직히 사과하고 태도를 바꾸며 귀를 기울였다.
「그렇다면 나도 말하리다. 오나라 노장 황개가 3대를 내려 오면서 벼슬한 충절 공신임은 세상이 다 아는 사실입니다. 그런데 수일 전 주도독의 주전론에 반대하였다 하여 전군의 대장이 모인 자리에서 그에게 갖은 욕설을 퍼붓고 이미 노령인 몸에 태형 백대를 때려 살이 터지고 피가 흐른 것은 물론 혼절까지 했다가 가까스로 소생해 지금까지 신음하고 있읍니다. 모든 장수들이 주도독의 그같은 잔인함에 살을 떨었읍니다. 연소한 주도독이 방약 무인으로 날뛰었으나 오군의 대도독이니 아무도 감히 그의 횡포한 발작을 막을 수가 없었읍니다.」
「그래 그 노장은 장독(杖毒)으로 죽었는가?」
「아닙니다. 그런 것쯤으로 죽을 노장이 아닙니다. 저는 황개와 오랜 친교가 있어 형제처럼 지내 왔는데 그가 병상에서 승상께 편지 한 통을 써서 전할 것을 부탁하기에 가지고 왔읍니다. 다행히 황개는 무기 군량을 담당하는 군직에 있어 승상께서 허락하시면 그는 곧 오진을 탈출하여 오나라 무기와 군량을 선척에 싣고 투항할 것입니다.」
귀를 기울이고 진지하게 듣던 조조는 감택이 올리는 황개의 편지를 펴서 읽기 시작하였다. 몇 번이고 되풀이해 읽던 조조는 갑자기 상을 내리치며
「이놈! 고육지계로 나를 속이려고, 저놈을 당장 끌어 내어 목을 베어라!」
하고 호통을 쳤고, 그 자리에서 편지도 찢어 버렸다.
참모관 감택은 그러나 태연 자약한 태도로 소리내어 웃었다.
「하하, 소심한 승상, 이 머리가 소망이라면 언제든지 바치겠다. 참으로, 낙심 천만이구나. 허명(虛名)만 듣고 위나라 조조가 이렇듯 소인인 줄은 생각지 못했다!」
「이놈! 그 어리석은 모계를 가지고 나를 희롱했기에 네 머리를 잘라 우리 군의 위엄을 보이는 것이 총사령관의 당연한 직임이거늘 너는 무엇이 우스워 웃는 거냐?」
「아닙니다. 그것을 조소한 것이 아니라 황개가 사람을 볼 줄 모르고 조조라는 인물에 너무 기대한 것이 헛된 짓이었다 싶어 황개를 비웃었을 뿐입니다.」
「쓸데없는 소리 지껄이지 마라. 나도 손자·오자의 병법을 배웠다. 다른 사람이라면 모르되 이 조조가 황개의 그 너절한 꾀에 넘어갈 줄 아느냐?」
「점점 가소롭습니다. 더구나 병서를 배웠다는 승상이 어째서 이 감택이 가져온 편지의 진상도 알아보지 못하십니까?」
「그럼 내가 황개의 편지를 보고 술책으로 간파한 이유를 들려 주마.

황개가 내게 항복을 하러 온다는 것이 정말이라면 이쪽으로 오는 날짜와 시각을 명백히 밝혀야 하는데도 그것이 없는 것으로 보아 허구임이 분명했던 것이다.」
「그렇소. 병서를 읽고도 그것을 제대로 활용할 줄 모르면 차라리 무학함만 못한 것이오. 그런 범상한 눈으로 어떻게 이 대군을 움직이시오. 오나라 주유와는 비교도 안 되오. 그러니 전쟁에 패할 것은 기정 사실이오.」
「뭐! 패할 것은 기정 사실이라고?」
「그렇소. 병서를 조금 읽고 자만하여 새로운 병법 이론을 연구하지도 않으니 이런 중대한 편지의 진위도 분간할 줄 모르는게 아니겠소.」
조조는 무엇을 생각하는지 입술을 깨물고 감택의 얼굴만 내려다보고 있었다.

그 때 신하 하나가 조조에게 편지 한 장을 올리고 물러갔다. 조조의 밀령을 받고 오나라에 위장 투항한 채화·채중 두 사람이 보낸 공작 보고서였다. 보고서에는 조금전 감택이 말한 황개의 근황이 그대로 적혀 있었다. 그 때서야 비로소 조조는 옷깃을 바로잡고 정식으로 사과하며 감택을 빈객의 예로 대우하는 것이었다.

조조는 주연을 베풀고 감택을 당상에 청해 앉혔다.
「족하는 다시 오나라로 돌아가서 내가 승낙한 것을 황장군에게 전달하고, 꼭 우리 진영으로 와 달라 하시오. 어련히 알아 하실 줄은 아오나 주유가 눈치채기 전에 행동하게 하시오.」
감택은 그러나 머리를 흔들며
「아닙니다. 그 사절로는 다른 적당한 인물을 선택해 보내십시오. 저는 여기 있겠읍니다.」
「왜요?」
「두 번 다시 주유가 있는 오나라로 돌아가고 싶지 않읍니다.」
이것은 물론 조조가 또 다시 의중을 떠보는 것인지도 모르므로 그에 대비한 감택의 계산된 답변이었다.
「그러나 족하는 왕래하는 방법도 아시고, 또 타인이 간다면 황장군에게 곤란한 일이 생길지도 모르지 않겠읍니까?」
조조는 이제 감택에 대해 어느 정도 신뢰가 생기는 듯한 눈치였다.

이튿날 감택은 천연덕스럽게 다시 돌아올 것을 약속하고 그곳을 떠났다.

며칠 후 채 형제의 두번째 공작 보고서와 함께 감택의 비밀 편지가 담긴 봉투가 조조에게 전해졌다.

「감녕도 승상을 사모하여 황개를 주장으로 근일 군량과 무기를 싣고 투항할 것입니다. 청룡아기(青龍牙旗)를 매단 선단이 강상에 떠오르면 우리 항복선으로 알고 화살을 쏘지 않도록 하여 주소서….」

조조는 그러나 아직도 의심을 버리지 못하고 감택의 편지를 몇 번씩 되풀이해 읽으며 내용의 진위를 신중히 분석했다.

「감택과 채 형제의 서신이 사실인지의 여부를 제가 탐지하고 오겠읍니다.」

장간(蔣幹)의 이같은 진언에 조조는 그를 도사로 변장시켜 오군의 진영으로 들여보냈다.

한편 오군의 진영에는 그 때 노숙이 천거한 빈객 한 사람이 주도독을 방문하고 있었다. 양양의 명사 방덕공의 조카로 방통이라 하는 인물이었다. 그는 저 유명한 수경 선생 사마휘(司馬徽)의 문하생이었다.

수경 선생이 일찍이 현덕에게 「복룡(伏龍)이나 봉추(鳳雛) 중 한 사람만 얻으면 천하를 얻는 일이 어렵지 않다」고 한 일이 있었는데, 복령은 제갈공명을, 봉추는 바로 이 방통을 두고 한 말이었다.

방통의 자는 사원(士元)으로 영주와 양양이 조조군의 침공으로 전란에 빠져 있을 때 강동으로 피신했다가 노숙의 권유로 주유를 방문했던 것이다.

「조조군의 방대한 군세를 공략하는데 무슨 묘계가 없겠읍니까?」

주유가 물었다.

「조조군을 격파하는 데는 화공(火攻) 밖에는 없읍니다. 그러나 넓은 강상(江上)에서 불이 배 한 척에 붙으면 다른 배는 사방으로 흩어져 갈 것이므로 조조의 군선을 한데 연결시켜 놓아야 합니다. 배와 배를 쇠사슬로 동여매어 서로 떨어지지 못하게 하는 것입니다. 그것이 바로 연환계이지요.」

방통의 이같은 계책에 대해서는 주유도 원칙적으로 대찬성이었다. 그러나 문제는 병법에 정통한 조조가 그런 계책에 쉽사리 빠져들 것이

나에 있었다. 주유와 노숙이 이 문제를 놓고 심사 숙고하고 있을 때 강북으로부터 장간이 찾아왔다는 전갈이 들어왔다. 주유의 눈빛이 일순 환하게 빛났다. 주유에게 있어 장간의 방문은 무엇보다 반가운 일인 모양이었다. 주유는 손가락을 입술에 대며 함구해 줄 것을 노숙에게 요청했다. 그리고는 목소리를 낮추어 말했다.

「자아, 우리의 대사는 장간이 성공시켜 줄 것이오.」

장간은 곧 주유에게로 인도되었다. 주유는 그러나 오만한 자세로 높이 앉아 장간에게 질문하듯 말한다.

「장간, 이번에는 나를 죽이려고 왔는가? 전번에는 흉금을 털어놓으며 나와 같은 침상에서 잠을 잔 그대가 나중에 보니 내 침상에서 비밀 문서를 훔쳐 도망가지 않았던가?」

「농담마시오. 언제 내가 그런 짓을 한 일이 있었오?」

장간은 어이없는 표정으로 웃었다.

「듣기 싫다! 한 칼에 그대의 목을 벨 것이지만 우의를 생각해 목숨만은 살려 준다. 이제 조조군을 격파할 날도 며칠 안 남았다. 그 동안 여기에 붙들어 둘 것이다!」

주유는 좌우를 둘러보며 호통을 쳤다.

「누가 없는가? 이 자를 서산 산속에 버려 두라. 조조를 파한 뒤 태형 백 대로 처벌하여 강북으로 쫓으리라!」

뜻밖에 산중 초옥에 감금을 당한 장간은 번민으로 침식을 전폐하고 있었다. 어느날 감시병의 눈길을 피해 몰래 초옥에서 빠져나온 그는 컴컴한 산속을 혼자 방황하고 있었다. 산허리만 내려서면 모두가 오군의 진지이고 위를 쳐다보면 까마득히 험준한 산봉우리였다.

「아아, 꼼짝없이 이 산중에 갇히는 신세가 되었구나….」

장간이 이렇게 손바닥만한 하늘을 쳐다보며 한탄하고 있을 때 문득 그의 앞에 한 점의 희미한 불빛이 숲사이로 보였다. 장간은 불빛을 향해 어둠속을 더듬어 나갔다. 가까이 가보니 산속 외딴 초옥에서 누군가가 혼자 글을 읽고 있는 소리가 들려왔다. 문틈 사이로 들여다 보니 흙냄새가 나는 좁은 방 안에서 30 전후의 청년 하나가 단정히 앉아 있었다.

장간은 두어 번 헛기침으로 인기척을 했다.

「누가 왔오?」

청년이 문을 열고 나오며 물었다.

「산중에서 길을 잃고 헤메다가 불빛을 따라 여기까지 왔오이다. 잠시 쉬어갈 수 없겠오?」

주객은 희미한 등불 아래 마주 앉았다. 조금전 청년이 문을 열고 나올 때 보여준 그 음성의 당당함으로 범상한 인물이 아니리라 여겼던 장간은 그러나 불빛 아래서 그의 얼굴이 적나라하게 드러나자 내심 실망과 함께 실소를 금할 수 없었다. 청년의 얼굴은 온통 곰보 투성이었다. 게다가 코는 납작하고 검은 얼굴에는 수염이 있는 것인지 없는 것인지조차 얼른 구별할 수 없을 정도였다. 키조차 작달막하여 남자의 풍채라고는 찾아보기 힘든 외모였다.

「선생은 누구신대 이 외진 곳에 혼자 기거하시오?」

궁금한 마음에 장간이 물었다.

「예, 성은 방이요, 이름은 통입니다」

「아, 아니 그러면 저 봉추 선생이 아니십니까?」

장간은 다시 한번 놀라지 않을 수 없었다.

「선생의 고명하심을 들은 지 오래 되었읍니다. 그런데 어찌 이런 곳에 혼자 계십니까?」

「주유는 연소한 대도독으로 모의 3군을 통찰하니 그야말로 두뇌는 작고 감투만 큰 셈이지요. 스스로 재주만 믿고 사람을 용납할 줄 모르므로 나는 그저 이곳에 혼자 은거하고 있는 중이오. 그런데 공은 누구시오?」

「나는 강북의 장간이라는 사람입니다.」

장간은 그가 주유에 의해 산간 초옥에 갇히게 된 사연과 감시가 소홀한 틈을 타서 여기에까지 이르게 된 사정을 낱낱이 방통에게 털어놓았다. 방통의 언질로 보아 그가 이같은 역경에서 얼마나 오나라를 원망하고 있는가를 장간은 짐작하였다. 장간은 넌지시 그의 의중을 떠보았다.

「조승상은 현인을 대접하기로 유명합니다. 어떠십니까, 나와 함께 강북으로 가실 의향은 없으신지요?」

「조조가 그런 인물임은 나도 익히 듣고 있었오. 그러나 오나라에 있던 자라면 아무리 현인을 대접하는 조조라 해도 무조건 등용하려 하지는 않을 것이오.」
「아니, 그 점은 내게 맡기시오. 내가 천거하면 틀림없을 것입니다.」
 장간은 비로소 조조의 밀령에 의해 유세객으로 왔던 자신의 정체를 방통에게 토설하였다.
 그날 밤으로 오나라를 탈출하기로 합의한 그들을 지리에 익숙한 방통의 인도로 쉽게 대강안까지 와서 배를 타고 조조의 군영에 도착하였다.
 방통을 맞은 조조의 군영은 그야말로 잔치집 분위기였다. 호화로운 주연으로 방통을 환영한 조조는 이튿날 그와 함께 말을 타고 언덕을 올랐다. 조조로서는 파격적인 대우였다. 조조는 자기의 포진(布陣)에 대하여 기탄없는 비평을 해주기를 바라는 심경이었다.
「손자·오자가 다시 살아온다 해도 이보다 더 낫게 포진하지는 못할 것입니다.」
 방통은 조조 군영의 사방을 둘러보며 감탄을 연발했다. 조조는 기분이 좋아 다시 그를 인도하여 수채와 대소 선대와 강상에 떠있는 전선 24좌의 선진(船陳)을 보여 주었다.
「어떠하오, 우리 수상 성곽(水上城郭)이? 불비한 점을 사실대로 지적해 주시오.」
「공연한 찬사가 아닙니다. 이 강안 일대의 진용에서는 결코 어떠한 결점도 찾아낼 수 없읍니다. 승상께서 용병을 잘하심은 이미 알고 있던 일이나 수군 배치에도 이렇게 뛰어나신 줄은 정말 몰랐읍니다. 주유가 불쌍하다는 생각이 듭니다. 그는 자기 혼자만 강상 전투를 안다는 자만에 빠져 있으니 멸망하는 날에야 비로소 자신의 그 교만이 헛됨을 깨달을 것입니다.」
 그날 낮 또 다시 산해 진미가 차려진 가운데 주연이 한창 무르익어 가고 있을 때였다.
「잠깐 실례하겠읍니다.」
하며 자리를 뜬 방통이 한참 만에야 다시 주연석으로 돌아왔다. 조조는 방통을 바라보며
「안색이 좀 불편하신 듯 보이는데 어떠시오?」

「뭘요, 별로 대단치 않읍니다.」
「그래도 어디가 불편하신 듯하오.」
「배를 타고 와서 좀 피곤한 것 뿐입니다. 저는 원래 배멀미를 심히 합니다. 4,5 일 정도만 강상에서 흔들리면 몹시 피로해집니다. 실은 지금도 먹은 것을 좀 토하고 들어왔읍니다.」
「그러셨읍니까? 그렇다면 의사를 부를테니 진단을 받아보시지요.」
「그럴까요. 진중에 유명한 의사가 많을 테니 부탁하겠읍니다.」
조조는 의아한 눈으로 방통을 바라보며
「명의가 많음을 어찌 아셨오?」
했다.
「승상의 장병은 대부분이 북국 출신이 아닙니까. 그러니 선상 생활에는 다들 미숙할 것입니다. 그런 사람들을 배 위에서 계속 흔들도록 방치하면 심신이 피로하여 병에 걸리기 쉽읍니다. 전투가 벌어지면 그들의 전 능력을 발휘하기가 어렵게 될 것입니다.」
방통의 이 말은 그렇지 않아도 조조가 고민하던 문제를 기가 막히게 꿰뚫은 것이었다. 북국 출신의 병사들은 이곳 남방 풍토에 적응하지를 못해 선상에선 날마다 병자들이 무더기로 발생하고 있는 중이었다. 조조는 방통에게로 바싹 다가 앉았다.
「무슨 방법이 없겠읍니까, 어찌하면 좋겠읍니까?」
조조의 마음은 다급해졌다.
「포진한 병법은 물샐 틈이 없읍니다만 한 가지 결점이 있읍니다. 그것만 개선하면 군졸들을 병으로 시달리게 하지는 않을 것입니다. 북극 사람들은 물에 미숙합니다. 오랫동안 흙을 밟지 못한 그들은 풍랑이 일 때마다 몹시 피로해집니다. 그래서 잘 먹지도 못하고 혈액 순환이 안 되어 병이 생길 수밖에 없는 것입니다. 이것을 예방하는 방법은 한 가지 뿐입니다. 포진을 개혁하는 것입니다.」
「포진을 개혁한다면 어떻게 해야 합니까?」
조조의 표정은 사뭇 진지했다.
「전선(戰船)을 모두 쇠고리로 연결하여 하나를 만들고 그 위에 널판지를 깔아 연환선을 만들어 배가 움직이지 못하도록 하고 넓은 공간을 자유롭게 왕래하게 하면 인마가 모두 평지에서처럼 마음대로 뛰고 걸을 수 있을 것입니다. 그렇게 하면 아무리 큰 풍랑이 일어나도 동요가 적고 활동도 원활해 병졸의 기분도 밝아질 것이니 자연히 병으로 눕는 자가 없어질 것 아닙니까?」
 방통의 이같은 진언은 곧 채용되었다.
 이튿날 아침부터 조조의 직접 지휘하에 연환 쇠사슬과 큰 못의 제조가 시작되었다. 조조의 그같은 행동에 방통은 내심 고소를 금할 수 없었다.
「오나라의 장수들이 모두 주유를 마음으로 멀리 하니 기회만 있으면 배반하려는 자들이 태반입니다. 제가 가서 저들의 마음을 회유하여 승상께 항복토록 하겠읍니다. 그런 다음 주유를 사로잡고 유비를 평정함이 바른 순서일 듯싶읍니다. 현덕도 결코 가볍게 보아넘길 인물이 아님을 유념하시기 바랍니다.」
 자신의 모책에 속아 열심히 연환선을 만들고 있는 조조에게 내심 조소를 보내던 방통은 어느 날 조조에게 이같이 말했다.
「그렇게 해보시오. 성공하면 선생을 3공에 봉하리다.」
「이 방통이 바라는 것은 그같은 목전의 이익이나 영달이 아니라 다만 창생을 환란에서 구하고자 하는 마음일 뿐입니다. 승상이 오나라를 칠 때 무고한 백성에 대한 살육만은 주십사 하는 것이 제 유일한 소망입니다.」
「본인이 토벌하고자 하는 것은 다만 오나라의 권력일 뿐 양민이 아니오. 평정하고 나면 그 날부터 오나라 백성은 내 사랑하는 백성이 되는 것이 아니겠오. 무엇 때문에 살육을 감행할 것입니까? 그점 믿어도 좋은 것입니다.」
「그러나 아무래도 대군이 적국을 침공할 때는 많은 백성이 환란을 당하게 됩니다. 지금 제가 강남으로 돌아가는 길에 승상께서 친히 저에게 어떤 표적이라도 하사하신다면 저의 일족은 전란 중에 생명을 보존할 수 있겠는데 허락해 주실는지요.」
「선생 일족은 지금 어디에 있오?」
「양양에서 쫓겨나와 오나라 벽촌에 우거하고 있읍니다. 승상께서 쪽지 한 장만 주시면 승상 휘하의 군병이 오를 침공할 때 전란을 면할 수 있겠읍니다.」

방통의 이같은 간청에 조조는 곧 지필을 가져오게 하여
「군대가 오에 입국할 때 방통 일가에 대해서는 특별히 보호하라. 명령을 어기는 자는 참한다.」
고 손수 쓴 뒤에 커다란 승상의 인을 찍어 주었다. 조조는 작은 일이건 큰 일이건 방통의 부탁이라면 무엇이나 들어 줄 의사임이 분명했다. 이를 확인한 방통은 내심 쾌재를 부르며 조조를 작별하고 오나라로 향했다.

방통이 외진 목책을 지나 강안으로 나와 오진으로 가기 위해 작은 배를 타려 할 때였다. 버드나무 그늘에서 별안간 그림자같은 것이 뛰어나와 무작정 방통의 옷자락을 거머쥐었다.

「이 유세객아 좀 기다려!」

그렇지 않아도 긴장으로 몸이 굳어 있던 방통은 기절할 듯이 놀라며 돌아보았다. 몸에 도복을 걸치고 머리에 면죽관을 쓴 사나이가 무쇠처럼 억센 힘으로 그를 뒤에서 껴안고 있는 것이었다.

「조승상의 빈객으로 와서 승상을 희롱하고 이제 돌아가는 길인가? 하하…, 그대가 조승상은 속일 수 있을지 몰라도 나는 그렇게 만만히 속이지 못할 것이다. 오나라 황개와 주유가 공모하여 먼저 고육계로써 감택을 어부로 꾸며 보내고, 채 형제의 편지를 보내더니만, 지금은 또 그대가 와서 승상을 속여 연환계를 획책한다? 후일 우리 북군의 병선을 송두리채 불에 태워 버리려고 계략을 꾸미고 있는 자를 어찌 다시 강남으로 보낼 것인가. 자 어서 중군으로 다시 돌아가소.」

일순 칼날이 스치듯 방통의 등줄기로 차가운 땀이 흘러내렸다. 혼비백산하여 방통은 그만 두눈을 감아 버렸다.

「그대는 누구인가. 조조의 부하인가?」

방통의 귀에 자신의 말이 마치 다른 사람의 입에서 나온 소리처럼 까마득히 들려왔다.

「물론 조승상의 은덕을 입고 살아 온 사람이다. 내 말소리를 기억하지 못하는가? 눈을 뜨고 나를 똑똑히 보라!」

사나이의 이같은 말에 방통은 눈을 번쩍 뜨며 그를 돌아보았다. 그는 면죽관을 치켜들었다.

「아, 서서!」

방통은 다시 한번 놀라며 망연히 그의 아래 위를 훑어보았다.

「그대는 수경 선생의 문하생 원직 서서가 아니오!」
　재회의 감격도 잠시, 수경 선생을 함께 모시다가 지금은 길이 달라 각각 자기 주장을 따르게 된 처지이므로 그가 아무리 동문생이라 하더라도 방통의 낙담은 어쩔 수 없었다. 그러나 궁측통(窮測通)이란 말이 있지 않은가. 밑져야 본전이란 생각으로 방통은 용기를 내어 간청하였다.
「여보게 원직, 만일 귀공이 한마디라도 내는 날엔 내 목숨은 둘째치고라도 오국 81주의 백성이 위군의 말발굽 아래 유린되고 말 것이오. 역조 창생을 위해 제발 눈을 감아 주시오.」
「그것은 그대 편에서나 할 수 있는 말이지 위군 편에 있는 나로서는 그대의 말을 따르다 보면 오국 백성을 구할 수는 있겠지만 우리 백만 대군은 모조리 화형을 당할 것이니 어찌하겠오?」
　방통도 여기에 이르러서는 더 이상 아무 말도 할 수 없었다.
「수경 선생의 가르침을 받아 그대를 여기서 만난 것도 아마 천운인가 보오. 그대 마음대로 처리하시오.」
　깊은 한숨을 내쉬며 그는 참담한 어조로 말했다.
「하하, 이제 강북에도 사람이 있는 줄 아셨오?」
「수경 선생의 수제자인 서원직이 설마 여기 있으리라고는 꿈에도 생각지 못하였오.」
「봉추 선생은 과연 범인이 아니시오.」
「무슨 뜻이오?」
　서서는 비로소 솔직한 자기의 심경을 털어놓았다. 몸은 지금 비록 조조 군영에 있으나 신야에 있을 때 유황숙의 은혜를 두텁게 입은 일이 있고, 지금도 그에 대한 사모의 정만은 가슴깊이 간직하고 있었다. 다만 그의 노모가 조조에게 포로로 잡혀 부득이 그의 휘하로 들어갈 수밖에 없었다. 그러나 이제는 노모도 세상을 떠난 처지였다. 그의 노모는 조조 때문에 스스로 목숨을 끊었던 것이다. 유황숙과 작별할 때 그는 서약한 바가 있었다. 조조의 휘하로 가기는 가되 평생 그를 위해 계책을 꾀하지는 않겠노라는 서약이었다. 그는 벌써부터 조조 진영을 비밀리에 왕래하는 오나라 사람을 엿보며 조조에게 환란이 다가오고 있다는 것을 짐작하고 있던 중이었다.
「이제 귀형이 오나라로 돌아가면 연환계와 화공계로 위나라를 칠 터인데 그 때는 이 서서도 위군 진중에서 화장을 당할 것이 아니겠오. 그렇게 되기 전에 내게 피할 방법은 없겠오?」
「방법은 있오.」
방통의 귓속말을 듣고 있던 서서의 입가에 웃음이 떠올랐다.
그 며칠 후 조조의 진영에는 난데없는 소문이 떠돌기 시작하였다.
「서량(西涼)의 마등(馬騰)과 한수(韓遂) 두 대장이 대군을 일으켜 반기를 들고 허도가 허술한 틈을 타서 각각 진격을 하려 하고 있다!」
는 소문이었다. 오랜 원정으로 허도에 남기고 온 가족을 그리워하던 군졸들에게는 큰 충격이 아닐 수 없었다. 허도에서 천리나 떨어져 있는 조조의 불안은 말할것도 없었다.
이 때 서서가 조군에게 이같이 진언하였다.
「제게 3천 군마를 주시면 주야로 산관(散關) 어귀를 지키다가 긴급한 사태가 발생하면 즉시 보고하겠읍니다.」
서서의 진언은 즉시 채택되었다.
이렇게 해서 방통의 계책에 따라 서서는 조조의 군영을 탈출하는 데 성공했던 것이다. 그런 사실도 모르고 배후의 근심이 없어졌다고 생각한 조조는 오군 박멸에 다시 온 노력을 집중하고 있었다.
연환선은 마침내 완성되었다. 흰 비단을 펼쳐 놓은 듯 달빛에 반짝이는 강물을 바라보며 조조는 자축연을 베풀었다. 연환선 위에 자축의 웃음소리가 높아가고 있을 때 돛대 위에서 까마귀 한 마리가 남쪽을 향해 울며 날아갔다. 일순 조조의 뇌리에 먹구름이 이는 듯한 불길한 느낌이 스쳤다. 그러한 느낌은 좌우의 제장들도 마찬가지였다.
「달빛이 하도 밝아서 낮인줄 알고 까마귀가 울었을 것입니다.」
누가 묻지도 않았는데 스스로의 불안을 떨쳐 버리려는 듯 장수 하나가 말했다.
「자, 무엇들 하는가! 맘껏 마시고 즐기자!」
불길한 영상은 그들 모두의 머리에서 사라져 갔다. 조조는 완벽한 전쟁 준비에 만족해 있었다.
그 며칠 후 오군 진영의 모든 부대는 대기 상태에 들어갔다. 그 한편에서 황개는 20여 척의 쾌속선을 준비하여 그 안에 건초를 가득 싣고 유황, 연초를 감춘 뒤 배 전체를 청포막으로 가리고 수상전에 익숙한 정예군 3백

명 씩을 배마다 탑승시켰다.
 이 선대는 처음부터 비밀리에 계획된 것이었다. 감녕, 감택 두 장수는 적군의 간첩인 채 형제를 꾀어 술을 마시며 싸움에는 전혀 뜻이 없다는 태도를 보이고 있었다.
「어떻게 남모르게 주유의 군영을 탈출하여 조승상의 진영으로 무사히 갈 수 있을까?」
 감녕과 감택은 채 형제를 붙들어 앉히고는 오직 그 일만을 걱정하고 있었다.
 밤이 되었다. 파도와 바람이 조조의 북안 진영으로 맹렬히 불고 있었다. 그 때 한대의 선척이 강상을 미끄러지듯이 조조의 연환선을 향해 달려왔다.
「황개의 사절이오!」
 배에서 내린 사람은 급히 밀서 한통을 전달하고는 다시 오던 길로 되돌아갔다. 조조가 애타게 기다리던 황개의 밀서였다.
「주유의 군령이 엄하여 경솔히 행하기가 어려워 기회를 노리던 중 이제 때가 왔읍니다. 오늘밤 2시경쯤 군량과 군수품을 만재하고 투항하겠아온데, 선두에 청룡아기를 꽂았으니 부하에게 하명하여 화살을 쏘지 않도록 조치하여 주시옵소서. 건안 12년 11월 21일 항장(降將) 황개」
 조조는 크게 기뻐하며 이 사실을 곧 부하들에게 알렸다.
 한편 그 시간, 오군은 이미 황주 경계를 넘어 진격하고 있었다. 강풍에 뒤집히는 장강의 파도 소리는 요란했다. 황개와 감녕은 채중을 앞잡이로 세워 오군의 진지를 떠났고 주유의 명에 따라 채화 혼자만이 군영에 남아 있었다. 그 때 갑자기 군병들이 몰려와 채화를 포박해 주유 앞으로 끌고 갔다.
「너는 조조의 첩자로 우리 진영에 거짓 투항해 온 자렸다!」
 주유의 호령은 추상같았다. 얼굴이 파랗게 질린 채화는 애소하며 몸부림쳤다.
「감녕과 감택도 함께 공모하였읍니다. 죽을 죄를 지었으니 목숨만 살려 주시오.」
「그건 모두 내가 지시한 모략이다.」
 채화의 목은 단칼에 땅으로 굴러떨어지고 말았다.

「출동하라!」
주유는 이윽고 최후의 명령을 내렸다.
함대는 4대로 나뉘어 각 대마다 대장 영솔하에 전선 3백 척씩을 거느리고 출동하였고 전선 4척은 따로 황개의 선대 뒤에 접응하게 하였다. 20척의 배는 강상을 미끄러지듯이 앞장서서 달렸다. 황개가 탄 기함에는 특히 「선봉 황개」라고 쓴 큰 깃발이 날리고 있었고 다른 배에는 모두 청룡아기가 펄럭이고 있었다. 멀찌감치서 황개의 선대가 오는 것을 바라보며 조조는 호기롭게 웃었다.
「황개가 드디어 항복하러 오는구나. 이것은 하늘이 나를 돕는 일이다!」
그러나 선대가 가까이 다가오자 조조의 곁에 섰던 한 장수가 고개를 갸웃거리며 말했다.
「저 선단은 아무리 봐도 속임수 같으니 가까이 오지 못하게 막아야 합니다.」
「무엇을 보고 그렇게 판단하는가?」
「예, 배에 무게가 없어 보입니다. 만일 배에 군량이나 군수품이 실렸다면 움직임이 육중하고 둔할 텐데 그렇게 보이질 않습니다. 분명 무슨 음흉한 책략이 있는 듯합니다.」
장수의 그같은 말에 전선을 한참 동안 응시하던 조조의 낯빛이 일순 웃음기가 걷히며 창백하게 돌변하였다.
「큰일이다. 이 심한 폭풍 속에서 만일 적군이 화공을 해 온다면 어찌 막을 것인가!」
조조가 이렇게 허둥대고 있는 동안에도 황개의 선단은 화살처럼 강상을 달려 조조의 수상 진영까지의 거리는 불과 2리쯤으로 가까와지고 있었다.
그 때였다. 오군의 기습 선대의 기함에 타고 있던 황개가 선수에 올라 칼을 빼어 들고 큰 소리로 군사들을 지휘하였다. 급기야 조조군에 대한 수상 화공은 시작된 것이다. 항복하러 온다던 선대가 돌변하여 습격을 한 것이다. 조조는 수군을 방어 태세로 전환하려고 안간힘을 썼지만 때는 이미 늦어 있었다. 때마침 불어닥친 동남풍에 조조 진영에서 오군을 향해 쏘아 대는 화살은 엉뚱한 곳으로만 날아가 버렸고 마침내 폭풍을 안고 조조의 대선단에는 불이 붙기 시작하였다. 그런데다 방통의 연환계에 빠져 쇠사슬로 모두 연결된 배는 기동력을 잃어 꼼짝도 할 수가 없었다. 강상에 건설된 도시와 같은 조조의 선단은 속수 무책으로 불 세례를 받아야만 했다.

 앞장서서 달려오던 일단의 폭화(暴火) 선대가 화약·염초 등을 나무 가래 밑에 감추었다가 한꺼번에 화염을 던지니 거대한 조조군의 연쇄선은 삽시간에 화염에 휩싸여 버리고 말았던 것이다. 불꽃이 활활 타오르는 소리, 파도 소리, 바람 소리 속에 충천하는 불길은 3강 수륙을 눈 깜짝할 사이에 온통 불바다로 만들었다. 화염의 바퀴와도 같은 거선은 불길에 싸여 제자리를 빙빙 돌다가 이윽고 수십길 높이의 물보라를 내뿜으며 강물 속으로 침몰되었다. 천지를 태울 듯한 이 맹렬한 불길은 강상에서 만으로 끝나지 않았다. 오림(烏林)과 적벽(赤壁) 양안의 바위가 검게 타고 숲은 온통 숯덩어리가 되었다.

 조조가 탄 북군 기함과 그 전후에 집결한 중군 선대는 그야말로 몰락 일로에 빠져들고 있었다.

「오른편으로 얼른 작은 선박을 내려라. 승상이 위험하다!」

 조조의 근신 정욱, 장요, 서황 등은 그 경황 속에서도 조조를 호위하고 불길을 헤치며 길을 열었다. 얼마 만인가 조조는 간신히 불길을 피해 오림의 언덕으로 올라왔다.

「이게 도대체 꿈인가 생시인가….」

 조조가 낙백해서 돌아보는 장강은 수많은 인명을 삼켜버린 채 뻘건 불바다를 이루고 있고 언덕 위엔 뜨거운 바람만이 살을 태울 듯이 불어대고 있었다.

 이것이 역사상 저 유명한 「적벽 대전」이며 삼국이 정립하는 계기가 된 사건이었다.

■ 연환계 2

 러시아는 나폴레옹에게 수도 모스크바를 점령당하고 또 히틀러에게 레닌그라드·모스크바·스탈린그라드(현재의 보르고 그라드) 등을 일제히 공격당하고도 완강히 버티며 손을 들지 않았던 나라이다. 그런데 그토록 고집이 대단한 나라가 러일 전쟁에서는 어떻게 그렇듯 쉽게 두손을 들었을까?

일본군은 전격 작전으로 봉천 회전(奉天會戰)에서 대승하고 일본해(日本海) 해전에서「이일대로(以逸待勞)」의 전략으로 러시아 연합 함대를 전멸시키기 시작했지만 러시아 육군은 중국 영토 내에서 약3백 킬로 후퇴한데 지나지 않았고, 일본해에서 대승한 일본 해군도 러시아 본국의 바다까지 진격할 힘은 없었다. 따라서 일본군의 병사 한 사람도 러시아령에 들어가 있지 않았는데 러시아가 굴복할 리는 없는 것이다.

그럼에도 불구하고 러시아가 전쟁의 종식을 원한 것은 일본이 마련한 여러 가지 종합적인 위력 때문이었다.

당시 일본이 마련한 국가 전략 중 중요한 것은 다음과 같다.

1. 국제 정세를 일본에 유리하게 유도한 외교 공작, 특히 영일 동맹(英日同盟).
2. 러시아의 내부 분열을 획책한 모략 공작
3. 개전시에 사전에 마련한 종전 공작.
4. 일본의 전비를 조달하고 적의 자금(전비) 원을 끊는 공작
5. 연전 연승의 군사 행동.
6. 동부 중국(이른바 만주) 작전의 부대 뒤에서 활약한 특별 임무반(약칭 특무반, 군사 탐정단).

강대국 러시아에 몰릴 수밖에 없던 일본이 이렇게 마련한 여섯 가지 전략은「연환지계」가 되어 연쇄 반응을 불러일으켰고 그 상승 효과를 타고 종합 전과를 거두기에 이르렀던 것이다. 전력에 의해서가 아니라 연속적인 계책에 의한 승리였다.

제36계

주위상
走爲上

도망치는 것이 상책이다

전군이 퇴각하여 적을 피하고, 퇴각함으로써 전진하며 기회를 기다려 적을 격파한다. 이는 정상적인 용병의 법칙에 위배되지 않는 것이다.

적의 병력이 압도적으로 우세하고 이쪽 승리가 확실치 않을 때는, 투항이냐 강화냐 퇴각이냐의 세 가지 길이 있을 뿐이다. 투항은 전면적 실패이며 강화는 절반 실패이지만 퇴각은 실패가 아니라 승리로 뒤바꿀 수 있는 열쇠이다.

예를 들면 송대(宋代)의 필재우가 금(金)에 저항했을 때 금의 병력은 강대하고 송에는 약간의 병력밖에 없었다. 그래서 그는 어느날 밤 전군의 철퇴를 결정했다. 기치(旗幟)는 진지에 그대로 남기고 미리 양을 거꾸로 매달아 양의 앞발이 군고(軍鼓) 위에 오도록 했다. 거꾸로 매달린 양은 괴로움을 못이겨 쉴새없이 허우적거렸기 때문에 군고는 계속해서 댕댕 울렸다.

금나라 군사들을 밤낮을 두고 군고 소리를 듣게 되자 설마 송군이 철퇴를 했으리라고는 꿈에도 생각지 못했다. 여러 날이 지나서 겨우 사실을 알았지만 그 때는 이미 멀리 퇴각하여 전력을 가다듬어 다시 공격할 준비가 끝난 뒤였다. 이는 교묘히 퇴각한 전례(戰例)라 해도 좋을 것이다.

그러나 뭐니뭐니 해도 이 주위상의 계책을 가장 현명하고 적절하게 운용하여 전기(轉機)를 잡은 사람은 삼국 시대 위나라의 조조라 하겠다.

註

　주위상(朱爲上): 도망하는 것을 상책으로 한다. 패전의 계책에 속하는 제36계이며 열세에 처했을 때의 계략이다.

　「36계, 도망하는 것을 상책으로 한다」는 것은 열세일 때는 「도망하는 것」이 상책이라는 얘기일뿐 「도망하는 것」이 36계 중에서 가장 현명한 계책이라는 것은 아니다.

■ 주위상 ①

조조가 오두미교국인 한중을 평정했다는 사실은 촉의 유비에게 있어 큰 관심사가 아닐 수 없었다. 그가 촉의 성도에 입성하여 유장을 몰아 내고 마침내 익주 땅을 점령하면서「나도 처음으로 내 나라를 가졌다」고 감개 무량했던 때가 불과 얼마 전의 일이 아닌가(제20계 혼수막어 참조). 이제 간신히 터전을 잡아 촉의 기반은 아직 약하기 짝이 없는데 조조의 발길은 바로 촉과 잇달아 있는 한중에까지 이른 것이다.

「이 승전의 여세를 몰아 촉의 본거지를 치면 아직 기반이 약한 촉은 쉽게 함락될 것입니다.」

사마의가 이렇게 진언했다. 조조는 그러나

「인간은 어느 한도에서 멈추는 것이 필요하다. 이제 농(隴:한중 땅)을 얻었거니 어찌 또 다시 촉을 바라겠느냐.」

하며 부장만을 배치하고 그곳에서 철수하고 말았다. 이 소식을 전해 들은 유비는 안도의 숨을 내쉬었다. 그러나 그것도 잠시, 유비의 마음 속에서는 이같은 무사 안일에 대한 강한 거부의 불길이 맹렬히 타오르기 시작했다.

「좀 더 영토를 넓혀야 한다. 이대로 형세가 굳어져 버리면 나는 다만 한 지방의 주인에 지나지 않게 되는 것이다. 사마의가 말한대로 나는 천하의 주인이 되어야 한다….」

조조가 한중에 배치해 놓은 부장 하후연은 조조의 근친으로 별 재능이 없는 인물이었다. 이 점 한중 공략에의 야망을 품고 있는 유비로서는 여간 좋은 조건이 아닐 수 없었다.

드디어 유비는 장비, 조운, 황충 등 여러 장수를 독려하여 한중으로 진격해 들어갔다. 한중의 이 급박한 사태는 하후연의 사자 조홍을 통해 즉시 허도에 있는 조조에게 보고되었다. 조조는 가슴을 치며 자신의 실책을 뉘우쳤다.

「한중을 정복했을 때 사마의의 말을 듣지 아니한 것이 후회스럽구나. 그랬더라면 오늘의 이런 사단은 일어나지 않았을 것이 아닌가. 그 때 촉까지 정벌했어야 하는 것인데….」

조조는 누구에게랄 것도 없이 혼자 이렇게 뇌까렸다.
 그러나 사단은 이미 일어나고 말았다. 중요한 것은 이제부터였다. 조조의 40만 대군이 한중 구원을 위해 허도를 출발한 것은 건안 23년(218년) 7월이었고 장안에 도착한 것은 그해 9월이었다. 조조는 전군의 진용을 정비하여 3군으로 나누었다. 주력인 중군은 조조 자신, 선봉 부대는 하후돈, 후진은 조에게 맡겼다.
 조조의 대군단은 수백 리를 뻗쳐 동관(潼關)으로 전진하였다. 조조 일행이 한중의 남정(南鄭)에 도착하자 그곳을 지키고 있던 조홍은 그간의 정세를 보고했다.
「지금 현덕이 황충을 보내 정군산을 공격하고 있는데 하후연은 대왕의 군단이 출동함을 알고 그곳을 굳게 지키고 있을 뿐 출전을 일체 하지 않습니다.」
「그래서는 안 되지. 싸움을 걸어 오는데도 출전을 안한다면 상대로 하여금 자기들을 두려워한다고 생각하게 할 우려가 있다. 빨리 사자를 보내내 영(令)을 전하고 출전 계획을 세우게 하라!」
 조조는 정군산의 하후연에게 사자를 보내 독전하였다. 왕명을 받은 하후연은 비로소 군사를 조련시키며 장합을 불러 이렇게 호언하였다.
「지금 위왕의 대군이 한중에 도착하였고 내게 적군을 토벌한 것을 명했다. 나는 더이상 이곳에서 승부를 겨룰 수가 없다. 내일 당장 나가서 황충을 사로잡아 끝장을 내고 말겠다!」
 장합은 그러나 이를 만류했다.
「황충과 법정을 경솔히 대하지 말고 요충지를 굳게 지키는 것이 현명한 일입니다. 성급히 출전을 했다가는 자칫 저들의 반객위주의 계에 빠지지 쉽습니다.」
 장합의 그같은 권유가 그러나 하후연의 귀에는 한마디도 들리지 않았다.
「나는 여기서 너무 오래 진만 치고 있었다. 만일 이번 결전에서 다른 장수들에게 전공을 빼앗긴다면 무슨 면목으로 위왕을 대하겠는가. 그대는 이곳을 지키고 있으라. 나는 산을 내려가 결전을 할 것이다.」
 하후연은 군대를 반쯤 남겨 본진을 지키게 하고 자신은 남은 군대를 이끌고 황충의 진영이 있는 산으로 향했다. 하후연의 위군이 산록에 이르도록 황충의 진영은 쥐죽은 듯 조용하기만 했다. 맥이 빠진 위군은 황충의 진영을 향해 입을 모아 욕설을 퍼붓기 시작했다. 얼마나 지났을까, 여전히 촉군으로부터는 아무런 반응도 보이지 않았다.

산상에서 몰래 적군의 형세를 지켜보던 법정의 눈에 위군의 태반이 피로를 못이겨 마상에서 졸고 있음이 들어왔다. 법정은 곧 백기를 높이 게양하였다. 이것을 군호로 대기하고 있던 황충의 부대는 산상에서 일제히 돌격을 개시하였다. 갑자기 북을 울리고 나팔을 불며 노도처럼 산하로 밀고 내려오는 촉군의 기세에 위병은 대항할 엄두조차 못내고 우왕좌왕, 칼 한 번 휘두를 사이도 없이 하후연의 몸은 황충의 칼에 두 동강이가 나고 말았다.

황충은 그 기세를 몰아 장합이 지키고 있는 정군산상의 위군 진영으로 쳐들어갔다. 불시에 당하는 공격이라 위군의 진영은 순식간에 벌집을 쑤셔놓은 형국이 되고 말았다. 어떻게 손써볼 사이도 없이 황충과 진식의 기습 협공에 패한 장합은 겨우 그곳을 빠져나와 산골짜기로 도망하다가 또 다시 조운의 대군과 부딪혀야 했다. 이미 그곳 일대는 촉군의 포위망에 들어 있었던 것이다. 이제 더 나아갈 길이 없었다. 장합은 절망한 나머지 다시 정군산 본진을 향해 말머리를 돌렸다. 그 때 저쪽에서 패잔병을 이끌고 달려오던 두습과 마주쳤다.

「어떻게 되었오, 정군산은?」

장합은 다소 안도하며 두습에게 물었다.

「정군산 본진은 지금 촉의 대장 유봉과 맹달의 손에 들어가 있읍니다.」

두습이 비참한 목소리로 대답했다. 그들 가련한 두 패장은 야음을 틈타 포위망을 빠져나와 한수로 도망치는데 성공한다.

패전 소식은 즉시로 남정의 조조에게 보고되었다. 위군의 패전과 하후연의 전사 소식에 접한 조조는 하후연의 죽음을 애석해 하며 하늘을 보며 통곡하였다.

한편 하맹관의 촉군 진영에서는 노장 황충의 승전 축하연이 열리고 있었다. 한참 주흥이 무르익을 때 전선에 있던 아장 장저(牙將 張著)가 그의 부하를 통해 다음과 같은 소식을 전했다.

「조조가 하후연의 전사를 보복하고자 20만 대군을 몰아 한수까지 온다고 하는데 그곳에서 미창산의 군량을 북산으로 이동시킬 모양입니다. 군량 운반책은 장합이 맡았다 하옵니다.」
 이같은 보고에 따라 곧 정세를 판단한 공명은 현덕에게 대책을 일렀다.
「조조가 20만 대군을 이끌고 온다면 그 군량 조달이 큰 문제일 것입니다. 조조의 약점이 바로 그것입니다. 그 군량을 빼앗는 일이야말로 이번 싸움의 승패의 관건이 될 것입니다.」
 유비는 즉시 출전을 명했다. 유비의 명에 따라 다시 출전한 황충과 조자룡은 한수에 이르러 각각 선진과 후진으로 그들의 군대를 나누었다. 선진으로 나가게 된 황충은 후진을 맡은 자룡에게
「만일 내가 내일 정오까지 돌아오지 않으면 원군을 출동시키도록 하시오.」
라는 부탁의 말을 남기고는 적군의 진영으로 깊이 침입하였다. 노장 황충은 새벽 미명에 한수를 건너 적군의 군량이 쌓여 있는 북산 중턱에 이르러 산상의 적정을 정탐하였다. 그곳은 목책은 견고했으나 수비는 허술하기 짝이 없었다.
「달려 올라가서 군량에 불을 질러라!」
 황충의 명에 따라 촉군은 아침 안개에 덮인 목책을 두들겨 부시고 늦잠에 빠져 있는 위군의 단잠을 깨웠다. 잠에 취해 비틀거리는 위군은 촉군의 밥이었다. 단숨에 수비병들을 해치운 촉군은 등에 지고 온 화약과 염초를 군량더미 위에 퍼붓고 점화해 순식간에 그 일대는 화염으로 뒤덮였다. 한수 동쪽에 진을 치고 있던 장합이 잠에서 깨어난 것은 바로 그 때였다.
「큰일 났읍니다. 군량 저장소에 불이….」
 번병이 외치는 소리에 막사 밖으로 뛰쳐나온 장합의 눈에 들어온 첫 광경은 북산에서 뭉게구름처럼 피어 오르는 검은 연기였다. 전군에 비상을 걸어 정신없이 북산으로 달려갔을 때는 이미 모든 양곡 더미는 검붉은 화염에 휩싸여 있었다. 산속 여기 저기에서는 아직도 황충의 촉군과 그곳의 수비군 사이에 치열한 백병전이 벌어지고 있었다.
 격심한 충격에 쓰러질 듯한 현기증을 느끼면서도 장합은 혼신의 힘을 다해 외쳤다.
「촉군을 모조리 밟아 죽여라. 촉장의 머리를 베지 못하면 위왕을 볼 면

목이 없다. 황충은 우리 하후연 대장을 죽인 원수임을 기억하라!」
 온 산의 초목이 화염에 뒤덮여 있는데 양쪽의 군사들은 해가 높이 떠오를 때까지 치열한 백병전을 계속하였다.
 이 돌발 사태가 보고되기 전에 조조는 그의 본진에서 북산의 검은 연기를 보고 이미 모든 사태를 짐작하고 있었다. 그는 서황을 불러 즉시 북산으로 출동할 것을 명했다.
 한편 한수 저편에서 노장 황충의 안부를 염려하고 있던 자룡은 정오가 지나자 부하 장익에게 진지를 굳게 지킬 것을 당부하고 군사 3천을 영솔해 북산에 이르렀다. 때마침 황충은 두 위장 장합과 서황의 협공으로 위기에 몰려 있었고 소수의 촉군들도 절망적인 사지에 빠져 있는 순간이었다.
 자룡은 말을 달려 겹겹이 싸인 적군 속으로 뛰어들었다. 거의 무아의 경지에서 자룡이 칼을 날리는대로 적군의 머리는 낙엽처럼 분분히 떨어지고 있었다. 이 돌발 사태에 장합과 서황은 더 이상 대적할 엄두조차 못내고 있었다. 자룡이 위기 일발에서 황충을 구하고 다시 위군에게 포위되어 있는 장저를 구출하는 광경을 멀리 산상에서 내려다 보고있던 조조는 좌우의 장수들에게
「조자룡이 있는 곳에서 함부로 대적하지 말라!」
고 공연히 군사들의 생명을 희생시키지 말 것을 경계하였다.
 자룡에게 패하여 흩어진 군사들을 일단 철수시켜 간신히 전세를 수습한 조조는 진용을 개편하고 전열을 가다듬어 자신이 직접 진두에 섰다.
 조조는 군사를 이끌고 자룡의 본진으로 향했다. 패전을 설욕하기 위함이었다.
 한편 자신의 본진에 도착한 자룡은 산너머 저쪽에서 뭉게구름 같은 먼지가 일자 조조군이 몰려오고 있음을 알았다. 그는 즉시 궁노수들을 진문 밖에 매복시킨 뒤
「진문을 모두 열고 깃발을 내려라. 그리고 산간처럼 적막하게 하여 적군이 가까이 와도 절대로 움직이지 말라!」
고 명했다. 그리고 자신은 말위에 올라앉아 단창을 쥐고 진문 밖에 섰다. 장합과 서황이 자룡을 추격하여 촉진 근방에 왔을 때는 이미 날이 저물고 있었다. 촉의 진중은 깃발도 보이지 않고 북소리도 없이 적막하기만 했다.

자룡만이 혼자 필마 단창으로 진문 밖에 서 있을 뿐이었다.
 조조가 대군을 이끌고 그곳에 도착한 것은 장합과 서황 두 위장이 촉진의 이 이상한 광경에 감히 진격을 못하고 망서리고 있을 때였다. 조조가 도착한 사실을 알고도 자룡은 여전히 혼자 진문 밖에 선 채 끝내 부동의 자세였다. 수상한 계략이 숨어 있음을 직감한 조조는 즉각 전군에 퇴각령을 내렸다. 그들이 말머리를 돌려 촉군의 본진을 떠나려 할 순간 꼼짝않고 서 있던 자룡이 창을 높이 들어 군호를 보냈다. 그러자 매복해 있던 궁노수들이 일제히 활을 쏘았다. 날은 이미 어두웠고 촉군의 수효는 짐작조차 할 수 없었다. 말머리를 돌려 달아나는 조조의 뒤에서 잇달아 함성이 일어나며 촉군이 질풍같이 추격해 오기 시작했다. 한수까지 쫓겨온 조조의 군사는 부지기수가 물에 빠져 죽었고 조조는 겨우 위기를 모면하고 남정으로 돌아갔다. 자룡은 서황과 장합의 군사들이 버리고 도망친 그들의 진지를 점령했고 황충은 한수에서 무수한 군기를 얻음으로써 촉군은 대승을 거두었다.
 조조의 장막은 먹구름에 가린 듯 침통한 분위기가 감돌았다.
「어떤가, 선봉으로 가서 다시 한 번 촉군과 결전할 의향이 없는가?」
 패전만을 거듭해 온 조조는 음성도 표정도 침통했다.
 서황이 대답할 말을 찾지 못해 망서리고 있을 때 장막 앞에 장수 하나가 나타나
「제가 지리를 잘 알고 있으니 서장군을 도와 촉군을 파하겠읍니다!」
고 말했다. 파서 사람 왕평(王平)으로 당시 아문장군(牙門將軍)으로 봉직하고 있는 자였다. 자원에 의해 위군의 부선봉장이 되어 서황을 돕게 된 왕평은 그러나 한수에 이르러 선봉장 서황과 심한 의견 충돌을 일으켰다.
「강을 건너 진을 쳐라!」
 서황의 이같은 명령에 왕평은 정면으로 반대하고 나섰다.
「물을 등지고 진을 쳤다가 급히 퇴군할 경우를 당하면 어찌할 것이오?」
「옛날 한신도 배수진을 치지 않았는가. 손자의 병서에도 죽을 곳에 이른 뒤에 산다(至之死地而後生)고 하였다.」
「한신은 적군이 꾀가 없음을 짐작하여 그 계략을 썼던 것이오. 그러나 지금 우리는 자룡과 황충과 같은 명장을 상대하고 있음을 왜 모르시오?」
「그대는 보병을 데리고 적군을 막으라. 나는 기병으로 일거에 적군을

부술테니 보라!」
 왕평의 의견을 묵살한 채 서황은 부교를 놓고 강을 건너 촉군과 대적하였다. 그러나 이상한 일이었다. 한수만 넘어서면 분명 적군이 북을 치고 나오리라 예측했는데 적진쪽에서는 화살 하나 날아오지 않고 조용하기만 했다. 일몰이 가까와져도 적군의 진영에서는 여전히 아무런 변화가 일어나지 않았다. 해가 마악 서산마루로 그 얼굴을 감추자 초초해진 서황은 병사들에게 명하여 촉진을 향해 무작정 화살을 있는대로 모두 쏘도록 했다. 반응없는 촉병을 대적하여 하루종일 헤맨 서황의 군사들은 제풀에 지쳐 있었다.
「서황이 저렇게 활을 아무렇게나 쏘아 대는 것은 필시 곧 철수를 하려는 눈치 같으니 이 때를 놓치지 말고 공격해야 하오.」
 숲속에 숨어서 위군의 동태를 주시하고 있던 황충이 자룡에게 말했다. 황충의 예견은 적중했다. 위군의 후비대가 철수하기 시작한다는 보고가 들어온 것이다.
 벌써 캄캄한 밤, 무거운 발걸음으로 퇴각하는 위군의 등뒤에서 갑자기 요란한 북소리와 함께 황충과 자룡이 각각 좌우에서 우뢰와 같은 함성을 지르며 몰려나왔다. 서황의 군대는 좌우에서 불시에 협공을 당하게 된 것이다. 위군의 대다수가 또 다시 한수에 수장되었다. 대패하고 간신히 살아서 본진으로 돌아온 서황은 애꿎은 왕평에게 분노를 폭발시켰다.
「내 군대가 위급함을 알고도 그대는 어찌 구원하러 나오지 않았는가?」
 그러나 왕평도 지지 않았다.
「내자 나갔다면 이 진영도 유린되고 말았을 것이오. 공 또한 내 간언을 듣지 않았다가 그렇게 패전을 당한 것이 아니오?」
 그날 밤 왕평은 자신의 진영에 불을 놓아 위병이 대혼란에 빠져 있는 틈을 이용하여 한수를 건너가 자룡에게 투항하고 말았다. 패장(敗將) 서황으로부터 왕평이 배신한 전말을 보고받은 조조는 격노하여 다시 대군을 친히 이끌고 한수 전면에 크게 진을 설치하였다. 그날 밤 한 발의 호포가 터지자 촉군의 진영에서는 돌연 북과 꽹과리 소리가 요란하게 일어나 천지를 뒤집는 듯하였다.
「야습이다!」
「그런데 적군은 하나도 안 보인다!」

「가깝지도 멀지도 않은 곳에서 나는 소리 같은데…?」
 조조의 진영에서는 한밤중에 일대 소동이 벌어졌다. 조조도 불안한 마음에 어두운 사방을 둘러보았으나 눈에 보이는 것은 아무것도 없었다.
「공연히 소동을 벌이지 말고 군졸들은 잠을 자도록 해라!」
 조조는 장수들에게 명하고 막사로 돌아와 다시 잠자리에 들었다. 위군들이 다시 막 잠이 들 무렵 그 요란한 폭음이 다시 한번 천지를 진동시켰다. 위군들은 다시 잠자리에서 일어나 우왕 좌왕하였으나 역시 함성의 향방조차 알 수 없었다.
 자룡은 똑같은 일을 3일간 계속하여 밤마다 불안과 긴장을 조성하며 위군의 수면을 방해하였다. 위군의 얼굴은 장졸을 불문하고 모두 수면 부족으로 수척해졌다. 이렇게 군사들이 지쳐 있다가는 싸움은 해보지도 못하고 참패할 것이 분명했다.
「이래서는 안 되겠구나!」
 조조는 급히 30리쯤 뒤로 철수하여 넓은 들판에 큰 진영을 구축하였다.
「조조도 제 꾀에 빠지는구나!」하며 위군의 철수를 보고 웃는 사람이 있었다. 공명이었다.
 4일째 밤을 지내고 나자 촉군은 선봉부터 중군까지 모두 한수를 건너 배수진을 쳤다.
「배수진이라…?」
 그것을 본 조조의 심중에는 의심이 구름처럼 일고 있었다.
「저들에게 무슨 굳은 결의가 없고서야 배수진을 칠 리가 없다. 이제 정말 촉과 위의 양군이 자웅을 겨룰 시기가 도래한 것이다.」
 혼자 이같이 예측한 조조는 현덕에게 다음과 같은 선전 포고를 보냈다.
「내일 오계산(五界山) 앞에서 회전하자!」
 다음날 양군단은 서로의 위풍을 자랑하며 오계산 앞으로 마주 전진해 왔다. 조조는 현덕과의 담화를 원한다는 전갈을 보낸 뒤 진영 앞에 말을 타고 섰다. 현덕은 유봉, 맹달을 좌우에 호종시키고 역시 그의 진영 앞에서 말을 멈추었다. 조조는 마상에서 채찍을 들어 유비를 꾸짖었다.
「배은 망덕한 자 유비여, 그대는 조정을 배반한 국적이다!」
「조조, 오래간만이다, 나는 지금 한황실의 종친으로 조칙을 받들어 도둑을 토벌하는 것이다.」

조조의 군중에서 서황이 앞으로 나서자 현덕의 옆에서 유봉이 그를 맞았다. 이윽고 몇 리(里)에 걸친 전선의 야전(野戰)이 전개되기 시작한 것이다. 칼끝에 불꽃을 튀기며 몇 합을 겨루던 유봉이 서황의 용맹을 당하지 못해 말머리를 돌려 달아나기 시작하자 조조는 자신의 대군을 돌아보며 소리쳤다.

「유비를 사로잡는 자는 서천의 주인이 된다!」

조조의 이같은 영에 위의 대군은 일제히 함성을 지르며 유비를 향해 달려들었다. 그러자 한수를 바라보며 달아나던 촉군은 위군이 추격해 오는 길위에 각종 군수품과 무기를 던졌다. 이것을 다투어 줍노라 위군에는 일대 혼란과 다툼이 일어나고 있었다. 조조는 급히 징을 울려 군대를 거두었다.

「유비가 저희 손에 잡힌바 되었는데 대왕께서는 어찌 군대를 거두어들이십니까?」

장수들이 일제히 불만을 터뜨리며 물었다.

「첫째, 촉군의 배수진에 대한 의심 때문이고, 길에 군기를 내버리는 것이 둘째로 의심스러운 일이다. 빨리 퇴군하라. 그리고 길에 내버린 물건들을 줍지 못하게 하라!」

조조의 퇴군령에 따라 위군이 돌아서려 할 때였다. 공명의 군호와 함께 황충은 좌측에서, 자룡은 우측에서 맹렬한 기세로 협공을 가해왔다. 위군의 대오는 삽시간에 무너져 내렸고 군졸들은 뿔뿔이 흩어져 도망을 쳤다. 결국 이번 전투에서 조조는 자신의 지혜와 싸워 그 지혜에 패한 꼴이었다. 조조는 밤새도록 공명의 추격에 쫓겨 남정으로 돌아가고 있었다. 남정은 그러나 이미 장비와 의연의 손에 들어가 버린 뒤였다. 그들은 이미 남정 백성의 선무와 치안에까지 손을 뻗치고 있는 중이었다. 이러한 사정을 전혀 알 리가 없는 조조 일행은 양평관을 바라보며 남정을 향해 말을 달렸다. 그들이 양평관에 이르렀을 때 남정의 하늘이 붉은 화광으로 가득차 있는 것이 눈에 들어왔다. 이상하게 생각한 조조는 곧 정찰대를 파견하였다. 정찰을 마치고 돌아온 그들은

「촉군이 원근 소로를 모두 차단시키고 도처에 불을 놓아 우리 군대는 어디에 있는지 알 길이 없읍니다.」

하고 보고하였다. 조조가 망연 자실해 있을 때 또 다른 보고가 들어왔다.

장비와 위연이 위군의 군량을 탈취하고 있다는 것이다.
「제가 나가서 장비를 대적하겠읍니다.」
 허저가 이같은 자원하므로 조조는 그에게 1천의 정병을 주어 군량을 호송케 했다.
 허저가 도착하자 군량 운반관은 반가움에 차상에 적재했던 술과 안주로 그를 대접하였다. 그들이 길을 떠나 포주의 깊은 산골짜기를 통과할 무렵에는 이미 해가 진 뒤였다. 돌연 산 위아래에 매복해 있던 촉의 복병이 함성을 지르며 그들의 앞을 가로막았다. 군량을 적재한 치중대의 대부분은 또 다른 촉군에게 빼앗기고 말았다. 술에 만취해 있던 허저는 부하의 도움으로 간신히 촉군의 포위망을 벗어나 양평관을 향해 질주하였다.
 양평관은 그러나 이미 화염에 싸여 있었고 그 일대는 각 전선에서 패퇴해 온 위군의 패잔병으로 가득했다. 조조의 행방도 묘연하였다.
 한편 조조는 이 때 호위군도 없이 호종자 몇만을 데리고 양평관 북문을 빠져나와 사곡 부근에까지 도망치고 있었다. 악운의 연속이었다. 외롭고도 비참한 패주였다. 동녘 하늘에 붉게 솟은 태양도 그를 비웃는 듯했다.
 조조는 사곡을 향해 말을 달렸다. 그 때 맞은편 험준한 길 위로 하늘을 가릴듯한 뽀얀 흙먼지가 일었다. 문득 눈을 들어보니 1대의 군마가 이쪽을 향해 달려오고 있었다. 조조는 말을 멈추고 물끄러미 다가오는 군마의 대열을 바라보았다. 주위를 둘러봐도 이제 도망갈 길은 없었다.
「저것도 공명의 복병인가? 그렇다면 이 순간이 바로 나의 최후….」
 조조는 말을 멈추고 모든 것을 체념한 채 다가오는 대군을 막연히 바라보았다. 대열의 선두에서 바람에 나부끼는 위군의 깃발이 조조의 눈에 들어온 것은 다음 순간이었다. 꿈이 아닌가 싶어 조조는 눈을 비볐다.
「창이올시다. 아버지!」
 말에서 내린 대장은 뜻밖에도 조조의 둘째 아들 조창(曹彰)이었다. 그가 5만기를 영솔하고 부친 조조를 도우러 온 것이다.
「그래, 이 사곡을 점거하고 이번의 패전을 설욕하자!」
 조조의 용기와 전의는 아들 조창을 맞아 기적처럼 소생하였다. 그러나 조창이 영솔한 부대는 공명의 성동격서의 계략에 말려 다시 위기에 빠지니 거듭되는 패전에 조조는 심각한 고민에 빠지지 않을 수 없었다.
「군대를 거두어 허도로 돌아갈까? 그렇게 되면 천하의 웃음거리가 되

겠지. 이대로 이 사곡을 사수한다? 촉군이 매일 공격을 해오니 그렇게
하다가는 이곳이 필경 나의 죽을 땅이 되고 말 것이 아닌가…」
 조조가 그의 장막 속에서 만 가지 고민으로 속을 태우고 있을 때 수랏
상이 들어왔다. 따뜻한 영계 백숙이 은 대접에 담겨 있었다. 영계 한 마리
의 살점이 모두 목구멍으로 넘어가도록 조조는 번민하느라 아무것도 의
식하지 못하고 있었다. 닭의 갈빗대가 입안에 들어왔을 때에야 조조는 비
로소 자신이 지금 식사를 하고 있으며 닭의 갈빗대를 입에 넣었다는 사실
을 의식하였다. 문득 천리길로 도망간듯 싶던 식욕이 닭갈비를 통해 그의
입안으로 고여 오기 시작했다. 씹어서 삼키기에는 너무 단단한 뼈였다. 또
한 뱉아 버리자니 아까운 계륵(鷄肋)이었다. 바로 그 때 하후돈이 조조
의 장막으로 들어와
「오늘밤 군호는 무엇이라고 반포할까요?」
하고 물었다. 당시의 위군의 전황이야말로 입안에 든 계륵과 같은 것이었
다. 촉군을 집어삼킬 수도 없고 그렇다고 한중을 버리기는 아까운 노릇이
었다. 그러한 자신의 심경을 조조는 무심결에
「계륵 계륵….」
이라는 말로 표현하였다. 의식없이 내뱉은 말이었으나 하후돈은 조조의
말이었기 때문에 무슨 함축성 있는 의미가 담긴 명령이라 생각할 수밖에
없었다. 그는 각 장령들에게
「오늘밤 군호는 계륵이라고 한다. 계륵 계륵….」
하고 통고하였다.
「계륵이라니, 그게 도대체 무엇을 뜻하는 말인가?」
 장수들이 의문으로 고개를 갸우뚱거리고 있을 때 행군주부 양수(楊修)
만은 부하를 모아 놓고
「허도로 철군한다. 모두 짐들을 싸놓고 철퇴 명령을 기다려라.」
하고 명했다.
「무슨 일인가? 귀대에서 철퇴를 준비하다니?」
 놀라서 묻는 하후돈에게 양수는 서슴치 않고 대답하였다.
「군호가 계륵이라 하지 않았오? 계륵은 먹자니 고기가 없어 단단하기
만 하고 버리자니 아깝도록 맛이 있는 것, 지금 우리가 처한 전쟁이 바
로 이 고기없는 계륵을 입에 넣고 있는 것과 같오. 대왕께서는 무익한

전쟁은 포기함만 못하다는 결심을 하신 것이오.」
 양수의 이같은 설명은 조조의 폐부를 꿰뚫어 본 것이었다. 양수 일동이 모든 준비를 끝내고 주군의 철퇴 명령만을 기다리고 있다는 소식은 즉각 조조에게 보고되었다.
 자신의 흉중을 거울같이 들여다 본 양수의 예리한 통찰력에 조조는 등이 서늘해지는 전율을 느끼지 않을 수 없었다.
「계륵이란 그런 뜻에서 한 말이 아니었다. 너는 어찌하여 감히 그같은 말을 조작하여 군심을 어지럽히느냐! 군율을 어지럽힌 너를 참형에 처한다!」
 조조의 재주도 결코 양수보다는 우월할 수 없었다. 그로 인해 조조의 미움을 사게 된 재사 양수의 머리는 외롭게 진문 기둥에 효시된 채 차가운 새벽 이슬에 젖었다.
 그러나 양수의 그같은 해석은 그가 참수된 지 3일을 넘기지 못했을 때 위군으로 하여금 계륵의 뜻을 다시 기억하게 하였다. 사곡 함락을 바로 눈앞에 둔 촉군은 연 이틀을 두고 쉴새없이 맹공격을 가해왔다. 마지막 날에 있던 싸움에서 조조는 난군 중에 둘러싸여 위연과 겨루고 있었다. 그 때
「누가 사곡 본진을 배반하고 불을 놓았다!」
라는 소리가 들렸고 위군은 혼란에 빠지고 말았다. 위군 본진의 화재는 그러나 배반자의 소행이 아니었다. 촉장 마초가 사곡 험준을 넘어가 위군의 후방을 교란시키기 위해 불을 지른 것이었다. 후방의 이러한 소동에 전군이 일대 혼란에 빠지니 도저히 군기를 수습할 수 없는 지경에 이르렀다. 조조는 칼을 뽑아 들고 불을 뿜는 듯한 소리로 외쳤다.
「진지를 버리고 후퇴하는 자는 누구를 막론하고 그 자리에서 참수한다!」
 그 때 위연과 장비가 칼을 휘두르며 조조를 향해 뛰어들었다. 절대절명의 위기였다. 이제 후퇴하는 길밖에는 달리 살아날 방법이 없었다. 그러나 그렇게 되면 부하를 독전하던 자기 명령을 자기가 범하는 꼴이 되는 것이다.
「아아, 천운을 어찌할 것인가!」
 자승 자박의 함정에 빠진 조조는 하늘을 우러러 한탄하였다. 바로 그순간 위연을 가로막고 나서는 자가 있었다.

「지금 곧 도망하시오.」

주군을 엄호하고 나선 그는 장수 방덕(龐德)이었다. 마치 잡초를 베듯 사정없이 촉군을 베며 칼춤을 추던 그는 낙마하여 피투성이가 되어 땅바닥에 딩굴고 있는 조조를 안아 말위에 앉혔다.

「대왕, 정신을 차리십시오.」

「아, 방덕 장군인가. 후퇴다, 전군에 허도까지 후퇴하라고 일러라….」

조조는 피로 범벅이 된 얼굴을 팔소매로 문지르며 힘없이 방덕에게 말했다.

조조의 이같은 후퇴는 그러나 그에게 조종이 울렸음을 뜻하는 것은 아니었다. 내일의 승리를 위해 오늘의 불리한 전황에 대한 지혜로운 용단이었다.

■ 주위상 2

누가 뭐래도「주위상」의 전형적인 예는 1934년 10월 8만 명의 중공군이 감행한 1만 2천 5백킬로의 대장정(大長征)이라 하겠다. 단적으로 말해 도주인 것이다. (제8계 암도진창 참조)

1933년 제5차 공격 때 국민당의 장개석은 50만의 대병력을 투입하여 봉쇄선을 만들어 놓고 포위망을 압축시키고 있었다. 이대로 있다가는 전멸을 면치 못한다고 판단한 모택동은 북방으로의 후퇴를 결심했다. 그러나 당시 중공군의 최고 권력자인 구추백(瞿秋白)은 이를 반대했다. 철저한 항전으로 코뮌의 근거지를 사수해야 한다는 것이었다. 그러나 결국 모택동과 주덕 등 최고 간부들의 강력한 주장으로 이를 관철,「주위상」이 결정되었다.

만년설로 뒤덮인 설산(雪山)과 습지로 끝없이 펼쳐진 대초원, 한 방울의 물도 없는 대사막을 횡단하는 1만 2천 5백킬로의 후퇴는 그야말로 초인적인 강행군이었다. 이런 초인적인 고난을 극복하고 후퇴했기 때문에 그들은 전세를 만회할 수 있었고 끝내는 승리를 거두어 오늘의 중공이 있게 한 것이다. 그들이 만약 대외적인 위신이나 명분을 생각해 구추백의 의견대로 서금(瑞金)의 근거지를 사수하려 했더라면 결과는 어떻게 되었을까. 중국의 역사는 물론 동양의 판도도 많이 달라졌을 것이다.

내일의 2보 전진을 위해 오늘의 1보 후퇴는 얼마든지 있을 수 있는 일이다. 아니 어떻게 보면 우리들 삶에 있어서 가장 현명한 방법인지도 모른다.

「물러설 때 물러설 줄 알고 나아갈 때 나아갈 줄 아는 사람」이 바로 용감한 사람이라고 파스칼은 말하고 있다.

앞의 본문 주(註)에서도 언급하고 있지만「주위상」이라고 해서 그저 도망만 치면 되는 것이 아니다. 일단 도망을 치면 적어도 그 당장은 전술을 단념, 그 때까지의 노력은 수포로 돌아간다. 사실 싸움에 있어서 도망은 가장 바람직스럽지 못한 전법이다. 그러나 대국(大局)의 전세를 무시하고 다만 목전의 소국(小局)에 몰두, 기책(奇策)이나 논하고 묘기(妙技)에 탐닉하는 것은 단순히 쓸데없는 일에 그치는 것이 아니라 곧 파멸의 근원이 된다.

일반적으로 최하의 계책인「주(走:도망)」가 경우에 따라서는 최고의 계책이 되는 수가 있는 것이다. 조금 풍자적인 태도로 본다면 36계 중에서는「주(走)」가 가장 완전하며 실용성이 확실한 계책이라 생각된다. 즉「소책(小策)을 논하기 보다는 오히려 도망하는 것을 상계(上計)로 하라」는 것이다.

솔직히 누구나 퇴각은 좋아하지 않는다. 그러나 도망한다는 수단은 경우에 따라 모든 전법이나 일상 생활에서의 처신에 들어맞는 것이다. 이를테면 취한(醉漢)에게 붙잡혔을 때는 얼른 도망을 치는 것이 상책이다.

주식(株)에서는 깊숙이 말려들기 전에 틈을 엿보아 물러서는 것이 중요하다. 전쟁에서는 졌기 때문에 받는 손해란 생각처럼 큰 것이 아니다. 그 진 후의 퇴각이 서투르고 특히 그 기회를 잃기 때문에 치명적인 손해를 입어 정말 패망하게 되는 것이다.

「장사에는 진퇴가 뒤따르는 것」이라는 말이 있다. 깊은 상처를 입기 전에 때를 잃지 말고 퇴각할 것도 생각해 두지 않으면 안 된다.

「손을 뗀다」는 것이 얼마나 어려운 일인가를 유능한 정치인이나 경영인들은 통감하고 있다. 전에 베트남 전쟁에 깊이 관여했던 키신저

박사의 어느 글 중에서 베트남 전쟁에 개입했던 미국이 그곳에서 손을 떼기 위해 경제적인 손실은 물론 대내외적인 명분과 이목 때문에 얼마나 고심했는가를 읽고「손을 뗀다」는 것이 얼마나 어려운 것인가를 절감한 바 있다.

기업 경영의 경우에 있어서도 이는 마찬가지이다. 경영에도 퇴각은 있다. 판로 축소, 공장 폐쇄, 직원의 감원 및 정비 등은 경영상의 퇴각이다. 이러한 일들이 회사 내외에 주는 정신적, 물질적 악영향은 실제적인 손해를 훨씬 상회할 수가 있고 잘못하면 기업의 붕괴로까지 직결될 우려가 있는만큼 때가 늦기 전에 이를 단행할 자신과 용기를 갖지 않으면 안 된다.

생선은 부패가 빠르다. 썩은 식료품은 상품 가치가 없을 뿐만 아니라 이를 처리하기 위해서는 또 웃돈을 버리지 않으면 안 된다. 따라서 생선 가게 경영의 성패를 결정하는 것은 상품이 상하기 직전에 싸구려로 팔아 버리는 결단에 있고 일각의 주저도 허락되지 않는다. 생선뿐만 아니라 섬유 제품 등의 계절 상품에 대해서도 같은 말을 할 수 있다. 역시 손해를 감수하고 싸게 처리하는 결단을 내려야 한다. 장차 책임 문제가 뒤따를 매각 처분 명령을 내리는 것은 사장의 책무이며 부하에게 책임을 추궁할 문제는 아니다.

제품(상품)의 단순화는 경영 혁신을 위한 첫째 요건이다. 다종 다양한 제품을 쌓아 놓고 고민하는 생산 계통의 회사들이 적지 않다. 제조자의 입장으로서는 전에 다량으로 팔린 것, 회사의 명성을 높인 제품 등은 설사 적자를 보더라도 생산을 중지하기가 어렵다. 그러나 여기서 필요한 것이 경영의 비정(非情)이다.

「한 가지 제품이 최성기에 달하기 전에 제조를 중단하라」고 경영 전략가들은 말하고 있다. 이는 회사를 유연하게 하고 시장의 변화에 적응하기 위한 것으로서 사실 낡은 제품을 버리지 않으면 새로운 제품을 개발할 에너지를 염출할 수가 없는 것이다. 이를 위해서는 현재 한창 팔리고 있는 상품일지라도 눈을 딱 감고 제조를 중지하지 않으면 안 되는 경우조차 있다.

경영의 퇴각을 실행함에 있어 중요한 것은 사태를 정확히 통찰하고 그 시기를 잘못 잡지 않을 것, 퇴각의 목표를 확립하고 반공(反攻)으로 바꾸기까지의 준비를 사내 및 사외(社外)의 사람에게 명시, 납득시켜 그 동요를 방지하는 것이다. 목표와 준비만 알고 있으면 설사 본사 건물을 팔더라도 사람들은 그 자신과 용기를 찬양할 것이다.

본서의 서두에서 본 바와 같이 제나라의 명제(明帝) 부자가 도망갔다는 소리를 들은 반란군의 대장 왕경측(王敬則)은
「단공(檀公)이 말한대로 그들은 36계를 쳤군!」
하고 조소했다. 그러나 얼마 안 돼 왕경측은 명제의 군사에게 죽음을 당했으니「주위상」의 가치를 스스로 입증해 보였다.

후퇴하는 것은 승리에의 제1보, 후퇴는 결코 굴욕도 수치도 아니다. 새로운 가치를 창출해 내기 위한 일시적인 유보(留保)일 뿐이다. 1보를 후퇴했다가 2보 전진할 수 있다면 그것이야말로 참된 승리자인 것이다. 이「36계」의 요체는 좌절과 실의로 역경에 빠져 있는 사람들에게 커다란 격려가 될 것이 틀림없다.「주위상」의 계에서 새로운 삶의 힘을 얻어 분발할 수 있다면 이미 당신은 성공한 사람이나 다름이 없는 것이다.

체념과 절망은 인생의 가장 큰 적이다.

삶에 노하우를 주는 서림능력개발 총서

여심 공략법
여심의 실체를 아는 기술 ●서림능력개발 자료실 편/5,000원

「알 수 없는 것이 여자의 마음」이라지만 그 마음을 알아내는 노하우만 터득하면 의외로「약한 것이 여자」라는 것을 알게 된다.

남성공략
좋은 남자를 찾는 기술 ●서림능력개발 자료실 편/4,500원

예쁜 얼굴과 미끈한 다리만이 사랑을 얻는 보증수표는 아니다. 남자의 철학, 남자의 세계, 남자의 육체, 남자의 비밀을 알아야 인생을 보장받는 남자를 고르는 노하우가 생긴다.

여보, 그것도 몰라요?
부부를 위한 완벽한 性 ●서림능력개발 자료실 편/4,000원

오늘의 우리는 범람하는 성지식의 공세속에 살고 있으나, 무엇을 믿어야 할지 고민과 불안에 싸여 있다. 오인된 성의학 지식이나 속설을 잘못 맹신하여 심신을 망치는 일이 많다. 본서는 이점을 의학적, 심리적으로 해결하여 완전한 성에 이르는 행복한 부부를 위한 비전을 제시하고 있다.

남녀 교제술
심리분석에 의한 남녀 투시술 ●최차혜 저/3,500원

남자의 여성 접근술, 여자의 남성 파악술을 저자는 인생의 경험과 전문지식에 의한 심리분석으로, 남녀관계에서 확실한 이성을 찾을 수 있는 길을 안내하고 있다.

지적악녀(知的惡女)
자신있게 사는 여성 17장 ●小池眞理子 著/催雪瀅 譯

결혼에 이르지 않는 사랑을 하는 여자, 남성 편력의 비밀을 가진 여자, 음담을 태연히 말하는 여자. 남자를 여자의 손바닥 위에 놓고 부리는 여자들은 악녀일까? 남성관에 의해 만들어진 여성 규범의 사슬을 끊고 자유로운 삶을 위하여 날아라, 여성들이여!

서림문화사
*책은 서점에 있습니다.

110-126 서울특별시 종로구 종로6가 213-1 (영안빌딩 405호)
TEL: (02)763-1445, 742-7070 FAX: (02)745-4802

서림능력개발 총서

● 이 한권의 선택으로 당신은 승자의 자리에 서게 된다.
● 진실로 좋은 책은 서서히, 그리고 조용히 알려집니다.

거절의 종류와 대응법
세일즈와 화술 ● 값4500원
세일즈는 고객의 갖가지 거절에 대한 응수를 얼마나 능숙하게 잘 하느냐에 달려 있다.
또한 고객이 요구하는 상품의 조건, 종류, 정보 등을 파악하여 만족을 주는 화술을 알아야 한다.

나를 어필하는 기술
화술과 자기표현 ● 값4000원
인간관계의 기본은 대화이다. 그 대화로 상대의 마음을 열고, 그를 감동시키며 나를 돋보이도록 해보자.

3분에 끝내는 기술
화술과 3분 스피치 ● 값4000원
명 스피치는 청중의 가슴에 영원히 새겨진다. 각종 회의, 행사, 연회에서 3분에 할 수 있는 스피치 원고 작성의 지침서.

나를 이해시키는 기술
설득의 화술 ● 값4000원
설득은 자기 방어의 최대 무기이다. 그러므로 설득력은 통치자, 지도자, 기업인, 관리, 교사, 세일즈맨 등 모두가 갖추어야 한다.

자신있게 사는 여자의 길
사랑받는 여성의 화술 ● 값4000원
직장에서, 사교에서, 전화에서, 연애에서, 아내로서, 며느리로서, 말이 통하는, 말을 잘하는, 말을 잘듣는 여자가 되어보자.

나를 믿게하는 기술
설득에의 도전 ● 값4000원
대인관계에서 설득력을 발휘하려면 상황을 바꾸고, 나 자신을 바꾸어야 한다.
그 조건을 충족시키기 위한 다양한 테크닉의 실례가 여기에 있다.

업종별, 상황별 실례집
업무 관리의 능률적 스피치 ● 값4000원
나의 생각을 명쾌하게 전달시키는 짧은 스피치 기술이 각종 직장의 조례(朝禮)나 비즈니스에서는 필수적이다. 그 분야별 사례를 모은 책이다.

즉석활용 스피치 보전
명언 · 명구 활용사전 ● 값9500원
약혼, 결혼, 수연, 회갑, 초대, 환영, 취임, 송별, 연수, 연구, 조례, 입학, 졸업, 동창, 추도 등 상황에 따른 즉석 활용을 위한 분류사전.

서림문화사 서울시 종로구 종로6가 213-1 (영안빌딩 405호) 전화 (02)763-1445, 742-7070 팩스 (02)745-4802

청·소·년·문·제·총·서

삶의 지혜로 가득찬 서림 자녀 교육 안내서

1. 엄마 이렇게 키워 주세요 (0~6개월)

페넬로프 리치 저 / 5,000원 / 어른의 시각이 아닌 아기의 시각에서 본 이 책은 생후 1주일에서 6개월까지 개월별로 아기의 성장 과정과 그에 따른 돌보기의 방법을 다루고 있다. 하루에 단 5분씩이라도 이 책을 보라. 자신감이 생길 것이다.

2. 엄마 이렇게 키워 주세요 (6~12개월)

페넬로프 리치 저 / 5,000원 / 이제 6개월이 된 아기를 돌보는 방법은 신생아때와는 또 다르다. 엄마들이 정말 필요로 하는 정보들을 일상의 언어로 쉽게 설명한다. 아기의 사고(思考)와 지적(知的) 능력을 발달시키는 방법에서도 일반 서적과는 달리 정확한 조사 보고를 통해 제시하고 있다.

3. 엄마 이렇게 키워 주세요 (1~5세)

페넬로프 리치 저 / 6,000원 / 유아는 유아대로, 아동기의 어린이는 어린이대로 갓난이 때와는 또 다른 노력과 인내심과 주의를 필요로 한다. 그런 아이를 당신은 어떻게 칭찬하고 꾸짖으며, 또 가르칠 것인가? 그 어린 천사에게 날아오를 수 있는 날개를 달아주자.

4. 행복한 임신 안전한 출산

조만현 편저 / 6,000원 / 임신, 출산에 관한 기본 지식으로부터 선조의 태교와 육아법, 갖가지 학문적 성과에 의한 최신 정보에 이르기까지 상세히 다루고 있는 예비 신부, 예비 엄마를 위한 책이다. 임신에 따른 신체적·정신적 변화와 그 적응법, 신생아의 검진과 예방접종 등 당신의 불안을 완벽하게 해소시켜 줄 것이다.

5. 수험생의 건강 작전

박종관 편저 / 3,500원 / 입시를 앞두고 있는 수험생은 정신적, 육체적인 고민과 갈등이 겹쳐 쉽게 피로해진다. 그런 수험생들을 위한 건강학도서이다. 하루 10분 미만으로 가능한 운동과 수험생에게 특히 중요한 영양, 보신면에 대해 상세한 정보를 주고 있다.

6. 엄마 도와주세요

안토네이트 사운더스 저 / 4,500원 / 여기에 소개된 테크닉을 익힘으로써 아이들은 진짜 아픈 것과 스트레스에 기인한 두통, 배앓이, 결림, 떨림 등의 차이를 파악하게 될 것이다. 이부자리에 오줌을 싸는 횟수도 줄어든다.

7. 아빠는 아실까, 나의 방황을

서림 편집부 엮음 / 5,000원 / 가정내 폭력, 등교 거부, 가출, 비행(몽태치기·폭주족·불순 이성 교제) 등은 으레 문제 청소년을 따라다니는 불유쾌한 레테르이다. 그러나 저자는 그들 중 대부분이 불량 청소년이 아니라 정신 장해, 즉 일종의 질병이라는 주장이다.

110-126
서울시 종로구 종로6가 213-1
(영안빌딩 405호)
전화 : (02) 763-1445 · (02) 742-7070
팩시 : 745-4802

TAEKWONDO

종합태권도전서

- 편저자 : 김병윤, 김정록 ● 감수자 : 김순배 외 10명
- 국배판(24×31cm)800쪽/영구보존판(고급양장, 금박케이스)/고급용지 (80파운드 미색보안지)/값35,000원

태권도의 모든 기본동작과 태극, 팔괘, 유단자 품새등 25개 품새를 수만장의 연속동작 사진으로 배열하고, 품새에 따른 겨루기, 경기, 격파와 시범, 호신술과 각종 규정, 규칙, 응급처치 등을 총수록하여 모든 태권도인의 백과사전이 되도록 편찬하였다.

영·한 태권도 교본
TAEKWONDO TEXT BOOK (English-Korean)
by Kim Jeong-Rok

- 김정록 저
- 국배판(15.2×22.3cm)1034쪽/고급모조지/값20,000원

전세계 태권도 지도자와 수련생 모두가 함께 활용할 수 있게 영·한 대역으로 편집된 태권도 교본의 결정판으로서 25개 품새를 체계적으로 연속동작 사진과 각종 도표를 이용하여 이론과 실기를 습득하도록 편찬하였으며, 각종 최신 규칙, 규정 등의 자료를 총수록 하였다.

영·한 태권도 교범(Ⅰ,Ⅱ,Ⅲ)
TAEKWONDO TEXT BOOK Ⅰ,Ⅱ,Ⅲ(English-Korean)
by Kim Jeong-Rok

- 김정록 저
- 국배판(15.2×22.3cm) 각권 350쪽/고급모조지/값 각권7,000원

Ⅰ 태권도의 역사와 예의규범, 수련과정표 설명, 유급자 품새인 태극 1~8장을 연속동작 사진으로 상세히 수록.

Ⅱ 기본자세와 기본동작인 지르기, 치기, 찌르기, 막기, 발차기 및 기타 동작과 팔괘 1~8장을 사진으로 총수록.

Ⅲ 유품, 유단자의 수련품새인 고려, 금강, 태백, 평원, 십진, 지태, 천권, 한수, 일여의 9개품새와 각종 규약, 규칙, 용어 등을 한글과 영어로 수록했다.

 **서림문화사**
서울특별시 종로6가 213-1 (영안빌딩 405호)
전화 (02)763-1445, 742-7070 팩스 (02)745-4802

중국 무기술 총서

- 035 **검술 교본**
- 036 **창술 교본**
- 037 **도술 교본**
- 038 **곤술 교본**

● 본서는 무술을 익히고 체력을 단련하고자 하는 많은 독자들의 열화와 같은 요구에 따라 독자들의 참고 교재용으로 삼게 하기 위해 특별히 심혈(心血)을 기울여 편찬(編纂)한 것이다.

따라서 원고를 정리하고 편찬하는 과정에서 여러 가지 무술 항목 전통의 기술 내용과 새로이 창조한 기술을 광범위하게 도입, 삽입했다. 각 항의 무술 기본 훈련 투로(武術基本訓練套路)는 비록 도약(跳躍), 평형(平衡), 보형(步型), 퇴법(腿法), 번곤(翻滾 : 구르기), 전절(轉折 : 방향 돌리기)과 수법(手法), 안신(眼神 : 눈빛), 신법(身法), 보법(步法), 경력(勁力 : 힘의 상태) 등을 다 같이 기술 기초로 삼았지만 상이(相異)한 투로마다 상이한 기술이 요구되기 때문에 수련의 형식상 제각기 나름대로의 풍격(風格)과 특징을 가지고 있다. 그러므로 신체 단련에 있어서도 각기 다른 몸놀림을 요구하게 된다. 예를 들자면 검의 놀림은 신속하고 정확하며 유연하고, 창의 동작은 폭이 크면서 변화가 많고 강도(强度)가 세면서도 섬세해야 한다는 등이다. 다시 말해 규칙과 순서를 정확하게 지켜 수련하면 무술의 단련 효과를 한층 발휘하여 신체 각 부분의 건강을 전체적으로 발전시킬 수 있는 것이다.

각 항목의 기본 훈련 투로를 공히 초급, 중급, 고급의 3단계로 분리 제작했으며 초급은 가장 기초적인 동작을 익히게 했고, 중급은 난이도(難易度)면에서나 수련 강도면에서 비교적 어렵고 강하기 때문에 어느 정도의 기술 수준을 갖춘 사람이 체력을 단련할 때 수련하는 것이 좋다. 고급은 난이도나 강도면에서 볼 때 일반적으로 전해 내려온 기술 투로와 대동소이하므로 기술 수준을 높이는데 필요 불가결하리라 믿는다.

●김 상덕 옮김 / 값 각권 3,000원

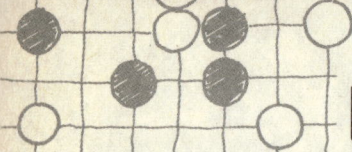

바둑전문도서

서림바둑 시리즈

❶ 당신도 바둑을 둘 수 있다 — 유병호 감수/3,000원
❷ 알기 쉬운 초급바둑 — 유병호 감수/3,000원
❸ 이것이 포석이다 — 유병호 감수/3,000원
❹ 1급으로 가는 포석전략 — 유병호 감수/3,000원
❺ 실력향상 테스트 — 가토마사오 저/3,000원
❻ 이것이 정석이다 — 유병호 감수/3,000원
❼ 바둑정석의 모든 것 — 유병호 감수/3,000원
❽ 중반의 전략과 전투 — 유병호 감수/3,000원
❾ 속임수 격파작전 — 유병호 감수/3,000원
❿ 접바둑 비결 — 유병호 감수/3,000원
⑪ 최신 바둑 첫걸음 — 편집부 역/3,000원
⑫ 포석의 한수 — 편집부 역/3,000원
⑬ 중반전의 필승전략(상) — 편집부 역/3,000원
⑭ 중반전의 필승전략(하) — 편집부 역/3,000원
⑮ 상급바둑의 길잡이 — 편집부 역/3,000원
⑯ 암수를 피하는 길 — 가토마사오 저/3,000원
⑰ 사활의 기초입문 — 임해봉 저/3,000원
⑱ 끝내기 기법 — 구토노리오 저/3,000원
⑲ 1급으로 가는 정석 — 이시다 요시오 저/3,000원
⑳ 1급으로 가는 포석 — 다케미야 마사키 저/3,000원
㉑ 1급으로 가는 맥점 — 가토 마사오 저/3,000원
㉒ 1급으로 가는 실력 테스트 — 편집부 편/3,000원
㉓ 3급으로 가는 정석 — 다케미야 마사키 저/3,000원
㉔ 3급으로 가는 포석 — 가토 마사오 저/3,000원
㉕ 3급으로 가는 맥점 — 이시다 요시오 저/3,000원
㉖ 3급으로 가는 실력 테스트 — 편집부 편/3,000원
㉗ 5급으로 가는 정석 — 이시다 요시오 저/3,000원
㉘ 5급으로 가는 포석 — 다케미야 마사키 저/3,000원
㉙ 5급으로 가는 맥점 — 가토 마사오 저/3,000원
㉚ 5급으로 가는 실력 테스트 — 편집부 편/3,000원
㉛ 9급으로 가는 정석 — 이시다 요시오 저/3,000원
㉜ 9급으로 가는 포석 — 가토 마사오 저/3,000원
㉝ 9급으로 가는 맥점 — 다케미야 마사키 저/3,000원
㉞ 9급으로 가는 실력 테스트 — 편집부 편/3,000원
㉟ 7급으로 가는 정석 — 다케미야 마사키 저/3,000원
㊱ 7급으로 가는 포석 — 이시다 요시오 저/3,000원
㊲ 7급으로 가는 맥점 — 가토 마사오 저/3,000원
㊳ 7급으로 가는 실력 테스트 — 편집부 편/3,000원
㊴ 승단으로 가는 정석 — 임해봉 저/3,000원
㊵ 승단으로 가는 포석 — 오다케 시테오 저/3,000원
㊶ 승단으로 가는 맥점 — 이시다 요시오 저/3,000원
㊷ 승단으로 가는 실력 테스트 — 편집부 편/3,000원

서림바둑 소사전 시리즈

❶ 화점정석 소사전 — 일본기원 저/4,000원
❷ 포석 소사전 — 일본기원 저/4,000원
❸ 정석이후 소사전 — 일본기원 저/4,000원
❹ 함정수대책 소사전 — 일본기원 저/4,000원
❺ 소목·고목·외목 소사전 — 일본기원 저/4,000원
❻ 맥점 소사전 — 일본기원 저/4,000원
❼ 사활 소사전 — 일본기원 저/4,000원
❽ 접바둑 소사전 — 일본기원 저/4,000원
❾ 끝내기 소사전 — 일본기원 저/4,000원

서림 어린이 바둑 시리즈

❶ 바둑 첫걸음 — 일본기원 저/3,500원
❷ 집짓기와 정석 — 일본기원 저/3,500원
❸ 사활과 싸움 — 일본기원 저/3,500원

서림 바둑사전 시리즈

❶ 현대 정석 총해 — 임해봉 저/8,500원
❷ 현대 포석 총해 — 이시다 요시오 저/9,500원
❸ 현대 맥점 총해 — 가토 마사오 저/9,500원
❹ 접바둑 총해 Ⅰ — 이시다 요시오 저/9,500원
❺ 접바둑 총해 Ⅱ — 이시다 요시오 저/9,500원
❻ 관자보 — 박재삼 편역/9,500원
❼ 현현기경 — 박재삼 편역/9,500원
❽ 기경중묘 — 박재삼 편역/9,500원

오늘의 바둑신서

❶ 조훈현 추억의 승부 — 조훈현 편저/5,000원
❷ 조훈현 집념의 승전보 — 조훈현 편저/5,000원
❸ 조훈현 대 서봉수 — 박재삼 편/4,500원
❹ 한국 정상의 대결 1 — 박재삼 편/4,500원
❺ 한국 정상의 대결 2 — 박재삼 편/4,500원
❻ 한국 정상의 대결 3 — 박재삼 편/4,500원

서림문화사

서울시 종로6가 213-1 (영안빌딩 405호) 전화 (02)763-1445, 742-7070 팩스 (02)745-4802